歷代小説話

十

黄霖 編著

鳳凰出版社

説海珍聞録

瘦鵑 撰

連載於一九二一年一月、二月、五月《申報·自由談·小説特刊》。作者瘦鵑，見一九一九年《小説雜談》提要。本文主要介紹了毛柏桑（今通譯莫泊桑）、巴爾石克（今通譯巴爾扎克）、柯南道爾、大仲馬、囂俄（今通譯爲雨果）、狄根司（今通譯狄更斯）、史蒂芬孫（今通譯斯蒂文生）、華盛頓歐文等一些西文名小説家的軼事，間及一些名作的評價。

法國毛柏桑氏（Guy de MauPassam，一譯莫泊三）手撰短篇小説三四百種，寫情狀物無不深刻入微，一時稱短篇小説之王『King of Short Stories』。平居困於資，與一畫師合稅一小樓以居。畫師亦苦貧，頗相得，時爲毛作小説插畫，以供雜志之用。時毛負拉丁街一文具商資，久久不歸，商老且吝，怒毛之無信，每登門作申申詈，毛則反唇嘲弄之。一日，老人又至，迫甚急，謂如不歸以資者，當貸其器物爲償。畫師乞少寬，謂當假資於一雕刻家，以償其資，老人諾而去。一日侵晨，畫師出假資，毛卧床中讀滑稽報，忽聞步履聲起梯下，彳亍登樓，毛大震，蓋此聲固習聞，明明爲債主老文具商也。窘急中陡得一策，立躍起於床，取紙作巨字曰：『毛伯桑君於十六日以暴疾卒，所有未了債務，請與白朗先生接洽理償。』下署僞地址，即白朗先生亦虛設者。毛知午後可得資，故作此爲緩兵計。書已，黏之門外，即扃門登床，擁被僵卧作死人狀。須臾，聞老人已登樓，喘息如河馬，俄作懊恨聲，徐徐下樓而去。毛呼吸立舒。已而有嬌聲呼啓關者，審爲鄰女瑪麗，即踴起納之，相與調謔，瑪麗旋辭出。如是約數分鐘，梯上又有足音，宛然若瑪麗，毛以爲戀己而復返也，則大悦。甫聞剥啄聲，立張扉歡呼以迓，顧挺立其前者，赫然老文具商也。老人蓋知毛死爲詐，故去後復返，脱履刬襪而登，毛遂墮其計中，後卒俟畫師歸，挾資而去。

巴爾石克（H. de Balzac）爲法國寫實派名家之一，名在大仲馬上，生一七九九年，歿一八五〇年，所著有《宇葉尼朗臺》、《滑稽稗史》、《可憐之父母》、《憂鬱之皮》諸書，皆著稱於時。其生平軼事，亦有足述者。一日，有文友戴克西（E. Texier）來訪，見門以内家具紛陳，制甚巨，金碧爛然，類富家物，非巴平日所能致也。戴愕然曰：『子胡由得此？』巴莞爾曰：『吾友，吾固知子之將發是問也。借人寒酸，自無力致是，吾蓋賃之家具之肆，以資一日鋪張者。今日午後，將有書賈來購稿，見吾豪侈狀，當出善價，不疑吾之急於所需而貶價矣。吾之所爲，猶眩人術耳，第以此外飾炫彼，彼必入吾彀，以爲巴爾石克者，殆文人而兼銀行家也，當卑躬以事之，於是吾計售而所獲腆矣。一俟契約既定，即以此累累家具返之肆中，仍還吾寒酸之故狀，此意不甚善耶？』戴克西拊掌大笑。

凡讀西方小説者，無不知《福爾摩斯偵探案》。凡讀《福爾摩斯偵探案》者，又無不知作者柯南道爾(A. Conan Doyle)也。道爾，英人，今猶存在。以歷年硯田收獲豐，足資嘯傲，不復爲小説家言矣。一九二〇年十一月二十二日，應倫敦百萬俱樂部之請，參與宴會。席間談及《福爾摩斯偵探案》著述事，頗多諧語。道爾之言曰：『予著《福爾摩斯偵探案》，先後凡數十種，漸厭苦之，益以他種文事不能兼顧，遂恨福爾摩斯刺骨。後即宣告獨立，推之於懸崖之下，以爲此事可以結束矣。(聞者皆笑)顧社會人士之傾心於福者甚衆，咸不以吾之下此毒手爲然。曾憶得一女士書，詞意極震怒，斥吾曰「爾畜生」，蓋謂吾不當殺福也。(聞者又笑)又有一類人，則以吾理想中之大偵探爲真有其人，多有寓書於福，屬予轉致者。迨予使福復活，安居於南孶原鄉村之間，謂方養蜂作野人生涯。於是有二三婦人以書來，謂願作福君承家之婦，司庖湯，事紉袂焉。(聞者又笑)至對於吾後來著作，作嚴刻之批評者，則爲一康華爾鎮之舟子，其人似頗聰明。其言曰：「吾不知福爾摩斯於墮崖後，曾否損生，然必受重創無疑。但觀其以後行事，似出兩人，不類往日矣。」意蓋刺予叙述復活後之福爾摩斯，較前此爲拙劣也。』柯南道爾言既，一座哄堂，遂盡歡而散。

大仲馬（Alexander Damas）爲法國大小説家之一，所治小説如《二十年後》、《三槍卒》、《水晶島伯爵》等，均爲一時傑作，魄力之巨，無出其右者。性豪放，硯田所入，隨手散盡，其應接室中，陳巨碗一，滿盛金幣，與雪茄紙煙并列，有過訪者，聽其取用，無吝色，一日間輒盡一二碗。丐者乞於門，則恒取金錢一握，向其人力擲之，初不計及此累累者，皆其心血之代價也。仲馬健於筆，歷年所作，凡百數十種，得資亦數百萬，晚年揮霍殆盡，心力亦疲，最後僅剩一路易（合二十法郎），踽踽然去巴黎，歸於故鄉比愛，即探囊出路易，置之爐檐，已而遂病，此路易亦未嘗易位也。一日病少差，坐臨窗椅中，與其子小仲馬閒話，瞥見爐檐之上，有金幣燦然，立憶往事，因語其子曰：『當五十年前，吾之初往巴黎也，囊底僅有一路易，今之人皆以揮霍無度罪吾，實則吾又何嘗揮霍哉！不見此一路易者，固猶明明存在也。』言次，取幣示其子，藹然微笑，蓋已盡忘其五十年間，手散數百萬金矣。其豪放類如此。

日者北京敏思君，遠道書來，以大仲馬軼事一則示吾，其豪放處，正復類是。文云：『法國名小説家大仲馬氏，著作之富，并世寡儔。性好揮霍，千金立盡，生平最恨刻嗇之夫。一夕自跳舞會出，向衣服室攜取衣帽，爲之司守者，例有酒資。其時與大仲馬并肩而立者，爲巴黎著名之豪富，手五十生丁小銀元一枚，授之傭人。大仲馬心甚羞之，乃解囊予以一百佛郎鈔幣一紙，傭人以爲誤，瑟縮不敢受，大仲馬睥睨豪富而言曰：「誤者他人，我不誤也。」脱手而出，狀甚自得。』

法國大小説家囂俄(Victor Hugo)爲十九世紀第一作手,所著如《哀史》、《九十三年》、《海中之勞力者》、《吾夫人廟之黠人》,皆戛戛獨造,其價值尤在大仲馬諸書之上。性亢傲,愛自由若生命,時當國者爲拿破侖三世,囂俄恒面稱之爲蒲那伯脱先生,不曰陛下。巴西皇帝聞其名,慕之,特遣使造囂俄家,求一面,囂俄惡其爲帝也,竟拒不見,蓋其心中已深種共和思想矣。普法之役,普軍勢張甚,迭挫法軍,卒席卷而入法境,圍巴黎要降,囂俄目擊心傷,憤不可遏,欲與普魯士王决鬥,以二人之勝負判定戰局,嘗曰:『普魯士王爲歐洲之大王,維克都囂俄爲歐洲之大詩人大小説家,吾二人固平等也。』其自負類如此。或有人指摘其書中微疵者,囂俄輒勃然曰:『爾何人!吾則維克都囂俄也!』又曰:『吾爲維克都囂俄,吾欲如何,即如何耳!』囂俄愛小兒,時喜集群兒,馳逐爲戲。一夕,嘗於公園中得一迷道小兒,攜之歸,竟夕與嬉,自爲猛虎,伏案下,咆哮而出,身上掀,案頭文具皆墮地碎,氏大笑,仍與兒嬉。翌日,得兒居址,遂送之返。聞者皆稱其和易云。

英國大小説家狄根司(Charles Dickens)以《大衛柯柏菲爾》(即《塊肉餘生述》)、《奥利物吐威斯德》(即《賊史》)、《二城故事》諸傑作蜚聲世界,名垂百祀至今不朽。幼甚貧,居陋巷中,十歲傭於一靴墨廠,廠中製靴墨,盛以玻璃,狄根司所司事,則於瓶上粘以標貼。辛勞一月,得值甚微,爲數僅二十四先令,且用以贍家,緣其父以債務繫獄,不能養也。得戚族遺産,父遂償其逋,出獄,家境亦少裕。狄根司年十八,暱一銀行家女瑪麗蓓娜爾(Maria Beadnell),情深一往,有欲仙欲死之概。後女赴法就傅,有所誤會,漸與狄疏,去函或不報,或答以冷語,狄怒絶之,然耿耿之心，固猶不能一日忘女也，其所著書中，每道及女，以志相念之切，而女卒别嫁，傷已。狄根司既成名，倫敦士女，皆争與締交，俱樂部中則争延爲部員，蓋上自王公貴人，下至販夫走卒，皆與狄根司爲友矣。大詩人拜輪（Byron）之女公子緑芙蘭絲（Lady Loqelace）尤善狄根司，每卧病，輒邀狄至其床次，用慰苦痛。時以冰塊納櫻口中嚼之，而傾聽狄語，須臾以忽受藥，痛苦盡忘，後此雖轉側數小時，亦夷然無慰云。狄根司每出與宴，人咸注目，宴畢，則私淑者必争趨座次，攫其所遺之橘皮蛋殼而去，蓋將什珍藏，用爲紀念品也。狄行於途，有與一面交者，恒止其步，求一握手，引爲殊榮，其受人敬愛，可謂至矣。

史蒂芬孫（R. S. Stevenson）爲英國名小説家之一，所著《黄金島》、《新天方夜談》、《易魂術》諸書，頗爲世人所稱，英人尤樂道之。夫人曰佛南格立夫德（Fanny Yan de Grift），係出荷蘭，生長美國，年十七適人，居數載，不相得，遂離婚，間關赴歐，入一巴黎畫校讀。時校中尚無女生，且挾子女三人俱，巴黎人咸大震。史氏方旅法，聞之亦震，遣其表弟往探之視此女生爲何如人。表弟去，戀戀不即返。又屬一友人往，亦然。史氏大異之，躬往巴黎，則二人方與佛南格立夫德飯於一旅舍中，談笑甚樂。史乍見佛南，心即躍躍動，蓋情絲一縷，已牢縛起身而不能脱矣。雙方友誼，進步絶迅，未幾遂結婚，時史氏年二十六，佛南則長十齡。史有肺疾，瘦骨支離，而佛南竟不之顧，伉儷之篤，逾於常人。以後十四年間，史恒困於病，藥爐病榻，日夕不去，夫人親侍湯藥，辛勞無懟，十四年如一日也。史病時已時作，仍事撰述，賴夫人力，得支持至十四年之久，其生平傑作，悉在此時期内成之。

史氏甚感夫人，嘗語人曰：『吾今日之所以至是者，當感謝吾妻之殷勤將護，微彼力，吾已爲泉下人矣。其嫁吾也，方在吾瘦骨如柴喘嗽不絶之際，爾時爲狀，直與死人爲近，實復類新郎哉？』夫人偶他去，史氏念之切，往往咏人詩歌，嘗有一詩，將佛南五字母析爲押韻，每兩句押一字，肫摯之情，溢於行墨間。略謂『吾妻他去，則吾心憂，吾意鬱，吾生寂寞而無歡。世界萬物，一一皆成慘景』云云。英之人，多能誦之。史氏以多病故，醫生勸以遠游，遂偕夫人赴臺灣，長途迢遞，艱苦備嘗，凡事皆由夫人主之。舟中嘗遇火，史氏説稿既被毁，亦賴夫人力，奮身攫之出。後客死臺灣，夫人痛悼欲絶，日趨墓次啜泣云。

華盛頓歐文（W. Irving），美國大小説家，所作《筆記》一書（*Sketch Book*），爲全世界學生恩物，凡有文字之國，殆無不知美國文壇中有歐文矣。予曩嘗記其情史，纏綿悱惻，有足動人心弦者，兹録之：歐文少時，有所愛曰瑪娣爾德霍夫孟（Matilida Hoffman），相愛既深，旋訂婚約，年十七，以瘵疾死，歐文嘗曰：『個儂絶時，予方侍側，伺其最後之眼波者，惟予一人而已。』女既殮，歐文遂取其小影遺髮及聖經祈禱書去，夜必藏枕底，與之同眠。即旅行，亦攜以俱。女死後三十年中，人無敢當歐文前道及女者，恐觸其悲緒也。一日，歐文造霍夫孟家，訪女父，會有一女侄即枻中取樂譜，并將一綉件出，女父見之，謂歐文曰：『華盛頓，是亦出瑪娣爾德手也。』歐文如被電攝，立止其言笑，匆匆逃去，其手册中嘗記曰：『渠既於綺年玉貌時死，則吾方寸回想中，亦長爲綺年玉貌人也。』歐文爲瑪娣爾德故，終身弗娶。世之人有所愛而卒不能得者，則不如見其所愛完璧歸於天上，芳魂不味，永永相屬，若歐文者，幸已。

（一九二一年一月九、十六、二十三、三十日，二月十三、二十、二十七日《申報·自由談·小說特刊》與五月二十二日《申報·自由談·小說特刊》）

杭州
上海
胡慶餘堂
萬國九洲第一靈驗耳聾聖品

舊小説説薈

柳侯 撰

載於一九二一年一月二十三日《申報·自由談·小説特刊》。作者柳侯，情況不明。本文强調了漢前儘管并無小説之名，但早有小説之實，甚至『民風歌謠』之中，也有『神鬼奇秘』等小説的因素。之後的諸子、史傳，與小説的關係就更爲密切。他在區分史傳與小説的異同時，提出了這樣的看法：『小説與史固無以異。所異者，一爲帝王卿相之行狀，以人事爲尚；一則摭民間潛德遺聞，兼及神鬼不經之談耳。』這恐怕只能就大體而言，實則史中也有民間不經之談，小説也叙帝王將相之人事。全文看來，作者比較注重將『奇誕怪僻』作爲小説的一個重要特徵。

漢以前無小説，非無小説也。特不著其名耳。蓋當時民風歌謡，神鬼奇秘，係由太史採録，載諸典册，讀《葩經》、《左傳》等書，類於今之小説談者頗多。戰國之世，諸子雜出，競爲著述。期間非追述傳聞，即寓言造事，已開小説之端。後人泥古，以爲此先哲之著述，何可下擬稗官，而不知其精神意趣，早與所謂小説者相合。自馬遷編史，專爲帝王卿相作傳記，不及庶民之事，尚實辟誕，體例尊嚴，詭奇寓意之作不能盡容。於是能文之士，珥筆記事，里巷瑣談，寓言寫意，不得不另成一家，以别於史，後世遂目之爲小説。而小説之名始著，夷考其實，小説與史固無以異。所異者，一爲帝王卿相之行狀，以人事爲尚；一則摭民間潛德遺聞，兼及神鬼不經之談耳。

漢晋間小説，記神鬼多，記人事少。如《神異經》、《列仙傳》、《搜神記》、《神仙傳》、《述異記》、《搜神後記》等，不勝枚舉。此固無足奇。蓋當世文化雖啓，距上古之世未遠，神仙之權威尤熾。東西各國，大抵相同。何况詭奇駭怪之事，爲人所驚怖，亦爲人所樂聞。故此類著作，相沿迄今，猶未能殺焉（如《聊齋志》、《西遊記》、《封神傳》等）。

《虞初傳》已失傳，首出者當爲班固之《漢武帝内傳》。後人雖疑爲僞托，吾人固不必深論。但觀其行文布局，大抵出於漢魏人之手，所記皆求長生神仙之談。繼起者則有干寶、陶弘景、張華輩。雖時代殊遠，其旨實一。崇尚黄老，侈言神鬼仙道之事，亦足見當時之風尚矣。

漢魏小説故實，至今猶爲鄉曲人士傳述者，據吾所知有一：幼時嘗聞老者言，地下猶有人家，昔人掘井見之。此則見於張華之《博物志》，又有村嫗爲余述『蠶王馬鳴王菩薩』故事：謂古有女子，思父遠征，戲馬曰：『汝能速吾父歸，吾嫁汝。』馬果絶繮而去，負父而歸。嗣是馬見女舉動異常，父知其故，射殺之，曝皮於庭。一日，女經其處，捲女而行。後得之於大樹間，盡化爲蠶。此則與張儼所撰《太古蠶馬記》，雖詳略有殊，而大致相同。猶可知小説之勢力偉大，較正史爲能傳久。亦正以其奇誕怪僻，故爲人所樂道不倦也。

A. Conan Doyle

小說閒評

吴靈園　撰

連載於一九二一年二月至六月《申報·自由談·小説特刊》。作者吴靈園,號人麟,曾在《申報》、《禮拜六》等報刊上發表不少小説與散文,創辦大喜公司,主持過《時報》,後在杭州經商,有杭州百貨大王之稱。本文散論了《拊掌録書》、《碎琴樓》、《老殘游記》、《紅礁畫槳録》等小説,揭示了這些小説的藝術成就。其中可注意者,在論述的過程中,常常進行中西小説、乃至不同文體的比較。如論《碎琴樓》時,不但將它與《紅樓夢》比較,而且與蘇曼殊、歸有光的作品相比較;論《紅礁畫槳録》等迭更司的作品時,與《水滸傳》、《儒林外史》等作品相比較。在理論上,他重視寫『情』,特别是『男女之情』與寫『下級(即『下層』)社會』，認爲『寫富貴俗情易而寫貧賤真情難』，呼籲作家『發其悲天憫人之意，從蟻封狗洞中取材，爲此下級人物一道疾苦』。另外，他提出了『性的表現的文學』的概念，也即指側重在表現人物性格的文學。這是從金聖歎强調寫『性格』以來，又一個明確提倡寫人之『情性』的論者。可惜他提的這個命題没有引起人們的注意。

《拊掌録書》，原名 *The Sketch Book*，在一千八百十九年，美國華盛頓歐文（Washington Irving）著，譯本出自林琴南手筆。歐文文藝，原帶古典色彩，與琴南主義適合，故其筆墨雖多詼諧，而譯本在在呈其感喟蒼凉之氣。第一節爲記李迫大夢，形容懼内，可謂盡致，余憶其中有『天下人苟得闖教檢束，無不扶服如鼠猬。密帳温幃中之教養，較諸牧師之演説，變化氣質，爲倍十』數語，余恒觀察余所蹴居之居停主人，在滬上固執業律師，頗負聲譽，對質公堂，言談侃侃，而乃一旦回處房帷，懾於獅喉，扶服之狀，不堪問聞。而覺歐文之語，誠切實情，耐我尋味。方今學者高談婦女解放，謀欲去除女界痛苦，不識彼懼内者，亦有希望去除裙腰專制痛苦，以解放男子爲運動者否？一般手握軍符者，外表觀之，固威嚇臨民，足比狼虎，其内幕扶服，要又何如鼠猬？第二節題名睡洞，寫一村塾師，無異描摹我國十餘年前内地未興學校，一般村塾内之冬烘童蒙『每至夏中午時，時聞學生讀書，作倦聲欲睡，正如蜂之鬧衙，而先生嚴聲呼咤，以戒尺觸幾，則又驅逐群學生，躦此學問孔道』，此數語情亦切合，而我既賞其奇思，并又私幸晚生若干年，未被此等教師驅逐，躦彼所謂『學問孔道』，以自没其靈明也。中寫村童得放學消息，而大聲疾讀，既得放學口令，而人心大亂，書卷竟不庋原處，墨瓶遂翻，座椅亦顛倒無次，一出大門，聲如潮落，錯綜跳躍而去。一切喧雜狀况，亦頗能活現紙上。至所謂『先生不善乘馬，鐙既高懸，先生乘馬作抱膝狀，膝與鞍齊，二肘内屈，如螽斯之動股，執鞭迎面，如古王者之執圭』，則借用譬喻雖佳，未免謔而過虐矣。其他趣語，如言先生情性，大類象皮，搯之立人，而又立張，又類鑄錢，可屈爲圜，不能驟斷爲兩，苟按其額，先生立時鞠躬，一釋手，則先生昂頭，引喻以見其人之頑性。奇語如言抗聲和樂而歌，覺肌肉縷縷皆騰起，幾欲破窗而飛，以見其人之極樂。皆足啓迪筆思，爲舊小説中所不具。耶穌生日一節中，『余寒戀重衾，不即起，忽聞門外有童子靴聲，似商略一事，少須歌聲發矣，甫歌曰「今日佳晨兮救主生」，余竊起披衣，立啓其扉，見一群天真爛漫之童子，黄師能狀，不能省也。群中一男二女，每至一客之門，必縱聲歌，余開户驟，童子愕然，遂不能歌。翹食指微微撩其唇，狀至羞澀，且偷眼覷。余忽爾舉足同奔，捷如飄風而去。甫轉屋隅，聞此三人者，同聲言曰：「吾輩逃矣。」』十數語，曲繪神情，勝於丹青，筆墨輕靈，幾疑仙化，余最愛讀之。末節從一蕭敗古寺上，寫出智勇聲名之在身後不足恃，感喟蒼凉極矣。而後著紀功之碑，亦不待人力推陷，皆倦極而思睡於地一語，更進一層，見意愈深。

余嘗謂有世界，乃有情字，亦即有情字，乃有世界。所謂情者，非特是男女之情，凡屬社會生活中之喜怒哀樂愛惡欲皆是，而尤以男女之情爲此中重要質素，故言之亦最有味。此等言情之作，在小説中，我國舊推《紅樓夢》。別有所謂《碎琴樓》一書者，出版於商務書館，爲宣統間興業何諏編，凡三卷三十四章，僅記一李紳之女瓊花，鍾情於中表韓雲郎，雲郎家貧勿得志，李紳慕富豪而以女字陳姓子銀生，終於陳姓厭李紳之家道忽然旁落而毀約，瓊花死而雲郎狂放弗知所之。意蓋示憤舊昔買賣式的結婚爲不可靠，而貧富俗情之下賤可厭。寫瓊花與雲郎之愛，乃真性情表露，贈菜花，放紙蝶，近於村野的文學，非《紅樓夢》諸部完全爲郎才女貌之絢爛品、純寫富貴俗情者可比。古人云：畫鬼容易畫人難。我亦謂寫富貴俗情易而寫貧賤真情難。我國舊式言情小説，既多如《紅樓夢》之偏寫富貴俗情，而此《碎琴樓》，獨能不同凡調，獨標創格，則似又進《紅樓夢》一層矣。然《碎琴樓》全書，完全以哀劇動人，結束亦重生離死別，要亦不可謂非與《紅樓夢》布局同也。論筆墨清靈，殆近蘇曼殊，而比較的古字較多，寫實用白描法，神情切合，則又如讀歸熙甫之《項脊軒記》多篇。第十七章記新貴人下鄉、男女聚觀閒評一段，描寫入微，尤見情采，或爲新小説所不及。閒文少，絶無堆砌紅緑氣，而間效新小説體裁，中着議論一二，如：『天下仰飯於人者，大都無氣之可言。……故天下者，實無英雄者也。必有英雄，是必不飯可耳！』韓敬侯以宿學而沉淪，臨死囑雲郎曰：『而父逝後，慎勿讀，讀書絶道也。爲商弗能，便可歸耕；耕而弗足，則遁於僧耳，讀書胡爲！』則作者憤世絶俗之慨，固已情見乎詞。其叙嗜冷而惡熱，在自序中曰：『苟欲平治天下者，必令天下人無情。』在第二章曰：『吾覺世界如吾烹水於釜，水沸泡騰，滚滚相競，及揭蓋停薪，則萬泡俱滅，以是知有生之不樂，且又知上帝造人，正如吾釜之泡，實故熱之，以壓所嗜。世人蠢蠢，輒顛倒而恩怨之，寧非大愚？」則與靈園平素持論合。略言哲理於其間，爲讀此書人所不能一時領悟者，書詞十餘篇，皆哀感頑艷，沁人心脾，今録其一，曰：『凉露如煙兮，及於西圃之花。花亭亭以醲醉兮，煙亦蕩蕩而飛霞。疾風東來兮，怪雨吹沙。煙耶花耶？羌何適兮？淚滂沱其若麻。』、『淚灑青草兮，青草枯。嗟彼葳蕤不自恤兮，毋亦憫吾之徂。薔薇如藪兮，中有鶯雛。雖有淫香而棘闈弗朽兮，眄雛翼於九衢。』、『拂吾琴兮，彈吾哀。飛塵瓊宇兮，蛛網爲摧。命風伯以佑吾兮，吹吾琴音於瓊瑶之臺。瑶臺有仙子兮，胡不循音而飛來。』、『仙子不來兮，霜横西圃。緑紗之窗永凝眸兮，羌脈脈其誰語？』、『無與語兮，吾將矚吾之容。姣兮容兮，不如爲檐滴之波。淪於東海之東。』、『吾自明兮，怛吾之憂。哀哀命之徂兮，吾不自由。不自由兮，吾將奚求！』以當未讀此書者之介紹，而爲不自由女子同聲一慟也。

洪都百煉生撰《老殘游記》，叙中云：『吾人生今之時，有身世之感情，有家國之感情，有社會之感情，有種教之感情。其感情愈深者，其哭泣愈痛。』又云：『以哭泣爲哭泣者，其力尚弱；不以哭泣爲哭泣者，其力甚勁，其行乃彌遠也。』蓋即自述作書之緣由。由此緣由，推看全書，則可得概括的評論如下：第一章出一老殘，作者自爲假托，接述數語，隱約是身世之感情。假托夢中見船，以中國現勢比船之在危波驚濤中：『眼睁睁就要沉覆，他們不知敷衍着早點泊岸，反在那裏蹂躪好人。』、『只是用幾句文明話頭，騙幾個錢用用罷了。』、『原來這裏英雄，只管自己斂錢，叫別人流血的。』、『斂了許多錢，去找一塊衆人傷害不着的地方（原評謂指上海與青島亦即目下之香港也）立住了脚，高聲叫道……』等語，罵盡今日之在朝在市在野人物。己身與友，同去勸告，反被船人詈爲漢奸。又見作者雖志存忠愛，無奈不容於時，是述家國之感情。寫毓賢之在曹州，剛弼之在齊河縣，酷害平良，始揭官吏刻意求名，勉爲清直，以致地方受患，尤較《賊史》爲甚之惡。民間共懼威勢，勿敢聲訴，忍痛銜悲之狀，歷歷叙來，亦足使人心動髮指。『見那老鴉有一陣刮刮的叫了幾聲，仿佛他不是號寒啼飢，却是爲有言論自由的樂趣，來驕這曹州府百姓似的』數語深刻，得譯本小説筆意。『湘軍必須湖南人，淮軍必須安徽人，方有照應。』、『大凡人肚子裏發話，有兩個所在：一個是從丹田底下出來的，那是自己的話；一個是從喉嚨底下出來的，那是應酬的話。』、『鄉裏人進城，樣樣不識得，被人家笑話；你城裏人下鄉，却也是樣樣不識得，恐怕也有人笑你。』從社會上生發，俱有至理可尋，是述社會之感情。『攻乎異端斯害也已』之攻字，僕嘗以爲當作擊字解，蓋見孔子之學琴問禮，不擇一師，而知紫陽之解爲專攻，未免牽强斯意。書中説來，亦甚透辟，而不非佛、道兩教之設教本意，乃以外教之爲教興兵，可惜儒教失傳大旨，足見其對於宗教之感想，是又所謂種教之感情者。他若上卷寫千佛山明湖之勝景、王玉書之説書、璵姑等之歌頌，繪影繪聲，臻於絶頂。駁『好德不好色』一語，以實驗正理論，設想甚奇。『五年之後，風潮漸起；十年之後，局面就大不同』四語，蓋作者已燭見當日局勢所趨，故復言『壞即是好，好即是壞，非壞不好，非好不壞』，隱寓幫助革命之微旨。下卷之談北拳南革、上帝同阿修羅王匹敵、黄河之水決，亦俱可觀。而上卷近來寫受虎驚後，接上嶼姑黄龍子山居清況，令人忽新眼界，非獨見異人之多就隱遁，亦所以明文章變換生姿之法，就中便於生出各種議論，決不可少。作者之學識，異常明通，懷感既富，泣涕無從，發憤下書，故能爲此未經人道寫實深刻之作，創其借游歷以叙事，用本身串貫全書，誠乃新撰小説中别體。

哈葛德（Haggard）撰神怪言情小説極夥，爲英國近日第二流小説家。所撰《哈氏叢書》（*R. Haggard Library*）中，有諸種爲林琴南譯出，若《三千年艷屍記》、《橡湖仙影》、《迦茵小傳》、《紅礁畫槳録》等，率屬言情之作，而以《紅礁畫槳録》一書爲特佳。此譯本，文情悱惻纏綿，余嘗介紹多至十餘友閲之。昔年瘦鵑《文藝談屑》中有江陰曹家達先生長詩賦之，極哀艷，足爲本書生色，而新舞臺所演之《浪裏情人》，實亦取材於是。考事實，初有倫敦附近之白林其列村中，一女郎即名昆亞德利斯者，貌美而多才，偶掉小舟，游海上，邂逅一少年律師名喬勿利，遭風雨，覆舟，二人胥溺，女頻險，力握喬勿利之髮，因俱得救。由是以才識相知，定生死交。愛好之私，甚於伉儷，而終不及亂。蓋第九章中叙女得夢，與喬勿利相會，幻爲銀絲與金髮，交糾勿釋之際，陡來一巨靈掌，握霜刃，力斷此髮。乃隨風入於幽渺之地。而銀絲顫顫作聲，如有所失，又似嘆息，已而漸微，至於不見。已隱伏後來良緣息斷，一死一生之意。與十五章喬勿利之夢聞女之情歌，二十二章女之夢赴喬勿利，皆寫心電感觸之理，微妙處近似《紅樓夢》八十二回中，黛、寶二玉之同驚惡夢，以刀剜心生痛，惟此則能就本地風光上，加寫海若妖霧，明愛神爲一，始終不滅於生死二界，立意較彼爲高耳。十五章記二人識夢後之問答。『喬勿利謂：「天下朋友之情，乃結交至於如此，則收局將如何者？」女曰：「斥去可爾。」喬勿利曰：「如潮有信者，又將如何？」女曰：「更斥去之。」喬勿利曰：「識諸中心勿諼者，又將如何？」女曰：「同盡可爾。」殆死之後，則真到忘懷地矣。脱化有靈……』與《紅樓夢》九十一回載黛、寶二玉談禪探意，亦略相類，而細膩處在十四章上，載女之言曰：『一小時之暫，彼此相隔，憤勃至於如是，一禮拜後之永別，則情況又將如何？』則口吻真是黛、寶二玉所出矣。嗟夫！黛、寶二玉，以寶釵爲中梗，乃致不得諧伉儷，喬勿利以既娶婀娜利亞，乃不得重偶昆亞德利斯，此其間雖略異致，作者之思想，實隱隱以一夫一婦之神聖愛戀爲提倡則同（從普通小説做法，在舊社會，不妨使釵黛二人同偶寶玉，不然，而必欲使去其一，此作者之立意高超處，爲普通小説所不及者，此意得之於余友冰嚴）。黛玉見棄於鳳姐，以鳳姐欲成寶釵，輕黛玉之傲性。昆亞德利斯見憤於女兒伊里沙白，以伊里沙白欲與傖富大隈婚，憂女弟之見奪，誤與喬勿利有私，乃至二人皆迫而就死，傷哉。黛玉臨死，且怨寶玉，是其心未諒寶玉之真誠，尚未甘於情死。昆亞德利斯已知喬勿利之深情，故甚解脱。臨死猶曰：『喬勿利聽吾言，吾爲汝死也。毋論上天下地，必留此精爽，待君相見。』黛玉鮮勸寶玉留心時務，昆亞德利斯數懇懇以喬勿利成名立業爲勉（見二十一章二十九章），若以通人眼光觀之，必謂黛玉較勝，若以新人眼光觀之，必謂昆亞德利斯較勝，我皆韙焉，其理又安在？謂先質諸讀者諸公。二十二章叙二人剖見肺腑，二十七八章叙女之隱别喬勿利，凄戀之情深切難言，令人觀之欲喜欲泣，徒呼荷荷而不能已。嗟夫！喬勿利之怨偶婀娜利亞，斸其愛情，但識以鑽寶炫諸跳舞場，卒死於彼，此足警海上社會之求偶者，亦足以令愚侈婦女之變計。昆亞德利斯之愛敵大限，雖有愛情，不能負才學乃類於傖父，宜乎爲昆亞德利斯慧眼所不肯垂青也。

錢之力，能役鬼神，驅萬物；以通俗言，似爲世界上第一威權物。而不知文人寸椽之爲物，威權尚有盛於此者。英文家却爾斯迭更斯（Charler Dickens）所撰諸種小説，其所描寫市井卑鄙齷齪之事，如禹鼎象形，秦鏡照膽，魑魅魍魎，五妖百怪，無不顯露紙上，一聽人之喜笑怒駡。蓋凡屬現世界之人物，不論貧富貴賤賢愚，苟有所遇，皆足爲其手下奴隸，可以拾供使役，爲所欲爲而不能禁。是故筆力之大，尤足蔑視此孔方而有餘。

今試問我國類此者有何種小説？人必曰《水滸》、《儒林外史》。此二種既推薦爲中國之社會小説，其取重固何在？人必曰在《水滸》之描寫各人，各有身份口吻，魯莽憨直機敏奸詐……之習性，皆可從其身份口吻中傳出，然則是無他。即所謂能作性的表現文學（此題名爲余所假定）是耳。性的表現文學，我國近不多見，彼迭更斯所撰獨多，佔文壇上永久之聲譽，我今不多評，即以其《賊史》（*Oliver Twsit*）一部言，一起始叙某外婦流落卑田院中，生子倭利佛，爲官中寄養於村間育嬰所，育嬰所虐待所有男女，以至於腹空而死，從知幼兒法不宜飽，蓋不飽之法，匪特利兒，亦足利己上生發，幸賴所主曼恩之媚詐，乃能瞞公差作勢之眉目。曰：『或佳節令晨，則每人予面包二兩，碗亦不滌，以群兒饑，恒以舌舐碗，碗潔乃如濯。既已，則執碗於手，引目視竈，幾欲并看其嗀，人人既不得食，則自吮其指，見案上有剩漿，亦之舐之令盡……所謂體操者，寒天嚴冷中，木特而仍擒而即之井闌，取井水澆其身，復患其寒，則行以杖笞，令血脈流溢無阻……』足見英國當時卑田院中之慘無人道。欲令我回想我國內地育嬰堂之設置，有何如者？而兒童公育之新主義，將或因此而多受社會之攻擊，亦未可知……

繼而倭利物被買製棺人家，復受主人蘇阿白雷一家之陵踐。寫蘇阿白雷之懼內，曰：『密斯既哭，則天地震矣。讀吾書之諸公，皆娶妻者，試問妻哭而仍不動，則人道淪於畜生，將奈何？』數語可謂與歐文同其滑稽色彩。而倭利物之懷母傷悲，酸辛處直足刺人心跳。後逃至倫敦，遇賊徒，引入賊黨，被捕官中，得雪冤而遇父友白龍路，復爲賊追蹤引還，至此乃有一伏綫，則猶太人受倭利物之兄孟克斯所囑托，將因遺產上關係，設計與賊爲同黨，力謀害弟於行賊，終於倭利物逐盜魁之後，去盜老命婦麥烈女郎密斯羅斯之家，幸爲收留，因與父友白龍路合。得賊窟中女賊南施之告密，共同設計，使二盜魁先後受誅死，仍得逼伏奸兄孟克斯，承受遺産，認識密斯羅斯爲姨母，成一結局。

中間寫盜魁沙克司之凶惡，法金之狡詐，密斯羅斯等之仁愛，醫生洛司朋之戇直，白龍路友人格林威格之氣傲，自食其顱一言，不離於口，麥烈夫人家僕之見賊怯，而事後雄談，羅斯與海雷之情愫，俱能爲各備一口吻身份，曲盡性的表現文學之藝術手腕，而公差之驕橫，官中賊窟之昏黑，下級社會之疾苦，或爲我國小說，即如《水滸》，尚且描寫不到者，此書揔來極悲切，令人感喟悵觸無已。旁及公差本特而與卑田院女司事考尼調情受制，先後種種趣事，刻劃微妙，尤殊令人發噱。

嗟夫！《水滸》寫草澤英雄，《儒林外史》寫儒林人物，人事既遠，其所及亦偏於下級以上人物，故決影像於社會之功效甚鮮，今固有發其悲天憫人之意，從蟻封狗洞中取材，爲此下級人物一道疾苦乎？則饗名之盛，或當不讓於迭更斯，願我中國新小說家共勉之。

（一九二一年二月二十日、三月十三日、四月十七日、五月八日、六月五日《申報·自由談·小說特刊》）

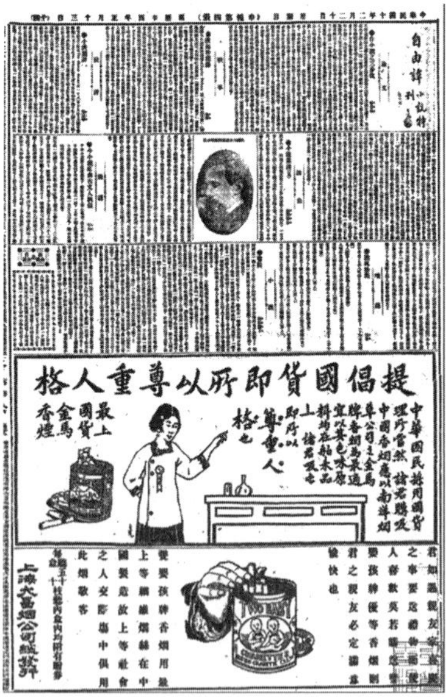
提倡國貨即所以尊重人格

最上國貨金馬香煙

今小説家與古文人孰似

恨水 撰

載於一九二一年二月二十日《申報·自由談》。作者恨水，即名小説家張恨水（一八九五—一九六七），原名心遠，恨水是其筆名。另用筆名二油、大雨、天柱山樵、哀梨等等。安徽潛山人。一九一四年起先後在上海《申報》、《新聞報》等多種報紙上發表文章。五四時期先後任蕪湖《皖江日報》、北京《益世報》編輯兼上海《申報》駐京記者。一九二五年主編《世界日報》副刊《明珠》，一九三五年主編上海《立報》副刊《花果山》。後與張友鸞創辦《南京人報》，任社長。抗戰時到重慶主持《新民報》工作，戰後任北平《新民報》經理。解放後被聘爲文化部顧問及中央文史館館員。著有小説《春明外史》、《金粉世家》、《啼笑因緣》等百餘部。本文將當時的小説家林琴南、陳蝶仙、惲鐵樵、李涵秋、葉楚傖、周瘦鵑、王蘊章、包天笑、姚鵷雛、徐半梅、王純根、楊塵因、程瞻廬等與古代的文學家相比擬，角度是不盡相同，分别以文字風格、創作特點、生平情況等出發，進行兩兩比較，如首則云『林琴南一代詞宗，語有來歷，似杜少陵；而其心懷故主，寄托遥深，則似吴梅村』，『惲鐵樵寫情寫景，千錘百煉，絶似柳柳州』等等，均有一定合理性。從中可見不同文體之間具有某種同一性。

年來小説界，沉寂極矣。瘦鵑諸子，苦心孤詣，意在中興。讀《自由談小説特刊》，可知其志趣之一斑。工作少暇，因戲取今小説家之著名者，學《紅樓夢》例，與一古文人相比，願以此補特刊餘白，藉爲小説中興時代之紀念焉。

林琴南一代詞宗，語有來歷，似杜少陵，而其心懷故主，寄托遥深，則似吴梅村。陳蝶仙一門風雅，才華淵博，小蝶、小琴，堪繼父業。合其喬梓觀之，似蘇家父子。惲鐵樵寫情寫景，千錘百煉，絶似柳柳州。李涵秋窮年累月，著作不休，似陸劍南，而走筆疾書，不暇修飾，文出於率，時多語病，則仿佛袁隨園。葉楚傖才大如海，心細如髮，白話文言，均超上乘，似盛唐才子，而其意氣縱横，假酒助勇，則又似李青蓮。周瘦鵑長於哀情，迴腸蕩氣，語語傷心，值似孟郊，詞華藻麗，滿紙血絲，則又似李長吉。王蘊章筆如游龍，首尾相應，其文絶似龍門小品。包天笑語轉如珠，活潑潑地，如金聖歎、談老談游嬉三昧，詼諧風生，似東方朔。姚鵷雛造意不凡，喜闢奇境，似黄山谷。徐半梅善於短篇，似歸有光。王純根文取淺顯，似白香山。楊塵因《新華春夢》，一賦得名，似司馬相如。程瞻廬文言似明七子，白話似湯玉茗。學林譯諸子，似桐城古文派。作新體小説者，硬語鑿空，令人費解，似人初學作韓柳文。

張恨水

我國現在之創作小説

鳳兮 撰

載於一九二一年二月二十七日、三月六日《申報·自由談》。作者鳳兮，見一九二一年《海上小説家漫評》提要。本文强調小説家要有『創作』的思維。他認爲，我國大量的小説并非是創作，能够得上『創作』的，只有見於短篇，『長篇則未之前聞也』。短篇中，唯魯迅先生《狂人日記》一篇，『殆真爲志意之創作小説，置之世界諸大小説家中，當無異議，在我國則唯一無二矣』。此外，如『天笑之《富翁之車》、《鄰家之哭聲》，瘦鵑之《酒徒之妻》，李髯之《鐃吹》等，均確爲自出心裁而有目的（指其小説之感痛力所及）者，均無所依傍或脱胎於陳法者也』。他熱切地盼望中國出現真正的創作小説，特别是長篇。

創作之界説有二：一爲體例之創作，一爲志意之創作。看似體例之創作易，志意之創作難。然志意美善者，未始不借重於體例之美善，猶有哲士之精神，必有抗健之體育者也。若除却翻譯他國文字，便稱創作，則太爲創作兩字增塊負矣。我國文人，染翰自作小説者多矣，連篇累牘，寫社會於章回小説者，是章回小説之裔流也，非創作也。堆砌文字，狀風情於似四六非四六之小説者，是四六小説（如《燕山外史》）之裔流也，非創作也。寓恢奇於筆記小説者，是筆記小説之裔流也，非創作也。然苟能於此若干種内，無論何種，含一充分而合於小説原理與純單或復雜之意思，則亦可勉强許爲創作。然而殊寥寥也。以體例言，我國近代小説初期發達時代（在清光緒二十八年後，吴趼人輯《月月小説》時），已有一種平話，或文言之短篇之創作，又有一種表示各個性之劇本小説，此兩種迄今人都爲之。若描摹固有之體例與借用其人物事實而諷世者（即《新水滸》、《新西遊記》、《新紅樓夢》、《新聊齋》之類），則純粹爲戲作的，萬不能歸以創作之名耳。故以嚴格言，我國非無創作小説，惟足當創作而無愧者，蓋亦鮮矣。且我國創作小説，只短篇而止，長篇則未之前聞也。鳳兮所見不廣，僅以所嗜而論之，魯迅先生《狂人日記》一篇，描寫中國禮教好行其吃人之德，發千載之覆，洗生民之冤，此篇殆真爲志意之創作小説，置之世界諸大小説家中，當無異議，在我國則唯一無二矣。描寫一個問題或一段事實者，如天笑之《富翁之車》、《鄰家之哭聲》，瘦鵑之《酒徒之妻》，李髯之《饒吹》等，均確爲自出心裁而有目的（指其小説之感痛力所及）者，均無所依傍或脱胎於陳法者也。

鵷雛等好效林譯筆法，而杜撰外國事實，以爲譯著，其實頗爲誤解。蓋中國人正不妨取他國人事實爲小説資料，何必曰譯。譬如法國人亦能描寫俄國事實，英國人盡可敘紐約城人物也。試問他國人以本國文敘外國事，亦托名於譯乎？此雖小故，説穿亦頗可笑。而對於世界觀念之歧異與隔膜，亦有關係也。此種小説佳者，吾亦以創作目之。至於用文言，因爲不攙入難解之古典，謂爲我國固有之美文可也。然造述之志意，大率比於歐洲十八至十九世紀之小説而止。文化運動之軒然大波，新體之新小説群起，經吾所讀自以爲不尠。而泥吾記憶者，止《狂人日記》，最爲難忘。外此若葉楚傖之《牛》，陳衡哲之《老夫妻》，某君（適忘其名）之《一個兵的家》，均令人滿意者。其他但憶其題目，不曰《一個挑餛飩擔的漢子》，即曰《一個再嫁的鄉下媳婦》，不是她的苦悶（嘗見蓮英之母王董氏，附某舞臺戲自誇廣告，亦連用許多她字，附書一笑），便是我的愛戀，此其形式類似新文學矣。著而出版者，固亦曰創作創作也。《晶報》諸子，不附新文學，而作短篇小説之用平話者，如胡寄塵之《閻王的新思潮》（胡君新近發表於他處之文字，則力爲新文學張目者）、馬二先生之《可憐之女郎》、李涵秋之《一百冥壽》，均爲創作之别裁，而偏於嘲弄者耳。張𪭢子之《五色旗的下面》，頗佳，論長篇，敘清代往事。但片段或聯數片段成一長篇之小説，除覽往知來外，無他志意，斷斷非創作矣。作中國偵探小説頗有人，惟程小青成一家言，在我國爲創作。然東方福爾摩斯，未免爲彼福爾摩斯之偶也。無可奈何齋主之考工外史，所叙之事誠創作矣，奈何以對偶之回目害之耶。是故嚴格以求我國之創作長篇小説，難已，然亦止以現在而言耳。鳳兮懷之既久，不期表而出之，來日方長，願諸大文家其興起，以鮮明其旗幟於世界之文壇（書訖憶商務印書館今年之《小說月報》，方大革新，具創作一欄，以居處鄉僻，尚未得見也）。

中華民國十年二月二十七日 星期日 （申報第四張）

自由談 小說特刊

我所見之自述體小説

鳳兮 撰

載於一九二一年三月二十日《申報·自由談》。作者鳳兮，見一九二一年《海上小説家漫評》提要。本文認爲『寫實即自述體，惟作自述體者不盡爲寫實派』。這是因爲寫實者必據『身遇之實』，而自述者多作『修飾』，乃至『極力鋪張自身』，故『反不能寫實』。這一觀點自有見地。

當世競言寫實派，實則寫實即自述體，惟作自述體者不盡爲寫實派耳。何以言之？自述體不論其書之主人爲自己爲他人，而所寫必即身遇之實。寫實派雖不以自身寫入書中，然因所寫爲身遇之實，不啻令讀者見著者當時觀察之狀，則與以他人爲書中主人之自述，無以異也。

本篇所論，限於我國之作者，譯本中自述體不暇論也。我所見之自述體小説，當然亦分兩種作法，即或以自己爲書中主人，或以他人爲書中主人，此種自述體小説，甚足表見小説家個性。而我國兩種作法之比較，以自己爲書中主人爲多，且於人物多修飾，自述反不能寫實，可詫也，故吾有自述體不盡爲寫實派之語。

今請分别論之。寫一身所遇，而不以自身爲書中主人者，只百煉生之《老殘游記》，頗有刺諷力量；吴研人之《二十年目睹之怪現狀》窮形盡相，而嫌零碎，且自身居一半主人，故第一法之作者甚少。若以自身爲書中主人，且極力鋪張自身者，則殊不少。長篇若張春帆自爲《九尾龜》中之章秋谷，不論其書，而其人之無所不能，恐宇宙間未必有此人也，此個性與《野叟曝言》之作者略同；天虚我生爲《淚珠緣》中之某某（偶忘其名）。情或有之，爲力摹《紅樓》之故，恐有過實。徐枕亞自爲《玉梨魂》中之何夢霞，能不諱其中國不許有之情，意尚可取，惟將自身力寫其爲潦倒名士，及紅粉憐才之意，則酸態逼人矣。姚鵷雛自爲《恨海孤舟記》中之趙秋桐，及《夕陽紅》欄録中之某某（偶忘其名），兩書皆寫所謂雅人雅事，不免將自己寫作此宗人矣。短篇若瘦鵑之《玫瑰有刺》、《玫瑰小築》等，寫情甚深摯，渠所遇甚奇特，而情之尊重，非人可及，雖密字千緘，而僅數見。今其人海天萬里，止通魂夢而已。天笑之《電話》及《天竺禮佛記》，纏綿盡致，皆爲一挾戀人而發。劉半農七八年前有《假髮》一篇，書其實驗偵探之事迹，頗爲中國偵探小説之先河，且斷非臆造也。大概許多小説家，間必有自述之作，隱顯可辨，即看似不關自己者，其因必得於所過，而以理想衍爲結構，以成自然派之藝術。所惜者，自述體小説中，竟無如迭更司之《大衛考伯菲而》（即《塊肉餘生述》），遑論易卜生作《社會柱石》後之作《群鬼》哉！此中國小説家與歐西小説家個性之大别也。

小説小説

落華　撰

載《禮拜六》第一〇二期。《禮拜六》於一九一四年六月在上海創刊，由上海中華圖書館發行，王鈍根、孫劍秋爲編輯，以發表『輕便有趣』（王鈍根《禮拜六出版贅言》）的小説爲宗旨，風行一時，至一九一六年四月發至百期時停刊。一九二一年三月復刊，由周瘦鵑任主編，王鈍根爲理事編輯，除小説之外，增發筆記、諧著、譯叢、雋語、瑣聞、笑話、雜譚等，至一九二三年二月出至百期後也停刊。作者落華，不詳。本篇文字不長，但内容值得重視。面對著當時對中國『舊小説』的批判熱潮，作者認爲舊小説固然有弊，但也不能批之太『酷』，特别是不可『牽涉政治，引證附會』。他認爲小説本來就是『十九臆作，天下未必有其人，天下也未必無其事』，但不可『流爲荒唐』。作小説的根本『大道』，就是要認定八個字來『命意』：『怡性養神，針砭薄俗。』一味空講西方引來的大道，鄙棄小説的藝術趣味，與不顧社會道德，有害於世道人心，都不是正確的道路。所以他説：『無論爲譯爲述，必有一篇之主旨，一篇之效益，亦有爲之作也。』爲此，他也嚴厲地批評了那種只顧詞藻，不重命意，只求奇特，不講真實的如『駢四驪六，濃詞豔語』的言情之作，認爲要作出得以傳誦的好小説，『作者必有若干年之學問，輔以若千年之閲歷，更以敏鋭之天資，詼諧莊崇，運以千鈞之筆力出之』。小説的最高藝術境界就是能使『讀者不復知其爲小説，徒覺身處於中，儼然爲小説中人，憂樂一如其境』。這些見解發表在《禮拜六》上，對於人們正確地理解當時廣受百姓歡迎的《禮拜六》一類小説與小説雜志，是很有意義的。

論中國之舊小説者，莫不推崇《紅樓》與《水滸》，謂爲小説之聖；毁之者則斥爲導淫誨盜之書，聚訟至今，莫衷一是。甚有牽涉政治，引証附會，不可謂訓。其實小説之言十九臆作，天下未必有其人，天下亦未必無其事。今之作者，遂本斯旨，流爲荒唐，其弊乃不可救。某君謂中國人之小説，可以八字賅之，曰『公子落難，小姐偷漢』。其論固中肯，然亦責之酷矣。晚近西書東來，司各脱、囂俄、毛柏桑、仲馬諸本，譯述者充斥市間。以吾所見，較諸吾國坊間以射利爲旨之哀情言情諸作，敻乎遠矣。蓋自四六派言情小説問世，小説之道遂受一劫憤世之士斥爲無恥，焚琴煮鶴，舉古今中外之名作，咸墮於不德之淵。苟有以爲小説之言，無稽之詞，大都落魄文人之作，則此論猶有忠恕者矣。夫小説者，本有大道，可以怡神養性，針貶薄俗，無論爲譯爲述，必有一篇之主旨，一篇之效益，亦有爲之作也。作小説不在詞章，而在命意。命意既佳，然後佐以詞藻，則可以行遠。作小説尤不在奇特，而在真實。苟尚奇特，必流虚妄，則無異於癡人説夢，寧有實益哉！作者苟細心體察，則市談屠語，鷄鳴犬吠，無勿可以入小説。更當細察國俗鄉風，人文地理，言北京必不能言其山明水秀，言南人者亦必不能言其皆凶猛好鬭也。尤當以遊歷所得，播諸字裏，則布景不窮矣。吾嘗見二小説焉，作者均係聞名之士，亦病於太無閲歷，失於濫布局景，讀者嗤之：一刻謂蘇州馬車可以達城内，而不知蘇州城内尚未通車；一則謂杭州城站在城外，不知杭州車站早已遷入城内。雖誤在些微，無礙全篇大意，然足失讀者景仰之心，即有移風易俗之妙文，亦將徒勞翰墨者矣。大抵小説之可傳誦人口，歌哭隨之者，作者必有若干年之學問，輔以若干年之閲歷，更以敏鋭之天資，誹諧莊崇，運以千鈞之筆力出之，讀者不復知其爲小説，徒覺身處於中，儼然爲小説中人，憂樂一如其境，則小説之能事，乃始盡焉。至以駢四驪六，濃詞豔語，一如圬工之築牆，紅□之磚間隔。以砌之，千篇一律，行見其淘汰而無人顧問，移風易俗則瞠乎後矣。

納璽委託之石像。巴西因無此美術雕刻。舶來品大抵半身者。不易從心選擇。適一之將有歐洲之行。故先以叁幀一件奉贈。（外裝懸挂用木框）又巴西郵章向無售國外之小包郵件。以是石像贈寄事殊形躊躇。幸昨者曾於郵政問題。已決定啓程前往寸衷於此乃大快。將尊件於下月赴歐後。當遵命物色也。一之今日游巴西名勝沛黛綠坡 Petropolis 距巴京麗河路遠約需小時火車可達。其地在高阜間。四季溫和。即盛夏亦時歇暑雨。酷似西美之南嘉利福宜州 South California 而南嘉州綠衫磯 Los Angeles 之彌留皆綠蔭。赤日之炙灸。尤足與此名區遙遙相對。巴西大總統平時均駐沛黛綠坡。惟有要公方往麗河。各公使避暑亦在此。前中國駐巴西使館亦設置其地。去歲方遷往麗河也。茲游方始得一絕句云。

濟陰流水絕塵譁　夾岸蹄聲走鈿車
小巷平橋俱有致　臨街滿布繡球花

繡球花之滿布此區。可與鳥膺之滿布紫羅蘭者。並傳爲花史中之佳話也。謹書此爲紀念。

第一之頓首九年十二月五日

▲小說小說

落•蒂•

説小説

馬雲聯　撰

載於《明星月刊》一九二一年六月第一期。《明星月刊》是蘇州月刊社發行的文學刊物，主要發表傳統詩詞與小説，尤其是希白詩社成員的唱和詩。馬雲聯，或許是蘇州當地的文人、希白詩社成員。作者認爲，小説的基本功用是『消閒』，但只要『宗旨純正』，也『確是一種有功於世道人心的利器』。至於次一等的，如《封神榜》、《西遊記》等，雖然『不免跡近迷信』，然而若委以神道設教，也可以挽救薄俗。至於寫一些荒謬絶倫的誨淫之作，那就是名教罪人了。正因此，創作小説要格外慎重，『必須先正其宗旨』。

小說一類，雖說是消閒的東西，然而他的性質，也具有一種極偉大的潛勢力，并且宗旨純正的，還可以補助社會教育之不及。文筆雅暢的，更足以增長閱者的智識。論他的功用，確是一種有功於世道人心的利器，原不可以厚非的。但是以上所述，完全是對於一種宗旨純正、無傷大雅的普通小說而言。若論其次的小說，那就有點靠不住了，譬如舊小說中的《封神榜》、《西遊記》等，就不免跡近迷信，然而尤可委爲以神道設教，挽救舊俗。若再論其次，則每況愈下，更不堪聞問了，例如《金瓶梅》、《杏花天》等，尤屬荒謬絶倫，誨淫禍首，已不知遺害了多少青年子弟，若說他的罪惡，真個不獨是名教罪人。說句迷信話，恐怕他死後，還要入阿鼻地獄哩。

統觀上述諸説小說的弊端，與小說的良莠，其關係既如是之重要，做小說的人，又安可不格外慎重？此所以記者要勸告以後做小說的人，於下筆做小說時，必須要先正其宗旨，萬不可再做遺害青年的淫書，庶幾爲社會、爲己身減少一些罪惡。

說小說

(馬雲聯)

小說一稿。雖說是消閒的東西。然而他的性質。也具有一種極偉大的潛勢力。並且宗旨純正的。還可以補助社會教育之不及。文筆雅暢的。更是以增長閱者的智識。論他的功用。確是一種有功於世道人心的利器。原不可以厚非的。但是以上所述。完全是對于一種宗旨純正無傷大雅的普通小說而言。若論其次的小說。那就有點靠不住了。譬如舊小說中的(封神榜)(西遊記)等說不免略近迷信。然而尤可委爲以神道設教挽救薄俗。若再論其次。則每況愈下。更不堪聞問了。例如(金瓶梅)(杏花天)等尤爲荒誕絕倫。誨淫誘盜。已不知遺害了多少青年子弟。若說他的罪惡。眞個不獨是名教罪人。說句迷信話。恐怕他死後。就要入阿鼻地獄哩。

統觀上述諸說。小說的弊端。與小說的良好。其關係既如是之重要。做小說的人。又安可不格外慎重。此所以記者要勸告以後做小說的人。於下筆做小說時。必須要先正其宗旨。萬不可再做遺害青年的淫書。庶幾爲社會爲己身減少一些罪惡。

蘇臺新柳記自序

(悟庵)

人方運動禁娼。而我乃作蘇臺新柳記。是不啻人皆提倡而我獨反對矣。然我亦自有說焉。蓋娼妓之是否應廢。是爲重要問題。既有人提倡廢止。必有人研究討論。固不必我爲之過慮。我惟唯唯否否。一任其自然而已。但娼妓尙未禁止以前。我蘇社會仍有娼妓存在。則言論原許自由。我又何妨走我禿筆。就我所知者。一一記之。蓋即使娼妓竟能禁絕。新柳記中人。亦已各有所歸。則名花有主。有情人都成眷屬。不致風泊鸞飄。亦未始非收拾風花一大快事。而我今

花萼樓隨筆・小說叢話

民哀 撰

連載於《小説新報》一九二〇年第六卷第九、第十期。姚民哀，見一九一九年《息廬小説談》提要。作者有感於當時的小説話多注重於撰本而不及譯本，對於二十年來自己所閲的數十種譯本作了點評。其評論既關注原作的高下，也重視譯筆的短長；既用藝術的眼光來觀照，又思考作品的思想内涵，乃至大衆的接受與社會的影響。在歐美作者中，他推崇嚣俄、迭更司、司各得、哈葛德、大仲馬、小仲馬、托爾斯泰等大家，在譯家中除稱許林紓、陳大鐙、包天笑之外，尤可注意者對金石譯《天方夜譚》推崇備至，贊其「文辭淵妙，爲諸譯本之冠」，「能達原有之義，無溢無漏」，「可云空前絶後」。另對新文學家周作人譯波蘭文學家顯克微支的《炭畫》『文筆簡古，可謂不負顯氏名作矣』，態度比較客觀。在藝術觀方面，他强調作品的『命意』，要有『情』，且『美』，『曲折而不奥，平實而不衍，使人觀之生感，讀之動色，此即文字之情也。至於文字之美，更當於意外求之。必使無不達之意，無不盡之情，而騰挪操縱，或詳之，或略之，或隱之，或顯之，詳而不複，略而不率，隱而不晦，顯而不盡，矯若遊龍，翩若驚鴻，文章美妙之境，能及乎斯，思過半矣』。在發掘作品的思想意義時，頗多感慨，發人深省。如閱《魂遊記》曰：『世界云者，即你我相哄之謂。』、『不啻電影場中一重紙耳！隔此一層紙，何在而非聖賢豪傑、忠臣義士；去此一層紙，其現象之醜劣，尚堪入目乎！』又如讀《孝友鏡》後有感而發云：『凡人皆具好惡之心，譽之爲君子，尊之爲天人，無論其有當於實與否，足副其名與否，即自揆，亦知譽者之過情，然聞之者無不色然以喜，儼然居之而不疑。嗟呼！人類之所以能生存於世，與夫世界之所以能治平之道，迺皆以此區區一念，所集會維持而成者也。』再如讀《洪罕女郎傳》後，感歎曰：『嗟呼！吾國今日之所謂男女戀愛自由，試進究其情感，何莫非以銅臭爲轉變！讀此爲喟然久之。』如此等等，足以警心。另外，他在比較了歐美十八、十九世紀文學流變的情況，及對照當時我國的『改良文學』後，對基於進化論的文學發展觀表示懷疑，認爲後來者未必都是『文學之進步』。當然，他說歐美十九世紀文學與十八世紀相比『如醇酒之逐變而成灘』，以及指責發動『改良文學』運動者『狂妄無識』，未必准確，另當別論。

吾友楚傖、寄塵、秋星、平之等，昔均有《小説雜論》、《小説閒評》、《小説雜話》諸作，最近浩然李子亦有此著。惟之數人者，或紀作小説之程序，或評爲小説之優劣，咸注重於撰本，不及譯本。客窗無事，因憶及二十年來所見之譯本小説，彙而志之，聊貢一得之愚於當世讀者，倘云與楚傖諸子較短長，則媳婦醜顔，無地可容焉。

商務印書館出版之《狡獪童子》，譯筆極有佳致，惜原書太無興味，不足稱爲佳小説。此書前半，純摹法小説家囂俄所著之《孤星淚》，通篇亦約略模倣，惟平衍無奇，無所取意，較之《孤星淚》，殆不止上下牀之别。近見《小説月報》短篇中有《小説範作》一篇，亦論及摹擬之文，頗多中肯語，然摹擬不嫌其太似，惟恐其無情。所謂情者何？蓋一篇當有極佳之命意，屬辭搆局必期盡善盡美，曲折而不奥，平實而不衍，使人觀之生感，讀之動色，此即文字之情也。至於文字之美，更當於意外求之。必使無不達之意，無不盡之情，而騰挪操縱，或詳之，或略之，或隱之，或顯之，詳而不複，略而不率，隱而不晦，顯而不盡，矯若游龍，翩若驚鴻，文章美妙之境，能及乎斯，思過半矣。

英人巴科著《小拿坡崙别紀》，叙一少年，其家世爲拿皇遺孽，在坎拿大之蓬溪村，聚衆起事，欲直擣法京，恢復先業，卒爲英軍所殺。事本兒戲，以比蒙�之叛，尤所不逮，讀之頗堪發噱。（蒙笋事，見《金風鉄雨録》。）結局謂是子果爲拿皇與加斯泰郡主所生，後竟淪爲厮賤，遂昧所生。此則近於好事者之附會，未免蛇足。讀此書者，但作小説讀之可耳，勿復深求也。然據此可見拿坡崙之聲名，赫赫在人耳目，文人才士，不惜苦心搜索，摭拾一二遺聞軼事，恣肆筆墨，鄭重出之，以期聳人聽聞。拿皇之魔力，誠偉矣哉！

《鷲婚記》叙法王路易第十一故事，而緯以愛情。歐西小説，捨偵探科學之外，無不以愛情爲淵源，然其佳者之言情愛，絶非專言兒女昵私，必有一種顛僕不破之主旨，而歸本於道德宗教，以史事爲經者，蓋示人不可以小言視之也。此書之言愛情，其實亦不過兒女團圓，英雄封拜，爲事若不足奇，惟著者爲英國大小説家司各得，凡經其筆，雖極平淡之事，從其活虎生龍之筆曲繪以出，則自能使讀者神采飛動而不覺其套之陳熟也。文字之境至此，真神妙獨到秋毫顛矣。

法大仲馬亦能爲歷史小説，雖魄力沈雄，而失之冗。司各得則取境極恢廓，而用筆極綿密。近代小説家柯南達利所著之《黑太子南征録》，純學司氏，幾可亂真。柯氏又有《恨綺愁羅記》，叙法王路易十四故事，《髯刺客傳》叙拿坡崙故事，亦負盛名，狀二君驕奢睥睨之概，繪聲繪影，與司氏諸作并傳不朽。諤聲言，讀司各得、柯南達利諸書竟，反而視我國舊有之《列國演義》、《三國演義》等書，鮮有不哂著書者之爲笨伯也。

《魂遊記》之譯者，署名傲骨。書叙意人格恩梅，能以靈魂出遊，而覘及社會家庭一切難言之醜狀，終局遂爲極端厭世之人，設想不爲不奇，而余則獨笑著者之不達也。蓋世界云者，不啻電影場中一重紙耳！隔此一層紙，何在而非聖賢豪傑、忠臣義士；去此一層紙，其現象之醜劣，尚堪入目乎！夫婦各夢，而相見則情致纏綿；君臣異心，而對越則忠誠盎溢；至於欺世盜名、僥爵倖禄之屬，更言之不勝言矣。京人諺語：『瘸棍李，把眼擠。你哄我，我哄你。』世界云者，即你我相哄之謂。

吾願爲旁觀之擠眼人，不願爲戳破紙窗之人也。書中格恩梅曰，世間真愛余者，惟父母，夜深歸寢，獨念我如醉如狂。其他如親愛之骨肉，知己之友朋，往來之親戚，鄰近之鄉里，實皆與我身無絲毫之關係。余（著者自謂）謂過來之人，世情之真相，領略殆盡。父母之恩，自然不忘，毋勞前人之指示也。

英伊門斯賓塞所著之《荒唐言》，初本韻語，麥里霍司爲之衍成小説，皆寓言也。麥氏序中，已揭其旨。書中叙屠龍誅歧舌之獸，皆極窈渺，不可究極。蓋屠龍者，屠寇誅獸者，去佞也。林琴南跋語中，亦論及之。斯氏原詩，頗似吾國屈原之《離騷》，亢歌而託之神怪，亦約略相同。才人不偶，國步淩夷，感時撫事，發爲歌詠，託之荒唐，以泯其迹，苦心孤詣，真足興後人無限崇仰之私焉。

天笑生譯《鐵窗紅淚記》，法小説家囂俄之名著也。書叙一死刑犯之自述，設局頗奇，言語支離，文字冗沓，亦絶肖獄囚狂熱之所發。才人無所不能，其體貼入微，構想極妙，真足傾倒。囂俄出身窮蹙，其身世迨與英之迭更司相彷彿，故其書專叙下流社會，而於牢獄桎梏之慘，尤爲注意，其宗旨蓋可思也。迭氏之書，自書冤怨，而好爲諧噱之談。囂氏之書，多借題發揮，然亦每多悲苦之語。故筆法雖殊，感動人心則一。

英哈葛德所著《大俠錦帔客傳》，亦爲天笑生所譯。此書叙事平衍，情節亦無味，遍觀哈氏一生之著作中，恐以此書爲最下。

《女虛無黨》一書，爲天津路鈞所譯。譯筆甚佳，其中且多參以己意，或此書託名譯本，實係自撰亦未可知。情節既佳，譯筆又爽，語有可爲格言者極夥，律身之要，宜書座右，洵爲四十年來譯本小說中之上選。

哈葛德所著之《鬼山狼俠傳》、《烟水愁城録》及《蠻荒志異》，皆叙非洲蘇魯國軼事，合地理歷史言情於一爐，而傳以色采，讀者動目變色，呼吸爲窒，幾若此身已入熱毒之域，觀其得所，爲之欣然，亦若此身之去苦而就甘也。小説若此，余無間言。三種中，尤以《鬼山狼俠傳》爲最奇恣，書叙霸王查革，伏屍百萬，好大喜功，與拿坡崙足可并論。所不同者，範圍較小耳。

《天方夜譚》一書爲阿剌伯古代著名説部，歐西各國，傳譯迨遍，即譯爲英文者，亦有數十本，就中以德文本爲最多。蓋德意志與土耳其，有極密切之關係，翻販自易。其次爲俄文本，轉譯自德文者，凡二巨册，余嘗見之，每本厚可八英寸。英人譯本，已有删節。且各本詳略不同，以冷氏本爲最佳。吾國譯本，即自冷氏譯出者，譯者爲元和奚若，潤辭者爲會稽金石。金爲西浙有名詞章家。此書文辭淵妙，爲諸譯本之冠，宋以後之文言小説，似無能過之者，余最愛讀之，既無譯文拘牽之迹，而恰能達原有之義，無溢無漏，足見譯者匠心之苦矣。在譯本小説中，亦可云空前絶後。原書極俶詭，文境奇變，引人入勝，開眼中未有之奇，炎晝讀之，足却睡魔。余讀已三十過，仍覺有味而未厭也。

包天笑所譯之《情網》，叙拿皇軼事，頗能得其一二，足資史識。此書不著撰述者之姓氏，當爲近代人所作。蓋其結構，如流行之偵探小説，篇幅不長，而綫索極紊，且第十七十八兩章，前後叙事竟爾兩歧。其開場劫金一事，結局亦未點逗呼應，當屬漏筆，或以急於蕆事，遂爾有此。書尚可觀，然非名家之作，若略加修飾，補其罅漏，則成全璧。晝長或寒宵讀之，亦足遣晷，勝讀近年坊間流行之書多多也。

希臘神話，詼詭似東方曼倩《神異經》、王子年《拾遺記》，汗漫宏肆，爲研究神學之好資料。亞洲古國，大半奉多神之教，即歐西古代亦然。迨耶蘇出而舊教由博反約，奉耶蘇外，十二門徒仍預其次，如中國從祀孔廟是，此仍多神教之遺也。至新教則一掃而空之，定於一尊，耶蘇之外即爲上帝，上帝以外并無他尊神，此約之又約也。

凡人皆具好惡之心，譽之爲君子，尊之爲天人，無論其有當於實與否，足副其名與否，即其自揆，亦知譽者之過情，然聞之者無不色然以喜，儼然居之而不疑。嗟夫，人類之所以能生存於世，與夫世界之所以能治平之道，迺皆以此區區一念，所集會維持而成者也。執小人而譽之爲君子，小人不自知其言之相反也。雖所行之不德，而無不願居有德之名。善良之得以保存，人類之所以安全，職以是焉。余何爲而作此言？蓋余讀林譯《孝友鏡》説部有感而發也。書之著者，爲比人恩海貢斯翁士。書叙一貴爵，因救弟而蕩其產，其女不怨不懟，苦作以養其親，父女皆有聖賢之操行者。歐西果有其人乎？竊恐作者亦見夫權利義務之競争太烈，父子兄弟之情義日薄，激而爲此道德之正言，以期挽狂瀾於既倒。其旨殊可佩，其事則當係虛搆者。

《十之九》一書，爲揚州陳大鐙所譯，係短篇神怪小説，丹麥小説大家安徒生之名作。其《飛箱》

一則，爲極有興趣之寓言。敘一財虜之子，父死而蕩其産，落魄無聊，其友贈以一箱，箱能破空而飛，因乘之至一國，爲王后所寵，欲令尚主，而蕩子之箱忽焚，神跡既泯，不敢面主，乃淪落終其身也。嗟夫！人有所憑藉，咳唾皆成珠玉；一旦失持，而向之隨聲附和者，此時皆反唇以譏之矣。蕩子知難而退，不可不謂智者之儔也。作者警世之功匪淺矣。

司各得之善爲歷史小説，能使讀者眉飛色舞，如置身千百年前，似與古之英雄豪傑相對，坐而聽其謦欬，閉目凝思如欽其豐采，余前已述及之。司氏小説魔力極宏，一書既出，萬本争傳，吾國已譯之本，則有《撒克遜劫後英雄略》、《十字軍英雄記》，咸爲林琴南之譯本，《露巳傳》、《鶯婚記》，爲陳大鐙之譯本。

波斯女章挪利達者，豪爽絶倫，凡有讚其物美者，慨焉脱手付與，無少吝色。迨後加利弗而至索波女，女具美色，與挪利達情好至篤，亦慨焉立諾，岸然自去。比之吾國前賢，不顧破甑故事相較，殆有過矣。按佛典中太子須大拏經事，極與此相類。須大拏爲濕波國太子，好施與，隨所取索，不逆人意，迨後波羅門乞其二子爲奴，天王化身，就索其妃，亦立予之，無少躊躇，後證佛果。挪利達其有夙根乎？何二事之相同耶？吾知其成佛，當不在須大拏下。

《龍穴合窆》，記敘哀情，悱惻纏綿，令人不忍卒讀，而辭采斐亹，餘香在口，令人作十日思，真佳作也。

《談瀛記》，頗類吾國之《鏡花緣》而詼詭過之。其記墨力車國，或即邈黎國？按宋元祐四年，邈黎始與五國通，見《通考》。

（《小説新報》一九二〇年第六年第九期）

世界著名小説家託爾斯泰，生平所著小説極夥，多宗教家言，絮絮談瑣屑，大似老媪話家常。友人有病其沈悶陳腐，謂不似小説。余則曰，託氏之作，本不當以小説目之。綜覽諸篇中，名言至理，層出不窮，豈可以觀小説之目光觀之乎？林琴南所譯之《社會聲影録》，亦爲託氏短篇名著。試細味其一述尼里多親王，意指重農務，語極沈晦，非反覆讀之，不知其旨。一敘刁冰伯爵，則爲一慷慨任俠之貴胄，讀之覺紙上虎虎有生氣，筆法截然不同。十八世紀以迄於今，如託氏其人者，尚無有第二人出。

揚州陳大鐙所譯之《風俗閒評》，未著撰述人之姓氏，披讀一過，始知爲俄大小説家麥氏之短篇傑構。譯者自序中云，麥氏短篇，雋永名貴，令人挹之不盡，書之猶恐不達，每篇皆有極深湛之命意，苟讀者細細體會，自能晰其奥妙云云。余於麥氏他作，未能盡讀。此書專敘社會種種心理的現象，類似理想小説，名之曰『風俗閒評』，評字覺微嫌寥闊。

哈葛德氏所著之《洪罕女郎傳》，敘兩男争一女，事極平半，而能點綴生姿，動人觀聽，此蓋名家絶技，於輕淡處下工夫。書中文筆之最有風采者，如：『凡人自問能風致勾動美人，於意初謂自得，顧久久不償彼美於已風采外之欲願，則婦怨無終，恐必生其他風波於醋海，則向之風流，亦適因以自困。前此固爲情失足，惘惘無知，迨一經回頭，匪特味同嚼蠟，并將緣情而生恨也。』此種言論，少年人自負風流者，大可書諸座右，引以爲警。又曰：『天下粗疏之人，往往以己心引人心爲比例，然事必無成。務須以人心引己心爲比例，始克有效。』此亦透達人情語。諸如此類，不勝縷述。余最愛其『富貴者，不必爲愛情中媒介物』一語。嗟夫，吾國今日之所謂男女戀愛自由，試進究其情感，何莫非以銅臭爲轉變！讀此爲喟然久之。

《炭畫》一書爲波蘭文豪顯克微支氏著。顯氏生平著述宏富，所撰歷史小説數種，皆傳於世，尤以此書爲最負盛名。其爲文悱惻深刻，尤長廋詞，類多可解不可解之語，所謂亡國之音哀以思也。是書初讀之，無甚趣味，幾不類小説；再讀之，略有興趣；若數四讀之，則黍離麥秀之感，溢露於字裏行間。惜乎世人能讀此書者甚少。譯者係會稽周作人，文筆簡古，可謂不負顯氏名作矣。

歐美小説傾向政治者，多爲平民吐氣；演述社會者，亦多注意民生。即降而言滑稽小説，亦類皆寓莊於諧，於談笑風生中忽出莊語，誠所謂當頭棒喝，使人憬然知所澈悟，則其有功於人心世道，自然鉅矣。吾國小説，捨《儒林外史》之外，鮮能跳出淫盜二字之窠臼，故有言人心如江河日下，小説家實第一罪人。此雖持論過甚，然匪臆造無因之語也。

吴門天笑生所譯之《鏡臺寫影》，叙伉儷間瑣屑事，曲折寫來，有水到渠成之妙。是書藍本情節固佳，兼之爲包朗生經意之作，自當極盡情聖，不落言詮第一乘。《空谷蘭》、《梅花落》、《迦茵小傳》之外，當溯此書。其叙麗珊之不善持家，雖脱胎於迭更司《塊肉餘生述》中，而好在未曾刃傷事主。

晴晝無事，披覽一過，亦足使人鬱解。

《黑奴籲天録》，美國斯土活女士原著，亦係林畏廬中年譯本之一。是書叙事務詳實，筆亦婉委可誦，惟魄力微嫌纖弱，究屬女子本色。前年覩北京《啓蒙畫報》，有以此書翻爲白話，逐日刊登，然更不若林譯之勁練。當林譯此書之際，正吾國工人在美受虐，舉國騷然，羣言抵制美貨，而此書適出，一時觀感所及，莫不聞風興起，上海新舞臺即以之編爲歌劇，此書遂不脛而走，行銷不可勝算，一時盛名，無與倫比。及今回思，已陳成迹。嗚呼，吾國一切事皆可作如是觀。凡事之起也，喁者一而唱者百千累屬焉。既不究其事實，復不問其成敗，成則羣争其功，敗則互相諉過。其興也如疾風之振弱草，其滅也如冰雪之遇朝陽。當是時，苟有反對之者，則起而攻擊排斥者，比比皆是也。熱潮既過，迅變灰冷，此時再有談之者，則又羣起而斥爲不達時務矣。嗚呼，《黑奴籲天録》出版時之抵制美貨，上年之抵制日貨，潮流激湍，應其需要，羣人諷誦，以爲歌泣，可以感鬼神，發蒙聵。去今曾幾何時，冷如冰雪，《黑奴籲天録》之無人顧問，即可代表羣衆心理矣。聞外人五分鐘熱度之譏，吾爲之歎息不禁也。

英小説家司蒂芬孫，精輿地之學，尤好探討社會心理，故其所爲小説，多含有冒險及哲學興味。其所著之《金銀島》爲冒險小説，筆路平適，無甚奇特，《笑裏刀》則描寫社會家庭之種種險惡，迭更司不能擅美於前。書中兼及輿地政治之學，不涉言情範圍，想見其孤高拔俗矣。

《革心記》即商務印書館出版之《易形術》化名。書叙一醫生，因好奇之念，謂舉世之人，皆具兩種性格，絶非純一簡單。專於爲善，或偏於作惡。其所發明，則能以藥力將人剖分爲兩，一爲純善，一爲純惡。於是自加試驗服藥之後，果化爲惡漢，作奸犯科，無惡不作。迨一服解藥，則復元之後，追憶曩事，又復愧悔無地，卒以此自戕其生。事極詼奇，於科學固毫無所當，純粹爲寓言的小説，讀者慎勿受其欺也。

霍旨因（一譯霍桑，或作霍爽），美利堅之著作家。美爲新造之邦，文學之統系，一以英國爲嚆矢。霍旨因生與佛蘭克林同時，爲契友。佛氏既爲總統，登高一呼，霍氏望風而起。惟時美之以文學鳴者尠，霍氏適承其乏，遂享絶盛之名。然其文固未敢許爲大家，人之心理，對於作事不厭其新，而於文學則又不嫌其舊，童稚相聚，羣以古事爲談資，事古而不衷於史，則必迷離惝怳，而近於神怪矣。人心嗜古而好異，蓋自幼已然矣。安徒生、格雷姆，即以是博盛名者也。美國締造新邦，紅人野蠻之史不甚愜於人心，而神怪荒誕之著作，適有霍氏出而應其需，於是著奇書，著故事重述，皆荒誕不可究詰。書稿甫脱，即風行全美。霍氏文筆清敏，娓娓不倦，善於探奇造意，而叙史非其長，布局排陣，尤覺平庸，故其生平著述，捨志怪以外之書，真鮮有可觀者。霍氏所著之奇異小説，流行我國者，有《古史鈎奇録》，商務印書館有翻刻本，甘永龍有譯本，見英文雜志中。《羅仙小傳》，亦霍氏著作之一，但原書平衍無味，譯筆亦欠明爽，雖爲名人之作，其實不能使讀者滿意。書中叙一女郎，患熱症而嗜酒，以催眠術治愈之，遂與人結婚。謂爲言情小説，則從無此淡而無味之言情者；謂爲科學小説，則論催眠術亦未能發揮妙藴；不知何所取義。而著是書，若以爲文學家言，因生虚榮之心，師崇拜英雄之意，然則此戔戔小册，實無一毫可取之價值。余默察世人比比讐於虚聲，不論文字之美惡，故特以霍氏之《羅仙小傳》爲的，特辨而斥之。

託爾斯泰之《婀娜小史》，洋洋三十萬言，亦爲揚州陳大鐙所譯。文筆雅飭，無不達之情，洵佳構焉。書叙婀娜爲貴族之女，而嫁爲貴族之婦。夫爲少年政治家，聲望極隆，婀娜貌既絶美，地位復高，乃忽愛一少年，與之私會。初避其夫，繼爲夫知，其夫念兩家之聲名，但施以勸誡，而不以决裂手段對待之。婀娜居然直認不諱，且爲吾身已有彼人之血，今告汝知之，當奈之何？此女之淫毒凶悍，可云超越等倫矣。吾讀已此書，始信天下具非常之美者之人，其中實藴釀非常之毒，故真君子萬不可耦美婦人。美婦人當以之配蕩子，使其困頓流離，造成薄命之局，則一切凶獰之惡德，無自而發洩，反足動聞者之憐憫矣。

英法文學，當十八世紀時，極重寫實，文字樸茂，十九世紀之初，則已漸趨於蹈虚，至於今日，則每書皆挾有搔首弄姿之致，如醇酒之逐變而成灕，草草讀過，固無復有往覆迴環之餘味，即細按之亦絶少深湛淵永之思，足耐人尋繹焉。謂此爲文學之進步乎？吾恐英法之人不敢作是言也。而奈何吾國今日竟有冒大不韙以改良文學爲標，力與古人爲難者乎？此輩之文，若令西人觀之，亦當啞然失笑，而深憐若輩之狂妄無識者已。

林譯《西利亞郡主别傳》，言情小説也。書爲英人馬支孟德所著，文境千迴百折，忽縱忽擒，能使讀者目光隨之上下，昔賢所謂文似看山不喜平，馬氏之小説有也。書中叙瑣屑情事，頗能狀嬌憨女兒態度。馬氏雖非歐美著名之文學家，而此書之構局，實具無限苦心，就文論文，尤稱佳著。

《銀山女王》一書，爲曾樸譯，不詳作者姓氏，恐係臆造者。布局大似《七俠五義》一類之舊小説，通體以俠爲主柱，用筆直如首見尾不見之神龍，無一筆落人窠臼，余幼年最喜展誦，惜僅出二集，以下中斷，殊爲可惜，設再令仍爲貂續，恐亦將宣告力乏不能爲也矣。

《啞旅行》本爲鄉先哲黄摩西人虚空構造，酒餘茶後，偶與人談及，遂爲人衍成小説。書中佳點不少，閲之真堪絶倒，惟無藍本，終嫌過甚其辭，年來市上，欲購不得。

梁啓超《新民叢報》中所載之《十五小豪傑》，儼然一共和國之模型。悉心讀之，書中不乏特異之點。或言是亦迻譯者，不過捏造十五人之名字，加叙孤島之名目，而使讀者之驚心怵目而已。余謂即迻譯亦佳，惜譯者之姓氏，不復能憶。近年書肆中，有刊爲單行本者。余意此書大可令悟性乍開之青年讀，定能望收增進冒險精神之效果。

迭更司氏之《塊肉餘生述》，人莫不知爲歐美來華小説中之巨擘。亡友龎龍禪以之比《紅樓夢》。寫情小説，至於此書，可謂觀止矣。余覺以《紅樓夢》擬之，似尚是彼勝於此。蓋迭氏此著，妙在寫實無纖毫作家氣息，若《紅樓夢》則一味鋪張，大觀園之筵會，一再而三，雖表面不同，其旨則一，後人摹之，偶一不慎，則病重叠，不若《塊肉餘生述》之明爽，能啓發後人門徑。

年來東瀛小説，輸入吾國者，亦復不少。不過此邦文字，終病纖弱，造意雖在歐美小説之上，行文則平平者多。試與嚣俄、迭更司、大仲馬、小仲馬、託爾斯泰等諸大作家之著并列，則優劣立判矣。

（《小説新報》一九二〇年第六年第十期）

花蕚樓隨筆

（民哀）

小說叢話

吾友楚傖、奇塵、秋星、平之等。昔均有小說雜論。小說閒評。小說雜話諸作。最近浩然李子。亦有此著。惟之數人者。或紀作小說之程序。或評爲小說之優劣。咸注重於撰本。不及譯本。客窗無事。因憶及二十年來所見之譯本小說。彙而志之。聊貢一得之愚於當世讀者。倘云與楚傖諸子較短長。則媿赧醜顏。無地可容焉。

商務印書館出版之狡獪童子。譯筆極有佳致。惜原書太無興味。不足稱爲佳小說。此書前半。純摹法小說家囂俄所著之孤星淚。通篇亦約略模倣。惟平衍無奇。無所取意。較之孤星淚。殆不止上下牀之別。近見小說月報短篇中有小說範作一篇。亦論及摹擬之文頗多中肯語。然摹擬不嫌其太似。惟恐其無情。所謂情者何。蓋一篇當有極佳之命意。屬辭構局。必期盡善盡美。曲折。不奧平實而不衍。使人觀之生感。讀之動色。此卽文字之情也。至於文字之美。更當於意外求之。必使無不達之意。無不盡之情。而騰挪操縱。或詳之。或略之。或隱之。或顯之。詳而不複。略而不率。隱而不晦。顯而不晝。矯若游龍。翩若驚鴻。文章美妙之技能。及乎斯思過半矣。

英人巴科著小拿坡崙別紀。敍一少年。其家世爲拿皇遺孽。在坎拿人之蓬溪村。聚衆起事。欲直搗法京。恢復先業。卒爲英軍所殺。事本兒戲。以比蒙笲之叛。尤所不逮。讀之頗堪發噱。（蒙笲事見金風鐵雨錄、

小說叢談

胡惠生撰

連載於《儉德儲蓄會月刊》一九二一年第二卷第五期、第三卷二、三、四、五期至一九二二年第四卷第一、二、四期。《儉德儲蓄會會刊》，一九二二年在上海創刊，由儉德儲蓄會發行，儉德儲蓄會文書部編輯，主要撰稿人有胡郯卿、胡伯翔、陸子華、胡惠生、鄭嘯埃和胡樸安等。內容豐富，有論説、名著、美術、遊記、小説、文苑、雜俎及譯叢、翻譯各科知識等，還附有大量照片和圖畫資料。胡惠生（一八九三—？）原名道吉，字蕙蓀，化名朱曉春、孤芳等。安徽涇縣人。南社成員，曾擔任《民報》主編、國民黨中央通訊社總社編輯。一九三八年，積極參與創辦《文匯報》，任編輯主任，發表進步文章，後長期在上海《文匯報》工作。本文名曰『叢談』，内容頗爲豐富，且稍具系統。開始幾則，簡略地勾勒了中國小説史的脈絡，要言不煩，這在《中國小説史略》公開出版、形成影響之前，還是獨具眼光的。後對中國小説文體的分類與内容的分類，也較細緻與合理，辨析得當。在中國小説理論批評史上是較爲難得的一篇文章。

《漢書・藝文志》曰：『小説者流，蓋出於稗官，街談巷語，道聽塗説者之所造也。』當古者人君欲知閭巷風俗，故立稗官使稱説之（如淳注）。瑣碎微細，有聞必舉，義取莊周之寓言，而以規正人君之得失，傳載與人之誦，詩美詢於蒭蕘。小説之始，其此時乎。張衡《西京賦》曰：『小説九百，本自虞初。』考虞初《周説》，九百四十三篇。漢武時方士侍郎隴黄車使者所作。《漢書・藝文志》曾載之。其書不傳，然《漢志》所載小説家共有十五家之多，雖間有僞託，而《青史子》五十七篇，賈誼《新書》曾引之（《保傳》篇）。在虞初之前，小説不自虞初始也，特盛於虞初耳。逮及漢魏，漸次發展，或檢事摭證，或志怪搜奇，雖屬稗説，實補正史之不及。若班固之《漢武帝内傳》、伶玄之《飛燕外傳》、干寶之《搜神記》、吴均之《齊諧記》，文采瞻麗，詞旨詼詭，實筆記體小説之開山祖也。

論唐宋小説

小説自漢魏而後，作者益夥，騁詞抽秘，至唐宋而愈盛。唐人小説，實主漢魏，文尚優美，詞主奇離，雖短帙劄記，莫不恢奇典洽。《唐代叢書》所收，至一百六十四種之多。《太平廣記》所收尤夥，但非全帙耳。如張鷟《朝野僉載》、蘇鶚《杜陽雜編》，段成式《酉陽雜俎》，以及《虬髯客傳》、《紅綫傳》、《柳毅》等傳，或叙述雜事，或記録異聞，或綴輯瑣語，皆綽有可觀，雖間有僞作，要皆文人才子之筆。逮乎有宋，而一變矣。蓋自唐以前，悉主文言，所謂筆記體也。至宋而演義體始出，混以市井俚俗之語，發爲紀述議論之文。《七修類稿》謂宋仁宗御宇，國家閒暇，朝臣日進一奇怪之事以娱之，故小説得勝頭回之後，即云趙宋□年云云。洎乎後世，作者如林，蔚然興起，與筆記體小説，分道揚鑣，同爲小説之正宗，故當時佳作尚少，學人士子筆墨所及，仍多從事於筆記體，豈以鄙俗不足道歟。然宋人筆記小説，亦與漢唐不同，文不如漢唐之精彩，而理論過之，殆以議論勝也。

論元明清小説

元以異族入主中華，文網綦密，有志之士，不得於時，滿腔悲憤鬱悶之氣，一以游戲之筆出之，故當時小說，最爲發達，於是傳奇體乘時而出，小說之能事備矣。《七修類稿》謂裴硎所著，多奇異可傳，故號傳奇。此蓋謂其事之奇異，非傳奇體也。傳奇之作，其根據於戲曲乎。戲曲宋時已有之，金入中國，用胡樂，爲新聲，其音嘈雜凄緊，不諧南人之耳，故至元變爲南曲，别新聲而爲北曲，於是南曲北曲之名始起。北曲之佳者，爲王實甫之《西廂記》，取唐元稹之《會真記》爲藍本，稱爲千古絶調。南曲之佳者，爲高則誠之《琵琶記》，叙孝婦貞妻之行。湯若士謂其從性情上著工夫，不以詞調之倩巧見長，洵確論也。其他名著，如《拜月亭》、《荆釵記》、《殺狗記》，亦復不少。後之作者，有明湯顯祖之《玉茗堂四夢》（即《還魂記》、《南柯記》、《邯鄲記》、《紫釵記》）、阮大鋮之《燕子箋》、清洪思昉之《長生殿》，而孔云亭之《桃花扇》，以明末遺老，發其故國之情思，悲涼凄惋，尤足與《西廂記》相頡頏。演義體雖原始於宋，發達實肇端於元，描摩確肖，有施耐庵之《水滸傳》，包羅廣博有羅貫中之《三國志演義》，同爲小説之巨擘。繼起者，則明邱長春之《西遊記》，假唐玄奘之求經，明心性。王鳳洲之《金瓶梅》，刺嚴世蕃之荒淫，演冷熱。而清初曹雪芹《石頭記》一書，描寫簪纓鉅族，兒女癡情，其金針之密，允推爲小説之首指。筆記之體，明清著作益夥，王新城外，蒲留仙之《聊齋志異》，紀曉嵐之《閱微草堂筆記》，尤爲傑作。留仙主漢唐，以文辭見長；曉嵐主宋人，以理論見長；其源淵蓋有别矣。夫小説至於明清間，可謂盛矣，巨篇厚帙各有專作，下至猥鄙荒誕之作，如《封神榜》、《施公案》、《三笑》等，亦復汗牛充棟，幾家誦而户傳，故元及明清，實爲小説最昌隆之時代也。

論晚近小説

西學東漸，吾國文字上、思想上爲之一變，小説界亦趁此潮流，大爲改變。識時之士，知小説與羣治有密切之關係，競起提倡。或翻譯歐美名著，或自秉筆撰述，作者如林，名家輩出。兼之印刷發達，交通便利，一紙甫出，風行全國，自有清末造以至近今，實小説最盛行時代。清季作者，爲吴研人、李伯言、東亞病夫、洪都百練生等輩。吴研人著作頗多，而《二十年内目睹之怪現狀》一書，尤膾炙人口。全書演述，皆本親身閲歷，而以作者爲書中主人翁，尤爲别開生面。李伯言《官場現形記》，形容確肖，實可燃犀。東亞病夫《孽海花》一書，可爲中國近三十年來掌故讀，惜乎其書未竟。洪都百練生之《老殘遊記》其詞旨筆法，亦足與研人、伯元齊驅。顧《怪現狀》、《官場現形記》、《老殘遊記》等書，雖爲巨部著作，但逐段遞寫，前後不相統屬，其結構究屬易事，求其能繼《石頭記》、《水滸傳》、《三國演義》之緒者，實無其人。翻譯之本，當推閩侯林氏琴南，神氣沈著，筆有餘力。其他撰譯，佳者固多，劣者亦復不少，甚且豔詞蕩語，堆滿紙上，以期迎合社會心理，實小説界之蟊賊也。提倡小説者，盍注意焉。

小説體裁

小説體裁之分區，各有不同。宋鄭漁仲作《通志》，統謂之説部，不分部目。清《四庫全書》目録，區爲雜事、異聞、瑣記三類。《續通考》因之，定爲瑣事、瑣語二類。此外如《古今説海》，又有《説選》説纂、説略、説淵等部之分，《五朝小説》有傳奇、志怪、偏録、雜傳、外乘、雜志、訓誡、藝術、記載、品藻等家之别，莫宗一是。且此皆事實上之分類，非體裁上之分類也。况僅筆記一體，而演義傳奇略焉。今人之言小説者，或分爲文言、白話，或别爲傳奇、章回，亦不能括盡小説體裁。爰以鄙見，分爲筆記、演義、傳奇、彈詞四體。

筆記體

筆記體於小説上，最爲早出，其源蓋本於紀傳之文，與雜史最易淆混。如唐人《隋唐嘉話》、《闕史》、《開元天寶遺事》，宋人《五國故事》等，雖爲説部，亦可入之雜史。紀曉嵐纂《四庫總目》，始爲區劃，以述朝政軍國掌故者，入雜史；其參以里巷閒談，詞章細故者，入小説。然當時一切文人筆墨之所入，如筆記、偶談、漫録、雜志、記聞、瑣語、外史等，仍沿魏晉小説舊例，統入於説部。故當時筆記小説，實統括筆記、雜俎而言也。惟是質之小説本義，筆記小説與演義小説、傳奇小説，雖有文言、白話、詞曲之分，而其記載，一以人物事實爲主體，固無所間别也。非如筆記、雜俎，叢拾博收，毫無範圍也。故筆記小説與筆記雜俎，當釐爲二事，不容有混合。此類小説，在宋以前，實可代表小説之全體，凡所稱小説，均指此類小説而言也。有一篇專叙一事者，如《南柯記》、《長恨歌傳》等是也，有十數篇或數十篇共一總目者，如《博異記》、《述異記》是也。近代翻譯之本，以及其他著作之文言者，皆屬筆記體。

演義體

義演體起於有宋，其體裁亦源於紀傳之文。惟筆記體小説但爲著述上事，演義則以演講爲事，不於著述上著工夫。體爲章回，文多俚俗，由來學者不取焉。故清《四庫全書》、《通書》、《續通考》，均未列入。近人《宋元戲曲考》引灌園耐得翁《都城紀勝》云：『説話有四種：一小説，一説經，一説參請，一説史書。』又引《武林舊事》云：『諸色技藝人中，有書會（謂説書會），有演史，有説經渾經，有小説。』案此皆謂説小説之人，如今之説書者，非演義小説之體裁也。演義小説，雖多俚俗之作，其立意取譬奇警者，亦復不少。且以通俗爲主，爨夫販卒，嫗娃童稚，無不爲之歆動，雖大人先生、文人學士，亦多嗜之，故能風行社會，奪筆記小説之幟，而爲小説之正宗也。在今日而言小説，於文字上言，目以筆記傳奇爲主，若欲開通社會，則捨演體義莫屬也。

傳奇體

傳奇之名，雖出於裴硎，而其體實起於元之戲曲也。元人以雜劇爲傳奇，混以爲一。至明則區雜劇之長者，别爲傳奇。黄文暢編《曲海》，分雜劇、傳奇爲二類。案雜劇與傳奇，於名義上言之，雜劇列於戲曲類，傳奇列於小説類。於實際上言之，雜劇可扮演，傳奇亦可扮演（如《燕子箋》、《桃花扇》等），名雖爲二，其實一也。體有南曲、北曲之别，北曲勁切沈痛，於調促處見節奏，南曲清柔曲折，於調緩處著豐神。北曲宜合唱，南曲宜獨奏，此南北曲之大别也。體盛於元際，佳著頗多，明清作者，亦頗不少。選聲選色，雕琢不遺餘力，純然美術上字也。蓋小説之有章回、傳奇，亦猶古文之有駢散。傳奇者，小説中之駢文也。近代作者，雖不乏人，而求能被之管絃者，實不多覯也。

彈詞體

彈詞體不知始於何時，偏考羣書，不能得其源流，而佳本不多，除社會上流傳之《天雨花》、《筆生花》、《再生緣》等書外，亦不多覯。體爲七言韵詩，間以白話。古有五七言古詩，絶述事實者。紀述事實者，如《木蘭詩》、《長恨歌傳》等篇，意者彈詞之體，其脱胎於此乎？辭意淺顯，可信口而唱，婦女多悦之，故亦能風行社會，爲小説之正體也。

四六傳奇　鼓詞

小説體裁，筆記、演義、傳奇、彈詞之外，又有四六傳奇及鼓詞。鼓詞與彈詞，稍爲區別。可附於彈詞，四六傳奇，除《燕山外史》一書外，不多見。名爲傳奇，實筆記體之駢文耳。

小説種類

中國舊小説，素不分種類，非若歐美説部，有所謂社會小説、言情小説、歷史小説、神怪小説也。然細按之，中國舊小説雖無此種名稱，實備有各種之實，如《列國志》、《三國志》之爲歷史小説，《西遊記》之爲宗教小説，《西厢記》之爲言情小説，固爲今之言小説者所共認者也。民國三四年間，北京通俗教育研究會審核小説標準草案，於小説種類，共分八門：一關於教育者，二關於政治者，三關於哲學及宗教者，四關於歷史地理者，五關於實質科學者，六關於社會情況者，七寓言及諧記，八雜記。分類尚不誤，惟闕言情一門。推其所以闕之者，蓋誤爲誨淫之作。蓋通俗教育研究會就社會教育上而言，非就小説上而言也。余於小説種類，亦略區爲八類，視審核小説標準草案，加入言情，删去雜記，餘亦略有異同，列目於下：一關於社會方面者，有社會小説；二關於言情方面者，有言情小説；三關於歷史方面者，有歷史小説；四關於教育方面者，有教育小説；五關於政治方面者，有政治小說；六關於宗教哲理方面者，有宗教小說、哲理小說；七關於實質科學方面者，有科學小說；八諷刺寓言滑稽，有諷刺寓言滑稽小說。

社會小說

社會小說，在小說上特佔重要位置。往昔已有立稗官，使說閭巷風俗事。今之通俗教育，於宣講戲曲之外，以小說爲普及社會教育之利器。所謂小說者，即指一般社會小說而言。社會小說之特點，在於描摹社會之態度，舉凡委曲瑣碎之事，有史迁之筆不能達者，社會小說能一一曲描細寫以出之，所以受人人之歡迎也。

作社會小說之主旨，在於描寫確肖形容盡致八字。中國舊社會小說，惟《水滸》有此八字，他如《儒林外史》、《彭公案》、《施公案》（《彭公案》、《施公案》雖不甚佳，顧於當時地方情形，頗爲詳晰）。近代社會小說，作者甚夥，除吴研人《二十年内目睹之怪現狀》一書外，而其佳者實不覯也。

偵探小說，爲社會小說之一部分。事迹奇離，能曲盡人情之機變，惟間有不近情理之處，或易啟誨盜之心也。

言情小說

人之一生，飲食而外，厥惟男女之情慾。惟情慾一事，衹能會之於心，不能宣之於口，有代而宣之者，除古之所謂詩歌以相贈答外，今之言情小説，頗能代而宣之。惟其能代而宣之，於是往往涉及私褻之事，此言情小説所以被誨淫之名，而爲社會教育家所斥摒不取也。余謂中國舊時小説之關於言情，實不能脱此惡習，他無論矣，如《西厢記》，如《還魂記》，固號稱爲小説中最上乘者，亦不能免此私褻之筆，無他，情與淫不能辨别故也。歐美言情小説，祇言情而不至於淫，故纏綿悱惻，終不及於亂。現代言情作者，雖嚴情淫之辨，顧多奇離不近人情之處，近日逾趨於荒謬絶倫，於社會風化，大有關係。有識者，曷一注意及之？

歷史小説

歷史小説，與正史、通鑑、紀事本末、野史同一紀載歷史上之事實。正史、通鑑、紀事本末、野史，僅以供學者之研究，而歷史小説獨能風行社會者，何也？蓋正史等枯寂，歷史小説有興味；正史等文字深奥，歷史小説詞旨淺顯；故歷史小説之盛行，反勝於正史、通鑑、紀事本末、野史也。普通人之歷史智識，大半得之於小説中。薛仁貴三箭定天山，在《史》、《鑑》上不過十數字之記載耳。且同薛仁貴一類之人物，史鑑上甚多，而薛仁貴獨能享此盛名者，無他，《説唐》、《征東傳》之功也。孔明之智，孟德之奸，關壯繆之義，岳忠武之忠，至今婦稚皆知者，决非史鑑之功，乃《三國志演義》、《説岳精忠傳》之功也。

歷史小説以取材精審，足資觀感者爲上等，事實不謬爲中等，疏誤太多或涉及猥褻者爲下等。

而尤以輸灌社會歷史知識爲要旨，有志研究歷史小説者，務以此點三注意焉。

教育小説

教育小説，專爲學校學生所作，以爲學校教育家庭教育之輔助品。歐美各國，或竟以爲學校課本也。其體例别爲一格，大都對於學生而言，所以資模範者也。中國舊無教育小説，現在作者，當推包天笑氏《馨兒就學記》、《苦兒流浪記》二書。若《埋石棄石記》，則對於教員而言，非對於學生而言也。

倫理小説、冒險小説，亦教育之小説也。所述雖非學生之事，一則鼓勵學生之果敢，勇於冒險性質，一則納學生於禮法之中，使知倫理之要道，亦教育範圍以内之事也。作教育小説，詞旨務宜淺顯，萬勿高騖其思想，不近人情，事事要歸實踐，使學生有所借鑑，實有具模型的性質也。

政治小説

政治小説，在於輸灌國民政治常識，或發表個人之政見，與國民課本同一趣旨，與普通小説、教育小説，又别爲一格也。此種小説，在社會上實不多覯。余謂須當提倡，使國民稍具有政治之常識也。

宗教、哲理小説

宗教小説，與神怪小説同爲言神鬼之事，而宗教小説根據於宗教，暢演其趣旨，神怪小説則妄誕不經也。《西遊記》，宗教小説也。假唐玄奘之求經，以明心性。唐僧，身也。身非經無數苦難，不能造登善境，故有九九八十一難之説。悟空，心也。心之作用，最爲迅速，故有一觔斗十萬八千里之説。若《封神榜》，荒唐無稽，則純粹神怪小説也。

哲理小説與理想小説，雖同爲理想的小説，亦各有不同。哲理小説根據哲理，理想小説全憑個中空中結構也。

理想小説，多託之於一夢，或譏其雷同。不知理想本非事實，理想小説尤多述未來世界之事實，非託之一夢，無由着筆也。

科學小説

科學小説，在吾國舊小説中不多覯。蓋吾國士子，素乏科學之研究，而一二有學識者，又不屑注意於小説，於是吾國少科學小説也。

小説之關於實質科學方面者，科學小説外，又有博物小説。《鏡花緣》一書，或有謂其爲滑稽小説，不知其主旨實在發揮其學識也。如解釋經義，詳證方案，以及談詩、論畫、辯琴、品茶，語語皆有條理，非有學識者决不能辦也。余謂吾國舊小説中，有學術之價值者，唯此一書，今論科學小説并及之。

諷刺寓言滑稽小説

諷刺寓言滑稽三者。其趣旨雖皆以規正社會之得失，而其作用則各有不同。借影射事，諷刺小説之作用也。假物設辭，寓言小説之作用也。詼諧調笑，滑稽小説之作用也。雖不離乎社會小説之範圍，而於社會小説中别有特性也。

作諷刺寓言滑稽小説，能使讀者有所警惕感慨，斯爲佳作也。若徒肆口詈駡，肆行譏嘲，借事生端，易染市井口吻，不獨不能使讀者有所警惕感慨，亦失作者之人格也。

小説筆法

余前曾言小説結構，今將言小説筆法矣。作小説之筆，亦猶作文之筆也。作文之筆宜簡，作小説之筆亦宜簡；作文之筆宜雅，作小説之筆亦宜雅；作文之筆宜顯，作小説之筆亦宜顯。蓋不簡則拖水帶泥，不雅則鄙俚卑俗，不顯則沈晦隱悶，皆不能引起閲者之愛讀也。

具上三者之長，則有四種筆法，季叔寄塵曾言之矣：一曰襯筆。如叙一女子，只叙其侍婢之美，則此女子之美，不叙而自見。叙一拳師，只叙其弟子之藝，則此拳師之藝，不叙而自陳。又叙一人於其未見面時，極力寫之；或其人之種種事績，皆從他人口中道出，至本人一登場，只寥寥數語而已。此所謂襯筆也。一曰補筆。欲逐一事，頭緒紛繁，叙之既嫌雜沓，略之又不顯豁，於是利用補筆。先叙其一二，其他則於空間時補之，讀者終篇，自能於此事本末終始，了了於胸，此所謂補筆也。一曰反筆。如并叙二人，極力描寫甲之醜，不知正所以彰乙之美；極力摩繪乙之愚，不知正所以彰甲之智；此所謂反筆也。一曰縮筆。一人一事，他人非數百言不能了者，能以數十言了之，而所叙又絲毫無遺，此所謂縮筆也。讀名家小説，輒不忍釋手，無他，以其能擅四種筆法也。故《紅樓夢》不過叙一世家，《三國演義》不過述一代戰争，與《紅樓夢》所叙之世家、《三國演義》所述之戰争，古今小説亦多矣，而《紅樓夢》、《三國演義》獨能得人人之歡迎者，亦以其能擅上四種筆法故也。

論小説與社會之關係

小説負改良風化之責任，下筆偶爾不慎，致貽社會上無窮之弊害。證之往事，拳匪之亂，其尤著者也。羅惇融《拳變餘聞》云：『義和拳稱神拳，以降神召神，號令皆神語。傳習時，令伏地焚符，誦咒，令堅合上下齒，從鼻呼吸，俄而口吐白沫，呼曰神降矣。則躍起操刀而舞，力竭而止。其神則唐僧、悟空、八戒、沙僧、黄飛虎、黄三太。庚子四五月間，津民傳習殆徧，有關帝降壇文，觀音託夢詞，濟顛醉後示，皆言滅洋人。忽傳玉帝勅，命關帝爲先鋒，灌口二爲郎合後，增財神督糧，趙子龍、馬孟起、黄漢升、尉遲敬德、秦叔寶、楊繼業、李存孝、常遇春、胡大海皆來會師。其所依據，則《西遊記》、《封神榜》、《三國演義》、《緑牡丹》、《七俠五義》諸小説，北中所常演之劇也。由此觀之，八國聯軍入京之奇辱，雖由庸吏愚民，有以釀成之，未始非小説之作俑也。』

又《庸閒齋筆記》云：『余弱冠時，讀書杭州，聞有某賈人女，明豔工詩，以酷嗜《紅樓夢》故，致成瘵疾。當緜惙時，父母以是書貽禍，取投之火。女在床逈大哭曰：「奈何燒殺我寶玉！」遂死。即此二事，不良小説之爲害，已可見一斑矣。故作小説，偶爾不慎，小則禍及個人，大則波及國家，不可不慎也。』

今世之士，每目説部爲小品，以謂無關緊要，此大誣也。不良之小説，害於社會，較之槍砲，尤爲禍烈。蓋槍砲雖凶，猶限於一時一處，若不良之小説，潛滋蔓長，深中人心，欲挽救亦無從入手也。小説家幸注意焉。

附記：我談詩喜歡引用舊詩；因此便有人加了我一個守舊的徽號。這話我決不承認的；因爲我引舊詩，是追究源流的意思，並不是叫人家拿舊詩做模範。這篇文章裏又有許多古董；讀者切不可誤會了，說我是陳列出來賽會的。

又有許多人喜歡拿外國詩來繩中國詩。我說既然談中國詩，當然用中國詩做主體，外國詩只可以供參考罷了。我究竟沒到過外國，且各國詩的性質又不同，很爲複雜；所以我不敢一知半解的亂引。

又有人說我做的新詩是假新詩，這句話我也不承認；因爲假字是含有冒充的意思；我的新詩早已標明旗幟和適之先生的新詩不同，我並不是冒他的牌子賣假貨。何以能說是假新詩。

七

小說叢談

胡惠生

小說之始

三餘漫載

胡惠生　撰

連載於《儉德儲蓄會月刊》一九二一年第二卷第五期、一九二一年第三卷第二期。作者胡惠生，見同年同刊上的《小説叢談》提要。本文除第一則以義和拳爲例説明小説的影響之外，主要是輯録、整理了《紅樓夢》、《水滸傳》、《三國志演義》、《西遊記》、《金瓶梅》的有關研究資料，雖然并不全備，且在蔣瑞藻、錢静方等工作之後，但在梳理這些材料方面還是下了工夫，可資參考。

小説之影響

小説有負改良風化之責任，下筆偶爾不慎，致貽社會無窮之害。證之往事，拳匪之亂，其尤著者也。羅惇曧《拳變餘聞》云：『義和拳稱神拳，以降神召神，號令皆神語。傳習時，令伏地焚符，誦咒，令堅合上下齒，從鼻呼吸，俄而口吐白沫，呼曰降神矣，則躍起操刀而舞力竭而止。其神則唐僧、悟空、八戒、沙僧、黄飛虎、黄三太。庚子四五月間，津民傳習殆徧，有關帝降壇文、觀音托夢詞、濟顛醉後示，皆言滅洋人。忽傳玉帝勅，命關帝爲先鋒，灌口二郎爲合後，增財神督糧，趙子龍、馬孟起、黄漢升、尉遲敬德、秦叔寶、楊繼業、李存孝、常遇春、胡大海皆來會師。其所依據，則《西遊記》、《封神榜》、《三國演義》、《緑牡丹》、《七俠五義》諸小説，北中所常演之劇也。由此觀之，八國聯軍入京之奇辱，雖由庸吏愚民，有以釀成之，未始非小説之影響也。

（《儉德儲蓄會月刊》一九二一年第二卷第五期）

紅樓夢考略

中國演義體小説，首推《紅樓夢》及《水滸》二書，夫人盡知之矣。《紅樓夢》相傳爲曹雪芹所作。

雪芹爲清康熙中江南織造曹寅（字子清，號楝亭）之子，其軼事余前已載入筆記中。顧其作此書本旨，論者紛紜。有謂係曹雪芹自寫與其表妹紅紅情場失意影事者，《懺空室雜記》之説，見余前筆記《曹雪芹軼事》，此一説也。有謂指納蘭成德者。納蘭成德爲清康熙朝滿宰相明珠之子（字容若），少年時即有才名，康熙十五年賜進士出身，極爲天子寵眷，不幸於康熙二十四年逝世，年纔三十一。成德長於填詞，與朱竹垞、陳迦陵齊名，其集名《飲水詞》。遊於徐健庵之門，與一時名人嚴蓀友、姜西溟相交尤厚。滿人中有如此學力文才者甚少，以其翩翩風流之貴公子，固亦頗有擬以賈寶玉之資格，且比較兩人之事跡性行又相符合。曹雪芹之父寅與成德有深交，記中遺事或雪芹由父處傳聞者。此説蓋依據曲園《雜纂紅樓夢》一書。世傳爲明珠之子所作而來，爲從來一般人所信者，而徐柳泉《郎潛紀聞》亦云：『《紅樓夢》一書，即記故相明珠家事。金釵十二皆納蘭待御所奉爲上客者也。寶釵影高澹人，妙玉影姜西溟先生，此又一説也。又有謂指清世祖順治帝者。王夢阮、沈瓶庵《紅樓夢索隱》云：『蓋嘗聞之京師故老云。是書全爲清世祖與董鄂妃而作，兼及當時諸名王奇士。世祖納冒氏（巢民）之妾董小宛爲妃，董妃不幸早世，帝傷感不已，遂遁於五台山爲僧，是即所謂情僧，林黛玉即影射董妃。《紅樓夢》之作，即爲刺世祖也。』此又一説也。又有謂指清康熙帝之廢太子胤礽者，則蔡孑民先生《石頭記索隱》之主張也。孑民先生謂《石頭記》者，清康熙朝政治小説也，作者持民族主義甚摯，書中本事在吊明之亡，揭清之失，而尤於漢族名士仕清者，寓痛惜之意。蓋以《紅樓夢》之紅影朱字，以明朝姓朱，又寓漢人之意。『石頭記』因故明之舊都金陵，一云石頭城，故名。賈府即僞朝之意，賈音同假，即指清朝也。賈寶玉爲僞朝之帝系，寶玉即傳國璽之義，以廢太子胤礽之事，可與賈寶玉之事相對照。又書中男子指滿人，女子指漢人，以金陵十二釵之美人，擬清初之江南學者（如林黛玉擬朱竹垞，薛寶釵擬高江村，探春擬徐健庵，王熙鳳擬余國柱，史湘雲擬陳其年，妙玉擬姜西溟，惜春擬嚴蓀友，寶琴擬冒辟疆，劉老老擬楊潛庵）。此又一説也。統此四説，莫衷一是，特彙録之，以供世之研究紅學者之一助也。

紅樓夢之誤人

《庸閒齋筆》記云：『杭州有某賈人女，明豔工詩，以酷嗜《紅樓夢》故，致成瘵疾。當緜惙時，父母以是書貽禍，取投之火，女在床逎大哭曰：「奈何燒殺我寶玉！」遂死。聞者傳以爲笑柄。』

水滸傳考略一

《水滸傳》一書，有謂施耐庵作者，有謂羅貫中作者，有謂兩人合作者，有謂施作羅續者。施耐庵作者之説，出於胡應麟之《莊嶽委談》云：『今世傳街談巷語有所謂演義者，蓋尤在傳奇雜劇下。然元人武林施某所編《水滸傳》特爲盛行，世率以其鑿空無據，要不盡然也。余偶閲一小説序，謂施某嘗入市肆，細閲故事，於敝楮中，得宋張叔夜擒賊招語一通，備悉其一百八人所自起，因潤飾成此編。其門人羅某亦效之，爲《三國志》，絶淺鄙可嗤也。郎謂此書及《三國志》并爲羅貫中撰，大謬。二書淺深工拙，若霄壤之懸，詎有出一手理？世傳施號耐庵，名字竟不可考。』羅貫中作者之説，出於郎瑛《七修類稿》，王沂之《續文獻通考》亦云：『《水滸傳》，羅貫著，貫字考中，杭州人，編撰小説數十種。而《水滸傳》叙宋江事，奸盜詐騙，機械甚詳，然變詐百端，壞人心術，説者謂子孫三代皆啞，天道好還之報如此。』謂兩人合作者，出於李卓吾本之《水滸傳》（題施耐庵集撰，羅貫中纂修）。謂施作羅續者，則金聖歎之説。《水滸傳》第七十回，金聖歎評云：『一部書七十回，可謂大鋪排，此一回可謂大結束。讀之正如千里羣龍，一齊入海，更無絲毫未了之憾。笑殺羅貫中，妄添狗尾，徒見其醜也。』綜此四説，雖各不同，要之金聖歎所批七十回之《第五才子書》，當爲施耐庵所作無疑。至李卓吾之《忠義水滸傳》一百二十回，除施耐庵原作七十回外，後或爲羅貫中所續不可知。至其書中人物，宋江等三十六人，横行河朔，後降於張叔夜，固已見諸正史及《宣和遺事》。説者謂施耐庵於未著作之時，先憑自己意匠，畫三十六人之像，張之於壁，日日眺之，以理會其神采，故其人物活跳，有龍躍虎嘯之概。金聖歎極口稱揚之，至躋於《莊》、《騷》、馬史、杜詩之林，而稱爲天下第五才子書，固其宜矣。

水滸傳考略二

《浪跡叢談》云：『《水滸傳》之作，亦依傍正史，而事蹟不能相符。《宋史徽宗本記》宣和三年二月：『淮南盜宋江等，犯淮陽軍，又犯京東江北，入楚海州界，命知州張叔夜招降之。』《侯蒙傳》：『宋江寇京東，蒙上書，言宋江以三十六人，橫行齊魏，官軍數萬，無敢抗者，其才必有過人。今青溪盜起，不若赦江使討方臘以自贖。』兩説皆言招降也。《張叔夜傳》：『叔夜再知海州，宋江起河朔轉略十郡，官軍莫敢攖其鋒，聲言將至。叔夜使間者窺所向，賊徑趨海濱，劫巨舟十餘載鹵獲，於是募死士，得千人，設伏近城，而出輕兵，距海誘之戰。先匿壯卒海旁，伺兵合，舉火焚其舟。賊聞之，皆無鬥志，伏兵乘之，擒其副賊，江乃降。』此又言敗而自降也。《居易録》云：『宋張叔夜招安梁山泊榜文，有拏獲宋江者，賞錢萬萬貫。拏獲盧俊義者，賞百萬貫。拏獲關勝、呼延綽、柴進、武松、張清者，賞十萬貫。拏獲董平、李進者，賞五萬貫有差。今葉子戲有萬萬貫千萬貫百萬貫遞降，皆用張叔夜榜文也。』《隨園隨筆》云：『俗傳宋江三十六人據梁山泊，此誤也。按《宋史》徽宗本紀、侯蒙張叔夜兩傳記江事者，并無梁山泊之説。惟《蒲宗孟傳》言梁山泊多盜，宗孟痛治之，雖小偷必斷其足，盜雖衰止，而所殺甚多。』《孫公談圃》云：『蒲宗孟知鄆州，有盜黄麻胡，依梁山泊爲患云云。』此是神宗時事，與宋江之起事宣和者，已相隔數十年矣。

宋江詞

《甕天脞語》云：『宋江潛至李師師家，題《念奴嬌》於壁云：天南地北，問乾坤何處，可容狂客？借得山東烟水寨，來買鳳城春色。翠袖圍香，鮫綃籠玉，一笑千金值。神仙體態，薄倖如何銷得？回想蘆葉灘頭，蓼花汀畔，皓月空凝碧。六六雁行連八九，只待金鷄消息。義膽包天，忠肝蓋地，四海無人識。閒愁萬種，醉鄉一夜頭白。』小詞盛於宋，而劇賊亦工章句如此。或曰，此後人所僞託也。亦不可知。

宋江三十六人贊

《癸辛雜識》云：『龔聖與作宋江三十六人贊，并序云：「宋江事見於街談巷語，不足採著。雖有高如李嵩輩傳寫，士大夫亦不見黜。余年少時，壯其人，欲存之畫贊，以未見信書載事實，不敢輕爲。及異時見《東都事略》載侍郎《侯蒙傳》有書一篇，陳制賊之計云：宋江以三十六人，横行河朔京東，官軍數萬，無敢抗者，其材必有過人，不若赦過招降，使討方臘，以此自贖，或可平東南之亂。然後知江輩，真有聞於時者。於是即三十六人，人爲一贊，而箴體在焉，蓋其本撥矣，將使一歸於正，義勇不相戾，此詩人忠厚之心也。余嘗以江之所爲，雖不得自齒，然其識性超卓，有過人者，立號既不僭侈，名稱儼然，從循軌轍，雖託之記載可也。古稱柳盜跖爲盜賊之聖，以其守一至於極處，能出類而拔萃，若江者，其殆庶幾乎。雖然，跖與江，與之盜名而不辭，躬履盜跡而無諱者也。豈若世之亂臣賊子，長影而自走，所謂近在一身，而其禍未嘗不流四海。嗚呼，與其逢聖公之徒，孰若跖與江也。呼保義宋江贊云：「不假稱王，而呼保義，豈若狂卓，專犯忌諱。」智多星吴學究（演義作吴用）贊云：「古人用智，義國安民。惜哉所予，酒色掩人。」玉麒麟盧俊義云：「白玉麒麟，見之可愛。風塵太行，皮毛終壞。」大刀關勝贊云：「大刀關勝，豈雲長孫。雲長義勇，汝其後昆。」活閻羅阮小七贊云：「地下閻羅，追魂攝魄。今其活矣，名唱太白。」尺八腿劉唐（演義作赤髮鬼）贊云：「將軍下短，貴稱侯王。汝豈非夫，腿尺八長。」撲天鵰李英（演義論爲李應）贊云：「鷙禽雄長，惟鵰最狡。毋撲天風，封狐在草。」此皆羣盜之靡耳，聖與既各爲之贊，又從而序論之何哉？太史公序游俠而進奸雄，不免異世之識。然其首著勝、廣於列傳，且爲項籍作本紀，其意亦深矣。識者當自能辨之云。』

三國志演義考略

《三國志演義》，《七修類稿》謂爲明杭人羅本貫中所編。蓋根據陳壽《三國志》而演述小説體裁者。其書精彩，不及《紅樓》、《水滸》。明謝肇淛書《五雜俎》謂其『俚而無味，可以悦里巷小兒，而不足爲士君子道也』。胡應麟亦非之。蓋其書事太實，不能任意運筆，有時或不免露窘態。作者之經營苦心，固不可抹煞，然其事亦非盡實者。鱓叟《藥裏慵談》云即論關公一節，赤兔馬爲呂布良馬。當時有云：人中呂布，馬中赤兔。見《三國志・呂布傳》注。此馬無歸關公明文。秉燭達旦，明潘宸《鑑斷》指爲關公之大節，《蜀志・關傳》亦無之。周蒼亦并無其人。元人關廟碑，有騎赤兔兮從周蒼，可知相沿已久。正史中皆無之者。又《東坡志林》云：『王彭嘗云，塗巷中小兒薄劣，其家所厭苦，輒與錢，令聚坐聽説古話。至説三國事，聞劉玄德敗，頻蹙眉有出涕者。聞曹操敗，即喜唱快云云。』又可知此書已有平話，流傳宋代，羅貫中之《三國志演義》，其事實有與正史不符者，或亦本之世俗相傳説而來耳。

西遊記考略

《西遊記》一書，無作者姓氏。或曰元代邱長春真人所著，借心猿木母之説，以演其金丹大道之奥旨。考邱長春即邱處機，山東登州栖霞之道士，其事實見《元史釋老傳》。（《元史釋老傳》云：歲己卯，太祖乃自鑾命近臣持詔求之。處機乃與弟子十有八人，同往見焉。明年，宿留山北。又明年，趣使再往，乃發撫州，經數十國，爲地萬有餘里。蓋蹀血戰場，避寇叛城，絶糧沙漠，自崑崙歷四載，而始達雪山。常馬行深雪中，馬上舉策試之，未及積雪之半。既見，太祖大悦。）雖有西遊之事，并無涉於唐玄奘。或曰昔有寒儒，貧而不能嫁其女，乃借唐玄奘使西域事，假説神怪，渲染成書，名之曰

《西遊記》。稿既脱，遂以授女。謂之曰：『汝得此書，可以致富，勝儒家平常妝奩十倍也。』其説更無所據。至於唐玄奘三藏入天竺求經之事，曾見《舊唐書》。（《舊唐書》云：僧玄奘，陳氏，洛州偃師人。大業末出家，博述經論，嘗謂翻譯者，多有訛謬，故就西域，廣求異本，以參驗之。貞觀初，隨商人往遊西域。玄奘既辯博出羣，所在必爲講釋論難。番人遠近，咸尊服之。在西域十七年，經百餘國，悉解其國之語，仍採其山川謡俗土地所有，撰《西域記》十二卷。貞觀十九年，歸至京師，太宗見之，與之談論，大悦，於是詔將梵文六百五十七部，於弘福寺翻譯。）并無經遇鬼怪等事。而《西遊記》之所以取以爲材，或亦本之唐人小説《獨異志》，加以塗飾。《五雜俎》云：『《西遊記》曼衍虚誕，而其縱横變化，以猿爲心之神，以猪爲意之弛，其始之放縱，上天下地，莫能禁制，而歸於緊箍一咒，能使心猿馴伏，至死靡他，蓋亦求放心之喻，非浪作也。亦可以窺是書之大旨矣。』

金瓶梅考略

《金瓶梅》一書，係截取水滸傳中西門慶與潘金蓮一段情事演述而成。其描寫市井小人淫褻鄙陋之態，可爲逼真絶肖，且其命意，不獨警醒癡頑不少，而其白描實寫，實爲當時社會之重要史料。論者不察，目爲古今第一淫書，亦過矣。相傳此書爲王鳳洲先生所作（或謂鳳洲之門人）。謂鳳洲恨嚴嵩及其子世蕃之殺其父王抒，作是書以寫其淫昏，而罵其多寵，且偵知世蕃好閲淫書，閲時每以指蘸唾翻之，暗於每頁紙隅，染以毒藥，藉其近侍以獻，冀其謀害之。而世蕃喜是書甚，細細閱讀，未以指蘸唾翻頁，致未達目的。其説或不盡然。然要非大手筆不能辦，實可與《紅樓夢》、《水滸傳》、《三國志演義》、《西遊記》同爲演義體小説之巨帙也。

（《儉德儲蓄會月刊》一九二一年第三卷第二期）

六

林云。王彭嘗云。塗巷中小兒薄劣。其家所厭苦。輒與錢令聚坐聽說古話。至說三國事。聞劉玄德敗。顰蹙有出涕者。聞曹操敗。即喜唱快。云云。又可知此書已有平話流傳宋代。羅貫中之三國志演義。其事實有與正史不符者。或亦本之世俗相傳說而來耳。

西遊記考略

西遊記一書。無作者姓氏。或曰。元代邱長春眞人所著。借心猿木母之說。以演其金丹大道之奧旨。考邱長春即邱處機。山東登州棲霞之道士。其事實見元史釋老傳。（元史釋老傳云。歲己卯。太祖乃自蠻命近臣持詔求之。處機乃與弟子十有八人。同往見焉。明年宿留山北。又明年。趣使再往。乃發撫州。經數十國。爲地萬有餘里。蓋蹀血戰場。避寇叛域。絕糧沙漠。自崑崙歷四載而始達雪山。常馬行深雪中。馬上舉策試之。未及積雪之半。既見太祖大悅）雖有西遊之事。並無涉于唐玄奘。或曰。昔有寒儒。貧而不能嫁其女。乃借唐玄奘使西域事。假說神怪。演染成書。名之曰西遊記。稿既脫。遂以

二

故。致成瘵疾。當彌留時。父母以是書貽禍。取投之火。女在床適大哭曰。奈何燒殺我寶玉。遂死。聞者傳以爲笑柄。

水滸傳考略一

水滸傳一書。有謂施耐庵作者。有謂羅貫中作者。有謂兩人合作者。有謂施作羅續者。施耐庵作者之說。出于胡應麟之莊嶽委談。云今世傳街談巷語。有所謂演義者。蓋尤在傳奇雜劇下。然元人武林施某所編水滸傳。特爲盛行。世率以其鑿空無據。要不盡然也。余偶閱一小說序。謂施某嘗入市肆。細閱故書。于敝楮中得宋張叔夜擒賊招語一通。備悉其一百八人所自起。因潤飾成此編。其門人羅某亦效之。爲三國志。絕淺陋可嗤也。即謂此書及三國志並爲羅貫中撰。大謬。二書淺深工拙。若霄壤之懸。詎有出一手理。世傳施號耐庵。名字竟不可考。羅貫中作者之說。出于郎瑛七修類稿。王圻之續文獻通考。亦云水滸傳羅貫著。貫字本中。杭州人。編撰小說數十種。而水滸傳敍宋江事。奸盜詐僞。機械甚詳。然變詐百端。壞人心術。說者謂子孫三代皆啞。天道好還之報如

春季創作漫評

郎損 撰

載於一九二一年四月《小説月報》第十二卷第四號。作者郎損，即沈雁冰（一八九六—一九八一），原名沈德鴻，字雁冰，浙江嘉興桐鄉人。中國現代著名作家、文學評論家及社會活動家。郎損是他早年寫小説時用的筆名，著名的《蝕》三部曲（《幻滅》、《動摇》和《追求》）初刊時即用此名。本文在漫評一個季度的所有八十七篇小説時，先立了個標準，剔除了大批不合格的「小説」。這些被剔除的可分兩類：一類是作者根本「不知道小説是什麽東西」，没有「創作的資格」；另一類是完全摹仿與照搬「西洋小説的皮毛」的。剩下的兩類中，有二十四篇「表現的手段太低，或是思想不深入」，所以也僅僅「提一個名」；另有二十篇，他覺得比較好的，就加以一一評說。在評說時，他的標準除了結構精密，角色動人等外，强調的是能否貫徹『自然主義的表現』（按：此『自然主義』近乎『現實主義』）與表現出『國内青年心理』，乃至『表示出是革命的文學』。

今年的《小說月報》添立了一門『海外文壇消息』，一面想叫愛讀文學的人們常常和海外文壇有點接觸，一面也免得這本《小說月報》成了一本小說叢書，不和時間生關係，這一項勞工，我的朋友羅冰擔任去做了。

但既然和海外文壇生接觸，對於國内文壇更不可不注意些。當《民國日報》『覺悟』欄發表曉風先生對於《小說月報》的批評，提出希望我們能報告國内文壇的消息時，我們就打算來做這件事。那知着手調查之後，方才覺得一個月一批評是决難辦到的事。原來國内創作壇簡直寂寞到極點了！每個月内各報各雜志上發表的創作文學本來數目不多，好的更少。我們向來的預料——國内有創作而無批評家——竟料不着原來現今不特無真正的批評家，連被批評的材料都没有呢！

因此一月一批評的計畫，是不能實現了；但這件事又實在很重要，所以我們改爲一季一評。我的朋友們因爲覺得『熟面孔』人做這件事有許多窒礙，委托我這個『面生』人來做；没奈何我只好來發表我片面觀察的意見了！　却先欲對讀者諸君申説一句話：　我只是按照我現在的理解力與判斷力批評眼前的文字，這文字是什麽人做的，我只得完全不管！

在寫出我的意見之前，尚欲把我批評創作的『評例』説一説。　其一，現在盡有許多人喜歡做小説，却不知道小説是什麽東西。　他既然不曾説過，我們原也無從知道，不過就他的著作——小説——看來，也可以看出一點：　他們是把小説當作私人的禮物，一己的留聲機的，如什麽《訂婚日記》便是一例。　這一類的創作，不問他做的好或歹，我是不認他有創作的資格，所以本篇内是不提起的。　其二，專門摹仿西洋小説的皮毛——朋友對我説，此等小説實是節譯西洋的六便士雜志上的無聊小説而改用中國人名罷了——人物名字是中國的，而背景却不是中國的（這一類的例子不勝枚舉）。　此等創作，實已失了創作的資格，所以本篇内也不題及。　其三，没有以上的兩項毛病，不過表現的手段太低，或是思想不深入，我認是未成熟的創作，很有看一過的價值，却因本篇限於地位，只好提一個名，以表示對於此篇東西的著作家一番努力的敬意。　其四，他本身是比較的更好，而且我對他也有一點意見的，統統提出來另加一點評論，和大家的意見合不合，只好不管。　這四項便是我着手做這件工作時的已定的標準了。

我們搜輯各報各雜志的創作——或者有許多報我們不曾搜羅到——總其看過短篇小説六十七篇，劇本八篇，長篇小説兩種：　春季的創作大概盡於此了。　三個月内的創作只是這一點點兒，實在令人看了喪氣；　但是不幸這八十七篇之中合於第四條的只有二十篇；　不够放在第四條的一列而尚不失爲合於第三條之規定的，也只有二十四篇。如今先把合於第三條評例的幾篇寫在下面吧。

《她自己的兒子》　A（見《時事新報》「餘載」）
《賣柴人和老太太的談話》　青士（見《民國日報》「覺悟」欄）
《可明白嗎》　李祖蔭（見《時新》「餘載」）
《吃飯問題》　覺黎（同上）
《過年》　笈孫　（同上）
《家庭的愛情》　忍傑　（同上）
《工人與兵的一段談話》　小岑　（同上）
《還是去死去奮門》　祖心　（同上）
《愛誤》　程起　（同上）
《年糕不是我們吃的》　蘇兆驤　（《民國日報》「覺悟」欄）
《小孩子説的》　太素　（同上）
《新年的苦樂》　姚天亶　（《時報》「餘興」）
《水花》　俞文元　（「餘載」）
《母子》　陸覺　（《民國日報》「平民」）

《一個學生底日記》 侯可九（『覺悟』）
《你可以進來的》 蘇兆驤 （『平民』）
《可憐的群衆》 姚仲白 （『餘載』）
《妝奩之奴隸》 江紅焦 （同上）
《不平》 鴻如 （『覺悟』）
《良心話》 陳德徵 （『覺悟』）
《想》 金德章 （『覺悟』）
《一個死掉了女兒的父親的回想》 失名 （『覺悟』）
《一籃花》 云孫（劇本） （『餘載』）
《印子錢》 張春浩 （『覺悟』）

我對於上面的二十四位作家，表示非常的敬意，因爲他們著作中的呼聲都是表示對於罪惡的反抗和對於被損害者的同情。雖然他們的作品不怎樣完全，這是不關緊要的。至於我對於他有一些意見的作品，現在也寫在下面：

《靈光》 田漢 （劇本）（太平洋第二卷第九號）

田君創作的劇本去年有一篇 *Violin and Rose* 登在《少年中國》上，如今這篇《靈光》，據田君自敘，是爲東京留學生演戲助賑時的新戲；那回賑戲是借日本東京的有樂座，所以這篇《靈光》是在有樂座的臺上排演過了。我們只就他的脚本看去，覺得這篇劇本的動作是很好的，對話也都流暢；只是『角色的個性』不很明朗，張德芬和顧梅儷兩個人的口吻不大分得明白。又此篇中顧梅儷的舉動思想又很有點和 *Violin and Rose* 中的柳翠相像，這於創鑄『角色』一面，亦似尚欠圓到。又我讀了一過之後，只覺得伶俐有趣，而不起深刻的感覺；即對於篇中描寫灾民苦況的一段，也没有深刻的悲哀的印象。從這些地方看來，似乎田君於想象方面盡管力豐思足，而於觀察現實方面尚欠些工夫呵！不過我們對於田君這兩篇處女作總是表示極端的歡迎，并希望田君繼續有創作發表。

《幽蘭女士》　陳大悲　（北京人藝社脚本，曾轉載《時事新報》『餘載』）

陳大悲君對於戲劇是親身有過多年經驗的；近來他發表過四五篇創作的劇本。這篇《幽蘭女士》是陳君爲北京青年自立會籌款做的。這是五幕的長劇。這篇《幽蘭女士》討論的中心點似乎是私産的罪惡。他對於私産制的攻擊用自然主義表現出來，不説一句『宣傳』的話，實是不容易企及的手段。篇中寫丁葆元的思想，丁幽蘭的思想都恰到好處，各人的身段口吻也都很稱，只是那個李氏（丁妻）却似乎少點神采。創鑄的三個女角色（幽蘭、許三小姐、邱姑太太），確是很好；許三小姐口中的半失望半自棄的玩世而諷刺的尖辣話裏面含有極深的悲哀，使我感着非常的印象，對於這位聰明絶世而自暴自棄的女士表示無限的惋惜與愛憐。我敢説許三小姐是篇中最動人的角色。其次是丁葆元，再次是幽蘭女士。描寫丁寶麟的身份，也是絲絲入扣，只可惜第五幕末寶麟所説願死的一段話，有點身份不對；在大悲君的意思是欲寫出私産是罪惡的主意來，但是因此不免減了藝術上的色彩。丁葆元最後的一句話，『天下無不是底父母』，表示他『獸性』的重復得勝，真是非常的有力，而且把丁葆元到底完成了一個丁葆元！

總之，《幽蘭女士》總算得是成功的劇本了，除掉一二點不好（如第四幕寫幽蘭在成衣鋪中遇鳳岡被打，挺身出救，議送到醫院，而第五幕中忽然又説鳳岡在他房裏，中間過節，實在欠明白一些），大體是好的；大悲君雖然自己很謙抑，説不配講什麽主義，然而依我看來，這篇已經很可以算得是自然主義的劇本了。

《杜蘭的怪眼》　品今　（《時事新報》『學』欄二月一日）

《身份》　吴俊升　（同上『餘載』一月五日）

《鎮麻》　李祖蔭　（同上三月五日）

《假墳》　一之　（《民國日報》『覺悟』欄一月廿七日）

《希望》　謝寬　（《時事新報》『餘載』二月十二日）

《母親》　如愚　（同上二月十七日）

以上六篇短篇小説，都是『爲人生而藝術』的小説。《杜蘭之怪眼》内冷嘲的口氣，隱住了内在的十分悲哀，煞是動人；《身份》、《鎮麻》、《假墳》三篇的描寫雖然火候未到，但總有些近自然主義了。《希望》篇幅雖短，但結構極精密，寫樸訥的鄉下女子的心理，很有幾分動人。《母親》一篇内自然的表現手法，似乎比《希望》差些。

《死——不祥》　凡民　（《民國日報》『覺悟』欄一月廿一日）

《往杭州去的路上》　曉風　（同上一月廿四日）

這兩篇都是『Sketch』體的短篇，那矯健的筆力和濃厚的感情都表示出是革命的文學，在現近創作壇中不很多見。

《無聊的人》　忍傑　（《時事新報》『學燈』一月九日）

《藝術之友》　吴江冷　（同上一月廿日）

這兩篇在藝術上都不能怎地完全，但在思想上很可以表現出現在國内青年心理煩悶而渴求慰藉的狀態。

《勤工儉學生底一席話》　吴明　（《民國日報》『覺悟』三月廿二日）

《男校裏的一日》　天底　（同上三月七日）

《瘋人》　佷人　（同上三月三日）

《龍山之上》　天底　（同上二月廿三日）

這四篇中我最愛《瘋人》，他那隱藏的諷刺，和有力的表現，没有人看了不感動的；《勤工儉學生底一席話》寫三個境遇不同的儉學生的思想也還有分寸，最好的是篇中所含對於未來的希望。《龍山之上》只差結尾有點模糊；《男校裏的一日》極簡練的表現出男校内青年的生活，也不無可取之處。

《別》　陳德徵　（《民國日報》『覺悟』三月十七日）

《默想》　叔衍　（《時事新報》『餘載』二月廿二日）

《橋上》　俞文元　（同上三月廿一日）

《老姑娘》　叔衍　（同上三月廿二日）

這四篇中我以爲《別》和《橋上》很有含蓄不盡的趣味；《老姑娘》一篇從別一方面寫中國女子的痛苦，不失爲有心人之作。

以上的批評不過是我個人片面的一時的感想；同志對此有異感的，我很盼望見教。我往常覺得中國的 Renaissance 是在不可知的遠的將來，現在看過了本年春季的創作却又使我懷疑是否最近的將來就會有『文藝復興』麽？

春季創作壇漫評

郎損

今年的小說月報添立了一門海外文壇消息，一面想叫愛讀文學的人們常常和海外文壇有點接觸，一面也免得這本小說月報成了一本小說叢書，不和時間生關係，這一項勞工，我的朋友雁冰擔任去做了。

但既然和海外文壇生接觸，對於國內文壇更不可不注意些；當民國日報覺悟欄發表曉風先生對於小說月報的批評提出希望我們能報告國內文壇的消息時，我們就打算來做這件事。那知着手調查之後，方才覺得一個月一批評是決難辦到的事；原來國內創作壇實在沒有到稱點了！每個月內各報各雜誌上發表的創作文學本來就不多，好的更少，我們向來的預料——國內有創作而無批評家——竟料不着，原來現今不特無真正的批評家，連被批評的材料都沒有呢！

因此「一月一批評」的計畫是不能實現了；但這件事又實在很重要，所以我們改爲「一季一評」。我的朋友們因爲曉得「熟面孔」人做這件事有許多窒礙，委托我這個「面生」人來做；我奈何我只好來發表我片面觀察的意見了！卻先要聲明在前：我說一句話，我只是憑照我現在的理解力與判斷力批評眼前的文字，這文字是什麼人做的，我只得完全不管！

在寫出我的意見之前，我欲把我批評創作的「許例」說一說。其一，現在儘有許多人喜歡做小說，卻不知道小說是什麼東西，他們既然不曾說過，我們原也無從知道，不過就他的著作——小說——看來，也可以看出一點：他們是把小說當作私人的禮物，一己的

1

春季創作壇漫評

紅樓夢質疑録

民哀 撰

連載於一九二一年三、四月《小説新報》第七卷第三、四號。作者民哀，即姚民哀，見一九一九年《息廬小説談》提要。作者自稱自十一歲迄今二十年間，無日不治《紅樓夢》。此稿從人物刻畫、情節結構等角度，指摘了《紅樓夢》中十餘處疏漏、矛盾之處，頗具眼力。

《紅樓夢》一書，爲舊小説中勢力渾厚之作。世之治此書者，不乏俊彦碩士，所以有『紅學』名稱。然研究紅學者夥矣，往古無論，近十年來，王氏爲著《索隱》，蔡氏即踵起《抉微》，未成書者，更不可勝數。大都揚美雪芹，或言題外文章，就原本立論，摘其疏漏者，尚付闕如。不佞亦自附於紅學之列，自十一歲迄今，忽忽二十年矣。此二十年中，幾無日不治此書。久而有得，筆之於册，敝帚自珍，因顔曰《懷疑録》，一孔之見，當世幸弗笑我簡陋矣。

《紅樓夢》第八回，寶玉到梨香院中，薛姨媽讓他裏間屋裏。寶玉掀簾，一步進去，就看見寶釵坐在炕上作針綫。寶玉一面看，一面問：『姐姐可大愈了？』寶釵抬頭，只見寶玉進來，連忙起身含笑道：『已經大好了，多謝記挂着。』説着讓他在炕沿坐了。是寶釵之起身讓寶玉，起身於炕上，并未下炕也。按寶釵之爲人，爲《紅樓夢》一部書中第一個處事細心之人，安有見寶玉進屋，而不下炕，便讓之坐在炕沿上耶？又，寶釵笑道：『又混鬧了，一個丸藥也是混嘗的？』一語未了，忽然外面人説：『林姑娘來了。』話猶未了，林黛玉已摇摇擺擺的進屋來了，一見寶玉便道：『嗳喲，我來的不巧了。』寶玉忙起身讓座。則寶玉起身於炕沿，寶釵仍站起於炕上也。寶釵讓寶玉不下炕，猶可説也。鸞兒之挑尖抓快，寶釵素所忌憚。論心理，寶玉斷無不下炕者；論情理，寶釵更不會不下炕者。安有偷懶一下炕之勞，而得罪於嘴刻薄、心眼細之林丫頭呼？吾知明白大體之寶姑娘，決不出此也。原書於此點稍欠細貼。

三十七回標題爲《秋爽齋偶結海棠社，蘅蕪院夜擬菊花題》，照此看去，則顯然是秋景，何以探春柬寶玉之書末二句云：『若蒙踏雪而來，敢請掃花以候。』又，緊接賈芸稟寶玉之書有句云『今日天氣暑熱，恐園中姑娘不便』云云。參觀原書，事在一日，一日之間，兩封書竟自相矛盾，若是藉曰：北地深秋即雪，探春之語不訛，則賈芸之書謬矣；苟以賈芸所言爲確，則探春『踏雪』二字何來？且與題目含蓄之『秋』字，亦大相反背。著者對於時令未免太不講求。

四十回賈母正在黛玉房中與王夫人等説話。有人回説『姨太太來了』，賈母等剛站起來，只見薛姨媽早進來了。一面歸坐，笑道：『今兒老太太高興，這早晚就進來了？』云云。是賈母等之站起，爲迎接薛姨媽也，乃薛姨媽進屋之後，即高談闊論，對於賈母等之坐站問題置之不理，終至賈母等離開瀟湘館，亦未提賈母等坐下與否。姑不論老奸巨猾之薛姨媽不致如是莽撞，即賈母等亦斷不致如此獃木，直腰并腿，站至離開瀟湘館始已。作者如此，似嫌用筆過省，只『一面歸坐』難包刮盡兩方面之動作。

五十一回原文云：『一時，果有周瑞家的帶了信回鳳姐説襲人之母業已停床，不能回來。鳳姐回明王夫人，一面着人往大觀園去取他的鋪蓋妝奩。又，寶玉看着晴雯、麝月二人打點妥當，送去之後。』云云。何以下接『寶玉此時納悶，襲人之母不知是死是活』幾句。觀其意寶玉是尚不知襲人之母生死，則前文寶玉監檢晴雯、麝月收拾襲人妝奩鋪蓋時，豈未順口問襲母之病狀？寶玉爲著名之無事忙人，無事忙則無時不忙，無時不忙之人，豈有見收拾襲人奩具時而不開口動問之理？況周瑞家的已稟出『停床』二字，寶玉烏得不知，而坐着納悶哉？或言雪芹故用此等晦筆，欺瞞讀者。觀於其收束處云『一面説』是向寶玉説，『一面早命人煨上，又囑咐麝月打點東西，叫個老媽去看襲人，勸他少哭』，可知寶玉已知襲人之母死矣。所爲『納悶』者，并非他故，實因薦枕無人，故疑心其母之生死是真是假也。不過此回漏筆，始終未有人向寶玉稟過襲人母之死生，兼之雜一『納悶』句，愈覺容易打入後人疑城。

《紅樓夢》一書，此中不經意處，尚不止此。即如五十四回云：『忽聽鴛鴦嘆了一聲，説「天下事可知難以定論，你單身在這裏，父母在外頭，每年他們東去西來，没個定準。想來你是再不能送了終的了。偏生今年就死在這裏，顛倒出去送了終。」』乍觀之無甚漏筆，然十九回内，襲人對其母兄道：『況如今爹雖没了。』則襲人之父，早已死矣。又四十六回中，叙述襲人與鴛鴦交稱莫逆，則以意度之，彼此身世決無不悉，而婦女談家常，斷不會頭路不清。則此時鴛鴦口内當云『母兄在外』，烏有稱『父母在外』？豈鴛鴦猶未知襲人之父已亡故耶？一字出入，牽動全局，苟以滑稽論調衡之，雪芹辯護則當云：『諒係筆誤，誤「兄」爲「父」，後世刊者不察，遂留兹小疵也。』

恨人謂木石姻緣不成，在九十六回《瞞消息鳳姐泄奇謀》處，叙述二辣子抽梁换柱之狡猾，其實五十六回中已露端倪。鳳姐謂平兒有『我也慮到這裏，倒也够了。寶玉和林姑娘，他兩個一娶一嫁，可以使不着官中錢。老太太自己有體己拿出來』云云。試思顰兒若嫁賈寶玉，則娶嫁自出一家，又何必老太太拿出兩份體己錢來？此鳳姐之不欲顰兒嫁寶玉，蓄念久矣。九十六回一段文字，不過明寫而已。

諺有云『娘親舅大，爺親叔大』，是舅也者，當視等於母。事母如何，事舅亦當如何。未聞母乞食於途而子處之坦然；舅執役於人，而甥視如無睹。果若是，則視母若乞，視舅若僕，尚得謂之人類耶？《紅樓夢》五十五回探春哭着問趙姨娘道：『誰是我舅舅？我舅舅年下才升了九省檢點（是王子騰）。那裏又跑出個舅舅來？我到素昔按禮尊敬，越發敬出些親戚來了。既怎麽説，每日環兒出去，爲什麽趙國基又站起來，又跟他上學。爲什麽不拿舅舅的款來？』余讀至此段，嘗掩卷尋思，忽生浩嘆。夫趙姨娘，爲探春之親生母也；趙國基，探春之親娘舅也。味探春之言，竟以王夫人爲生母，王子騰爲親娘舅，反不承認己是趙姨娘所生，更不承認趙國基爲其母舅。觀其後文道『何苦來？誰不知我是姨娘養的。必要過二三個月，尋出由頭來徹底翻騰一陣，怕人不知道，故意表白表白』等語，探春之居心逼露紙上矣。王道不外人情，家庭其小焉者也。因生母爲親舅多求二三十兩之燒埋費，即如數予之，賈母王夫人等，決不至因之而責其濫用公款。進言之，賈母王夫人等即使責其濫用，然而爲周濟死舅兼重生母情面，雖受責而不損名譽，乃始終未曾應允，反大發牢騷，亦太過分。故後之離家遠嫁，正彼蒼之怒其狠厲，亦著者之所以警世也。此等處，爲雪芹布局縝細，他手所不及。

六十三回《壽怡紅群芳開夜宴》行令之時，共十六人，即寶玉、襲人、晴雯、麝月、秋紋、芳官、碧痕、春燕、四兒、寶釵、湘雲、黛玉、探春、李紈、寶琴、香菱等是也。其始寶釵擲十六點，點是探春，則探春之坐在寶釵上首無疑。其次探春擲十九點，點是李紈，則李紈之座在寶釵下首，亦顯而易者。

再次是李紈，下家擲骰，下家正是黛玉，黛玉擲十八點，便該湘雲掣簽，則湘雲之坐次，又在黛玉下首。湘雲擲九點，數去是麝月，則麝月之坐位，除本人及原擲骰之湘雲外，其中尚闕七座，猷算亦能得之。而麝月擲十點，應得點至寶玉。原文則曰香菱，香菱擲八點，應該點至襲人、晴雯等之丫鬟隊内。原文又曰黛玉，一誤再誤，至於䂊兒。而䂊兒擲廿點，是襲人掣簽，則又與前文符合。首尾皆對，中忽錯誤，其故何歟？余因此節，曾按之繪一圓圈，再依其人名及點色數之，始而模糊，繼則發現此兩小疵，恨不能起雪芹於地下，而一叩之也。

有人謂五十六回甄家四女人對賈母等述甄寶玉脾氣，其末兩句爲：『第一天生來這種刁鑽古怪的脾氣，如何使得？』話未説完，可巧正碰着王夫人進來，把話打斷。試問其下不打斷則作何語？余謂諒不過『常在女孩兒群内胡混』一語。或曰雪芹何不明明白白叙出來？因甚故意作頓？余謂此種筆法，曹氏所長，脱令甄家女人順口叙出，在説者固説是甄寶玉，而聽着未免疑説賈寶玉。他人尚不至誤會，而在溺愛不明之賈母前，萬難直陳。故雪芹與此等處，非但省去筆墨，且留深味於其間，使後之作小説，得此一條絶妙文路，可稱三面俱到矣。《紅樓夢》類乎此之法則，不止一二。苟平心静氣，仔細把玩，不必會心人亦當了然。

七十一回賈政返家。寶玉得信，即至賈母處請安。原文係政在賈母房中，連衣服未换，看見寶玉進來請安，心中自是歡喜，却又有些傷感之意。就文論理，寶玉似乎初次見父，故政有些悲喜交集之狀。何以下文又有『原來賈政回京覆命，因是學差，故不敢先到家中。珍、璉、寶玉頭一天便迎出一站去接見了。賈政先請了賈母的安，便命先回家伺候，次日面聖諸事畢完，才回家來』一段補筆。觀此，則賈政與寶玉晤面已屬第二次矣。悲喜交集情况應於『先請了賈母的安』後插入，不應在此際敘述，雖無大關係，而微嫌失當。

七十四回司棋之事發生。因鳳姐有病，不即發落。原文謂：『老嬤嬤們拿了方子，回過王夫人，不免又添一番愁悶，遂將司棋之事暫且擱起。』直至八月節後，才將司棋打發出去。但擱起日子頗久，在此期間，司棋仍在迎春房内服役？抑依然交給老婆子監守？漏此一筆，未免又使人費一番思索。芳官爲黛玉影子，亦晴雯影子。故寫芳官與寶玉情况，即可看作黛玉與寶玉情况，又可看作晴雯與寶玉情况。六十三回寶玉睡醒，對芳官笑道：『我竟也不知道了，若知道，給你臉上抹些黑墨。』後人謂『臉上抹黑墨則光彩全無。此是寶玉覺得羞耻語，并非戲言。切弗爲雪芹瞞過』。此言良是，若後文晴雯自述擔負虚名，黛玉潔身歸去，皆是作者故弄狡獪，讀者不可不知也。

七十回碧月上怡紅院取錢貌，説李紋、李綺明冬歸去一語，雖描寫小兒女口吻，行文似嫌突兀。

八十二回薛家婆子奉寶釵之命送蜜餞荔枝是所説瘋話，與二十五回鳳姐打趣黛玉，行文雷同。雖一係有心，一是無意。非出於薛家下人之口，向黛玉説話。少欠斟酌，過如是一路上之寶釵不應如是寫法。

評林

紅樓夢質疑錄

（民哀）

紅樓夢一書。爲舊小說中勢力渾厚之作。世之治此書者。不乏俊彥碩士。所以有紅學名稱。然研究紅學者夥矣。往古無論。近十年來。王氏爲著索隱。蔡氏即踵起抉微。未成書者。更不可勝數。大都揚美雪芹。或言題外文章。就原本立論。摘其疎漏者。尙付闕如。不佞亦自附於紅學之列。自十一歲迄今。忽忽二十年矣。此二十年中。幾無日不治此書。久而有得。筆之於册。敝帚自珍。因顏曰懷疑錄而刋之新報。一孔之見。當世幸弗笑我譾陋也。

紅樓夢第八囘賈寶玉到梨香院中、薛姨媽讓[illegible]寶釵坐在炕上作針線。寶玉一面看一面問姐姐可大愈了。寶釵抬頭纔見寶玉進來。連忙起身含笑道。已經大好了。多謝記掛着。說着讓他在炕沿上坐了。是寶釵之起身讓寶玉。起身於炕上也。起身於炕上。並未下炕也。按寶釵之爲人。爲紅樓夢一部書中第一個處事細心之人。安有見寶玉進屋。而不下炕。便讓之坐在炕沿上耶。又寶釵笑道。又混鬧了一個丸藥也是混嘗的、一語未了。忽然外面人說林姑娘來了。話猶未了。林黛玉已搖搖擺擺的進屋來了。一見寶玉便道。噯喲。我來的不巧了。寶玉等忙起身讓坐。則寶玉起身於炕沿。寶釵仍站起於炕上也。寶釵讓玉不下炕。猶可說也。擊兒之挑尖抓快。寶釵素所忌憚。論心理。寶釵斷無不下炕者。

評林　一

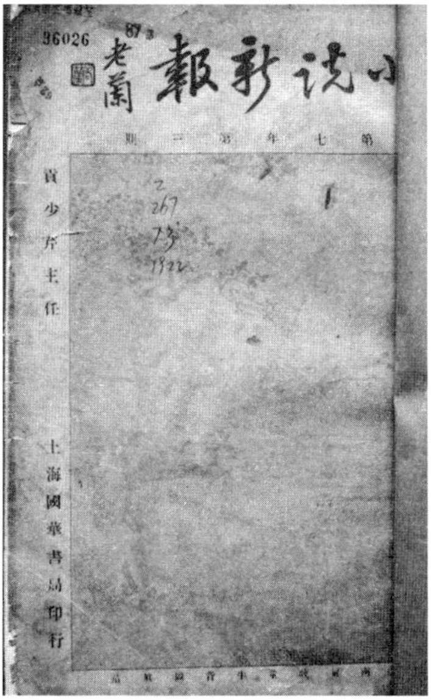

《花月痕》考略

恨水　撰

載於《申報·自由談·小説特刊》一九二一年四月三日。作者恨水，見一九二一年《今小説家與古文人孰似》提要。本文就《花月痕》一書的創作時代、人物原型與命意作了考證，認爲此書作於太平天國之後，小説中的主人公乃作者自況，小説的命意『完全爲發洩牢騷』。

《花月痕》寫幾個名士美人，詩酒風流，筆姿極爲瀟灑，而其描摹青衫淪落、翠袖飄零之狀，亦復迴腸蕩魄，讀之令人酸入心脾。美人香草，別有寄托。足見作者一肚皮不合時宜也。以此書之價值，及社會上之信仰言之，在小説界中，自佔重要位置。而今人聚訟紛紜，每謂作者意有所刺，以予觀之，殊覺不然。試將該書之内容，略加考證如下：

（一）《花月痕》之時代

此書所謂平倭寇、平回匪二事，即指太平天國戰爭，及打捻子二事而言也。經略使似指左宗棠，狗頭指四眼狗，天王指洪秀全，其餘各人，仔細考之，無不與當時人物仿佛，故此書之出現，當在太平天國戰爭以後，而所叙之事，則在咸、同之間。

（二）《花月痕》之人物

此書之主人翁，自當以韋癡珠爲主，韓荷生爲賓。杜採秋，劉秋痕，則賓中之賓也。按作者姓魏，字叔敬，福建侯官人。爲咸同間知名之士。曾薦考博學鴻詞（或云，魏係舉人）。書中所言之韋癡珠，即作者之自道。蓋韋魏同音，故作者以韋射魏，以廣東射福建，意極明瞭。其他所稱之名孝廉，詩祖宗等語，均作者自爲小傳，并非虚設。韓荷生人多疑是李鴻章，大誤。蓋韓字之半爲韋，作者取韓字爲荷生姓，正寓言半個自己在内也。寫韋所以叙其事實，寫韓所以叙其理想，寫秋痕、採秋，亦復如此。但不無竊取《紅樓》化身法之嫌耳。

（三）《花月痕》之命意

吾敢斷言，此書非如《琵琶記》有所譏刺，殆完全爲發洩牢騷之作耳。平倭十策，作者屢次提及，或當有其事。懷才不遇，此實爲作者書之第一原因。又作者曾入左宗棠幕，韓生隨征，亦事實也。書中對於韓杜，實不無微詞，如秋痕勸癡珠曰：『你的性情，落落不合，只好願荷生一着。』又秋痕問癡珠曰：『妓女不失身，算得節不得節？』癡珠曰：『怎麽算不得節？』而對於採秋則曰：『十七歲的時候，就被一個富商梳籠了。』畫龍點睛，作者之意可知矣。

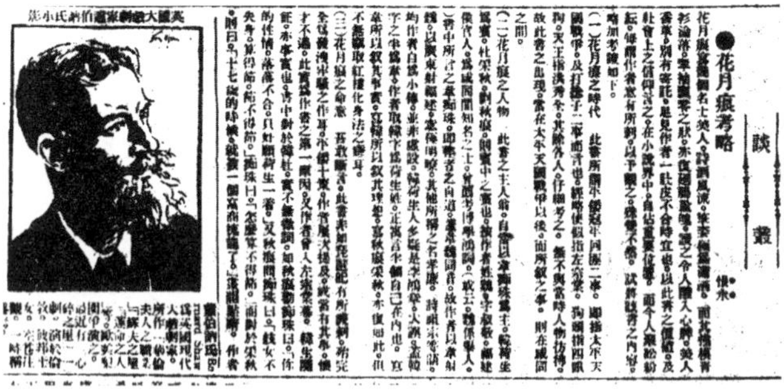

譯小説一席談

若渠　撰

載於《申報·自由談·小説特刊》一九二一年四月三日。作者若渠，名滕固（一九〇一——一九四一），字若渠，江蘇寶山（今屬上海）人。上海美專畢業，『五四』前後活躍於當時文壇，曾加入文學研究會，後留學日本。回國後任教於母校及金陵大學等，創辦《獅吼》半月刊。有小説《壁畫》、《迷宫》等，另有專著《中國美術小史》、《唐宋繪畫史》等。本文反對意譯，而强調直譯，高度肯定了周作人在中國翻譯史上的地位，認爲他是繼胡適之後真正改變林紓譯風的代表人物，使文藝性的譯作走上了健康的道路。

創作固難，而翻譯亦非易事。創作爲發展我之天才，縱我筆之所至，凡作品中可語創作者，作者之天才，蓋可見也。而翻譯則絶對不容羼雜己意，一任我之增益，須憑原著之東則東之，西則西之，此世界翻譯家所共認，不獨譯小説然也。德人敬門（H. Chimann）氏之言曰：『莎士比亞（Shakespeare）之劇本，凡有文字之國，莫不争譯之，譯本之佳，莫過於我德國之所譯。蓋我德國文法之稠密，爲世界冠。雖然，吾德人之譯莎氏書，何止百數，最佳者推某氏，某氏自言譯莎氏書時，只知我已成莎氏，而忘其我之爲我也。然我人亦共認某爲德國之莎氏也。』翻譯之難，我人可得而見之。猶曰人云亦云，易如反掌，非真知翻譯者。我國之譯小説，推林琴南氏爲前輩，述而非譯，已有人非之者。其病在不以原作爲本位，而以譯者爲本位，此不諳西文之故，夫人而知之。蹈其轍者，蓋非鮮也。二三年來，譯風一變，周作人所譯，超胡適之上。而新進之翻譯者，恐皆以周氏爲歸，其洵可觀者不少，誠好現象也。况近來所譯，有價值之文藝作品爲多，較之往者濫譯柯南道而（Conan Doyle）之書，進步多矣。尚有名家作品，如某君所譯《心獄》品匯匹儔之書，皆在重譯之例，歐美各國，往往一原本，同國譯成數本者，數見不鮮，良以譯筆之高下，而準其去取也。日本亦然，我國未也，始作俑，其我輩乎？我固與一二友人嘗論及之。

英國大戲劇家蕭伯納氏小影

蕭伯納氏Bernard Shaw爲英國現代大戲劇家。所作「華倫夫人之職業」「鰥夫之屋」「運命之人」等。歐美皆爭演之。最近有「心碎之屋」劇。演於倫敦。彼邦士女。一空巷往觀。一時稱盛焉。

之意可知矣。

新話

譯小說一席談

蕃晗

創作固難。而翻譯亦非易事。創作爲發展我之天才。縱我筆之所至。凡作品中可謂創作者。作者之天才。蓋可見也。而翻譯則絕對不容驕縱己意。一任我之增益。刪減原作之東則東之。西則西之。此世界翻譯家所共認。不獨譯小說然也。德人敬門 H. Chimann 氏之言曰。莎士比亞 Shakespeare 之劇本。凡有文字之國。莫不爭譯之。譯本之佳。莫過於我德國之所譯。蓋我德國文法之嚴密。爲世界冠。雖然。吾德人之譯莎氏書。何止百數。最佳者推某氏。某氏自試譯莎氏書時。只知我已成莎氏。而忘其我之爲我也。然我人亦共譽其爲德國之莎氏也。翻譯之難。我人可得而見之。職曰人云亦云。易如反掌。非真知翻譯者。我國之譯小說。推林琴南氏爲前輩。遠而弗譯。已有人非之者。其病在不以原作爲本位。而只譯者爲本位。此不諳西文之故。夫人而知之。昭其蝕者。蓋非訪也。二三年來。譯風一變。周作人所譯。超胡適之上。而新進之翻譯者。恐皆以周氏爲歸。其尚可觀者不少。誠好現象也。況近來所譯。有價值之文藝作品爲多。較之往者濫譯柯南道爾 Conan Doyle 之書。進步多矣。尚有名家作品。如某君所譯心獄品。雙氏傳之儔。猶在重譯之例。歐美各國。往往一原本。同國譯成數本者。數見不鮮。良以譯筆之高下。而擇其去取也。日本亦然。我國未也。始作俑。其我輩乎。我因與一二友人嘗論及之。

小說閒評

梅影簃主　撰

載於《申報·自由談·小說特刊》一九二一年四月十日、五月一日。作者梅影簃主，待考。本文述評了《西利亞郡主别傳》、《塊肉餘生述》兩部翻譯小說，從中可見作者欣賞小說的情節布局採用『欲擒故縱，將成覆敗』的手法，使讀者有『山窮水盡疑無路，柳暗花明又一村』的感覺，但同時又主張『伏脈至細』，『一貫到底』，結構嚴密完整。對小說所叙之事本身，還是主張寫平常瑣屑之事以及平常能見之人，面對現實。對於人物的性格，要求能寫得『恰到好處』，而不要寫得不倫不類。

《西利亞郡主别傳》，著者名馬支孟德，美國人，在小説界中，初無藉藉名，而是書情迹，極離奇之至，文筆亦佳妙，洵非能手不辦。前星期日，閒居無事，手而讀之，歷四小時乃畢。

書叙一老人名亨利寶星者，爲薩克司利伯公國大臣，時當朝廷蕪梗之日，奸佞外訌，宫中構怨，老人衎衎中立，弗惜性命，與群小抵抗，而尤能以忠懇之力，保護中宫，使不瀕於險地，卒因中宫隳其禮防，迨一外遇，爲大公所覺，下於請室，老人亦中讒言而遁。臨行，中宫知老人忠梗，饋以多金，以郡主西利亞托其教養，防見害於其父也。老人受命後，蟄居倫敦。歷若干年，郡主長成，與老人侄司丹列互生情愛，兩小無猜，遂私訂婚約。老人深恐齊大非偶，力梗其事，不成，忽被仇家所害。蓋其時薩克司利伯公國中，世子垂危，受大寶者，即郡主西利亞。宵小知之，欲從老人手中，攫爲已有，以徼富貴，老人不與，乃遭暗殺。老人既死，其侄司丹列繼任保護人，宵小復用詭謀秘計，從事圖劫。司丹列百方備御，經種種危險，不稍中沮，結果得達其目的，與西利亞成爲夫婦。

全書共分三十章，約數萬言，爲古文大家林琴南所譯。林氏不諳英文，囑其門人魏易口述，已則載筆記之，其與原著，不無舛謬。吾人雖未見是書原本，似未可妄加指摘，然曩曾讀林氏他種譯書，核之原作，往往發現大相徑庭之處，此係林氏譯書之短，跋中已自言之，固不必代爲掩飾也。

予觀小説，每讀一章，恒喜預擬下章情節，迨後核之，有中者，有不中者，是書亦然，而有萬非予思慮所及料者，試舉數端：（一）突如其來之老婦人，自言爲郡主西利亞生母，復附子爵爲惡。在吾人思之，必爲子爵所遣，僞飾以欺司丹列及西利亞者。而孰知竟不然，果爲大公夫人而非假冒也。

（二）司丹列將與西利亞成禮之前一夕，西利亞忽爲司丹列親隨之僕盜之而逸。（三）西利亞既落子爵之手，司丹列方慮其一去不返，乃子爵爲兄所窘，忽慨然以西利亞璧之。（四）西利亞既歸朝中，大臣欲圖擁立。其時得一確耗，謂西利亞産後所易乃僞郡主，而真者實别有人在，名加德林。文筆奇肆，誠如林氏所言，欲擒故縱，將成復敗，於無可措手，則又更變一局。昔陸放翁有句云：『山窮水盡疑無路，柳暗花明又一村。』是書殆復似之。

書中公爵夫人十八歲時，已心眷一人，其嫁公爵康司丹司也，非其所願。只以父母之命、媒妁之言，格於習俗，違之不可。然公爵年事既長，性復殘刻，以一如花似玉之美人，事此老醜，究非芳心所甘，矧公爵愛夫人之美，視同禁臠，且加防衛，居以幽宫，不令與朝紳相接。夫人處此，幾類狴犴，萬不能堪，於是欲一泄其抑塞不平之氣，遂盡墮禮防，以拾墜歡。此雖足爲夫人盛德之累，而推原禍始，實婚姻不自由有以釀成之。而夫人之父母，動於富貴，不計利害，不惜以愛女畢生幸福爲犧牲，要亦不能辭其咎也。

西利亞自知身列玉牒，位登大寶，而不願與司丹列毁宿約，是著者極寫愛情名貴處，故書中有言曰：『情愛之事，出之本心，胡能以暴富暴貴，遽易其念？』又曰：『女子之視情，高逾於性命，矧乃富貴！』雖然，須知如西利亞之女子，以愛情爲性命，棄富貴若敝屣，欲求之今世，恐踏破鐵鞋，亦難覓着。良以今世大多數女子，其選配偶也，以金錢爲轉移，果其人金錢今日立盡者，則其明日琵琶别抱可必矣。吾爲此意，是不免鄰於過刻，但本吾閲歷而發，自以爲至當，雖欲勉爲一易，而方寸天君，有所不許。且吾又有一事，爲男子鳴不平者。今之小説家，有所著述，苟涉於情愛，必左袒女子，不曰薄幸兒郎，即曰負心漢子，抑若天下男子盡負女子，女子無一負男子者。而揆諸世情事理，實大相刺謬。就吾所知，男子之見欺於女子者至夥，筆而記之，當可成一巨册。世之男子，如疑吾言，請追溯生平，果已負女子者多，抑女子負己者多？下一判斷，必能曉然矣。

書中描寫老人之忠義，子爵之奸猾，司丹列之勇邁，西利亞之嫵媚，加德林之慧黠多情，與夫大人之凉薄寡德，均如初寫《黄庭》，恰到好處。惟中間夫人見女，力逼其嫁子爵，以報前仇。是種舉動，在理夫人已身攖强迫婚姻之慘苦，懲前毖後，宜可覺悟，當不至於出此，則是種描寫，似乎近於不倫。豈著者以夫人病癇，病癇之人，縱獲醫愈，心性已壞，思想行爲往往反常，顛倒是非，淆亂黑白，本習見事，無足深異，而有意爲之歟？

《塊肉餘生述》著者爲查理士迭更司，英國大小説家也。以一八一二年生，死於一八七〇年。其時英國小説，一易而爲最普通之散文體，偏尚理性，趨重於寫實，以是凡迭氏述作，靡不現有人生觀之色彩。齊名者，有薩克雷及伊立烏二人，其一先習繪數年，不成，乃改小説業。出所作稿，投登報章及雜志，聲譽漸隆，而與迭氏相伯仲焉。或謂薩克雷嘗就迭氏書，繪圖數幅投之，迭氏以其藝術惡劣，加以拒絶，而後此竟成勁敵，則非迭氏始慮所及料矣。

迭氏著作至夥，終其身計之，不下百餘種，就中名世者，約佔十數種，是書其一也。作於一八四九年。繼辟克維報滑稽外史等而出版。自序中曾云，吾著作中，當推此最佳。夫自知莫如己，迭氏之言，洵非虛矣。蓋據吾人之眼光批評之，綜迭氏生平傑作，亦以此爲第一也。

書叙大衛考伯菲兒者，遺腹子也。生而無父，幼年母改配一人名麥得斯東，其人秉性殘刻，率一老姊，以術離間大衛母子，大衛母不能堪，卒鬱鬱死。大衛亦漸奉嚴命，業讀習藝，既至其處，覺所司頗賤，引爲大耻，乃潛遁至姨氏家，姨氏本一老處女，積資甚厚，見大衛憐惜備至，爲覓學校，令繼續學業，繼復出贄金若干，使從一廟審官學律，大衛以崎零之人，驟獲優渥，幾擬身在夢中矣。後半載，姨氏家忽中落，大衛思分擔負，遂去就一書記職，自謀衣食，暇習速寫術，强記不倦，遇議院有事，輒往作急就書，寄登各報，以博微利，外此兼爲著作之家，售稿易錢，進款日增，家計亦日裕。初，先生之女都拉，與大衛已訂婚約，至是結褵，而成夫婦，鶼鰈□愛，伉儷之情殊篤。惟都拉天真未滅，狀若童孩，不善持家，大衛苦之。未幾，都拉得疾死，大衛哀悼異常，游歷各國，冀釋悲梗。歸時，續娶一律師之女安尼司爲繼配，生子三人，和睦偕老云。

全書分前後兩篇，都二十餘萬言，用自叙式，蓋迭氏自寫其生也。凡曾讀歐美小説家傳記，而熟諳迭氏身世者，不難尋釋得之。書中之大衛考伯菲兒，即迭氏自謂。惟迭氏之母，始終未嘗改配，其他差別亦甚多，諒迭氏着筆時，殆不願人知其自居書中之主人翁，而放意作如許穿插附會，傳聞者不疑，此正迭氏狡猾處，吾人當善讀之，若必刻舟以求劍，膠柱而鼓瑟，則失之愚矣。

是書行文，雖所傳不止一人，所記不止一事，而能一貫到底，無慮委散，使作《水滸》之施耐庵死而有知，視此當生愧色。曩林琴南先生譯此曾云：『大抵文章開闔之法，全講骨力氣勢，縱筆至於灝瀚，則往之遺落其細事繁節，無復檢舉，遂使觀者得罅而攻，此固不爲能文著述，而思力終患弗周。迭更司他書，每到山窮水盡，輒發奇想，如孤峰突起，見者聳目，終不如此書伏脈至細，一語必寓微旨，一事必種遠因，手寫是間，而全局應有之人，逐處湧現，隨地開合，雖偶爾一見，觀者幾復忘懷，而閒閒著筆閒，已近拾即是，讀之令人斗然記憶，循編逐節以索，又一一有是人之行蹤，得是事之來源，譬如善交之著子，偶然一下，不知後來咸得其用，此所以成爲國手也。

書中描寫尤利亞卑鄙齷齪之狀，淋灕盡致，夫小人貌僞忠厚，而心存叵測，其始仰給於人，則奴顔婢膝，以求阿容，及一旦人付以大權而不疑，乃頓易向日面目，左右劫制人，人雖忿受其螫毒，而亦無可如何，而今日社會中，此種人尤比比皆是，安得大衛其人，一一加以索類哉。

書中第四十四章，大衛責都拉以持家之道，都拉不服，大衛乏術，隱逃而出。歸時，見祖姨在家，乃言曰：『大母能否少加教導都拉，爲孺子長久之計。』祖姨搖首曰：『是爲能者，孺子與我形影相依，彼此或有思意，萬不能以此戔小之故，骨肉遂生間言。』又曰：『孺子今兹無間，若干與爾事，則小花必不吾悦，間言之生，正復易易，今欲此小花愛我如蝴蝶之栩栩親人，汝當知爾母更嫁之情形？方知嚴法切勒之不可行也。』又曰：『拖老忒，爾成家未久，汝知羅馬之一統，亦非崛起朝夕之間，此人豐爾自擇耶？ 既其麗容，愛情復摯，汝爲人夫，擇此麗人，既知其所長，則當諒其所短，安可捨長規短，日加責望，且彼閱歷，汝能徐徐培養則佳，否則，亦願爾知足可爾，吾親愛之人，從此天長地久，即汝二人，更無一人助汝矣。 脱爾長日勃豀，將奈何？ 天下夫婦之道，大舉類此。』予讀此數語，乃大嘆服。誰謂此老孤僻，不近人情哉？因思天下爲姑者，苟能各如其人，以爲此言，訓迪其子，則夫婦之間，寧有反目，而姑媳之間，又何至勃谿時聞耶？蓋予嘗默察夫婦結合，雖以情愛，而争端之啓，則咸在不恕，惟其不恕，久而久之，二人意見日深，情愛日薄，而仳離之慘劇，遂於斯開幕矣。姑媳亦然。因年齡之老少，性情隨之而異，大抵爲姑者之所好，往往爲媳者所惡，爲媳者之所好，往往爲姑者之所惡。好惡既不同於前，而又不互諒於後，於是兩不相容，勢成柄鑿，欲望其融洽無間，自屬難事矣。

是書情節平常，所叙胥瑣屑之事，若在庸平爲之，必不能標奇制勝，出色常行，而一經迭氏運以佳妙輕靈之筆，化腐成新，撮散作整，使吾人讀之，反覺在在趣味雋永，挹之不盡矣。迭氏誠文傑也哉。

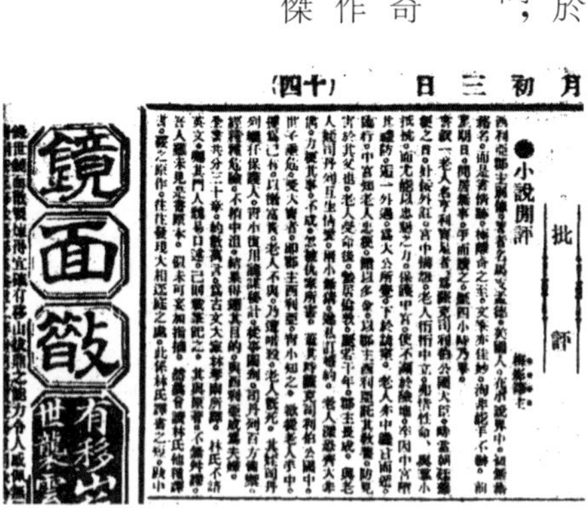
月初三日（十四）
鏡面㪫
批評
●小說閒評

小説談餘

少蓀　撰

載於一九二一年四月《小説新報》第七卷第四號。作者少蓀，待考。本文指出，當前小説之地位雖然漸漸抬高，『然學者猶未肯以真正文學視之』。他認爲，小説之所貴，『貴乎感人易深』；敘事也必須寫情，『小説尤以情爲主體』；運用材料，當『虚能用實，實或用虚，情景互生，有無交幻』；寫實、自然等不同流派，『不可偏廢』；而其最高境界是能『以千百人心爲一心，即以一心爲千百人心』，『能以衆人之所欲爲己欲，以衆人之所惡爲己惡，以衆人之悲樂爲己悲樂，以衆人之超邁爲超邁』。這也就是説作者要能深刻地認識社會，理解人生，使自己的作品與人物有高度的概括性、典型性，能反映社會的本質與人類的共性。它

分析中國小説的淵源，從《莊》、《騷》到《穆天子傳》、《山海經》，再到《列子》、《淮南子》，乃至司馬相如之《大人賦》、《子虚賦》，東方朔之《客難》等賦，眼界比較開闊。

在中國文學世上，向來小説屬於稗史之一種，視若無文學之價值。而一般作者，亦自以爲興至書懷，不過一種戲墨，從不肯比列於正式文字。以是小説之價值益低微，而閲者亦以爲小説只可以當消遣娱閒品，别無他作用矣。自西學東漸，中國文化大進，文學運興，小説之地位於是漸漸抬高。然學者猶未肯以真正文學視之，如西洋之以小説爲人生文學、社會文學之主要部分，而居以無上之地位也。

小説之所貴，貴乎感人易深。西洋學者，以之改造社會，謂其能收速效也。論者謂俄羅斯此次革命成功，即托爾斯泰主義實現。托氏主義皆寓諸其所作之小説中。由此可見小説之功效宏偉矣。中國今日欲社會改良、人生進步，亦非多量創造有益於社會和人類之小説不可。然以今日小説界人物觀之，能否有此程度？即有之，肯否努力？是未可知也。

無論何種作品，莫能離乎情而生。小説尤以情爲主體。詩情不外興觀群怨，小説亦須不越此旨。苟達乎此，或以游戲出之，必流於淫詞褻意，使人觀之肉麻。如此不唯無文學之價值，亦將有玷於作者人品矣。

作小説最要，知着意取材，意多材博，宜於做長篇；少則宜於作短篇。此現在小説界之通論也，然亦要視作者才力如何？ 文筆如何？ 才力果厚，文筆又健，雖單意薄材，而運用之妙，虛能用實，實或用虛，情景互生，有無交幻，汪汪洋洋，離離奇奇，渺無底蘊，讀者若不知其事實簡單也。 如此雖作任何長篇，未有不宜。 苟其才力不足，文筆又稚弱，材料雖多，題旨雖廣，而運用不靈，不流於獃板無趣，即入於蕪雜没味。 如此長篇固不宜作，即作短篇亦未必能作好。 是故有才力與文筆，可以不論材料多寡、意思單重，長短皆宜。 無才力與文筆，長短篇皆不宜，故欲小説作好，必須先儲才，養其文筆。 現今普通作品，短篇則流於單純無味，長篇則多患蕪辭不精。 此兩種病雖不同，要皆足以使讀者感覺枯燥無味，不能引起同情心。

考中國小説之淵源，《莊》、《騷》其上焉者也； 《穆天子傳》及《山海經》等其次也； 至於《列子》、《淮南子》諸書，亦有小説之一體。 他如司馬相如之《大人賦》、《子虛賦》，東方朔之《客難》，揚子雲之《解嘲》，亦可稱之曰『短篇小説』。 近人稱施耐庵《水滸傳》境界筆力高於《史記》，其所以有如是者，因其能於此取材也。 特其神多奪取於《史記》、《西遊記》，取法於《穆天子傳》與《山海經》。 《石頭記》得《毛詩》、《楚騷》最多。 凡此皆可奇也。

小説作得愈好，魔力愈大。所謂魔力，即作者自身同性情、精神之發展也。善於做小説者，能以衆人之所欲，爲己所欲； 以衆人之所惡，爲己惡； 以衆人之所悲樂，爲己悲樂； 以衆人之超邁，爲己超邁； 以千百人心爲一心，即以一心爲千萬人心。如此非真正作家，不能臻是境界。如此作品，最易改移人心，翻轉社會，必如此纔得有文學之價值，不然，僅作者説得天花亂墜，而讀者總是爾爲爾，我爲我，不生一點同情之感，固不可得謂會做小説者。下焉者更無論矣。社會上人生，有何貴乎有此文字哉？

近來小説派別，種類甚多。其最有勢力者，唯寫實與自然兩派。大抵寫實貴乎情景逼真，使人觀之，如身歷其境；自然貴乎應用人群心理，表白一切使人首肯。吾人以爲兩派不可偏廢，可以心欲寫實，手欲自然，庶乎得其上乘矣。

小説談餘（少芹）

小説蠡測録

楓隱 撰

載於《新聲》一九二一年第四、五、六、七期。《新聲》雜志於一九二一年元旦創刊於上海，由施濟群主辦，嚴諤聲、陸澹安等協辦，每月一期，至第十期結束。作者隊伍主要是一批所謂『舊派』小説家，也有國民黨政要，内容頗有趣新的意味，一時銷路甚好。本文作者楓隱，即朱楓隱，字鋝漁，號迪生、滌心，吴縣人，曾任上海敦仁學堂國文教師，爲鄭逸梅的老師。加入星社、西亭謎社、大中虎社等，常爲《新聞報·快活林》、《金剛鑽報》、《紅雜志》等撰稿，多諧談、歌謡之類通俗文字，有長篇小説《六畜會話》等。本文最值得注意的是，他在這裏提到了馬克思，并將他與盧梭、克魯泡金并列爲西方的『聖賢』

來看待的。不但如此，從他的文章中可以看到，他是初步接受了馬克思主義且付諸小説批評實踐。如其評《茶花女遺事》云：『《茶花女遺事》絶似《唐人小説》中之《汧國夫人傳》，第唐人腦經中，尚不脱富貴功名之思想，作《茶花女遺事》者，實含有階級不平等之意，故其雅俗遂相去如天壤。』當然，《茶花女遺事》的作者恐怕還未必有自覺的『階級不平等之意』，但朱氏確是用『階級不平等之意』來批評的。而且，從他評論《水滸傳》、《紅樓夢》及《桃花扇》、《長生殿》等來看，都十分强調作品的社會意義。他説：『作《紅樓》者，非但寫寶黛二人之情也，實形容世禄之家之家庭黑暗，專制之流毒，小人之陰險，俾後之治家治國者知所鑒耳。作《水滸》者，非僅寫梁山泊好漢之英雄也，實摹繪中國官僚之昏庸貪酷，平民之困苦，致激成懷才不遇者之鋌而走險耳。』《長生殿》、《桃花扇》之所以比《西厢記》、《牡丹亭》高超，就在於皆非曲文雖佳而『無關宏旨』，而『一則借明皇楊妃事以著女戎之禍，一則借侯生香君事以寓亡國之痛，引古鑒以警將來』。因此他要求：『今日作小説者之責任，當默察社會之缺點，用極警動之筆墨唤醒之，必使此書一出，社會上開一新紀元而後可。』看來，他儘管被列在『舊派』的行列中，其實思想是很前衛、新進的。至於對一些作品具體的藝術分析，也有所見。如論《桃花扇》、《電術奇談》的結構、《紅樓夢》人名的寓意、《二十年目睹之怪現狀》、《花月痕》的創意、《儒林外史》的寫實等等，都有真知灼見。

余不善作小説，然喜讀小説，對於各種小説間有評論，兹特録之，以應《新聲》雜志之徵求。惟是識見膚淺，所評未必允當，且囿於見聞，於近時之佳小説多有未寓目者，尤不免有挂漏之譏，閲者幸垂諒焉。

我國古人對於小説，大抵以爲茶餘酒後消遣之資，視之不甚重要。自歐美叙説輸入，始知小説實佔文學上之重要位置，且寓有扶翼世教，改良社會之功，讀者須本是意以評判小説，庶幾其優劣可得而言。

周瘦鵑謂『言情小説非不可作，惟用意宜高潔，當下筆時，作者宜置其身於青天碧海之間』，其論精矣。然此事言之匪艱，行之維艱。能當之者，就余目中所見舊小説中只有《紅樓》，新小説中譯述者只有《茶花女遺事》，撰著者只有《碎琴樓》而已。

李義山之艷體詩，言在於此而意在於彼，故能餘味曲包，耐人尋玩。後人不知此意，徒掇拾香艷詞頭，直賦横陳，便味同嚼蠟矣。作小説者亦然，故作《紅樓》者，非但寫寶黛二人之情也，實形容世禄之家之家庭黑暗，專制之流毒，小人之陰險，俾後之治家治國者知所鑒耳。作《水滸》者，非僅寫梁山泊好漢之英雄也，實摹繪中國官僚之昏庸貪酷，平民之困苦，致激成懷才不遇者之鋌而走險耳。余嘗謂《紅樓》者，政治革命家庭革命之導綫也；《水滸》者，社會革命之先鋒也。此言一似創論，實確論也，後人不知此意，於是作言情小説者，專寫一男一女之悲歡離合，以致千篇一律，令讀者倦而思卧。作社會小説者，只描寫下流社會齷齪之事迹，以致不足改良社會，反足以改惡社會，其去作小説之本旨遠矣。

《紅樓》之寫黛玉，《碎琴樓》之寫瓊芝，其人皆閨秀，筆墨高潔猶易，至《茶花女遺事》所寫乃一失行之妓女耳，乃令人讀之不覺其人之猥賤，只覺其事之可泣可歌，非具獅子搏兔之本領者，曷足臻此。

《茶花女遺事》絶似《唐人小説》中之《汧國夫人傳》，第唐人腦經中，尚不脱富貴功名之思想，作《茶花女遺事》者，實含有階級不平等之意，故其雅俗遂相去如霄壤。

各體文章皆有造極之一時，故《騷》至靈均師弟而造其極，賦至揚馬班張而造其極，雜體駢文至六朝而造其極，詩至盛唐而造其極，有格式之散文至韓柳而造其極。（今之所謂古文，皆有格式之散文耳。此體創自韓柳，後人摹擬之，遂成爲一派。）詞至宋而造其極，章回小説至《水滸》、《紅樓》而造其極，筆記小説至《聊齋》而造其極，傳奇小説至清初而造其極。既造其極，後人繼畢力盡氣以追躡之，終覺瞠乎後矣。

世人論傳奇小説莫不推《西厢記》、《牡丹亭》，其實二書思想皆極猥陋，以清初之《長生殿》、《桃花扇》較之，雅鄭迥殊矣。

蒲留仙之《聊齋》直第二部《史記》也，乃妄庸之人欲以紀昀之《閲微草堂筆記》掩之，且謬稱《聊齋》爲才人之書，《閲微草堂》爲學人之書。自余觀之，紀書特三家村學究之《兔園册子》耳，烏足與《聊齋》抗！以《閲微草堂筆記》爲足上掩《聊齋》者，此真如海上逐臭之夫，不足與論椒蘭之芳者也。

晋唐人之小説皆筆記體也，然以《聊齋》較之，則彼如造車者之大輅椎輪，此如作樂者之集衆小成而爲一大成矣。

《紅樓夢》中之寶玉乃賈太君愛子之子也，黛玉則其愛女之女也，親莫親於此矣。乃自群小媒孽其間，遂使二人之情皆不得達於太君之前，以致死者死，逃者逃，小人之可畏也如是。此直足爲專制之朝，君主多爲群小所利用，致忠臣義士之情不能上達之寫照。

王熙鳳直千古諂臣媚子之縮影也，乃妄庸之人猶稱熙鳳一生皆惡，惟其能承歡太君，孝行堪稱。噫！是烏知鳳之孝，真鳳之奸歟。

古人之作小説者，往往竭畢生精力於一部小説之中，未下筆時不知經若干時之構思，若干時之布局。既脱稿後，又不知經幾度改削，故其書能佳。今則不然，凡報館書局之收小説稿也，每計字數給酬金，故作小説者，但求字數之多，於命意遣詞間，皆不甚措意，欲求其書之及於古，難矣。故吾謂嗣後報館書局，宜改其收稿之例，凡投小説稿者，宜俟其全部竣工後始定去取。其稿果佳，即每千字酬以數十金不爲過，則庶無上述弊矣。（收他種文稿，亦宜用是法。）

作小説者，非但不當以奸盗邪淫誨人，并不必以忠孝節義勸人，蓋此等老生常談，古人著作已汗牛充棟，然究之於社會有何絲毫益處？故今日作小説者之責任，當默察社會之缺點，用極警動之筆墨唤醒之，必使此書一出，社會上開一新紀元而後可。非然者，皆浪費筆墨也。

余謂一小説出而社會上可開一新紀元者，其實例如《黑奴籲天録》是也。當時美人之待黑奴可謂慘無人道，乃自此書出，遂惹起南北美之戰争，其結果黑奴竟得解放。試問此書之爲功於人群，豈淺鮮哉。

余上述之思想，近時新體小説家多具之，惜其所譯著多短篇，且其行文多含有科學之格律，哲理之意味，不足動普通人之目，故收效不宏。吾願譯著諸君嗣後宜用極淺顯之筆（白話文不足以當淺顯），成幾部長篇巨制，其功當不在聖經賢傳下。吾國無盧梭、克魯泡金、馬克思其人，必語其似作《紅樓夢》、《水滸》者，庶足當之。

千古文人之無行，殆未有如元九之甚者也。《會真記》所言皆屬莫須有之事，有鄭恒與崔氏合葬之墓碣可證（聞此碣商務印書館已將影印行世）。意者崔本以國色稱，元九欲求之而不得，乃故作是記以誣蔑之，即諺所謂『單相思』也。而後世作《西厢》者，又從而附會裝點，於是崔之艷史幾於婦稚皆知，此種不白之冤將從何處控訴，然則元九之肉尚足食哉。

天下無論何種學問皆後勝於前，即小説亦然。《西厢記》、《牡丹亭》曲文雖佳，然皆無關宏旨，且中間不免有猥褻處。至於《長生殿》、《桃花扇》則不然矣，二書非無叙艷情處，然筆墨皆高超，不落痕迹，所謂『不着一字，盡得風流』也。若夫一則借明皇楊妃事以著女戎之禍，一則借侯生香君事以寓亡國之痛，引古鑒以警將來，更非尋常小説家所能及。

大凡作小説者，每書必有一主人翁（社會小説不在其内），無論寫至何處，其目光皆注射於此主人翁，惟《桃花扇》不然。全書所寫爲弘光之昏庸，閹孽之横恣，驕兵悍將之跋扈，正人君子之受摧折。其歸納所在，無非著明之所以亡，以寓其禾黍銅駝之感。至於侯生香君，則不過借之以作前後之綫索，實非其命意之所重，此種結構尤於小説中别開生面。

《桃花扇》入道一幕中，説白中有數語云：『呵呸！兩個癡蟲，你看國在哪裏，家在哪裏，君在哪裏，父在哪裏，偏是這點花月情根，割他不斷麽？』又《北水仙子》下半折云：『須知道，姻緣薄久已勾消，翅愣愣鴛鴦夢醒好開交，碎紛紛團圓寶鏡不堅牢，羞答答當場弄醜，惹的旁人笑。明蕩蕩大路，勸你早奔逃。』皆大澈大悟，與《紅樓夢》中寶釵述魯智深五臺山入道一折不相上下。然細按之，則覺極解脱處，正其極傷心處。又《南雙子》前半折云：『芟情苗，芟情苗，看玉葉金枝凋。割愛胞，割愛胞，聽鳳子龍孫號。』數語尤爲沉痛，大抵清初文人於故國之思，常縈於懷抱間，故流露於文字者如此，惟其措辭隱約，不觸當時忌諱，故能免於文字之獄也。

《桃花扇·餘韻》中，老贊禮之《問蒼天神弦曲》，柳敬亭之《秣陵秋彈詞》，蘇崐生之《哀江南北曲》，措辭皆極沉痛，而余尤愛其《哀江南》一套，特全録於此：

〔北新水令〕云：山松野草帶花挑，猛抬頭秣陵重到。殘軍留廢壘，瘦馬卧空壕。村郭蕭條，城對着夕陽道。

〔駐馬聽〕云：野火頻燒，護墓長楸多半焦。田羊群跑，守陵阿監幾時逃。鴿翎蝠糞滿堂拋，枯枝敗葉當階罩。誰祭掃，牧兒打碎龍碑帽。

〔沉醉東風〕云：横白玉八根柱倒，墮紅泥半堵墻高。碎琉璃瓦片多，爛翡翠窗欞少，舞丹墀燕雀常朝，直入宫門一路蒿，住幾個乞兒餓莩。

〔折桂令〕云：問秦淮舊日窗寮，破紙迎風，壞檻當潮，日斷魂消。當年粉黛，何處笙簫。罷燈船端陽不鬧，收酒旗重九無聊。白鳥飄飄，緑水滔滔，嫩黄花有些蝶飛，新紅葉無個人瞧。

〔沽美酒〕云：你記得跨青溪半里橋，舊紅板没一條。秋水長天人過少，冷清清的落照，剩一樹柳彎腰。

〔太平令〕云：行到那舊院門，何用輕敲，也不怕小犬哰哰。無非是枯井頽巢，不過些磚苔砌草。手種的花條柳梢，盡意兒採樵，這黑灰是誰家厨竈。

〔離亭宴帶歇煞犯〕云：俺曾見金陵王殿鶯啼曉，秦淮水榭花開草，誰知道容易冰消。眼看他起朱樓，眼看他宴賓客，眼看他樓塌了。這青苔碧瓦堆，俺曾睡風流覺，將五十年興亡看飽。那烏衣巷不姓王，莫愁湖鬼夜哭，鳳凰臺棲梟鳥。殘山夢最真，舊境丢難掉，不信這輿圖换稿。謅一套《哀江南》，放悲聲唱到老。

此曲一字一珠，一字一淚，勝於庾信《哀江南賦》多多矣。

柳敬亭《秣陵秋》一套唱畢，副末云『雖似幾句彈詞，竟似吴梅村一首長歌』，此即雲亭自負語，然細按之實非誇大，所謂『文章千古事，得失寸心知也』。

《桃花扇》載柳麻子説書二段，皆於本事有關。其秦叔寶見姑娘一段，即影射左寧南之出身。其太師摯適齊一段，則自道與蘇昆生諸人脱離阮圓海門下事也。而太師摯一段尤佳，其開場白云：『敢告列位，今日所説不是别的，正是申魯三家欺君之罪，表孔聖人正樂之功。當時魯道衰微，人心僭取，我夫子自衛反魯，然後樂正。那些樂官恍然大悟，愧悔交集，一個個東奔西走，把那權臣勢家鬧烘烘的戲場頃刻冰冷。你説，聖人的手段利害呀不利害，神妙呀不神妙？』此一節，雖是竭力推崇留都防亂揭之功，然即以説經論，亦可謂讀書得間者矣。清朝學究作此章題八股文，大都脱胎於此。

余言《西廂記》、《牡丹亭》叙艷情處不免猥褻，此亦從前小説家之通病，即最著名之《紅樓》、《水滸》、《聊齋》等亦不免此弊。若近時小説家之稍知自好者，則都不屑爲此矣，此亦後人勝於前人之證也。

《紅樓》一書全寫寶黛二人，而二人之中實又專寫黛玉，其餘人雖不多，不過以之作襯，即畫家所謂烘雲托月法也。是故既寫黛玉之高潔，復寫襲人之卑鄙以襯之；既寫黛玉之率真，復寫寶釵之權詐以襯之，此反襯也；既寫黛玉之守身如玉，復寫晴雯之守身如玉以襯之。晴雯者，黛玉之具體而微者也。既寫黛玉之性情冷僻，復寫妙玉之性情冷僻以襯之。妙玉者，知其不可而不爲；黛玉者，知其不可而爲之者也，此正襯也。既寫黛玉之有情不遂，以致抑鬱以死；復寫迎春之誤適匪人，以致折磨以死。皆所以著婚姻不自由之弊，此旁襯也。其他若寫小紅之於賈芸，寫藕官之於賈薔，寫彩雲之於賈環，寫智能之於秦鍾，寫尤二姐之於賈璉，寫尤三姐之於柳湘蓮，寫寓兒之於焙茗，寫司棋之於潘又安，甚至如晴雯嫂子，多混蟲老婆等極齷齪之人物，亦不惜污筆墨以寫之者，無非故設此種種階級，以明黛玉之為天仙化人，高不可攀，如登塔然。諸人者或在塔外，或在塔之上中下各層，而黛玉則已高踞塔巔。後人讀之，但覺其五花八門，目迷五色，而不知書中之綫索固極清也。必明乎此義，然後可與讀《紅樓》，亦必明乎此義，然後可以作長篇小說。

《紅樓夢》中人物之命名，皆有寓意，不獨甄之為真，賈之為假，黛之為代，釵之為差，詹光、單聘仁等之為沾光、善騙人已也。茲就余所審得者錄出之：如賈政者，假正也；賈敬者，假謹也；賈赦者，假奢也；賈珍者，假貞也；賈璉者，假廉也；賈蓉者，假榮也；賈瑞者，假才也；賈芹者，假勤也；賈芸者，假運也；怡紅公子者，遺恨公子也；蘅蕪君者，恨夫君也；北靜王者，不盡妄也；王子勝者，亡是人也；王仁者，妄人也；薛蟠者，悉悖也；湘蓮者，相憐也；邢夫人者，淫婦人也；王夫人者，妄婦人也；史太君者，私太君也；熙鳳者，趨奉也；鴛鴦者，怨殃也；金釧玉釧者，金玉姻緣之外也；可卿者，苦卿也；林之孝者，林之梟也；周瑞者，狗才也；王善保者，妄傳報也；吳登新者，無良心也；他如司棋寓棋差一着之意，鮑二家的寓鮑魚遺臭之意。統觀全書所載，無一非寓言者，倘有人一一詳審而注釋之，亦洋洋乎大觀也。（以上所舉，皆就鄙見所及者言之，其中或有為前人已道及者，實由見聞偏狹，未能汰去，要之非掠美也，閱者諒之。）

《紅樓》既以甄寓真，以賈寓假，而書中偏詳於假而略於真，此意味殊耐人尋味，殆所謂『假作真時真亦假』者耶。

近世作社會小説者，不得不推李伯元《官場現形記》，吴研人《二十年目睹之怪現狀》爲此中巨擘。李之《現形記》將官場齷齪情形竭力描摹，如禹鼎鑄奸，温犀燃怪，真『不可無一，不能有二』之作。吴之《怪現狀》筆墨更高不可攀，此事尤關人品。

新會梁啓超，當今有名之人物也。然試平心論其人品學術，則道德爲最下，政治及科學次之，文章則只宜於作報章論説，詞全屬外行，惟小説筆墨却有專長。其《新民叢編》中所載《十五小豪傑》及《經國美談》二書，皆極筆歌墨舞之致，使梁終身從事於此，不難於小説界中佔一位置，惜乎用違其才也。

梁曾編新小説多種，其序中所論小説有支配人道之四種力量：曰薫，曰浸，曰刺，曰提，亦頗道著肯綮，編中如《電術奇談》，如《九命奇冤》，如《海底旅行記》（是書未完），如《離魂病》皆屬傑構，即吴趼人《怪現狀》之前半，亦先披露於是編者也。

《怪現狀》之主人翁獨無名字，只以一『我』字代之，此實吴研人之創格，後人效法之者頗多。《怪現狀》中如吴繼之全家、蔡侶笙夫婦及『我』之姊，皆上上人物也。而『我』之姊幾番訓弟語，句句皆金玉良言，尤足爲少年涉世者法，其實乃作者自道其閲歷所得耳。

吴繼之老太太言家庭之中晚輩對於尊長，只須大體不差，其餘盡不妨脱略，謂如是始有家庭樂趣。此實至理名言，爲家長知此，自無不和之家庭矣。

自古聖賢豪傑達足兼善天下，窮能獨善其身者，原不僅在能廉潔自持也，然必以能廉潔自持爲之基礎，是以伊尹惟能一介不與，一介不取，故能成佐湯伐暴之功；孔明惟能淡泊明志，寧静致遠，故能定蜀漢中興之業；范文正公惟能耐斷虀畫粥之苦，故能爲趙宋一代有數人物。趼人先生一生經濟長才，雖未獲展布，然其操守之清廉，滬人士多稱道之，與今之政客實有天壤之别。《怪現狀》一書雖屬一時游戲筆墨，然其高尚之性情，常於無意中流露之，特非會心人不能領略耳。

纖艷非詞之正宗，然詞之得傳者獨以纖艷者居多，殆亦其體使然歟。《怪現狀》中載有閨詞九闋，亦屬纖艷體一路，然工夫純熟，措詞巧妙，讀之令人愛不忍釋，爰録其六：

〔誤佳期〕《咏美人嚏》云：浴罷蘭湯夜，一陣凉風恁好。陡然嬌嚏兩三聲，消息難分曉。莫是意中人，提着名兒叫。笑他鸚鵡却回頭，錯道儂家惱。

〔荆洲亭〕《咏亭美人孕》云：一自夢熊占後，惹得嬌慵病久。個裏自分明，羞向人前説有。鎮日貪眠作嘔，茶飯都難適口。含笑問檀郎：梅子枝頭黄否？

〔解佩令〕《咏美人怒》云：喜容原好，愁容也好，驀地間怒容越好。一點嬌嗔，襯出桃花紅小，有心兒使乖弄巧。問伊聲悄，憑伊怎了，拼温存解伊懊惱。剛得回嗔，便笑把檀郎推倒，甚來由到底不曉。

〔蝶戀花〕《咏夫婿醉歸》云：日暮挑燈閒徙倚，郎不歸來，留戀誰家裏？及至歸來沉醉矣，東歪西倒扶難起。不是貪杯何至此？便太常般，難道儂嫌你？只恐瞢騰傷玉體，教人憐惜渾無計。

〔憶漢月〕《咏美人小字》云：恩愛夫妻年少，私語喁喁輕悄。問他小字每模糊，欲説又還含笑。被他纏不過，説便説郎須記了。切休説與别人知，更不許人前叫。

〔憶王孫〕《咏閨思》云：昨宵燈爆喜情多，今日窗前鵲又過，莫是歸期近了麽。鵲兒呵！再叫聲兒聽若何？

此六闋字字超，字字活，真具玲瓏剔透心肝。《怪現狀》全書不叙艷情，插入此詞所以代之也。

士人懷才不遇而即怨天尤人者，不獨見其器量之狹，且於世態人情亦未了澈，譬如斥鷃與大鵬，澤鯢與神龍，相去不知其幾千萬里也。爲斥鷃者，安能知大鵬之運徙；爲澤鯢者，安能知神龍之變化。是故不笑大鵬，不成其爲斥鷃；不譏神龍，不成其澤鯢；乃爲大鵬、神龍者，因其一譏一笑，必斷斷然與之計較，不自貶其聲價乎？孔子《論語》開宗名義第一章即言『人不知而不愠』，方可爲君子，其垂警也深矣。《怪現狀》載蔡侶笙落魄時，受盡傖俗揶揄而絶不與較，亦是此意。

《電術奇談》一書結構絶佳，以喜仲達變爲鈍三，復由鈍三變爲仲達爲全書之大關鍵。最奇者，仲達既變爲鈍三，一切靈機全窒，而獨對於鳳美，其用情之摯，有不知其所以然而然者，因是知情之真者，雖海可枯，石可爛，而此情終不可渝也。當鳳美欲投水時，鈍三竭力救之，其勸鳳美數語，能聲聲打入鳳美心坎。觀此知近人主張以自殺爲有罪者，其道理實顛撲不破。第鈍三所言，謂對父母負罪，近人所言，謂對社會負罪，其義有廣狹之不同耳。全書以蘇士馬、彩蓮、瞿輝鳳等爲鳳美之惡魔，以敏達、阿卷、阿寶爲鳳美之保護人，於此又可知天下固多惡人，亦不乏好人，而憤世嫉俗之士必一筆抹殺之，過矣。鳳美天真爛漫，然當彩蓮等設計陷之於餐館時，獨能於無意中窺破奸謀，不獨自保其身，且反將奸徒捉弄一番，此又可見小人之害君子者，其計亦未必盡售，有時或適足以自害也。至於鳳美受士馬之魔魘，敏達、龍馬、鈍三追至旅館與士馬拼命時，寫鈍三則活畫出一蠢漢之面目，寫敏達則曲繪出一偵探之機警，寫龍馬則能傳出一重利商人之性情。同時之間數管齊下，筆墨至此，神乎化矣。

鳳美不具絶色，或不至屢瀕於危；仲達不懷重寶，或不至自速其死。於此可悟古人『慢藏誨盜，冶容誨淫』二語實爲至理名言，此又著者言外之旨。

《九命奇案》寫凌貴興謀害梁天來全家九命事，書中叙述土豪之横，訟棍之奸，官吏之貪黷，可謂窮形盡相。此事尚在覺羅氏全盛時代，然吏治已若此，清政之不綱，固不待至末葉而始然也。

凌貴興全家幾無一非凶徒，而桂枝枯嫂獨能出污泥而不染，奇矣。至梁天來提起訴訟後，廣東全省官吏上自督撫，下至佐雜，莫不收受貴興之賄賂，而獨不能買服一乞兒張鳳，則奇之又奇。噫！以督撫之尊，而其人格竟不如一乞兒，因是知以階級論人者必無一是處。

張鳳，乞兒也，而獨能不爲利誘，不爲威惕，於此可見金錢之力、桁楊之威，亦有時而窮，此『志士不忘在溝壑，勇士不忘喪其元』，孔子所以嘆賞虞人也。

現代小説家，以余所見，除林琴南外，如包天笑，如李涵秋，如天虚我生，如楊塵因，如劉延陵，如吾友程瞻廬，皆此中之錚錚者也。天笑以教育小説見長，其所著《馨兒就學記》等，實較他作爲更佳；涵秋所著最多，其妙處可以『熟極而流』四字包括之；天虛我生早年曾著《淚珠緣》一書，自負爲突過《紅樓》，此言果確當與否，余不敢妄下判斷，惟近時所造，確能自成一家；塵因之《新華春夢記》，余未見全豹，然即其一鱗一爪觀之，實堪誅奸諛於既往，垂龜鑒於將來，其寫偉人窮途失節處，尤覺可憐可嘆，於是可見孔子『不忘溝壑』一語亦談何容易；延陵以譯筆見稱《小説月報》中（忘其卷數），載其《春字》一篇，取徑既别，造語又復微妙，王蓴農君狀之爲『空山獨行，時聞鳥聲』，形容可謂酷肖；瞻廬善作滑稽語，其《茶寮小史》兩集，真嬉笑怒駡皆成文章。其餘名家尚多，惜餘無力購書，不能遍讀而評騭之，殊屬憾事也。

《儒林外史》亦社會小説也，其中似有形容過甚處，而不知其實非臆造。吾友天長薛貫英嘗言，彼鄉至今乃稱『在庠者』爲老友，『童生』爲小友，其餘若『廩生出貢』即自命爲鄉紳等，其情形亦確肖，乃知此書亦寫實派著作也。

梁山泊上一百八人皆强盗也，然施耐庵寫之，各人有各人之性情，各人有各人之面目，各人有各人之口吻舉止；大觀園中許多姊妹皆女子也，然曹雪芹寫之，各人有各人之性情，各人有各人之面目，各人有各人之口吻舉止；《儒林外史》中無數人物皆酸丁也，然著者寫之，亦各人有各人之性情，各人有各人之面目，各人有各人之口吻舉止。余嘗言天之生人，同賦以心思、材力、五官、百骸，然横盡五洲，竪盡千古，其聲音笑貌、人品心術竟無一人同者，於此可見化工之巧，乃不謂小説家之筆墨，竟能與造物者争功，寧非咄咄怪事。

《儒林外史》作者實私淑耐庵，耐庵作《水滸》，開場先寫一王進，次寫一史進。金聖歎氏謂即孔子詩亡然後《春秋》作之意，《儒林外史》之周進即王進也，范進即史進也，此爲其最顯明處。其餘脱胎處尚多，惟《水滸》所寫皆豪客，《外史》所寫皆冬烘，人物既不同，故人自讀之而不覺，此之謂善學古人。

《花月痕》與《兒女英雄傳》皆清代小説中後起之佳者也，二書筆墨較諸《紅樓夢》、《儒林外史》，雖不如遠甚，然脱胎古人之筆法，能不沿襲古人之面目，亦尚帶有幾分創造性者也。

小説中間載詩文，不過以之作點綴品而已，惟《花月痕》不然。全書中詩文雜作幾佔大半，迄今讀之覺其聯語酒令，幾無一不工。大閲菊花二賦與歐梅二疏、李夫人壽序、封倭册文等，實皆平平，王漱玉書却是傑作。荷生燈虎亦未見佳，詩則多摹仿義山。其中固多佳句，然未免千篇一律，惟癡珠《小金臺樂府》及胭脂等歌，却極悲壯淋灕。癡珠又有感時數絶，中一首云『仙滿蓬山總步虚，風流接踵玉臺徐。消磨一代英雄盡，官樣文章殿體書』。此詩直罵盡有清一代金馬玉堂中人物。今已改民國矣，乃猶使此種人握一國中行政之最高權，國是安得而不敗壞。

《儒林外史》中多斗方名士，然其詩之見於書中者，只『桃花何苦紅如此，楊柳不妨青可憐』二句。蓋即此二句，已足見若輩之程度也。

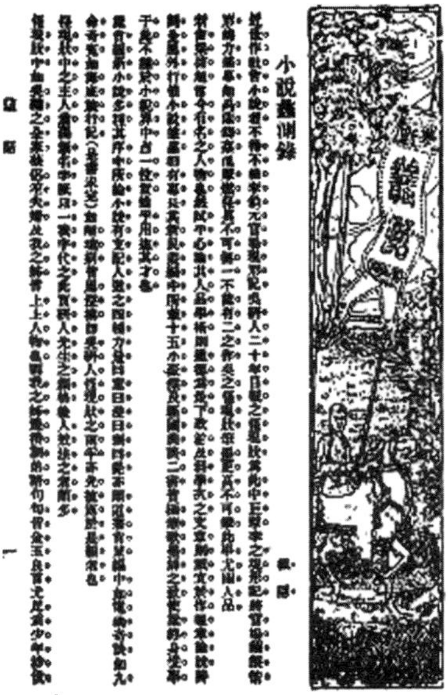

小說蠡測錄

小説閒評

樊琛　撰

載一九二一年四月二十四日《申報·自由談·小説特刊》。作者樊琛，待考。本文主要論評了《儒林外史》一書，認爲我國舊小説中不但「能實寫社會狀況，而令人讀之，不啻身入其境」，而且能「譏評世事，使讀者知所警惕，又能繪影繪聲，栩栩如生者」，「惟《儒林外史》而已」。他認爲「全書主旨，在敝屣虚榮，實事求是」，并舉了不少例證來作具體的分析。這在卧閒草堂本《儒林外史》卷首閒齋老人序及回評論「功名富貴四字，是全書第一著眼處」的基礎上有所發展。

吾國舊小説之能實寫社會狀况，而令人讀之，不啻身入其境者，雖不一其數，然欲求其譏評世事，使讀者知所警惕，又能繪影繪聲，栩栩如生者，則殊不多覯，有之，則惟《儒林外史》而已。

《儒林外史》爲清乾隆時安徽吴敬梓所撰，全書主旨，在敝屣虚榮，實事求是。可於第一回『……富貴功名，本是身外之物，但是人見了他，便捨着性命去求，及至到手之後，味同嚼蠟……』等數語中盡之。故開卷即以高隱不仕之王冕，爲全書楔子，自是而後，寫來寫去，莫不與楔子互相貫穿，互相照應，如寫王冕之渺視功名，翩然高引，可爲杜少卿輩之影子，不知姓命者三人之攀權附勢，欺壓鄉民（如其談話中云『敝親家也是危老先生門生，而今在河南做知縣……這一回小婿再去托敝親家寫一封字來，去晋謁晋謁危老先生。他若肯下鄉回拜，也免得這些鄉户人家放了驢和猪在你我田裏吃糧食……』），可爲嚴監生、匡超人輩之影子。翟買辦之上下其手，作奸犯科（如『……那知縣時仁發出二十四兩銀子來，翟買辦扣尅了一半，只拿十二兩銀子送與王冕……』）（『……又暗叫了王冕出去問母親秤了三錢二分銀子，送與翟買辦做差錢……』寫吏役奸猾情狀，如在目前），可爲夏總甲、潘三輩之影子，時知縣之逢迎上司，回護面子（如『……老師既然當面托我，我若不把他就叫了來，也惹得老師笑我做事疲軟……我就便帶了來見老師，却不是辦事勤敏，又想堂堂縣主，屈尊去拜一個鄉民，恐怕衙役們笑話……』，『……屈尊敬賢，將來志書上少不得稱贊一篇，這是千年不朽的勾當，有什麽做不得』寫知縣心理，如見肺肝），可爲湯知縣等之影子。秦老之安分守己，敦親睦鄰，可爲餘二先生輩之影子。而復於全書之末殿以季遐年、王太、蓋寬、荆元之四人之樂天知命，肅然自如之事迹，以反影上文之『功名富貴，本是身外之物，何苦捨命以求』數語。此種作法，實於小説界中，别開蹊徑，獨樹一幟。且其後所叙四人，俱市井小民，無聞於世，而作者之所以爲之大書特書者，蓋鑒於一般士夫縉紳之只知争權攘利，蔑棄禮法，轉不若田野村夫之尚能優游自得，有裨社會，而心有所慨，特假此以輕之者也。

西三月十七日（十四）

體虛白帶

湖州凌永言

小説閒評

《西遊記》辨訛

顯鑒 撰

本文載於一九二一年《地學雜志》第十二年第四期及一九二二年《海潮音》第三年第七期。《地學雜志》，見一九一九年《辨〈閱微草堂筆記〉地理之誤》提要。《海潮音》，佛教期刊，一九二〇年元月創刊。每年出一卷十二期。第一卷由太虚法師在杭州編輯，在上海印刷、發行，是近現代影響最大的佛學期刊。本文作者顯鑑，即張相文（一八六六——一九三三），字蔚西，號南園、沌谷，信佛後法號顯鑑，江蘇泗陽人。清末入同盟會，投身革命，曾任南洋公學教習，創辦東文學堂。後在北洋女子高等學堂、北京大學等任職。一九〇九年在天津發起成立中國最早的地理學術團體中國地學會，并當選爲會長。次年創辦中國最早的地學刊物《地學雜志》。著有《佛學地理學》、《南園叢稿》和《地質學教科書》等。本文以《西遊記》爲例，證明道家之書多『剿自佛經』。爲此，説明小説《西遊記》與元道士邱長春門人李志常本無關係，而大抵是『明人所作』，但對丁晏等人所提出的吴承恩所作説，也未作直接肯定，態度比較謹慎。他雖認爲《西遊記》小説的藝術性不如《水滸傳》，『取徑直率，無奥衍意趣』，但肯定它是在『闡揚佛乘，排斥道家』，而人們因誤認此書的作者是道士李志常，故而認爲它是在弘揚『金丹大道、神仙秘訣』，這完全是『曲意穿鑿』。至於如悟一子之《西遊真銓》、悟元子之《西遊原旨》之類批點《西遊記》的專著將小説闡釋爲『道書』，則純粹是『妄災梨棗』了。

道家之書，類多蕪雜，所有精要之處，大都剿自佛經，而離奇可笑，未有如附會《西遊記》之甚者也。

《西遊記》者，元道士邱長春門人李志常所編。長春名處機，金末居萊州昊天觀，道行頗高。蒙古成吉思汗聞其名，自乃蠻國遣宣差劉仲禄，以虎頭金牌迎致之。長春遂於太祖辛巳春，出塞至西域，陳道於大雪山南，逾年返燕京。志常隨扈西行，掇其所歷而爲之記，自漠南北以及葱嶺之西，凡山川道里、風土人情、衣服飲宴諸節，既已纖悉畢具，而行文亦覺流暢可喜。故凡考求元初掌故，與夫留心西北輿地者，莫不視爲枕中鴻寶。然其書自明以來，世鮮傳本，清乾隆甲寅歲錢竹汀大昕閲《道藏》於姑蘇玄妙觀，始鈔得之，遂傳於世。

當其未出世時，村俗間别有小説名《西遊記》者，大抵明人所作（山陽丁儉卿以書辭用淮城土語，斷爲明貢生某所作，書名亦見淮安府《藝文志》云），借唐玄奘西行取經故事，演爲章回體，取徑直率，無奥衍意趣，比之《水滸演義》，且不如遠甚。要其大意，則在於闡揚佛乘，排斥道家。如第七回中八卦爐中逃大聖云云，奚落且及於老子，辭旨可謂顯明矣。惟清初文人未見邱書者，既誤以爲長春所著，世之道流，亦不復理其家藏，乃即以訛傳訛。復即其所訛傳者曲意穿鑿，以爲金丹大道、神仙秘訣，若悟一子之《西遊真銓》、悟元子之《西遊原旨》諸編，居然刊板行世，傳爲道書，吾甚惜其無益而妄災梨棗也。

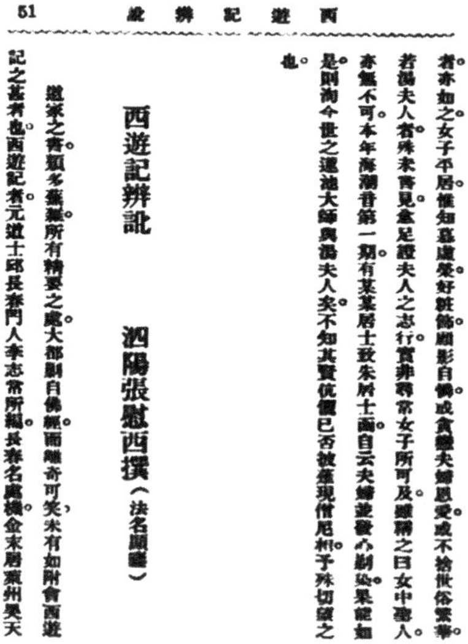
西遊記辨訛　51

者。亦如之。女子平居。惟知慕虛榮。好粧飾。顧影自憐。或貪戀夫婦恩愛。或不捨世俗緊事。若馮夫人者。殊未嘗見。未足證夫人之志行。實非尋常女子所可及。嚴稱之曰女中聖人。亦無不可。本年海潮音第一期。有某某居士致朱居士函。自云夫婦並發心剃染。果能如是。則淘今世之蓮池大師與馮夫人矣。不知其賢伉儷已否披薙現僧尼相。予殊切望之也。

西遊記辨訛　泗陽張慰西撰（法名圓證）

道家之書。類多蕪雜。所有精要之處。大都剽自佛經。而雜奇可笑。未有如附會西遊記之甚者也。西遊記者。元道士邱長春門人李志常所編。長春名處機。金末居萊州昊天

《西遊記》考略

恨水 撰

載於《申報·自由談·小説特刊》一九二一年五月二十九日。恨水，即張恨水。有關情况，見前《花月痕考略》提要。本文雖然肯定了金聖歎在《讀第五才子書法》中對《西遊記》的評價『頗爲精妙』，但同時强調了這類小説必有『用意』所在。對於《西遊記》的作者爲邱處機説法，作了明確的否定。所引寒儒作書的傳説，時下已不爲人知。本篇開頭引言，交代了作者本人的讀書經歷，對研究名小説家張恨水也有一助。

予生有奇癖，嗜讀稗官。識字以來，坊間所出小説册子，未嘗一未寓目，或有秘本，亦復百端求之。敝裘典盡，所不計也。近來年事稍長，讀書亦稍益，遂進而爲考據之學。惟事屬根底學問，力猶未逮，涉獵所及，每擇其關於説部者，摘要録之而已。春來夜恒不寐，白發高堂，青山老屋，時時入夢。無已，則挑燈起坐，涂鴉自遣。因思《西遊記》一書，近人議論紛紜，多聚訟於作者，予於此端，亦略有管見，敢以所知，拉雜録之於下，客中無書，半强記得來，或有遺漏，讀者諒之可也。

《西遊記》一書，無作者姓名，每回批評，出於悟一子。悟一子究屬誰氏，亦所不詳，但知其姓陳而已。金聖歎謂看《西遊記》，如大年夜看焰火，只覺轟轟地一陣陣的過去。數語頗爲精妙。然稗官小説者流，寓言十九，謂其絶無用意，亦不可也。

世得《西遊記》之作者，素有二説。一曰，昔有寒儒，貧而不能嫁其女，乃借唐玄奘使西域事，假設神怪，渲染成書，名之曰《西遊記》。稿既脱，遂以授女，謂之曰：『汝得此書，可以致富，勝儒家平當妝奩十倍也。』又一説，書爲元代邱長春真人所作。真人有心救世，故借心猿木母之説，游嬉三昧，以演其金丹大道之奥旨。二説均附會而成，證無所出。第一説爲近人筆記中所載，更不知何所據而云然。按《西遊記》所引神怪，多出於《封神傳》，意者《西遊記》之産生，其在《封神演義》之後乎？

邱長春即邱處機，固爲人所盡知。《元史·丘處機傳》載：『邱持太祖詔，前赴西域，道經萬里，國亦數十。途中冰雪漫漫，以馬策試之，莫測其淺深。』所載如此，雖極言艱苦，并未有《西遊記》中妖怪鬼神等説，尤無涉於唐玄奘本人。邱長春西遊，是一事；唐玄奘西遊，又是一事。載之史册，鐵證俱在。後人以兩西遊混爲一談，且以《西遊記》爲邱長春手筆，是真誤之又誤矣。

《西遊記》雖不詳出自誰手，可斷言爲明人所作。書中所引官爵，皆明制也。《閲微草堂筆記》有一段載及此事云：『吴雲岩家扶乩，其仙亦云邱長春。一客問曰：「《西遊記》果仙師所作，以演金丹奥旨乎？」批曰：「然。」又問：「仙師書作於元初，其中祭賽國之錦衣衛，朱紫國之司禮監，滅法國之東城兵馬司，唐太宗之大學士、翰林院、中書科，皆同明制，何也？」乩忽不動。再問之，不復答。知已詞窮而遁矣。然則《西遊記》爲明人依托無疑也。』按：紀文達作書，常喜設一理學疑難問題，以與宋儒辨難，其他格物文學等事，亦復如此。皮裏陽秋，有足取者，上節所述，微論事之有無，引證數語，足破迷惑。《西遊》出於明代，實一定不移之論矣。

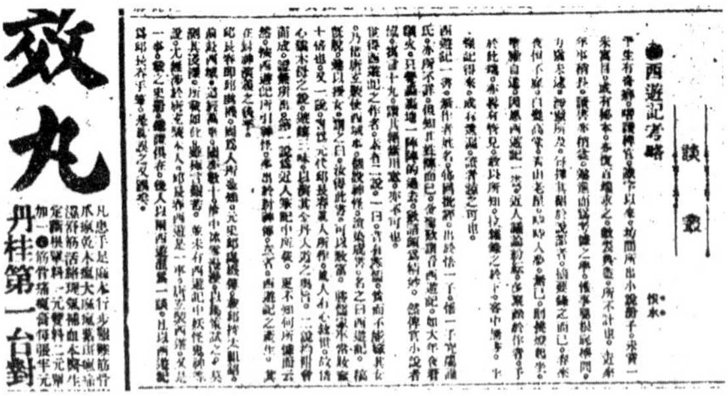

小説新話

小松 撰

載於一九二一年五月二十二日《申報·自由談·小説特刊》。作者小松，待考。在當時白話小説與文言小説并存的時代，往往各執一詞，相互攻訐。本文作者雖説新興的白話小説『佳作絶鮮』，但還是肯定了一批好的作品。在他所認爲的佳作中，有『新派』小説家如冰心的《超人》，也有『舊派』小説家如周瘦鵑等所作所譯的如《白爾大佐》等一些作品，没有偏見。所以他贊同以『新尚其新，舊崇其舊，各阿所好』的態度來對待新舊小説，比較客觀。他所列舉的一些白話小説的佳作，也可資文學史研究者參考。

白話小説，佳作絶鮮，恨水謂爲硬語盤空，如人初學韓柳文者，或非欺人語。譯本更弗論矣。寒雲主人曾在《晶報》露一文，標題曰『創作』，用以嘲新小説者，未免謔而虐。其實新小説未始無佳構，只以醜作大多，剽竊甚繁，而新説家冤矣。曩在《小説月報》中讀冰心女士作《超人》短篇，結構大佳，寫愛字在情在理，絲絲入扣，令人悠然神往，不知無母孤兒睹之，又將伴何彬墮幾許傷心之淚也。又在俄國名家短篇小説集中得《九封書》一篇，蓋言愛情者，譯筆暢適，且措辭布局，旖旎温柔，直是得未曾有。然則《茶花女》諸作，又何足道哉！餘如周瘦鵑之《白爾大佐》（法國曹拉原著，見《婦女雜志》），一圭之《兒時息物》（法國愛加爾原作，見《禮拜六》小説周刊），友鸞之《紗廠中的賊》（見《時事新報·餘載》），陳德征之《别》（見《民國日報·覺悟》）數文，皆極其妙。善哉，瘦鵑、寒雲之立言曰：新尚其新，舊崇其舊，各阿所好。可稱得此中之三味者矣。

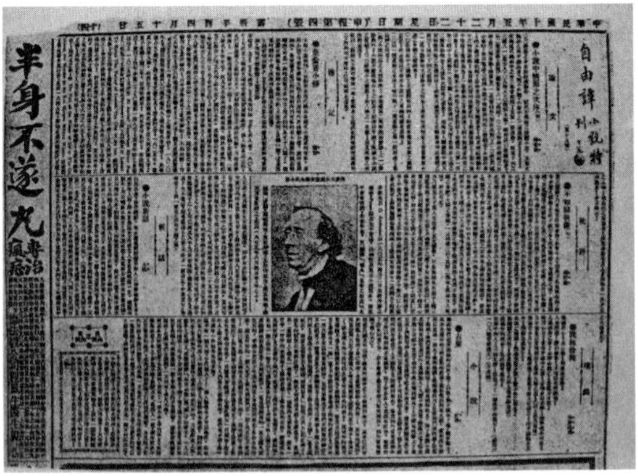

小說的小經驗

隱　撰

載於《文學旬刊》一九二一年五月二十九日第三號。作者署名隱，似爲王小隱，見一九二〇年《讀紅樓夢剩語》提要。本文試圖對『小説』下一定義之後，談了他創作小説的一點經驗，即强調小説創作的成功與否在於落筆時以必須要有『靈機』。所謂『靈機』，主要是指有一種創作的衝動，纔能寫作時『「一瀉千里」，不著痕跡，絶不致於使人看了生厭』。而這種『靈機的發動』，是與『環境有極大的關係，若終日閉住在一所沉悶乾燥的屋子裏，靈機必不易發動，必要常常和自然界接觸，受「自然」的洗禮才可』。

小說是什麼？現在雖然没有很的確的解釋；但大概說起來，可以說他是：用剪裁的手段和深刻的情緒，描寫人類社會種種的狀況的工具；且含有藝術的價值，濃厚的興致，和自然的美感，使觀者百讀不知厭，且不知不覺而生出强烈的同情，忘記我相，喜怒哀樂都受他的支配的一種文學。小說應具的要素係如是，但我們用什麼方法才能做到呢？我覺得這個答案，决不是没作過小說的人，所能揣想出來的；也不是典籍上可以學得來的；這就我要作這篇文章的意思。

當我第一次作小說的時候，我對於取材、結構、措辭等，都著著趨於失敗；但這時候我對於小說的創作，并不以爲難事；只本着《漢書·藝文志》上『街談巷語道聽涂説』的話作起來；當我聽見同學某君口述『那個可憐的女子』的時候，我并没什麼感想，只是把他照直平鋪直叙的寫來；等到寫完之後，自己看了一遍，覺得『昏昏欲睡』；但是再拿起莫泊三、佐拉他們的小說一看，便立刻清醒起來，我因此不能不生出一種懷疑心來：『奇怪呵！我作的小說怎麼這樣没精彩呢？』我一遍兩遍以至於無數遍的這樣尋思，結果我悟出一點道理來了。——也就是我作小說的一點小經驗，現在約略寫下一點，或者能給初作小說的同志作一個小小的參考的材料。

靈機是作小說的唯一要素，我們人的靈機有時是潛伏在腦海深處；這時候我們的直覺非常薄弱，對於宇宙的萬象，没有特别的注意，當這時候絶没有作好小說的可能；就是勉强作出來，不過是一篇器械的記録，所以我們作小說凡遇到這種時候，只可放下筆，到空氣新鮮的場所走走；看看天上的白雲和鮮紅的彩霞，便精神活潑潑地休息些時，潛伏的靈機就漸漸的涌現出來，對於接觸於五官的東西，都有一種深刻的印象和吸力； 將從前已過的印象連環式的勾引出來的，這時候思潮便和（如）『駭濤怒浪』般涌起，一種莫明其妙的喜怒哀樂之感，也充滿了腦子，這時候提筆直書，便能『一瀉千里』，不着痕迹，絕不致於使人看了生倦。不過靈機的發動，與環境有極大的關係； 若終日閉住在一所沉悶乾燥的屋子裏，靈機必不易發動，必要常常和自然界接觸，受『自然』的洗禮才可。

靈機是作小說的精髓，取材結構措辭少了靈機的發動，都是不能工的。 但是靈機是天才不是人力，而取材結構措辭是工夫，所以作小說要取材結構之得當，多看多作是唯一的方法，至於措辭，一方面要有强烈的想象力和直覺力，一方面是對於平日耳聞目見的事，加以細密的觀察，如此措辭纔能各得其當，不然萬口一律，必不能描寫得深刻而精當，便難引起觀者的同情了。

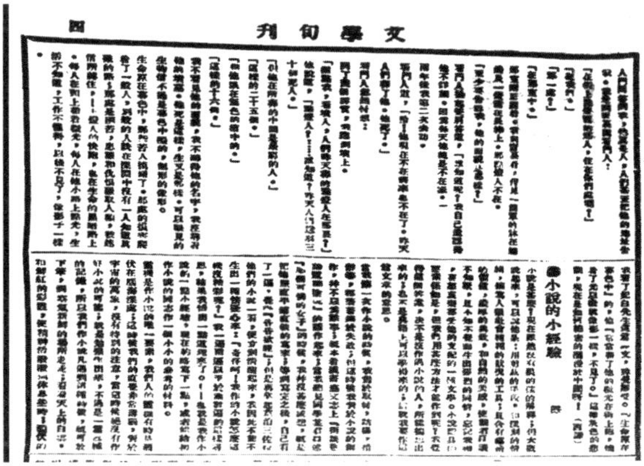
文學旬刊　四
論小說的小經驗

荷花香館瑣話

瓶山樵子　撰

連載於《新世界》一九二一年六月十八日、二十日。作者瓶山樵子，不詳。從作者對《紅樓夢》、《聊齋志異》的評價來看，重視作家在『深悉於世故人情』的基礎上『實有所寄』，能『藉以諷其腐敗於利欲』。在藝術上，强調『事實、角色』都能描寫得『逼肖』，『不稍混雜』，而亦不『刻板』。

一

『瀟湘館春困發幽情』一回，直爲小兒女懷春之寫照。黛玉當十五之年，正情竇初開之時，對此如癡如醉之寶玉，日處於眉聽目語之境，雖顰卿能强自鎮懾，而一片天真爛漫仍流露於不自知。一雙碧人，謂無心可謂有心，亦無不可。蓋芳心脈脈，或以心心相印矣。設黛玉而不遇寶玉，未必便能即死。人謂寶玉逃禪乃黛玉害之，我謂黛玉并不害寶玉，而寶玉却有玉成黛玉殞命之罪。

《紅樓夢》深悉於世故人情，有指爲誨淫小説，其人并不明白著者之苦心。曹氏有疾世之心，有難言之憤，深恨胡奴之惡，藉以諷其腐敗於利欲，攻取夤緣取媚，言之鑿鑿，寫甯、榮兩府内之家常瑣碎，猶多詳明，類皆私匿。殆有所指，特襲小説以爲名耳。

二

舊時小説如《雙珠鳳》、《珍珠塔》等終不脱『公子落難中狀元，私許終身在花園』之老套。然近來説薈中之哀情、愛情，亦多刻板。

筆記小説當推蒲松齡《志異》一書最佳，所記多談狐事，實有所寄。狐，蓋胡也。《後聊齋》一書，實萬不及。蓋聞注聊齋之呂文湛欲以萬金向蒲子易其版權而不得，其價值可想見矣。《志異》一書雖屬寓言，其寫狐之情義，則恍如深入其境，栩栩欲生，如固有之，吾願得青鳳而終身事之。

小說多憑空結構者，在舊小說中當推五才子爲冠，天衣無縫，的是傑作。一部書中之事實、角色，皆耐庵一人口中說出，寫出。一百八人有一百八種口吻，身段不稍混雜，吾知道當日耐翁落筆時，必如身登舞臺現身說法，不然豈有如此之逼肖哉。

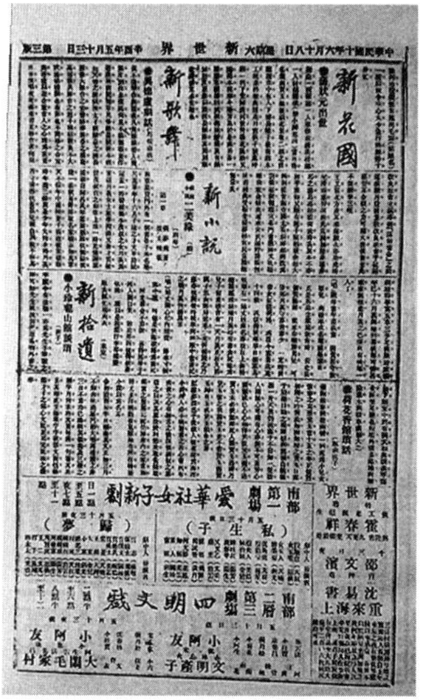

◉荷花香館瑣話（版山樵子）

蒲柳館春困發幽情一回直爲小兒女懷春之寫照黛玉當十五之年正情竇初開之時對此如痴如醉之寶玉日處于眉聽目語之境雖叡智能强自飢攝而一片天眞仍流露于不自知一雙碧人謂無心可謂有心亦無不可蓋芳心脈脈成已心心相印笑設黛玉而不過寶玉未必便能即死人謂寶玉逃禪乃黛玉害之我謂黛玉並不害寶玉而寶玉却有玉成黛玉殞命之罪

紅樓夢深悉于世故人情有指爲誨淫小說者人必不明著者之苦心曹氏有疾世之心有難言之憤深恨胡奴之腐借之以諷其腐敗於利慾攻取貪緣取術言之鑿鑿寫寧榮兩府內之家常瑣碎尤多詳明類皆私職殆有所指特襲小說以爲名耳

余初讀西厢半日而盡其文正如三月不知肉味過屠門而大嚼再漫讀之弗三日不食功已略明其義矣及三複之費半月尚未終其要每讀一句審其表求其意直至極境字字欲活文面既極盡才子之錦心文底更寫完風流之韻事

小説談屑

紓庵　撰

載於《申報·自由談·小説特刊》一九二一年六月二十六日。作者紓庵，即達紓庵，當時在《新申報》、《大世界》等報刊上發表了不少小説以及戲劇、電影方面的批評文字。這篇小説話文字雖短，但涉及的問題較多。較可注意者，他將『文窮而後工』的命題也移到了小説創作中來。在短篇與長篇小説的比較中認爲，『今小説趨重短篇，斯實兩方經濟之道（按：指創作與閱讀都『經濟』），然構短篇佳作，亦殊非易也』。文中對批評者指摘《聊齋》『含脂粉氣』與爲『廣義小説』作了回應，認爲『《聊齋》能以傳世，半在脂粉耳』，而『廣義小説』比之『狹義小説』創作難度更大，且更能受到讀者的歡迎。

小説之最難者，在於感人入骨，無怪感人之作，殊不多見，余幼時嘗閲《三國》中之昭烈，《紅樓》中之寶、黛，覺其感人之深，往往零涕。自念閲世未深，所以善觸情感，不敢述諸於人，以取訕笑。比來人事滄桑，飽經世變，私謂當不如前善感，及我展卷更讀其事，則仍迴氣蕩腸，依然猶昔。始悟感人之筆，不因□世深淺而移易也。

毛柏桑小説，馳名世界，大抵感人深耳。瘦鵑譯其所作，不論其爲倫理、愛情、社會，至情至理，寫至極地，無不使人愴然感動，『短篇小説大王』，當之無愧。

或有詆《聊齋》含脂粉氣，不知《聊齋》能以傳世，半在脂粉耳。蓋《聊齋》紀如許男女情愛，艷麗之句，未犯重復，足見留仙之才，且其所寫男女之事，悲涕慨嘆，類皆深有含蓄，非徒以寫男女情事見長。然世界情事，沙走雲飛，變態百出，却有如此書中所紀之事。又有病《聊齋》乃廣義的小説，非狹義的小説。僕謂狹義之作，易於廣義，譬如世人入於酬應場中，其能對於來客面面俱到，始稱能幹。若但能傳一方之歡迎，未便稱爲勝任愉快，故廣義之作，觸處生情，夭矯如龍，非具博藝，弗能爲力，善讀小説，當知其然。

文章窮而後工，小説亦然。作小説者，其人迍邅抑鬱，則其所寫之事，必有驚人之處，若人於得意時作文，必染俗氣，既俗，其文烏可入目。

長篇小説，勢必豪扯。既經牽扯，遂多糟粕，神氣焕散，閲之無味。短篇製作，簡練結實，較有精神，作者既易爲力，而讀者復省腦力。若製長篇，作者既費腕力，而閲者亦須心力，故今小説趨重短篇，斯實兩方經濟之道，然構短篇佳作，亦殊非易也。

雜話

●小說談屑

舒庵

小說之最難者。在於感人入骨。無愧感人之作。殊不多見。余幼時嘗讀三國中之明烈。紅樓中之哀慕。覺其感人之深。往往零涕。自念閱世未深。所以善觸情感。不敢遽語於人。以取訕笑。比來人事滄桑。飽經世變。私謂當不如向善感。及我展卷重讀其事。則仍迴氣蕩腸。依然猶昔。始信感人之筆。不因閱世深淺而移易也。

毛裕泉小說。馳名世界。大抵感人深耳。槪閱其所作。不論其為倫理。愛情。社會。言情至理。寫至極地。無不使人情感感動。堪謂小說大王。當之無愧。

或有謂聊齋全賴粉飾。不知聊齋能以傳世。全在斷粉耳。蓋聊齋紀如許男女情愛。無敷褻之句。未起意者。足見留仙之才。且其所寫男女之事。幽徐婉轉。雖習讀有含蓄。非徒以寫男女情事見長。繪世界情事。沙走石飛。鬼狐百出。卻有如此書中所紀之事。又有病聊齋乃寫褻的小說。非淫褻的小說。僅謂淫褻之作。易於賞識。譬如世人入於刷業場中。其能對於來客面面俱到。始稱能幹。若僅能博一方之歡迎。未使開懷勝任愉快。故淫褻之作。觸處生情。天壤如讀。非其博學。弗能盡力。若讀小說。當知其秘。

文章窮而後工。小說亦然。作小說者。其人遭遇抑鬱。則其所寫之事。必有驚人之處。若人於得意時作文。必染俗氣。既俗。其文烏可人目。

長篇小說。勢必冗長。既冗長。遂少精彩。神氣散漫。聞之無味。短篇製作。簡練結實。較有精神。作者既易為力。而讀者復省精力。若短長篇。作者既費腕力。而讀者亦須心力。故今小說重短篇。實兩方經濟之道。然擇短篇佳作。亦殊未易也。

瑣錄

予之言情小說觀

記者 撰

載於《小說新報》一九二一年第六卷第三期。此「記者」，當爲包醒獨。包氏爲湖州人，號挹雲，齋名小小盧，曾任湖州旅滬公學教師，此時任《小說新報》編輯兼校訂。他曾在《民權素》等雜志上發表不少筆記等，著有《鴉鳳緑彈詞》。此文力辨情與欲之不同，認爲「情爲精神上之愛戀，欲乃體質上之歡好，兩者截然不同」，「言情小說之所謂情者，皆正當之情也」，是「無害於青年」，而「有益於青年」，至於《金瓶梅》，則「非言情小說也，社會小說也，亦家庭小說也」，其寫「潘金蓮大鬧葡桃架」等「尤爲荒唐無耻」，「應付之丙火」。

　　近人之論言情小説者，輒以誨淫爲病，其意以爲青年之失德，習俗之不良，皆言情小説爲之厲階也。其貌儼然之教育家，詆諆言情小説尤甚。嗟乎，是猶鄰婦冒良家之名以宣淫，而議者不察，遽指摘被冒者，豈得當之論乎？情也者，至高潔之名詞也。近人往往以情欲并論，混明珠魚目而爲一，使圭璧砆碔之不分，何其謬耶？充彼之意，若曰情爲欲之起點，欲爲情之結果，其言似是實非，殊欠明辨。夫情爲精神上之愛戀，欲乃體質上之歡好，兩者截然不同，若涇渭之分流、薰蕕之異器。情而涉及於欲，已軼情之範圍，而失其真相，登徒子徒有淫行耳，豈解情、知情者？以是知多欲之人未必有情，深情之士决不及欲。即自不能辨析情欲耳，豈情果爲欲之媒介哉？執是之説，記者當進論言情小説。

　　言情小説者，非世所謂啓人情竇之萬惡書籍乎？啓人情竇之説，記者亦承認之。萬惡二字實未敢承。雖然，謂言情小説足以啓人情竇，亦未必盡然。中古以前，無有言情小説也，何以奸淫之事亦不絶於書册？鄉曲之人，目不識一個字，未嘗讀言情小説也，何以男女之間亦時有曖昧事發生？於此知情竇之啓，初不待於言情小説。言情小説之啓人情竇不過容有之事而已。今即就啓人情竇論之，無論何種言情小説，其造意不外一男一女相愛戀，或兩男争一女或兩女奪一婿，反反覆覆，生生死死，其目的所在，終不稍爲更易。所謂海枯石爛，至死靡他也。即情節複雜如《石頭記》，怡紅公子雖遨遊群花隊裏，而情之所鐘實唯顰卿一人。新小説造意簡單，更不越此範圍。夫飲食男女者，人之大欲也。知好色則慕少艾，人之恒情也。數千百年間，人類之生生不息，有社會、有國家、有世界，皆此一情字以維繫之。男女間發生正當之情，固爲禮法所不禁。若言情小説之所謂情者，皆正當之情也（吾所謂言情小説者，指正當之作言之。若冒言情小説之穢賤小説，是鄰婦冒名行淫之類，後文另辭闢之）。此正當之情，本天地自然之機。禽獸渾渾噩噩，一物不知，乃亦生生不息。植物更無知覺，亦有雄蕊雌蕊之别，風媒蟲媒之名，而謂有知識、有性靈之人類不應雌雄鳴和耶？又謂不讀言情小説即不解雌雄鳴和耶？記者敢斷之曰：世界之大，人類之衆，無此愚笨之人。否則即其人神經發育未完全也。

言情小説之無害於青年，如前所言矣。更進而言之，抑且有益於青年。此語爲道貌岸然之教育家聞之，或將嗤爲妄談。當請少安毋噪，以待余之畢詞。夫青年當血氣未定之時，其藴蓄於中之情素，有觸即發，漫無準的。譬諸黄河之水，一旦潰隄横決，則東攻西溢，泛濫四方，禍且無極。言情小説者，示之以專一，導之入正途，使其情有所歸束，而不至濫用、妄用。試問言情小説有記一人而兼愛數人者乎？有記挾妓宿娼者乎？既無記一人而兼愛數人者，即明示人以情不可濫用；既無記挾妓宿娼者，即明示人以情不可妄用。其言至淺，其理至顯。反對言情小説者，平心静氣一思，當以吾言爲韙。此言情小説之有益於青年者一也。方今過激主義轟動全球，其重要之宗旨既無政府、無家庭，實行社會主義，男女之際自由戀愛。始亂之而終棄之，夕同夢而朝陌路，此種主義之如何，記者不下評判。姑問彼反對言情小説者，贊成之乎，抑反對之乎？若就彼反對言情小説之態度例之，其反對此主義也當無疑義。然抑知足爲社會主義之藥石者，即言情小説乎？何以言之？即言情小説之言情，悉出誠摯專一。朝秦暮楚，反覆無常，固爲言情小説所絶無，有之即非真正之言情小説。是以言情小説與社會主義如水火之不相容，欲防止自由戀愛之毒流入青年腦海中，非藥以正當之言情小説不可。此言情小説之有益於青年者又一也。

更有進者，凡言情小説之佳本，隨地隨時每發警人覺世之語，本局（國華書局）出版之言情小説，約十數種，記者姑舉《伉儷福》一種論之。《伉儷福》，豔情小説也，所記爲紅閨唱隨之事，兒女之私，甚於畫眉，落筆偶一不慎，即易涉於歧途。但《伉儷福》固未嘗有狎褻處，曾讀此書者，當能言之，今就書中之語，摘舉數行，以實吾説。

……汝也，本爲余所心愛，英雋拔俗，大節落落，願學游俠兒，矜誇紫騮好，如此豐度，本不失豪華氣象，特余以爲哥尚須努力學問。人自呱呱墮地，以迄蓋棺論定，轉瞬事耳。韶華逝去，等於蓬炳，千秋之謀，何可不早。……

……爲人貴有涵養功夫，和哥喜怒之際，太覺形諸詞色，須知愛情之厚薄，祇在兩心相印，形諸口頭，爲人聞之，徒貽笑耳。……

……夫婦之愛，不在荆布相守，苟安旦夕，倘兩心相印，至死靡他，雖不同居一室，而愛情之熱度轉因離别而益增。……

……夫婦之愛，斷不在此暮夜之事，如爲暮夜之事而愛，愛色也，非愛余也。……

……哥當知朝夕厮守之樂，至此已趨乎其極。夫婦間憐愛之情，如演劇然。無論紅面黑面，老生小生，總不過如此如此。今吾輩已極夫婦之樂，余極願暫作小别。别後重逢，愛情必濃，此實維持吾輩情好之良法，幸哥毋以疎闊爲苦。……

由上所述，不過信手略舉之，其果有一言，誘害青年乎？《美人福》小説，開宗明義第一章辨别情欲二字，尤爲透澈。此類小説，苟欲加以惡名，不免强詞奪理，倘以余言爲妄，則盍向本局選購一二以閲之乎。或曰《金瓶梅》小説，未必不言因果，不存勸懲，而讀者每忽之，其注意惟在描寫横陳處，是勸善之效未睹，而誨淫之害先見，言情小説皆如是也。余曰仁者見仁，智者見智，讀者眼光固各不同，《金瓶梅》者，非言情小説也，社會小説也，亦家庭小説也。『潘金蓮大鬧葡桃架』一回尤爲荒唐無耻，不知作者如何着筆。是書也，應付之丙火，安足以溷言情小説耶？試問正當之言情小説，一如《金瓶梅》之描寫春色者乎？既無之矣，讀者即不注意勸善處，亦無他種貽害充乎其極，不過無益兩字而已，斷不至如《金瓶梅》之造孽也。

孟子曰：『予豈好辯哉？予不得已也。』記者之力爲言情小説剖白，亦猶是也。記者寶愛青年維持風化之心，寧讓道貌儼然之教育家？故主張盗名言情之不良小説，應一律嚴禁之。且不僅冒名者應取締，凡小説之形容獸欲者，皆當取締之。如舊小説中之《野叟曝言》、《緑野仙蹤》等類，雖不冒言情小説之名，而貽害青年則一也。夫如是稗草刈而嘉禾生，疲馬去而名駒現。言情小説之功效，乃可彰著於世。若乃不問良莠，同受擯斥，是何異於因噎廢食乎？持反對之論者，盍三復余説，倘能移書見教，記者尤樂與討論之。

小說新報

論壇

予之言情小說觀　（記者）

近人之論言情小說者輒以誨淫爲病其意以爲青年之失德背俗之不良皆言情小說爲之厲階也其說儼然之教育家詆譏言情小說尤甚嘻乎是猶聞邪淫而冒良家之名以宣淫而讀者不察遂指稱彼冒者豈得當之論乎情也者至高潔之名詞也近人往往以情慾並論混明珠魚目而爲一使主張缺咸之不分何其謬耶夫彼之意者曰情爲慾之起點慾爲情之結果其言似是實非殊欠明辨夫情爲精神上之愛戀慾乃體質上之嗜好兩者截然不同若涇渭之分流薰蕕之異器情而涉及於慾已軼情之範圍而失其眞相登徒子徒有淫行耳豈解情知情者以是知多慾之人未必有情深情之士決不及慾人自不能辨析情慾耳豈情果爲慾之媒介哉執是之說記者當進論言情小說

言情小說者非世所謂啓人情竇之黃惡書籍乎啓人情竇之說記者亦承認之而獨二字實未敢承認然謂言情小說足以啓人情竇亦未必盡然中古以前無有言情小說也

小說小說

張枕綠　撰

連載於《申報·自由談·小説特刊》一九二一年六月、七月。作者張枕緑（一九〇一—？），字凰，筆名枕緑，室名枕緑山房，江蘇寶山縣（現爲上海寶山區）人，原籍福建泉州羅溪鎮人（今屬泉州市）。十五歲即開始創作，十八歲出作品集，其代表作《張枕緑説集》刊於二十六歲時。一九一八年曾主編《滬江月》，一九二二年在上海辦良晨友好社，編《良晨報》，發何海鳴、范煙橋、周瘦鵑等人的作品，出五期後改出《最小》報，約出二百期後停刊。主要作品有《愛個絲光》、《十七年後》（長篇）、《張枕緑説集》、《枕緑小説集》、《緑窗潑墨》等。本文認爲『小説是一種美術的文學，而含有教育社會的潛勢力』，既看到了小説的美學特性，又重視其社會價值，看法比較全面。文章討論短篇小説的筆墨較多，他指出短篇小説主要有二個要素：『立意叙事與結構是也』。據此，他認爲我國古代『但有短篇紀事之文，夙無所謂短篇小説』，假如於二十世紀再將小説與古文相提并論，就明顯不合時宜了。

小説是一種美術的文學，而含有教育社會的潛勢力，故其組織别成格趣。不求盡人皆知，而取材貴有精思，文體最宜白話，二者并重，能事可盡，設有偏廢，不是全材。

泰西名家小説，一稿既脱，萬金可易；一編既出，萬册立罄。小説家爲社會所崇仰，小説界傑出之材，自不絶如縷。反觀吾國，小説之價值，在普通社會之目光中，其佳妙者，足供酒後茶餘之消遣而已（所謂佳妙與否，徒視其情節離奇與否而定，小説之真趣，能領略者，蓋猶鮮焉）。小説家之地位，亦遂降而等於説書賣卜者流，爲一班人所蔑視，其所得之待遇與報酬，若是其陋，才難不足嘆已。平心論之，吾國小説之不發達，雖半由於社會文明程度之去古不還，無所促進於其後，而社會文明程度提高之不力，社會教育家不能辭其咎，吾國人缺乏互助能力，於此可見一斑矣。

吾國但有短篇紀事之文，夙無所謂短篇小説。有清之季，報章雜志，相繼創興，始稍稍發現，殊不足滿吾人之意。其後譯稿漸夥，間有佳什，又苦限於文法，不能盡其原意。近來文學潮流，漸趨合理，少數譯者大變守舊之態度，以盡其介紹之能。譯法雖不無待商之處，要亦不可謂非吾國小說界之好現象，繼是以往，採是去非，不難攻玉他山，得短篇小説之正軌。特創作之品，猶鮮堪入目者，深願吾國作者，努力創作，弗讓西邦諸家專美，徒以迻譯爲快也。

短篇小説之定義，舍我論之頗詳，吾觀之，可以簡言之曰：短篇小説有二要素焉，立意敘事與結構是也。作者能明乎此，循序而爲之（將所特採之意，納諸一特採之事中，而以一特採之結構出之），始克有成功之望。然而二能兼擅，亦殊匪易。欲求立意之合理，而能排陳出新，非積學有素，又富有研究思想不爲功。所敘之事，須於凡百人事之中，取其理想中最經濟最適宜之一段，而能襄助所立之意，收完美之效果者，則其觀察人生之功夫，與選配事體之能力，又不可少也。立意敘事，劇作家亦復爲之，惟其結構爲短篇小説之結構，亦即短篇小説賴以得在文藝之上生特殊之色彩，有獨立之價值者，此作者所以必具小説之天才，濟之以先進之規模，而後克盡能事也。吾國作者於此二者，有重其一而遺其二者，鮮有重其二而不遺其一者，其所作品，乃終成一種『非短篇小説』，讀者不能得其應給之趣味，對之自不能發生應有之觀念。吾國短篇小説之不興，是不亦其一端歟？

小説中事，出諸理想爲宜，實事而足採爲小説資料者，作者亦應執有其增損之權，以完足其小説美。蓋小説美爲美術上之一種特美，非實事中所特有者。

李涵秋《沁香閣筆記》，謂作小説，須從古人稗史雜志中得來，亦猶作古文，須從古人經子史集中得來。小説而與古文相提并論，此其作品，終不類二十世紀之産物也。

雜話

小說小說

張枕綠

小說是一種美術的文學。而含有教育社會的潛勢力。故其組織別成格趣。不求盡人皆知。而取材貴有精思。文體最宜白話。二者並重。能事可畢。設有偏廢。不是全材。

泰西名家小說。一稿既脫。萬金可易。一編既出。萬册立罄。小說家爲社會所崇仰。小說界傑出之材。自不絕如縷。反觀吾國。小說之價值。在普通社會之目光中。其佳妙者。足供酒後茶餘之消遣而已。（所謂佳妙與否。徒視其情節離奇與否而定。小說之真趣。能領略者。甚猶鮮焉）。小說家之地位。亦遂降而等於說書賣卜者流、爲一班人所蔑視。其所得之待遇與報酬。若是其薄。才難不足歎已。平心論之。吾國小說之不發達。雖半由於社會文明程度之去古不遠。無所促進於其後。而社會文明程度提高之不力。社會教育家不能辭其咎。吾國人缺乏互助能力。於此可見一斑矣。

吾國但有短篇紀事之文。夙無所謂短篇小說。有清之季。報章雜誌。相繼創興。始稍稍發現。殊不足饜吾人之意。其後譯籍漸夥。間有佳什。又苦限於文法。不能盡其原意。近來文學潮流。漸趨合理。少數譯者大變守舊之態度。以盡其介紹之能。譯法雖不無待商之處。要亦不可謂非吾國小說界之好現象。循是以往。探是去非。不離攻玉他山。得短篇小說之正軌。特創作之品。猶鮮堪入目者。深願吾國作者。努力創作。弗讓西邦諸家專美。徒以迻譯爲快也。

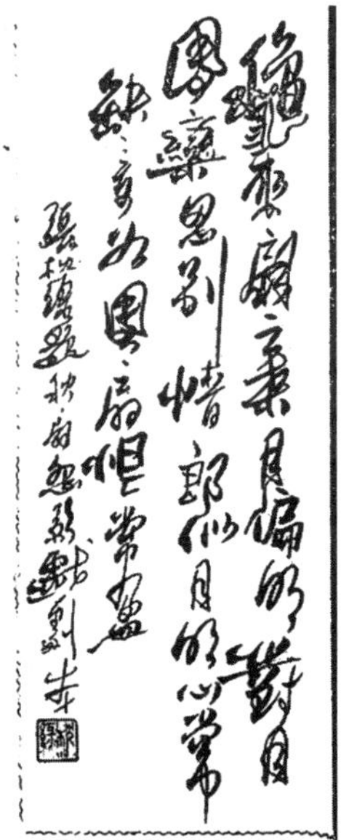

張枕綠君之墨蹟

張枕綠墨迹

詩的小說

吴靈園　撰

連載於《申報·自由談》一九二一年六月至七月。署名吴靈園、靈園。作者見一九二一年《小說閒談》提要。本文挑選了唐李端、宋蘇軾、清黃景仁等五首反映民間疾苦的詩，分析了它們的叙事特點，旨在説明這些詩歌將『事、時、地、人在二十八字中完全寫出，是何等經濟手段。作短篇小說者苟知此，小說必名』。當然，從中也抒發了作者對社會的一些看法。

宿石澗店聞婦人哭

山店門前一婦人，哀哀夜哭向秋雲。自説夫因征戰死，朝來逢着舊將軍。

右詩唐李端作，短短二十八字中，類有一哀苦之嫠婦在於秋夜雲深而山茅店之前。群衆圍問，不着片語。即借其自説，夫因征戰死，點明事實，筆已簡潔，意尚不奇，奇在末一語。朝來逢着舊將軍，藏有無限冤苦，令人玩味不盡也。事、時、地、人在二十八字中完全寫出，是何等經濟手段。作短篇小説者苟知此，小説必名。古來非戰之詩甚多，若杜少陵《折臂新豐翁》一篇亦可傳，然較次，爲稍直矣。

賣瓜人

街頭賣瓜人，朝朝止我門。�筐累累瓜未大，一頭筐空令兒坐。爲問何由爾，具言兒母死。保抱更無人，肩擔共入市。清晨起，兒驚啼，日暮不歸兒苦飢。見不得腐飼餺飥，夜深無燈抱兒宿。雨多瓜少愁今年，日食而外無贏錢。朝朝暮暮鎖雙眉，如此養兒真可憐。君不見清泉浮出甘瓜緑，豪貴方誇飲河朔。

右詩清吴慶坻作，先叙見『一頭筐空令兒坐』之情景。下鄉甚易見，大率爲江北婦。今此云賣瓜人，又是男也。可憐可嘆。後叙聞『如此養兒真可憐』一語已盡。忽然轉出『君不見清泉浮出甘瓜緑，豪貴方誇飲河朔』，再從對面人見加以渲染，襯出自己，愈覺貧富苦樂之不均，是此篇立意處。讀了此篇，在今日有不得不令人想提倡兒童公育。我聞之，上海有孤兒院，孤兒可許入内，惟須有力或曾捐者爲之介紹，否則無效。孤兒院之建設如是，是有令人不得不改良之術者，顧諸大善士之留意也。

綁票行

國貧無弊代以票，盜窮無票代以人。東家大户我金穴，西家小兒我財神（胡匪呼所綁者爲財神）。迎神刀在手，縛神爲後走。有金送神歸，無錢馘神首。呼冤縣前撻大鼓，兵胡如鼠盜如虎。摇旗點兵捕盜來，嗚呼盜去兵不回。

右詩近人姜齋作。起句比□，嘆息深意之中，略言滑稽。下接事實，若在俗手寫之，必鋪麗至不可方物。而此僅東家云云六語已，斡盡先後一切，可謂簡勁有致。以神稱人殊覺興味，能明文章變奇之法也。『呼冤縣前撻大鼓』一語，顯出呼冤者之急迫。『兵胡如鼠盜如虎』一語，顯出兵士輩之畏怯。『摇旗點兵捕盜來』一語，顯出上官之壯威。『嗚呼盜去兵不回』一語結束，亦深刻，亦練達，是此詩之足稱述者。

吴中田婦嘆

今年粳稻熟苦遲，庶見霜風來幾時。霜風來時雨如瀉，杷頭出菌鐮生衣。眼枯淚盡雨不盡，忽見黄穗卧青泥。茅苫一月隴上宿，天晴獲稻隨車歸。汗流肩赬載入市，價錢乞與如糠粞。賣牛納税拆屋炊，慮淺不及明年飢。官今要錢不要米，西北萬里招羌兒。龔黄滿朝人更苦，不如却作河伯婦。

右詩東坡作，曰『眼枯淚盡雨不盡』，曰『汗流肩頳載入市』，寫田婦苦况真苦。然而如此，果能價錢乞與如珠玉，尚可稱幸。乃竟僞心脱口而出曰『價錢乞與如糠粞。賣牛納税拆屋炊，慮淺不及明年飢』也。古風云：『春種一粒粟，秋收萬顆子。四海無閒田，農夫猶餓死。』亦與此詩同意。悲夫田婦，悲夫農夫，此豈田婦農夫之罪？而彼田主官商，奈何不加亮察，一爲□全也。蒙亂日亟，莫知爲謀。征軍發餉，徒事綢繆。舉國騷然，難於統一。誰秉國政，相攘利權？而此負擔雖四萬萬人共之，田婦農夫實爲其策源地。田婦信有知，能不嘆恨發聲曰『不如却作河伯婦』也。

焦節婦行

雄鷄齊喚霜滿天，看郎刀裹肩上肩。里胥促發似豺虎，語聲未畢行塵前。煢煢爲君守鄉里，妾身雖生不如死。床頭有兒呱呱聲，此時欲死還宜生。翠鈿羅襦一時卸，轉托鄰翁向街買。郎行慎勿憂家中，妾身可碎妾不嫁。生當努力青海頭，死當瞑目黄泉下。等閒一度十九秋，兒成學賈事遠游。妾存已似枝上露，郎在亦白天邊頭。五更城頭吹笳箄，黑雲如輪月如漆。熒熒一點青虹寒，蟋蟀在户鬼在室。忽然四面來血腥，舉頭瞥見神魂驚。一人手提髑髏立，遍體血污難分明。汝近前來妾不懼，果是郎歸定何據。一風暗來飄血衣，去日曾穿此衣去。郎歸妾已知，但怪來何遲。床頭一燈滅，梁上長繩垂。昔聞瀚海風沙一萬里，郎兮幾時飛度此？妾死尚欲隨郎行，看郎白骨沙場裏。

右詩清黄景仁作。題曰『節婦』，與普通所謂節婦殊，尚存數分情愛與其間，在近世亦不能有所呰議。以小説體裁言：别後分二段。前段追懷别時情景，别後情景，將十九秋事實概括寫出。『雄雞齊喚』四語，確有寫實手腕。『等閒一度十九秋』，剪裁得好。後段正叙夢見夫靈，了以一死，從上『妾存已似枝上露』生發。『五更城頭』四語，情景慘淡逼真，結束設想意猶妙。

（一九二一年六月十九、二十六日、七月三、十、十七日《申報·自由談》）

自由談

小説雋語

逸梅　撰

提要。載於《小説新報》一九二一年第七卷第十一期。作者逸梅，見一九一九年《小説瑣談》提要。本文摘録了畢倚虹、劉豁公、駱無涯小説中的一些警句。

唉，世界上什麼喜怒哀樂，全是金錢在那裏操縱罷了。（倚虹《北里嬰兒》）

我一生羨慕虛榮，不惜犧牲人格去博取他，到於今家敗人亡，虛榮何在？想起來真不值得。（豁公《虛榮》）

倡門中之妓女，你看他是一個五光十色的美女子，其實却是一條花紋斑斕的毒蛇，你不去尋他時，他尚要來尋你；你去尋了他時，那更是撥草□蛇，休想再□過他的毒吻了。（無涯《目中無妓者》）

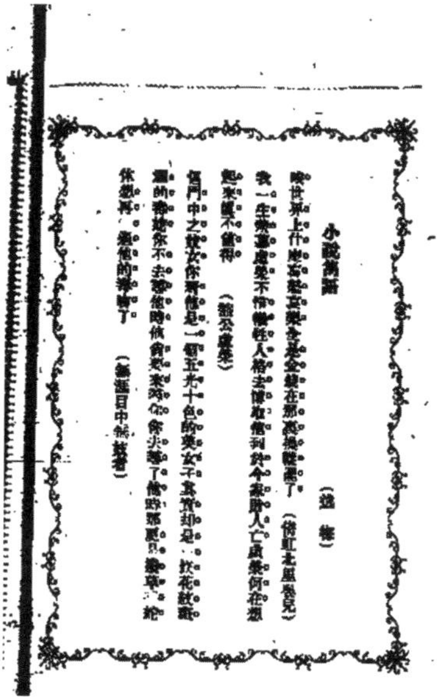

創作的要素

葉紹鈞 撰

載於《小説月報》一九二一年七月第十二卷第七號。葉紹鈞(一八九四——一九八八),字秉臣,後改名爲葉聖陶,筆名有葉陶、聖陶、桂山等,江蘇蘇州人。曾當小説教員。一九一四年起在《禮拜六》等雜志上發表小説。一九二七年五月開始主編《小説月報》。本文針對當時流行的小説在多暴露黑暗的同時,普遍存在著一些問題,因而在肯定其『反抗的意思』的同時,提出了三點建議:取材要精當,要表現一切内在的真際,要使質和形都是和諧的自由的。與此同時,他認爲暴露畢竟是消極的,更要從積極的方面去『表示一種理想』。

這些意見在當時頗有針砭意義。

現在的創作家，人生觀在水平綫以上的，撰著的作品可以説有一個一致的普遍的傾向，就是對於黑暗勢力的反抗，最多見的是寫出家庭的慘狀，社會的悲劇和兵亂的灾難，而表示反抗的意思。這確是現時非常急需和重要的。創作家將這副重擔子挑上自己的肩，至少是將來的樂觀的一絲兒萌芽，但是有些情形得不很饜足我的期望，隨筆寫出來供大家討論。

有許多作品，所描寫的誠屬一種黑暗的情形，但是（一）採取的材料非常隨便，没有抉擇取捨的意思存乎其間；（二）或者專描事情的外相，而不能表現出内在的真際；（三）或者意思雖能表出，而質和形都是非常單調。凡屬於這等情形的，就要減損作品自身的深切動人的效力。

試想天下的事物，人類的情思，是何等地繁多，即單就黑暗方面的而言，也是不可數計。在這不可數計之中，取出一件事物一個情思來，著爲文字，要使人人都能感動，隨着文字裏的笑啼歌哭而笑啼歌哭，當然要選擇其中最精警最扼要的一件一個，更從其中選擇最精警最扼要的一段或數段，纔能滿足這個願望。否則越是連篇累牘地書寫不休，越使人家的感受性趨於滯鈍，至多不過使人家從文字裏知道些怎麽怎麽的事實罷了。而文學的目的那裏在使人家知道些事實呢？

作品單摹外相的，無論如何工致精密，不過如照相片一樣，終不能成爲具有生命的東西。這個理由極爲簡單：性格的表現於畫幅，在於將最能傳神的部分充分揮寫，而不重要的部分竟可棄去不寫；這樣非疏略，正以見創造的藝術手腕，所以能成其爲具有生命的畫幅。照相法則纖屑靡遺，無論是極不重要的地方也死板板地留下痕迹，而最能傳神的地方又事同一例，并不特地爲他表出内面的精神，大家説這是極肖似的一個照相，誠然，但肖似的只是外面的浮影，内在的真際在那裏呢？單寫事情的外相的文學作品就有與這個同樣的情形。更有一類，於細屑不重要的地方也支離破碎地描寫，其實是不需要的，不但不見增益全篇的完美，反而破壞了全篇的渾凝——離析渾凝的而爲各各判離的。欲知其得失，也可以繪事相喻；一篇文學作品無異一幅精神完足的畫，現在彷彿只畫了多幅剖面圖和斷面圖，從極精密，怎能引起人家和賞鑒精神完足的畫時同樣的情緒呢？

要表現出一個情意，須要適度的材料。要使這個材料具有生命，入人之心，須要用最適切於表現這個材料的一個方式。有些創作裏，往往有材料不足之嫌。譬如果實，還没充實，已遭採擷，使吃的人不滿所欲，非常惋惜。有些納種種事物情思於同一方式之中，或者襲用古來的近時的本土異域的方式範圍自己的材料，間接以限制自己的情意。譬如行路，明明有寬闊的大道，却受一種勢力的牽引，竟入了逼仄的狹巷，就難免有形或無形的損害。

綜觀以上的意思知現時的創作家須注意的是：（一）要取精當的材料；（二）要表現一切的内在的真際；（三）要使質和形都是和諧的自由的。

惟其於上述幾端不盡能做到，所以所描寫所表現的黑暗止是一個隅，止是小端，所以新興文學對於中國民族没有什麽影響。到了盡能做到的時候，文學就有一種神異的力，他一定能寫出全民族的普遍的深潛的黑暗，使酣睡不願醒的大群也會跳將起來。達到這個時候的遲早，全視創作家的努力如何，創作家努力！

我以爲從積極方面表現一種理想，這是我們所願欲而且是可能的，也未嘗不可。他一樣也反抗黑暗，他的真誠和希望一樣可以感動人。而且創作家倘若不拘於主義和派别，則理想和現實亦將兩忘，止記有人生而已，我寫這些話没有精當的意思，和不能做到自己所説的話，都是我的慚愧。但供人討論和於此努力都是我的願欲。

（三）無論是詩，小說，劇本都是一樣的。

現在的創作家呵，我勸你們趕快創造你們的哲學，確定你們的人生觀與世界觀，來創造「真的文學」。

考試期間，倉猝爲此，意多未盡，或且太偏，希讀者指正。

創作的要素

葉紹鈞

現在的創作家人生觀在水平線以上的，撰著的作品可以說有一個一致的普遍的傾向，就是對於黑暗勢力的反抗，最多見的是寫出家庭的慘狀，社會的悲劇和兵亂的異聞，而表示反抗的意思，這種是現時非常急需和重要的，創作家將這副重擔子挑上自己的肩，至少是將來的樂觀的一絲兒萌芽，但是有些情形覺得不很滿足，我的期望，隨筆寫出來供大家討論。

有許多作品，所描寫的誠屬可嘆黑暗的情形，但是（一）采取的材料非常隨便，沒有抉擇取

的曾經，尚燃着一支燭，燭光在微風裏搖曳，一層的燭淚，流在黃色的銅碟中，由純白變成青色，他畧畧舉起了一隻支撐的鉛筆，向一張粗紙上亂畫，然而她的手指仍然顫顫的，寫得不能成字。這寂靜的夜裏，越發使她興奮的思想轉到不可解釋的悲哀和疑問上去，這樣人生的苦痛，她對她那位親愛而和善的同學生了異樣的感歎，她想：「我是下午散課後去的，因爲昨天聽校長——她的丈夫——說『可憐的小孩，據醫生說，已經有了生機，不要出什麼岔子了，喉頭上已消腫了許多，據說那還是百日咳的餘殃，受了點外感，倒也沒什麼危險的。』不過他說時，只是不住的皺眉，連連的道：『不如沒有孩子，倒還好些，現在我逐上了沉重的憂慮啦！……她……』說到這裏，他就咽住了，我當時知道我那位同學，她也是要入了悲慘的境遇的，快得很，那裏想道，我今天一去，就碰上了他們悲劇的啓幕呢！可憐啊！——女孩——弱小的靈魂，尚似不知人世的依戀，臨死的時候，呼吸已不續了，還奔着她媽的髮髻笑呢！她媽只當她索乳吃，解開鈕扣，我用手撫她的胸口，卻冰得我幾乎喊了起來！……啊！我是第一次見死的生物，卻偏見這個幼小可愛的女孩的死，她媽的景況喲！……人爲什麼要結婚？又爲什麼要他們血統的與藝術的產品，愛是戀的背影，人們的生只是徬徨着往死上走，去死究竟是勝利啊！可憐的人們都是生與愛打敗的俘虜！……」她想着將手一抬，不料用衣袖將燭光撲滅，屋子裏卻還不十分黑暗，白色的窗幕，映着帳子，還可瞧清牀上的油畫，她也不再燃着了，卻也不想再睡，獨得對面廣場外的樹中，發出微微搖動的[illegible]，遠處有牛羊的鳴聲，[illegible]，她用雙手遮住了目光，

創作的要素　月影　九

小説偶談

豁安 撰

載於《申報·自由談·小説特刊》一九二一年七月三日。作者豁安，疑爲劉豁公。劉氏原名劉達，字豁公，號夢梨等。安徽桐城人。主編過安徽《民碞報》。後至上海，在《游戲雜志》、《游戲世界》、《半月》等雜志上發表小説。一九二二年主編《心聲》。南社社友。本文對《三國演義》、《紅樓夢》、《聊齋志異》分别談了一點看法。最後高度評價了周瘦鵑在《禮拜六》上發表的《一諾》一文，認爲它『借癡情兒女之心，作救國英雄之氣，抑何風雲壯闊、花月迷離乃爾』，實爲《禮拜六》派張目。

少讀《三國》，頗陪孔明數行之淚，蓋以其哭鳳雛，泣藤甲，悲瀘水之英靈，哀幼常而兼追昭烈，慟張苞而至於咯血，以及夫驚心於五丈秋風，惜此身再不能臨陣殺賊。在在有一片至情至性，流露於字裏行間，爲足感人，而不期心惻，非關表曠世之同情。

《三國》寫孔明於苦肉計欲明知故昧，至屬子敬在周郎前謬爲埋怨，示盲從若等閒。俾大敵當前，而有爲小器不因此再相猜忌，則彼此始得同心定破敵之大計，以不負糾糾世臣之耿耿精忠，深得任天下重者之體。蓋如不然，則以智謀滿握、舌劍無當之孔明，安身虎口，方藐江南八十一州曹兵八十三萬空無一物，夫何畏彼玩諸股掌之小喬夫婿哉！

《紅樓夢》之細膩風光，如錦天綉地愛情之宫，非粗心淺嘗所能領略，遑云記憶。故余少年客裏，雖一忽忽翻閲，而走馬看花，時過輒忘，至今僅能道十四字。且其字非他，即亦老嫗能解與童子難忘之葬花尾聲耳。顧或猶戲余曰：『恐此十四字亦温自觀《葬花劇》。』而余不復能答。蓋余後曾聞《葬花詞》於海上梨園，於此十四字若别有會心然。

《聊齋》雖志異端，亦有家庭小説，如《曾友於》、《珊瑚》兩篇是已。所惜其一有所謂安翁叔死未殮，兩眶中淚出如沈，友於以爲不祥。其一有所謂安翁魂附任翁云云之附會，仍不免神怪之作用，未足稱純粹云。若夫其摹友於之艱難感化，狀珊瑚之委曲求全，俱見性靈，足資激勵，宜乎彼兩家之幾多覺悟者而同聲一哭。前後若兩人然，然即後有友於、珊瑚，未必不藉兹贊助，而後有同情覺悟，亦未必不灑一掬同情之淚，是又可斷言者。

《禮拜六》瘦鵑之《一諾》借癡情兒女之心，作救國英雄之氣，抑何風雲壯闊、花月迷離乃爾。且不特此，即富士山易貧士山，區區一字，亦有用心，不徒滑稽可喜，信夫其足爲復活《禮拜六》開宗明義。

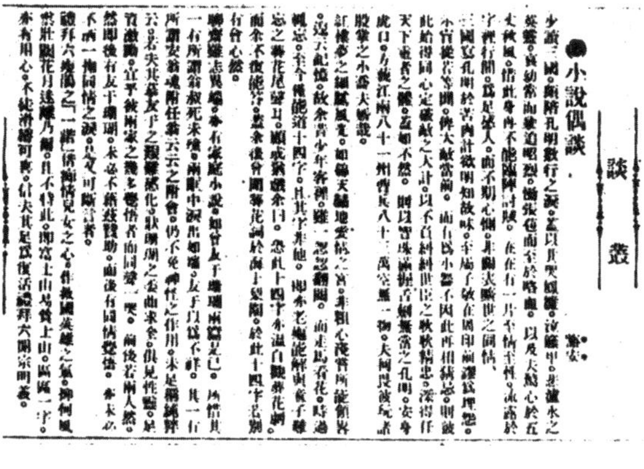

談叢

小說偶談

……禮拜六瘦鵑之「一諾」借癡情兒女之心。作救國英雄之氣。抑何風雲壯闊花月迷離乃爾。且不特此。即富士山易貧士山。區區一字。亦有用心。不徒滑稽可喜。信夫其足爲復活禮拜六開宗明義。

小說的論理

宛揚　撰

載於《申報·自由談》一九二一年七月十日。作者宛揚，待考。本文主要强調小説創作要符合生活發展的邏輯，即作者所謂的『論理』。作者認爲，小説不外寫人生。寫人生却要合於論理。作者既然造出一個人物來，這個人物的事蹟如何，結果如何，便有一個自然的法則在内。他特别提出：『小説的組成有三個要素：一是人物；二是事蹟；三是背景。因爲論理的關係，這三個要素，有一個確定時，其餘的兩個也同時無形的確立，再變不得。人物是怎樣，那麽事蹟一定是怎樣，背景也一定是怎樣。有怎樣的背景，那麽便有怎樣的事蹟和人物。』

小說不外寫人生。寫人生却要合於論理。『論理的人生，人生的論理。』這兩句話，做小說的不可不知。

我們都知道了，小說要寫得普遍。何謂『普遍』？便是非偶然，普遍與非偶然，換言之即是論理。原來論理的法則是一定的，決不是偶然的。偶然發生的事情，不必一定合於論理，小說因爲要合於論理，所以只宜描寫普遍的人生，不宜描寫偶然的人生。

譬如說，『一天，一個游戲場的屋頂花園上面忽然跌下一個人來』。這等偶然的事情，在事實上不可說必無，然而在論理上，却決講不過去。因游樂場的屋頂花園，對於防止危險的設備一定很是周密，除了偶然的原因外，那裏有跌下人來的道理？

所以史蒂芬孫說：『我只能造出一個人物，却不能造出這個人物的事迹。我不過做他的書記生，聽他的分付，把他的行事一一記録出來罷了。』

把演算來做個譬喻。算術的問題是可以由我們擬造的。但這個問題須怎樣排列算式，怎樣求得答案，却有一定的法則，決不許由我胡亂做着。小說也是如此，作者既然造出一個人物來，這個人物的事迹如何，結果如何，便有一個自然的法則在內。不由作者不照此自然法則做去。這自然的法則是甚麼？便是論理。

小說的組成有三個要素：一是人物；二是事迹；三是背景。因爲論理的關係，這三個要素，有一個確定時，其餘的兩個也同時無形的確立，再變不得。人物是怎樣，那麼事迹一定是怎樣，背景也一定是怎樣。有怎樣的背景，那麽便有怎樣的事迹和人物。古宫月夜，墓道黄昏，宜於鬼怪；花明柳暗，簾幕春深，宜於言情。設有違此，便不是好小説。何故不是好小説？因他不合論理。

有人問我：『爲什麽報紙上的新聞，我們不能一一取來做題材？』對這問題，我不能不把上面第一段説得意思來做個答案，便是『做小説，要合人生的論理。報紙的記事，却不必都是論理的人生』。你看報紙上的紀事，今天汽車碾死了人，明天電車出軌，撞入人家店鋪裏。類此事情，那一件不是偶然的？那一件合於論理的？

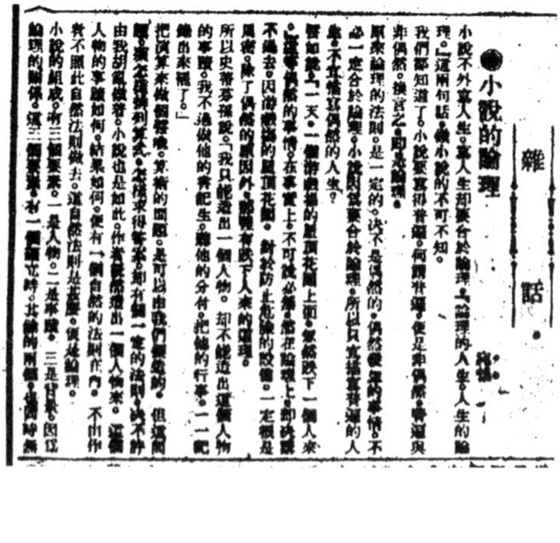
雜話

●小說的論理

小說不外寫人生。寫人生卻要合於論理。「論理的人生。人生的論理。」這兩句話。做小說的不可不知。

我們都知道了。小說要寫得眞實。何謂眞實。便是非偶然。偶然與非偶然。換言之。即是論理。

原來論理的法則。是一定的。決不是偶然的。偶然發生的事情。不必一定合於論理。小說因爲要合於論理。所以只寫描寫論理的人生。不描寫偶然的人生。

譬如說。「一天。一個遊戲場的屋頂花園上面。忽然跌下一個人來。」這等偶然的事情。在事實上。不可說必無。然在論理上。卻決說不過去。因遊戲場的屋頂花園。對於防止危險的設備。一定很是周密。除了偶然的原因外。斷沒有跌下人來的道理。

所以史蒂芬孫說。「我只能造出一個人物。卻不能造出這個人物的事蹟。我不過做他的書記生。聽他的分付。把他的行事。一一記錄出來罷了。」

把演算來做個譬喻。算術的問題。是可以由我們假設的。但這問題一經決定。求得答案的方式。卻有個一定的法則。決不許由我胡亂做着。小說也是如此。作者雖然造出一個人物來。這個人物的事蹟如何。結果如何。便有了一個自然的法則在內。不由作者不照此自然法則做去。這自然法則是甚麼。便是論理。

小說的組成。有三個要素。一是人物。二是事蹟。三是背景。因這三個要素。有一個論理的關係。[illegible]

讀《紅樓夢》後的一點感想

聞天 撰

載於《民國日報》一九二一年七月十二日。作者聞天，即星社小説家吴聞天，曾編過《吴報》，與趙眠雲、鄭逸梅合辦過《星報》（後改爲雜志《星光》），著有《無獨有偶》、《文壇清話》等。本文從『文學爲人生』的角度來解釋《紅樓夢》，認爲這部小説就是『人生底罪狀底宣布者，而同時又帶有指導的意義在内』。作者特别對小説寫林黛玉之天真和薛寶釵之虚僞感觸猶深。他認爲寶釵是深嘗過艱難困苦的人，爲了適應社會，就不能不喪失天真，喪失真我，認爲她的虚僞是拿『赤子之心去换得來的』。由此，他認爲人生的價值就在於堅守『人的中心』（Personal Centre），即是『赤子之心』。

人生是什麽？人生的意義到底是什麽？人生的繁忙究竟爲的是些什麽？這些問題是在詩人和文藝家、思想家的心胸中間牢牢的盤據着，一刻不能忘記的。他們藉着生命的冲動，努力地想對於這些問題謀根本的解決，想解釋人生，找出人生的意義。他們底努力不是空費的，他們有時借着一閃的靈光，成長期的體驗闢出一條道路來，引導我們向了理想方面進發；有時對於現實的人生之透視，看出人生底虚僞，人生底矛盾，更借着他們藝術的手腕，把這些虚僞和矛盾赤裸裸地揭示出來。

《紅樓夢》底著者，他是人生底罪狀底宣布者，而同時又帶有指導的意義在内，這一部書可以説是他對於人生的經驗，對於人生的觀察，和他所味到的人生的意義底記述和描寫。

其中精彩的地方，真是『美不勝收』，但是最引起我的注意、懷疑和悲哀底所在，就是林黛玉之天真和薛寶釵之虚僞！現在我就在這一點上寫出一點來。

黛玉常不自意的裝出常人之所謂小狡猾，而因此愈足以見其天真。伊底愛戀是從伊底心坎中流露出來的。伊拿出全人格交給伊所愛戀的人，而同時接受伊所愛戀的人的全人格。伊是爲了自己底人格，更爲了寶玉底人格而愛了寶玉，這種愛就是伊底生命，失了這種愛就失了伊底生命。

諸君！彼有心拆散這種神聖的愛戀的人，也能稱爲有同情心的動物嗎？人生冷酷，人生底無味，我們也曾感到嗎？唉！

反之，寶釵常常故意裝出寬大和善的樣子，而因此愈足以看出伊底虚僞和惡毒。伊所要得到的人（不能稱爲愛戀的人）是由伊底虛榮心、名利心所虛構成的。并且就是伊自己底真心也被這一層帳幃深深地遮蔽住了。伊受了伊底假自我的支配，失了伊底真情，失了人性。就是偶然有些流露，伊就拼命地壓制下去，伊終究變了機械人了！

但是論人就不能不一論其環境。我們知道寶釵是深嘗過艱難困苦的人，伊對於世故人情比起黛玉來要瞭解得多。伊因爲要適應這種機械的、無情的社會起見，就不能不喪失了伊底天真，喪失了伊自己底一個真我。伊底虛僞是伊拿了伊的赤子之心去换得來的。諸君！這代價大不大呢？

這又什麽辦呢？一個人年歲愈大，與社會接觸愈多，知識也愈增，對於人生底罪惡愈了解一層，煩惱、苦悶也更其加多。『赤子的眼光』（Childish View）不能不改爲『灰色的眼光』（Grey View）了。但是，難道這是不能免的嗎？難道這是無可逃避的嗎？

我不相信！我相信：我底知識經驗是爲了人生，爲了人生，知識和經驗纔有價值；煩惱、痛苦也是爲了人生，爲了人生煩惱和痛苦才有價值，因爲都是爲了人生，所以一個人如其没有喪失他『人的中心』（Personal Centre），無論什麽知識，什麽經驗，什麽煩惱和苦悶，對赤子之眼光，不但可以絲毫無損，并且還要增强我底奮力。

但是諸君請特別注意我底『人的中心』四字，這『人的中心』就是我底真生命，就是我底標準，也就是我底宗教，我底愛！

這『赤子之心』就是我底真生命，就是我底標準，也就是我底宗教，我底愛！

臨了，讓我再説幾句話罷！　我們情願爲了赤子之心受人家底欺騙，我們情願爲了赤子之心受人家底譏誚，最後的勝利屬於哪一類人，我們今日不得而知，但是我們終算對得住自己的良心，對得住全人類了！

這篇東西本早想做，而又拖下來不去做，前日接宗白華兄自德國寄來一信，頓時觸動我底心，我就不能不做了。　他信上的話節録如下：

『……你説我是一個很快樂的人，我完全承認。　你説一個人要經過一度深刻的悲哀，再在悲哀中找出一綫光明來，這話就是見道之語。　……不過你要知道受一次的悲哀痛苦，一方面固可以得到進步，他方面也可以墮落，因爲對於世界人生的苦悶罪惡，深知了一層，就會把天真赤子之心失去了一層。　能同時深知世界之罪惡痛苦，又不失其天真赤子之心，這就是聖人、佛了。　我常時表現快樂，以任天真，也是爲着勉强保存這點赤子之心於萬一耳……』

白華還説他自己也是經過極大的痛苦的，但是他現在的心襟完全開放了。　我現在拿這篇東西質之白華兄，不識以爲然否？

尚有其他關於《紅樓夢》的討論，待後日再談罷。　聽説雁冰兄也有意見，不知何日發表？　七月十日晚。

覺悟

民國日報

中華民國十年七月十二日

第四張

經理薛仙舟　副經理朱承洵　陸思安

評論

讀「紅樓夢」後的一點感想　閑天

人生是什麼？人生的意義到底是什麼？人生的繁忙究竟爲的是些什麼？　這些問題是在詩人和文藝家，思想家的心胸中間，牢牢的盤據着，一刻不能忘記的。　他們藉着生命的衝動，努力地想對於這些問題謀根本的解決，想解釋人生，找出人生底意義。　他們底努力不是枉費的。他們有時借着一閃的靈光，或長期的體驗與出一條道路來，引導我們向了理想方面進發；有時對於現實的人生之透視，看出人生底虛僞，人生底矛盾，更借着他們藝術的手腕，把這些虛僞和矛盾赤裸裸地揭示出來。

『紅樓夢』底著者，他是人生底罪狀底宣佈者而同時又帶有指導的意義在內。這一部書可以說是他對於人生的經驗，對於人生的觀察，和他所默到的人生的意義底記述和描寫。

其中精彩的地方，實是「美不勝收」，但是最引起我的注意，懷疑，和悲哀底所在，就是林黛玉之天眞和薛寶釵之虛僞！　現在我就在這一點上寫出一點來。

黛玉常不自意的露出常人之所謂小孩脾，而與此愈是以見其天眞。　伊底愛戀是從伊底心坎中湧發出來的，伊拿出全人格要給伊所愛戀的人和同時接受伊所愛戀的人的全人格，伊是爲了自己底人格，更爲了寶玉底人格而愛了寶玉，這種愛戀差伊底生命；失了這種愛就失了伊底生命。

諸君！彼有心拆散這兩神聖的愛戀的人，也能稱爲有同情心的動物嗎？　人生底冷酷，人生底無味，我們也會感到嗎？　唉！

反之，寶釵常常故意裝出寬大和善的樣子，而因此愈足以看出伊底虛僞和惡毒。　伊所要得到的人（不能稱爲愛戀的人）是由伊底虛榮心、名利心所驅使成的。　并且就是伊自己底真心也被這一層帷幔深深地遮蔽住了。　伊受了伊底假自我的支配，失了伊底眞情，失了人性。　就是偶然有些洩露，伊就拼命地壓制下去，伊終究變了機械人了！

但是論人就不能不一論其環境。　我們知道寶釵是深嘗過艱難困苦的人，伊對於世故人情比起黛玉來要了解得多，伊因爲要適應這種機械的，無情的社會起見，就不能不喪失了伊底天眞，喪失了伊自己底一個眞我。　伊底虛僞是伊拿了伊底赤子之心去換得來的。　諸君！　這代價大不大呢？

這又什麼辦呢？　一個人年歲愈大與社會接觸愈多知識也愈增，對於人生底罪惡了解一層，煩惱，苦悶也更其加多，「赤子的眼光」(Child [illegible])不能不改爲「灰色的眼光」(Gray View)了。但是，難道這是不能免的嗎？難道這是無可逃避的嗎？

我不相信！　我相信：我底知識經驗是爲了人生，爲了人生，知識和經驗才有價值；煩惱，痛苦也是爲了人生，爲了人生煩惱和痛苦才有價值。　因爲都是爲了人生，所以一個人如其沒有喪失他「人的中心」(Personal centre)，無論什麼知識，什麼經驗，什麼煩惱和苦悶，對赤子之眼光[illegible]

小說詩話

佚名　撰

載《申報·自由談·小說特刊》一九二一年七月三十一日。作者不詳。本文談了中國小說中的『幾至無一不夾以詩』的情況，并指出了某些特點。所舉例證除《水滸傳》、《三國演義》、《列國志》、《紅樓夢》、《花月痕》等古代小說之外，也談到了《廣陵潮》、《衆醉獨醒》等。

小說有詩，妙在不露牽插爲上，如《廣陵潮》雲麟見伍晋芳晤談詩，無意中誦出懷紅珠之詩，令人拍案叫絶。

《花月痕》叙詩最多，綜計五十二回，叙詩二百〇六首，各體咸備，不可謂不夥矣。

小説叙詩最忌刻板，如『某人忽然信口吟絶道……』似此叙去，縱有佳作，亦所不取。

舊説部每以詩作起作結，如《水滸》以詩起，以詩結；《列國》亦然；《紅樓》則以詩結；《三國》亦以詩結，聖歎先生謂一部大道理，盡在其中矣。《紅樓夢》每叙一詩，多合各人一生行徑，口吻畢肖，誠不可多得。

中國説部幾至無一不夾以詩，惟恐人不稱其爲文學家也。

程君瞻廬作社會小説《衆醉獨醒》，叙詩社各友窮形盡相，溢於筆端，所吟之詩，令人噴飯，是亦別開生面之作也。

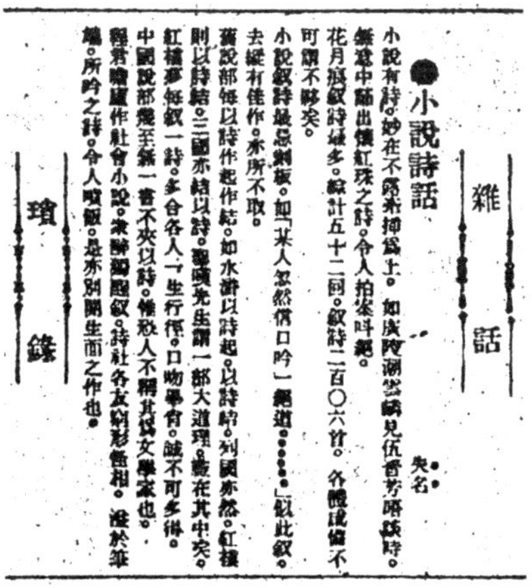
雜話

●小說詩話　失名

小說有詩。妙在不露未押韻上。如廣陵潮雲麟見伍香芳膈談詩。無意中露出懷紅珠之詩。令人拍案叫絕。

花月痕敘詩最多。綜計五十二回。敘詩二百〇六首。各體咸備不可謂不夥矣。

小說敘詩最忌刻板。如「某人忽然信口吟一絕道……」似此敘去縱有佳作。亦所不取。

舊說部每以詩作起作結。如水滸以詩起。以詩結。列國亦然。紅樓則以詩結。三國亦結以詩。聖嘆先生謂一部大道理。盡在其中矣。紅樓夢每敘一詩。多合各人之生行徑。口吻畢肖。誠不可多得。

中國說部幾至無一書不夾以詩。惟恐人不稱其爲文學家也。

程君瞻廬作社會小說。衆醉獨醒敘。詩社各友窮形儘相。溢於筆端。所吟之詩。令人噴飯。是亦別開生面之作也。

瑣錄

稗官瑣談

民哀　撰

載於《小說新報》一九二一年十月第七卷第十期。作者姚民哀，見一九一九年《息盧小說談》提要。本文崇《左傳》如『冶女妙倡』，功在『微筆述事』；贊《兩般秋雨盦隨筆》能『無中生有』，而勝於《新齊諧》；斥近世小說寫美人，多堆砌『長眉素靨、寶彩珠光』等套語，均見其有一定的藝術見地。評述當時市場充斥黑幕小說，致使『社會焉得不齷齪』，而其原由歸咎於『政治之罪惡』，也能一針見血。在總結自己創作小說的甘苦時，說到要『善用一語』與排除『意念雜興』，亦足資參考。

累數千言之小説，其實不過一語。善用此一語者，能觸筆生姿，極峰巒掩映、花鳥酬唱之致；不善用此一語者，則捨此一語之外，皆平疲庸劣，强填硬凑，結果并此一語之神亦失矣。故爲文章者，不畏無妙題，而畏無妙筆。妙題入蠢才之手，徒令天地間多一餘憾耳。作小説亦何獨不然？

彈詞小説，較其他體撰之小説，尤爲難作。其説辭比事，在雅俗之間。譬之打拳，須有軟硬功夫，乃得盡其神妙。但打拳之軟硬勁易得，行文之軟硬勁，非人盡可能。進言之，彈詞之詞句，第一要近情，第二在諧韻。而其神氣，則以『輕、清、流、利』四字爲歸。若重濁累墜，雖有絶大學問，不合爲彈詞，即爲之，亦無足取也。

《左傳・聲伯之母》一篇，其事實之齷齪，何異於時下小説。但盲史自有一枝妙筆，寫出一篇曲折多致之文章來。人謂《左傳》如治女妙倡，於此益信。又《崔杼弑君》一篇，將齊莊寫得何等荒唐，却又絶無半點刻薄。讀之自覺淋漓痛快，皆以微筆述兹事。《左傳》真無奇不有也。

近見學校中學生，頗多以小説投寄各報或雜志。余竊大不謂然，微論荒及校課，即不荒課，可知多作小説之後，其性質必漸變。此一變也，受益者鮮聞，受害者比比見矣。貽誤一身，猶微殃；及家國，罪莫大焉。故學生不宜做小説，更不宜讀小説。

譜傳奇固屬難事，而爲傳奇之科白，尤難於堆砌曲文。曲文有躲閃餘地，科白不容躲閃者，雖只寥寥數語，須要名雋簡潔，此已是大難。而生旦丑末，又各具神情口吻，非可糊塗亂抹，所以難之又難。焉世之爲傳奇者，但知失拍脱板，將唱不上口，殊不知曲文尚可改，科白則絲毫不能勉强。故詞曲門外之文士，令譜傳奇小説，所成之曲文能唱，所位置之科白，必不能上口，一定之理也。苟夻元人雜曲套子，勉强上口，亦必冤枉煞古人絶妙之基礎也。蓋傳奇爲有韻之小説，故較無韻小説爲難。皮相者言曰：『但得一奇妙之事，能分場不差，曲調不差，雖不出色，亦足自立。無韻小説，反須處處着力，工拙之判，立時可分。有韻小説，可以憑藉，何難之足云。』噫！爲此言者，决不會做傳奇小説，蓋未識個中甘苦耳。

上海之書業，陳少數舊式之肆，及寥寥數家之教科書出版部外，其餘皆以小説爲君，故可改稱爲小説店。而此小説店中，除少數之譯本小説外，其餘皆屬黑幕派小説，是則又可改稱爲黑幕店。嗚呼！衣食於黑幕者，既如此之多，社會焉得不齷齪。孰使之爲此哉，是亦政治之罪惡也。

《花國春秋》一書，亦可以別裁小説目之。不過此體每依據典實以成文，設局至是，與《燕山外史》同，如遭遇時會，隨手拈得一聯或兩聯，較有真趣，但又暗指時事則可，全拋典實則不可。是固非博物君子不能也。晚近白話大盛，此格竟無人能之矣。

《兩般秋雨盦隨筆》中，頗多佳構，如《圈兒詞》無中生有，的是才人吐囑。以視隨園之《新齊諧》等册，專尚鈔胥之功者，殊覺彼善於此也。

我每作一小説，初必自勖不落凡筆，一以文格爲範。及既下筆，則輒意不與文相應。於是兩者交戰於中，必棄其一，遂致全篇無當意者。自知此咎不在行文之無格，而在一入中途，意念雜興，迴非初動筆時所設。苟進一步，於其初也，一再思之，以絶雜興之意念，則庶幾乎。

讀唐人某小說，言玄宗之死，爲李輔國所刺，且肅宗亦有高洋之嫌。事雖不經，亦足譬爲人子之逼人咄咄者矣。

楊玉環之死，有謂服金屑而非縊帛者，究不知孰爲可據。孟子曰：『盡信書，則不如無書。』即此故耳。

偶與小鳳談及教忠小說，無過《岳傳》，其文字亦不惡。小鳳謂：『十年前在粤主《大風報》，客中無事，曾將此書加評，畢十餘回而輟。此稿在光復時，散失於淮上，不可復得矣。』惜哉。

近世小說，寫美人時，僅解堆砌『長眉素靨、寶彩珠光』幾字而已，在作者已自視爲美人，其實華妝嫫母，其醜如鬼，以視翩若驚鴻，宛若游龍，極仙蹤一瞥即逝之妙，相去何如？讀者冥目神游，想像諸恍惚間，自得乘霧弄珠之態，庶免不似美人之譏。

稗官瑣譚

（民 哀）

近人有擬詩詞曲中一語為小說題目如其先有小說後有題目也則吾可以無譏若先有題目後有小說則殊非吾敢贊同唐六如臨去秋波等制藝以妙才作妙題似宜有妙文已然猶未能出色而況今人即使作者自負能與六如比肩總覺其大胆出此

鄭板橋之孤兒行可謂刻骨入膚之作矣然令鄭作一小說未必能及也何則小說總不能以二三百字完篇篇幅一長則如沈李於巨甕釀而嚼其水味不相若也人謂小說家與酒人同皆具別腸余謂即無別腸其甘苦要亦與文不同也

每逢令節文人通例競為應時文字尤以小說為夥其實此種小說佳者絕鮮與戲園中端陽日之白蛇傳中秋日之嫦娥奔月價值在伯仲之間雖為梅蘭芳演唱亦味同嚼蠟

隋煬艷史取材於開河記南部烟花錄等篇頗少杜撰其所揮毫江南等曲確為煬帝所作此說部中較真確而不失風韵者

三家宮詞為詩場妙構若能演為小說亦前無古人之作惜無此綺麗之才人能肩斯任勉強為之徒得罪古人孽莫大焉

西遊記非導人迷信之書也亦非盡言佛學之書也但觀其抱定惟心惟一之義則已無違於允執厥中之說矣不過陳義過高為士夫所難解指事淺顯為俚俗所樂聞因此齊天大聖一

談薈

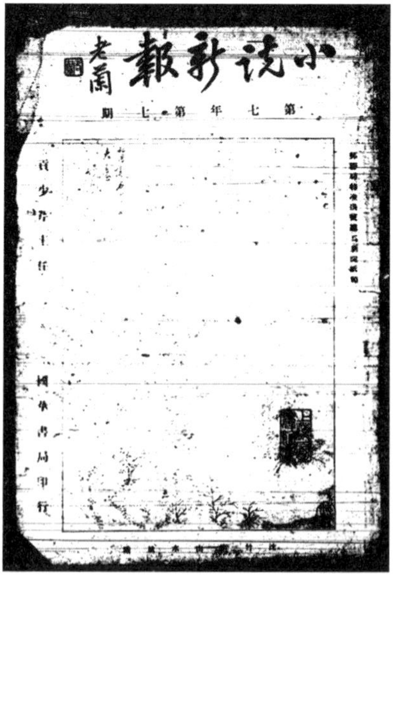

小說的作法

六逸　撰

載於《文學旬刊》一九二一年十月十一至二十一日第十六、十七期。作者六逸，即謝六逸（一八九八—一九四五），貴州貴陽人。一九一八年赴日本早稻田大學學習，一九二一年參加文學研究會，一九二二年回國入商務印書館編輯所，後歷任暨南、復旦、大夏等大學教授。一九三〇年曾任復旦大學中文系主任，又創設後來聞名於海内的新聞系，任主任。有散文、譯文、學術著作等多種。本文談「小說的作法」是從兩個方面來談的，一是指未下筆以前的精密思考與種種預備知識，即『思想上的方法』；另一是下筆表現時的方法，即『表現上的方法』。就『思想上的方法』而言，他强調了作家對於創作要有感情，有新的人生觀、新的理想和觀察生活的經驗，以及有一種客觀描寫的態度。在談及『表現上的方法』時，他區別了短篇小説與長篇小説的不同，討論了描寫自然、人物、對話等方法。在談描寫人物時，他分析了『描寫性格』、『描寫外面』與『描寫心理』的不同。全文頗有條理，觀點也較新尚。

一　思想上的方法

做小説有兩個步驟：一，構思。二、表現。换句話説，就是内容和外形的構成。著者未下筆以前，當然有一番精密思考和種種預備知識，然後用最適宜的藝術表現出來。這兩種步驟，無論做那一派的小説，都不能離掉的。但是這二者仿佛看去是兩種東西，其實互相維繫，不易劃分界綫。現在以叙述上的便宜，暫分做兩層説：一，思想上的方法。二，表現上的方法。

作者的心理

做小説的動機，本係起於感情冲動（Emotional Impulse）所以有些文學家下小説的定義説：『小説者，以感情始，以感情終。』意思就是説小説起於自己的感情，結果要能衝動他人的感情。我們觀察事物的時候，衝動了我們的感情，便將他描寫出來，要能使閱者的感情和自己的感情融和，纔算上品。在昔浪漫派作家的心理，多以娛樂爲主，只要興到（Aspiration），提筆便寫，故不憚鋪張揚厲，神秘妄誕。這便是『小說係文人娛樂品』的謬誤思想的淵源。後來漸漸進化到自然派，做小說的心理纔一變爲感情中心，不全憑主觀；且加入客觀。例如讀挽近俄國小說家的著作，便可看出他們對於俄國社會的感情是怎樣？閱者看了他們著作之後，感情又是怎樣？不至使閱者讀後和著作漠不相關。小說家作小說的這種心理，其力量很不小咧！

作者的人生觀

小說一方面是描寫人生諸相，一方面却是自己表現；所以小說又是自己表現本能的產物。作者對於人生問題、社會問題、宗教問題等都要有正確的瞭解；同時盡力發揮作者的個性。黑德森說得好：『一部傑著，是作者心和腦的產生，作者身入每頁之中；具有作者的生命；是個性的冲動。』（Hudon，*Introductionto Literature* P. 1）故作者各有各的個性，各具各的人生觀；因而莫泊三有莫泊三的作風，左拉有左拉的作。浪漫派作者的人生觀，决不是自然派作者的人生觀。讀杜介涅夫的小說，可以看出他的溫和性格，人道主義的思想。讀托爾斯泰的著作，可以看出他對於宗教的觀念。讀莫泊三的小說，可以看出他憎惡現社會的黑暗惡濁。此外都各有作風，各有情調。决不似吾國前幾年坊間的小說，千人一面，毫無人生觀念。小說家能够發揮個性，能够確立人生觀，那麽所做出的小說，必有絶大的影響。但是最忌的，不可將自己的人生觀當作一種模型。換言之，不可使人生觀和材料固定。固定了便是死物。不可不流動發展，更新向上。例如浪漫派對於古典派，自然派對於浪漫派，表象派對於自然派，全不外一種破壞舊人生觀的運動，小說家務必要向着真的新的人生觀走去。須知新文學便是新人生觀的發現。要這樣纔能免去虚僞和仿擬的弊病。

思想與經驗

要有最好的思想，然後纔有最好的著作。這種思想，并不是幻想；他的背面，常横着世界觀和人生觀。作者的思想是懷疑嗎？個性中心嗎？破壞偶像嗎？總不可缺。譬如法國自然派小説家弗勞貝的思想，便是壓棄現實生活的（就是那個時代的生活），他用他的理智，分析解剖一世事實，尋出人類社會的虚僞，所以他自稱爲旁觀者（Onlooker），他做完了《波勿萊夫人》（*Madame Bovary*）小説之後，嘗給友人一書，中有幾句説：『我做這本小説，全起自憎惡之念，其中所描寫的丑惡事實，可以惹起你的厭惡，同樣我也止不住要嘔吐了，你果知我，你必明白我憎惡現代生活。我對於這種生活，竭力的避開。』由此，我們便可看出弗氏的思想了。最近歐洲的思想一變，求新努力和新理想的傾向極盛，又把從前懷疑和憎惡的思想更换，傾向建設方面，這種思想，我們讀近代俄國名家小説，便可得見了。

經驗是由什麽地方來的呢？除讀書而外，是由我們敏鋭的五官，去觀察得來的結果。作者要將主觀當作鏡子，去映照事物； 觀察要細密，却不可預有成見。 小説家若不能觀察，便不能得到事物的精萃，莫泊三説：『無論什麽事物，其中總隱藏少許東西（Something）。 不過心目中早把先入爲主的思想當作方式慣了，所以那點東西（Something）便看不出。 小説家對於細微的事物，不可不致細看出。』這話的義意，便是探求人生社會的真相，要用科學家的態度，去考究材料的善惡美醜。 若果不對於人類社會有真正的觀察，則自無經驗可言，便不能作小説，因爲做小説不比做詩，做詩可以興到而成，任意寄托。 小説的性質複雜和詩的性質大異，所以作小説離了觀察是不行的。 再重言觀察的義意，便是要瞭解人情世故，能瞭解才能表現得出，所以哲學家尼采説：『明白和瞭解，是表現和批評的根本要件。』

客觀的態度

客觀的態度是作小説唯一的要件。 詩歌詞賦，可以發揮自己的喜怒哀樂，所以是純主觀的，做小説是先觀察後描寫，所以是客觀的。 純寫實派的小説家，這種色彩最富。 勸善懲惡的小説，不能算第一流； 便是因爲過重主觀。 如法國的小仲馬（Dumas Fils）、聖特（G. Sand）等人的小説，便犯了偏重主觀的弊病。 後來自然派小説家又發見全憑客觀，不算完美。 他們説偏重客觀好像攝影器，結局恐怕作者的個性和人生觀抹殺，仍然要弄到千人一面。 所以他們不偏重主觀，也不過重客觀，二者都有適當的調合，因爲有客觀的態度，便可得到人生的真相，有主觀的態度，更可表現自己的本能，做小説的時候纔能將自己的思想、概念、材料等等，推移發展。不至落於窠臼，不至乾燥無味，這是何等手段！所以作小説的時候，若果已經有了最好的思想和經驗，必再加入作者的人生觀和個性，方能出色。

二　表現上的方法

短篇與長篇

小説表現的形式，決不出此二種。黑德森下短篇小説的定義説：『短篇小説，是要在半點鐘或一二點鐘能讀完的。』這是由數量上去區别的。再由二者的性質上看，可以説長篇小説是描寫人間生活的縱面，富於時間連續的性質。短篇小説則寫人生的横斷面，屬於空間的，富於暗示的性質。作短篇看去很容易，要作得精妙却甚難，因爲要在寥寥短文這中，將作者的思想、主意、觀察等描寫得好而且有趣味，用筆自比長篇爲難。長篇因爲時間上及篇幅上的關係，很有伸縮餘裕，自較短篇容易。就德國文學説，則無短篇長篇之分。寫人生社會等狀況成了系統的，謂之曰復篇：寫人生斷片及一時心理的，謂之單篇。更就這二者的價值説，也不能遽下評斷。近代的小説家，有以長篇見長的，也有以短篇見長的，如莫泊三便是以短篇有名，龔古爾兄弟則以長篇出色。就二者的需要上說，因爲近代物質生活進步，各階級的人，餘暇較少，對於文藝，自以能在簡短時間享樂滿足的爲上，因此短篇較長篇流行。所以近代文學中，短篇小說和簡單劇，佔最要的位置。

描寫自然

描寫自然是寫環境之一法，在表現方法上很重要。這種方法普通稱爲寫景，其實就是描寫自然(nature)和心理有機的關係。譬如寫愛情的，多借『春宵』、『花月』的景色做背景；寫悲哀的，多借『暮秋』、『殘紅』的景色做背景。一篇小說中，有寫一時的自然的，有寫一季的自然的。這種叙景自有他的巨大作用，切忌弄成常套。我從前見有些做四六調小說的，他們的叙景法仿佛是數學裏的公式，例如什麽『……芳草斜陽……紅樓一角……中有女郎，岑其姓，翠鴛其名……』等話頭，隨時隨地，反復活用。像這種叙景法，只不過當作一篇的冒頭，在文學上是毫無價值的。近代文壇中善於寫景的，首推俄國諸家。他們的描寫方法，都由他們的自然觀而來。例如杜瑾拿夫的自然觀則偏於瞑想的哲學的。他做小說的叙景法多寫森林的陰鬱、海洋的浩淼，借描人間的運命。哥爾基的自然觀，則爲感情的活動的。將自己的感情，奇寓在活動的自然之中；所以他的叙景法多寫碧色之波、寄峰之雲、潺潺清流、渺渺蒼煙等，今由他的名著 *Chekasb* 中摘譯一段叙景文如下：

他們倆的頭上，灰色的天空，蔽上雪樣的毛氈，碧海正在舞弄那小艇。微風送浪，船音往來，那發光的咸水，也像正戲弄小舟似的。船首可以望見不斷的黄砂海濱，船尾則汪洋無垠。遠望白浪；戴上白沫之冠，左右湍飛，似乎把海也要擾亂了。那邊更有許多的船，在海的胸腹上面。隨左手遥望，帆挂如林，白色之屋林立。一種鬧擾的聲音，遠遠傳來，與波音相合，不異奏妙曲一絶。……

哥氏的這種叙景法，活潑潑地。惜著者不文，未能把他的原文描出，此外如安得列夫又各有不同。約而言之，小說中必要描寫自然的原故，在使人與自然，篇中的人物和環境，成有機的結合，使表現法栩栩有生氣；并不是多寫閒話來填充篇幅咧！

描寫人物

人物和事件，爲構成一篇小說所不可少的。有時由人物中生出事件，有時又由事件中生出人物。就中以描寫人物爲全篇之骨的尤多。描寫人物是一件難事，好小說便是善於描寫人物。小說的組成，有男女，有老幼，各有各的境遇性質，容貌思想。有一百個人，自然描出一百個狀態，例如《水滸》中的人物，言語性質，决非同一，《紅樓夢》中的男女，各有特徵，都能將篇中人物的聲音像貌，動作姿勢，心理性質，活畫紙上。非如『……芙蓉其面……揚柳其腰……』等等套話可比，假若不能描寫人物，那麽小說大可不必做了。

描寫人物有三種方法。一是描寫性格，弗勞貝教莫泊三作小說的時候說得好：『世間没有同樣的二粒砂，二頭蠅，二只手，二個鼻。』又說：『描寫一個燃火或一根樹木的時候，我們總得將火同木的面面點檢一過；要看出這個火和别個火的差異，這根樹和那根的不同。』弗氏此語的本旨，就是説人各有性，作小説切忌雷同。一篇小説裏人物的性格絶不一律，所以描寫各異。二是描寫外面，一個人的語言動作，服裝像貌，都足以表示其的内部。描寫外面的重要點，在能暗示其人的内面，内面便是心理情緒、性格潛在的狀態。有一部分寫實派小説家，他們的描寫外部方法，多注力在像貌服裝的叙述。介紹書中人的時候，有寫到一二頁的，這種方法雖然可以充分達到表情作用，但是也就不勝其煩了。所以我們描寫的時候，務必要用最經濟的手段，寫來恰到好處。能如此便可以借外面的描寫，表現其人的内面。其他描寫事務、境遇、附級等，也足以增長篇中人物的勢力，小説家不可忘記這點。三是描寫内面，描寫内面便是描寫心理。近代文學家描寫心理的傾向極盛。例如寫戀愛嫉妬、快樂憂鬱等等。那種描寫的方法，全在自己的省察和反省，未作小説之先，自然平日先有省察，省察所得的材料，到用時必定要在作者心中反省一過，加上解析的功夫，看看這種心理狀態是否正確，是否有價值，與環境適宜否，再用最好的言辭描寫出去，方能出色。試讀俄國陶司托夫司其的《罪與罰》，便可見他寫那斯哥尼可夫的貪鄙卑吝，更讀安得列夫的《紅笑》，哥哥爾的《狂人日記》，便可以看出《紅笑》中的狂人和《狂人日記》的狂人的心理狀態。至於用筆之細致，尤非我們可以想像的咧！

對話

對話是描寫人物所不可缺的。雖然用叙述筆法也可以描寫，但有對話則可由複雜變簡單，板滯變活潑；還可以表現人物的年齡、性格、學識出來，是最緊要的。并且在叙述要費去兩行文字，在對話則一二句便可傳神，印象閱者最深。就我國普通話説，男女説話的腔調没有大差别。不善於作對話的，作出來每每男女無異。在日本語男女的腔調不同，所以日本小説家作小説的時候，對於對話特别注意，日本小説之可觀，此亦一因。

作對話不可忽的，要能與描寫的人的心理性格密切關係，如此則可使閱者睹篇中對話，便知其人。譬如《水滸傳》中人物的説話，皆隨其人之性格各異，李逵所説的話，决不是武松所説的話。此外二人對話的時候，猶有一種不可形容的神情傳出，且舉一例：

『你好意思的？』

『我怎麽不好意思的！』

『我一會也捨不得你……』

如這一類的對話，比舊小說中的尤爲傳神，就是可以不必每句都冠以『某某說』、『某某道』等字，閱者早知是他二人在說。西式小說中，這種例數不勝數，都有一種巨大的暗示力。（此處所謂對話，即通稱會話。）

人稱

小說中如『他說』、『他們說』、『宋江說道』等形式謂之第三人稱，如瑪麗自述約翰憶語等類小說，謂之第一人稱，就是自稱。還有第二人稱，便如寫信一般，向着一個對手似的人或物說話。近代小說這種作法，已不多見。惟有第一人稱及第三人稱最流行，吾國舊有小說，則完全係第三人稱了。

一篇小說經過了上述的兩種方法，然後通篇的結構始能精密，纔是人生的文學。就時代的需要說，那些用四六體賦興體來做小說的，已經一錢不值。最需要的是有人生觀社會觀的小說。不惟思想要好，而且表現方法要精。我相信做小說不是一種專門技藝，不比工程師要受過機械的訓練，所以我寫了這一篇。

謝六逸

文學旬刊

時事新報

第十六號

民國十年十月十一日

陰歷九月十一日

小說作法

六逸

我之小説觀

涵 秋 撰

連載於《時報》一九二一年十一月四日至一九二二年二十二日。涵秋，即李涵秋（一八七三——一九二三），名應璋（亦作應漳），筆名涵秋，室名韻花館、沁香閣。江蘇江都（今揚州）人。二十歲中秀才。以著《廣陵潮》名聞於世。一九二一年後編輯《小時報》、《小説時報》、《快活林》等雜志，一時被人稱之爲『小説王』。有《廣陵潮》、《好青年》、《近十年目睹之怪現狀》、《愛克司光録》等小説三十餘種。又擅書法、篆刻、繪畫。本文結合作者自己的讀書生涯與創作經驗，以『布局、立意、遣詞』三點爲中心，縱論小説的基本特點與創作奥秘，面對着激進、西化的觀點，能抱著實事求是的態度去分析中國傳統小説的成敗得失，對於『新』與

「舊」、「理想」與「寫實」、「文言」與「白話」等當時討論的熱點問題，都發表了頗爲中肯的看法。

一

作小説難乎？萬事萬物布滿宇宙，攝形入鏡俯拾即是，烏睹所謂難也？作小説不難乎？事如散沙，必待穿插；物無定影，重賴刻畫。欲作小説，必先布局，局既布矣，又須立意，意已立矣，更貴遣詞。如之何其不難也？涵秋學殖荒落，無所建樹，惟浸淫於此道者逾二十年，得失心知，甘苦誰諒？旅居無賴，借破岑寂，聊爲無統系之談話。明達之士或不譏誚，即有志於斯者，亦可藉此作他山之一助。若疑吾自命識途老馬，貢其所知以自炫焉，則吾寧韜於言。

（一九二一年十一月四日《時報》）

二

人之讀吾小説者，在吾既著小説之後，而不知吾之致力於小説者，實在未著小説以前。憶吾髫齡，弱不好弄，惟酷嗜坊間所印之唱本。七八歲讀《梁山伯》及《秦雪梅吊孝》，即津津若有餘味，嘗笑祝氏女郎太不自愛，似此獃奴，何至與之商訂婚姻且以身殉？更進一步則《天雨花》、《筆生花》諸書，漸能瀏覽，至今日猶有縈繞我腦筋之一事。先大母於燈下唱《安邦志》，我雖蒙被而卧，不時側其耳朵，從枕上静聽至筋節處，皇皇然惟恐其盡。先大母疑吾睡熟，偶一趨視，吾則哆口而笑。先大母呵曰：『小學生不用心讀書，乃學頑劣。書中情事，汝安得解？再不休息，鞭撻汝矣。』余聆是言，仍作嬌癡，且舉所聽者，具述以告先大母，似表示吾之敏慧。先大母亦笑，乃爲吾更唱一二節。是時我方寸小心坎中，遂儲滿趙少卿之豔福及馮仙珠以下諸美人之神韻。

（一九二一年十一月五日《時報》）

三

十一歲我讀小説之本領更進一步，《説唐》、《岳傳》、《封神榜》、《西遊記》公然能琅琅上口，其中尤足以自豪者，則爲《三國演義》。俗語常云『七字書當《三國》看』，我竟將《三國》當七字書看，其進步豈不神速？《三國》中尤愛讀孔明借風、吕布擲戟、趙子龍當陽救主、吴太君甘露相親。於玄德則暱之，於阿瞞則詛之，此亦可見普通孩童之心理。猶記在私塾中竊竊將此書藏於《大學》、《中庸》之下，睨師他顧，遂開卷瀏覽。一日讀七擒孟獲，祝融夫人乘馬出陣，聖歎先生於批評中忽雜以謔，語夫人坐下之物又毛又赤，不覺失聲大笑。師詰得其故，被其楚撻手心十下，并諄諄勉我以不可讀小説，小説最易壞人心術。余既痛且憤，今吾師墓木拱矣。余今日賣文爲活且僥倖食小説之報，又誰謂小説真不可讀哉？恨不起吾師於九泉而告之。

（一九二一年十一月六日《時報》）

四

今日學校之教授法，比較私塾爲優勝者，以其注重兒童之程度、年齡幾何，便當授以幾何之學業，不躐等，不貪多故也。然而吾當時讀小説之階級，却暗暗有合於是。《中庸》、《大學》吾能背爛矣，而卒不能詳其義；《水滸》、《紅樓夢》吾審其意矣，却又嫌其瑣屑，似不足以引人入勝。蓋《水滸》、《紅樓夢》者必一則熟於社會之狀態，一則諳於兒女之情味，吾是時混沌未鑿，天真爛熳，又輕易不出家門一步，宜其格格不能相入，此正無庸諱言者也。

（一九二一年十一月七日《時報》）

五

我因述及《紅樓夢》，我於是乃發表我一種理想。昔日常聞人言世界上有許多青年男女因讀《紅樓夢》以至思慕成疾，奄奄而死，遂歸咎《紅樓夢》造孽不淺。此種迂謬議論，我絶對不肯附和。何以故？所謂思慕者，在男子必係傾心黛玉，在女子必係傾心怡紅，姑無論《紅樓夢》原係空中樓閣，即使實有其事，實有其人，然而遥遥數百年，其人已死，其鬼不靈，必謂大好青年對於書中人作片面底相思，甘爲情死，天下絶無如是之猷鶴。我則以爲此等男女心中必另有所謂豔如黛玉，美若怡紅之情人，未能遂其所欲，於《紅樓夢》偶有觸，發疾與死，則誠不免。然而致疾與死之原因却斷斷與書中之黛玉、怡紅無涉。我非爲黛玉、怡紅作辯護士也，我方將冠時亦謬托情種，沈痼色香者，歷有年所，此種意境實從閲歷中得來，世有同調或不河漢斯言。

（一九二一年十一月八日《時報》）

六

前清時代未廢科舉，所謂八股文、六韻詩者在勢不得不經此一重階級。吾雖亦勉就羈勒，然而教者與受都者則趨向大異。師詔我讀古文，而吾則讀《聊齋》，師勦我讀唐詩，而吾則哦《西厢》，在諸同學中，吾可謂爲妖孽。是故一藝出，均含有風雲月露、脂香粉盝之氣息。愛之者矜吾以聰明，鄙之者譏吾爲輕薄。我則不恤人言，獨行其是。推而至於漢魏晋唐諸筆記，《虞初新志》、《閲微草堂》、《子不語》、《桃花扇》、《長生殿》、《琵琶記》、《還魂記》或借或貰，案頭羅列無慮數十百種，幾寢饋其間，非此不樂。及至與書中人周旋既久，遂亦醉心於佳人才子，欲於環境中得一人以折證之，十八歲乃有私眷媚香之一事。

（一九二一年十一月九日《時報》）

七

吾論小説乃忽述及媚香，豈非去題萬里。雖然媚香爲吾所著小説之第一人，亦即爲吾所著小説之第一篇，即所謂《雙花記》者是也。《雙花記》之成書在吾三十歲後，而其嚆矢乃在吾二十歲前，述之滋可笑也。緣吾識媚香之第二年，與彼絮絮私語，擬就吾兩人事迹戲編爲説部，媚香亦欣然允諾。顧其時吾之才力實不能勝任，十成三四遂置不復作，至今猶棄之箱篋中。顔曰《珠玉姻緣》，偶一檢閲輒泚然汗沸於面。蓋其筆法與《雙花記》大異，一則章回體，一則劄記體也。迨吾爲鄂寓公時，乃稍稍足成之，一刊於漢口某小報，再刊於滬上《大共和報》，三刊於《小説林》，成單行本。媚香逝矣，脂香粉迹猶流播人間，回首前塵，都如夢寐，每一展卷，輒用憮然。

（一九二一年十一月十一日《時報》）

八

《雙花記》一書若在今日，確可謂之爲寫實小説。以其通首叙事，絲毫不雜以理想。無奈當初我輩中某翁某生劄記之毒，不能列於新文學家之林，殊可感也。所幸文字尚少有根柢，與從小説中學作小説者，臭味不同，明眼人當必有能辨之者。蓋作小説最忌描頭畫角，羌無故實。徒摭拾風雲月露，紅香緑豔諸字，堆砌成篇，遂謂盡言情小説之能事。《花月痕》佳矣，吾嫌其詩詞太多，似先有詩而後蒐集以此成書者。惜王次回不能作小説，使其能作小説，則《疑雨集》一稿足佔全部十分之五六，此未足爲法也。

（一九二一年十一月十二日《時報》）

九

嗜讀小説與嗜讀他種有用書籍不同。先哲有言：非秦漢以上之書不讀，可知有大學問者，其於小説必在不議不論之列。我縱不肖，何敢自詡我所讀小説之多，而欲借是以驕一世。誠以性之所近，非關勉强，不讀小説迫其讀小説不可也，嗜讀小説迫其不讀小説亦不可也。是以所讀之小説既多，當其未著小説之先，覺胸中蓬蓬勃勃，有許多欲寫萬不能不寫之情事，有許多欲吐萬不能不吐之言語，思假此一支秃筆以發揮之。一書既成，始足以引人入勝（其中作用，後當續續詳言之）。天下事有所爲而爲，固不如無所爲而爲之爲愈也。

（一九二一年十一月十三日《時報》）

十

我能自誓，我初作小説時曾無求售之心。方《雙花記》之成也，藏之書叢中良久。良久不敢出以示人，時越半載，乃稍稍質之朋好。愛我者，寵我以口語，堅勸付之欹劂。武漢人士又嘩然不以爲鄙劣，屏鳳莊主時主某報，遂出重金購我第二種之説部，吾於是乃有《瑶琴夫人》之作。

（一九二一年十一月十四日《時報》）

十一

小説有兩種作法，有以文字典贍勝者，有以意思曲折勝者。由前言之，多屬於文言類；由後言之，多屬於白話類。登峰造極，兩者各有所長，勢不能爲分其軒輊。然而優於文字者，或薄白話之羌無故實；長於意思者，亦譏文言之描頭畫角，其實皆非也。偏重文字而無意思固近於事類賦，偏重意思而無文字亦何異録口供？此吾所謂布局、立意、遣詞三者，缺一不可矣。

（一九二一年十一月十五日《時報》）

十二

吾姑先談布局。八珍之席，錯雜則異其味；一枰之棋，顛倒則失其勢，此言局格之不可不慎也。大抵虛構者布局易，記實者布局難，短篇布局易，長篇布局難。《水滸》寫一百八人幾幾乎繪影繪聲矣，然其精湛，要亦不過數處，至其收束且不免失之草率。大名、東昌聲勢何等浩大，得之之易，幾同兒戲。惟盧俊義一夢，適爲《蕩寇志》起首銜結之佳構。文章本天成，妙手偶得之，吾不能不佩俞仲華矣。

（一九二一年十一月十六日《時報》）

十三

一章有一章之局，一部有一部之局。大抵脈絡宜貫通，首尾宜照應。行文既熟①則不必出以有意，自然能頭頭是道。我輩有一通病，方其初撰述時，非不一鼓作氣，乃未幾再衰三竭，入後遂成强弩之末，勢不能穿魯縞矣。此固由才力不足，亦不講布局之咎也。尤可笑者，一書既成，篇首寫一首詩，篇末又寫一首詩，遂囂囂然自命曰：『以詩起，以詩結。』前半述一場夢，後半又述一場夢，又囂囂然自命曰：『以夢起，以夢結。』人亦從而和之曰：『是詩也，是夢也，乃全書之關鍵也。』此何異矮人觀場，祇望見其形式，而未窺其精奥耶？此等結構，古代小說多有之，今之著作家已能力矯此弊矣。

（一九二一年十一月十八日《時報》）

① 此處原是『然』字，《時報》民國十一年一月十九日《我之小說觀》（十四）後有更正說明。

十四

人之譽我説部者，譽我能作長篇，而長篇之長無論長至何度，首尾均能銜接，而又能放處則放得極長，收處又收得極緊，幾疑我一題到手若大匠。然造七層樓臺必先固其基礎，復從而預測其巔頂，必使不差累黍，然後斤者斤，鋸者鋸，雕者雕，堊者堊，堂哉！皇哉！蔚爲大觀矣。其實余性曠逸而又脱略，小説游戲而已，必如許慘淡經營焉，毋乃大苦。且余一日之間或撰述三四種，使果如是，則必有毁瓦畫墁之誚。然則吾果操何術以從事乎？『鴛鴦繡出從君看，不把金針度與人』，吾姑與諸君委蛇焉，吾心乃滋樂，今則且未暇述矣。

更正　昨日第二行『行文既然』，『然』字係『熟』字之誤。

（一九二一年十一月十九日《時報》）

十五

前言特與諸君戲耳。稗官小説有何奇技異能，而乃秘不宣示。敬爲諸君正告曰：他人之作長篇小説也，或由始而貫之於終。鄙人之作長篇小説也，乃由後而溯其既往，何以故？由始而貫之於終者，手寫一事必預後文地步，稍一不慎則成兩橛。由後而溯其既往者，若棋子然，信手撮置，初不謀及全局。然心爲吾撮置之棋子，至是處處皆爲我用。偶有生發，絶不另起爐竈，脈絡條理，望去成一貫。斯道也，取徑極巧，收效極巨。

（一九二一年十一月二十五日《時報》）

十六

偵探小説首重布局，而偵探小説最大之弊端則在故作疑雲，羌無故實。每發生一案，其形形色色登場諸人物，使人逆知其爲書中之陪客。性躁急者至欲揭此書之尾幕，預窺其結果。其佳者，結構之情事出人意料之外，而又在人理想之中。穿鑿附會者次之，支離怪誕者又次之。此如七寶樓臺，遠矚之非不光怪陸離，惜造其堂奥無有曲折，不能處處引人入勝。偵探小説易於操觚者在是，易於爲人訾病者亦在是。余意以爲案情無論若何重要，罪犯無論若何奇秘，不得僅趨重於尾幕之一點，通幅之中宜含有社會、豔情、政治、滑稽諸性質，然後讀之者，始醰醰有味。余著述説部極夥，獨於偵探小説不敢輕易落筆，職是故耳。惟《雌蝶影》一書，迹近偵探，曩者曾披露於本報。

（一九二一年十一月二十六日《時報》）

十七

《雌蝶影》一書約十萬餘言，祇費我二十日心力。其時友朋過從甚密，予每成一章，必夥友人試猜下文作何狀變態。有猜而中者，有猜而不中者，其猜中者，我又故變其局以博一笑，是以書未及半，其間幽思幻想已令人捉摸不定。至於結穴忽大開旗鼓，似此後仍有百出其奇之事迹。其實故作狡猾，以誤閲者眼目。大抵我著此書時，心極愉快，所謂以文爲戲者，是誠以文爲戲矣。由包君柚斧轉售之有正書局，平等閣主人讀而愛好之，遂以重金購其稿。事在十五年前，我與平等閣主人已有文字之契，是亦一奇也。蓋當時《雌蝶影》署名柚斧，人咸不知爲我所作。初版久售罄，再版聞歸《華北新聞》，謂將仍用吾名，吾是以不復爲故人諱也。

（一九二一年十一月二十七日《時報》）

十八

我因述及平等閣主人賞識我之《雌蝶影》，於我未曾知名之前。牽連憶及一事，既屬可笑又極可惱，在勢不得不報告諸君，使諸君知天下事大抵以耳代目者多。蓋世無真賞也久矣！承諸盛愛，今日讀我《廣陵潮》一書，交口稱譽，以爲尚不惡劣，諸君抑知此書我於十五年前曾托友人張君仲丹攜稿本至滬上求售，未幾璧還，謂某書局某編輯先生瀏覽一過，頗不愜意。無已，祇予我每千字五角小洋錢計算，苟不售者或當實諸字簏。我初未敢自信，然一笑置之。迨後發現於《大共和報》而聲名乃忽鵲起。嗟夫，書則猶是也，而榮悴不同至相懸天壤。夫然後知某書局某編輯先生不但目盲，竊恐并鼻盲矣。因思世間不遇文士如我《廣陵潮》者，定不乏其人，故凡有以著説見惠者，我必兢兢業業，尋繹至再，一字一句不敢忽略，深恐以我所親歷之况味轉而使人感受不快。若夫享有大名之群公已不在此列，是則我當預爲聲明者，一笑。

（一九二一年十一月二十八日《時報》）

十九

布局之於小説，既關係如此其重，凡學作小説者不且於此第一步遂具有戒心歟！余謂此不足慮也。猶憶幼時塾師教吾爲文，嘗諄諄然詔吾曰『起承轉合』。起承轉合四字雖不足盡爲文之能事，然而文之範圍却不能越乎是。不獨文字然，言語亦然。譬如與人對語一事，必先叙此事之由來及此事之措置，然後求此事之歸束，絲毫遷就不得，凌雜不得。苟東拉西扯，左支右絀，即費我千百言而人亦終莫得其解。言語無形者也，文字有形者也，布局之不講而欲使人許爲佳構，吾未之前聞。

（一九二一年十一月二十九日《時報》）

二十

布局之難不獨今人爲然也，古人亦有之，迄今享盛名而膾炙人口者，若《紅樓夢》，若《儒林外史》，若《水滸》。《水滸》之結局不大滿人意，吾在前亦既言之矣。即以《儒林外史》與《紅樓夢》論，《紅樓夢》自顰卿逝世，寶玉出家之後遂黯然無色。而《儒林外史》又迷離惝恍，忽以琴棋書畫作結，更使人莫測其意旨之所在。且其凡筆亦遠不若通幅之刻畫盡致，所謂一鼓作氣，再衰三竭者，殆皆不能逃此公例。他如《野叟曝言》自命爲創作，及素臣得志，淘汰佛老、排比歌詩，多如束筍，讀之輒欲作三日嘔。

（一九二一年十一月三十日《時報》）

二十一

布局之法大抵不外由分而合，由散而整，由枝枝節節而歸於一本。然而神乎其技者又不必規規於迹象，儘有望去使人惝怳莫測，支離破碎至其精神脈絡仍屬一絲不走。讀『群山萬壑赴荆門』之句而嘆小説雖小道，其理實不外乎是。一卷既終，擲筆狂笑，此樂正未可多得。若夫迹近飣餖，衰氣乘之如老人之病痺然，轉側需人扶助，慨慨不能復振，非惟文字减少色彩，論其福澤雖不中道而殀，晚年必多摇落之悲。我輩同文不可不於此加之意也。

（一九二一年十二月二日《時報》）

二十二

吾將進而談小説之命意矣。命意與體裁不同，體裁有社會、偵探、言情、滑稽種種之分。然社會小説有社會小説之命意，偵探小説有偵探小説之命意，言情及滑稽有言情小説、滑稽小説之命意，推而至於神經、理想、科學，莫不各有其命意。文字無論優劣，篇幅無論長短，事實無論新舊，取材無論正譎，當其下筆時必先具有一種目的。然後專注此目的而發揮之，百變不離其宗，以我筆端之所言成爲人人心中之所欲言，是則小説之命意又烏得而不重。

（一九二一年十二月三日《時報》）

二十三

今苟語人曰：爾知著書，不知用意。是人必色然怒。何也？以世間無無意識之文字。文字之優劣姑勿論，凡其人筆所到處，皆其意所到處也。不過吾所慮者，意思開口便盡，僅就其意而鋪張之，則下筆必艱澀，所謂文字無正面是也，然則騰挪與敷佐尚已。騰挪與敷佐初無關於正意，然必以正意爲焦點，否則泛濫或且不知所收束。吾姑簡括其詞曰：騰挪敷佐而得法，看去處處是閒言語，而實非閒言語。騰挪敷佐而不得其法，處處不是閒言語，其實處處都是閒言語。今試舉一例以明之。

（一九二一年十二月十日《時報》）

二十四

我曾記蒲留仙叙天閹一段故事（案邊無《聊齋》，篇中人之姓名不甚記憶）。巧娘涕零詰之者曰：『得勿怨郎君粗暴耶。』是語也，即騰挪敷佐之筆也。何也？使巧娘所遇之男子而非天閹，則此問必不作此語。蓋雖騰挪敷佐而其焦點已注射到天閹可知（凡善作文者，如此類甚多，不暇枚舉）。

他如《儒林外史》之叙假人頭一段，惟其爲假人頭，乃不惜用歷來無價值之舊小説形容俠客之腐敗筆墨，堆砌滿紙，使人讀而生巇。苟使此幕揭開時竟爲人頭而非猪頭，以上種種之閒言語乃真閒言語也。又如《西厢記》張生初見紅娘而曰：『某年幾何，某歲某月某日某時生，并不曾娶妻。』初見一女郎即曰『某年幾何，某歲某月某日某時生』，可謂無聊極矣。然因有『并不曾娶妻』五字，而筆勢遂覺其飛舞跳躍，否則以上種種之閒言語乃真閒言語也。

（一九二一年十二月十一日《時報》）

二十五

作小説何以貴騰挪敷佐？因文字無正面固也。正面斷斷作不出好文字，寫到正面而猶妄費筆墨，此人只是笨伯，不足與言小説。此非我武斷之言也，我請舉《廣陵潮》小説中一事以爲證。方我之寫何其甫前妻顧氏慨慨就斃，我之初意原擬形容社會中　鬧喪之潑婦。潑婦爲誰？則何其甫之岳母。是搦管時忽一轉念，如此板板寫去，雖極罄形容，已不免佔實。於是乃幻出一鄰居之老者，此非我故作狡猾也。我以爲此一變换在事實上雖仍寫鬧喪，而在文字上遂奇峰突起，使人作天外飛來之想。至其鬧喪之神態，依然竭情盡致，曾未肯鬆懈一字一句。及至顧氏真死，轉淡淡以一語了之。以一語了之者，此正鬧喪之正面也。正面文字則省至無可省，旁面文字則不肯稍省。解人難索，此其故我當與諸同文一商榷之。或領吾言者乎？

（一九二一年十二月二十日《時報》）

二十六

我前所論列，謂命意既定又賴騰挪敷佐，然後作者之命意乃益顯著。惟是一篇小説有一篇命意，不能强同。如施耐庵之《水滸》，則意在嫉視不良政府，不惜爲强盜生色。俞仲華力反其意，又舉一百單八人，一一芟夷之，爲專制君主張目。其實此亦一是非，彼亦一是非，然而後人之嗜讀《蕩寇志》者遠不如其嗜《水滸》，非必人人皆有爲盜之野心也。小説爲娱樂之一種，與讀聖經賢傳不同。他如黛玉夭死，不能不恨雪芹之寡情；雙文私奔，不能不羡君瑞之豔福。作者造意，其偉力乃能顛倒衆生若此，然則小説之命意顧可忽乎哉？

（一九二一年十二月十三日《時報》）

二十七

命意有二難，不涉淺近則徇俗難；不落窠臼則出奇難。我生之前，有先我而作小説者無慮數千百種。一燈如豆，奮筆疾書，往往以爲超群邁倫。其實一讀之而欣然，再讀之而爽然，三讀之幾欲毁墨裂紙，付諸一炬，永永不敢出與世人相見。我幼年亦嗜吟詠矣，憶嘗得句曰『雲門雨來風』，甯知偶翻《兩般秋雨盦筆記》則此五字已有人説過，幾與吾一字不易。又嘗得句曰『嘗謂如卿世無兩，自家應妬畫中人』，甯知偶翻唐人詩，則此兩句亦已有人説過『嘗謂無雙今兩身』。噫，謂古人襲我，則古人生在我前；謂我襲古人，我能自誓作此詩時，曾未夢見古人之作。然而持此不白之冤又將誰與辨訴耶？作詩然，作小説亦何獨不然？

（一九二一年十二月十四日《時報》）

二十八

小説之命意，我深知於人之年齡上大有差别。髫年之時，其思想往往近於浮豔，寫一男子大率潘安、衛玠，寫一女子大率鄭旦、王嬙，言過其實弗恤也。最可笑者，我於《雙花記》叙述至井生與媚香定情一段，床笫間事幾於刻畫入微（原本若此，及一版再版，此等處已删汰盡矣）。前輩許蓉鏡先生見而呵曰：『涵秋有如此才調，何種筆墨不可作而必描寫此穢褻之狀，得勿有玷名教乎？』余當時年少氣盛，初不謂然。猶蒐集古今書籍，若天地絪藴，萬物化醇，男女構精，萬物化生諸論調，苦相駁詰，文過不能補過。迄今思之，不免通身汗下，覺小説爲社會、教育之一種，正不得以金聖歎所云『人人家中有此事，人人筆下無此文』爲飾非之具。世有作豔情小説如我者乎？前車之鑒，願諸君落筆時慎之又慎也。

（一九二一年十二月十六日《時報》）

二十九

或曰：小説命意無論至何佳處，終不外社會上形形色色人。與其讀小説，曷若親與社會周旋，豈不更親切有味？作小説者不惜浪費筆墨，讀小説者又不惜浪費腦力，抑又何也？余聞而笑曰：此亦心理上之作用而已。舞臺之演新劇也，一山一水一馬車一汽車，偶發現於臺上，觀劇者津津若有餘味。其實山水隨地皆是，馬車、汽車又隨地皆是，平時習見其狀，初不爲意。獨至舞臺陳列時，則咸曰某某布置極新穎，某某點綴極風趣。以爲愚不？誠大愚耶！大抵吾人之入世也，處真境則淡然，若忘處幻境則焕然一新。其中微妙之哲理，殆亦甚耐人思索矣。

（一九二一年十二月十七日《時報》）

三十日

文人構思，苦惱事也，而我則以愉快出之。方其得意時，殊有水流花放之妙。讀我小説者，往往以多插科諢爲我疵病，殊不知以文字娱人，亦以自娱。苟不於煩惱中尋一樂境，則閉户著書，寧復更有生趣耶？憶我居揚州，每日十二小時除食息外，我以六小時蒔花種竹，調鳥養魚，三小時於園中散步，或出門訪友閒話。伸紙濡毫不過僅費一二小時耳。每一小時能成一千五百字，故耽任説部雖多，曾不虞其竭蹶。入寢又早，向不願於燈下構一字一句，以時近午夜，則人之神志遠不如日中之清徹也。

（一九二一年十二月十八日《時報》）

三十一

一篇小説難在命意。命意既定，搦管而下如疾風，如驟雨，如掃落葉，如大火之捲茅屋，如流水之瀉破舟，其樂真乃無已。寫淫婦我化爲淫婦，寫惡棍我化爲惡棍，寫腐儒我化爲腐儒，寫齷齪吏我化爲齷齪吏，寫紈絝子弟我化爲紈絝子弟，取之不窮用之不竭，天下最經濟、最取巧、取愉快之事，寗復有逾於著小説者？於是人也，我欲其生則生之，我欲其死則死之，我欲其富貴則富貴之，我欲其貧困則貧困之，我欲其聯合則聯合之，我欲其離別則離別之。造化從心，爐錘在手，天下最威武、最偉大、最有權力之人，寗復有逾於著小説者？

（一九二一年十二月十九日《時報》）

三十二

小説最忌平板，不善作小説者往往鋪叙許多議論，看去彷彿是演説稿子。微與演説稿子不同者，因彼在議論上面勉强安置得一人名字，而又此人的議論可以移入彼人嘴裏，彼人的議論又可以移入此人嘴裏。寫出來不是做出來，猶靦顔以告人曰『吾乃作小説』云云也。此等笨伯直須用夏楚力拍其臂腿，若知呼痛，則猶可以救樂。否則麻痺不仁，殆去死不遠矣。我非故爲此苛刻之論也，蓋小説雖游戲，亦正需聰明。聰明人雖偶作一二短篇，必有一種清淑之氣流轉於字裏行間，所謂『神妙欲到秋毫顛』，從秋毫顛上尋其神妙，豈非蜻蜓點水，不落平板者耶！

（一九二一年十二月二十日《時報》）

三十三

古人游戲往往托爲無是公或曰烏有先生，此在游戲文字，偶一爲之則可。獨至小説雖亦多半托之子虛，然而書中人之姓名却萬萬不可落此窠臼。緣小説造意，第一宜使人讀之如身入其境。方醰醰有味，苟一展卷，未覩事實即此書中人之姓名已明詔人全係僞托，尚復有何意味？笨伯不察，專在此等處取巧，以爲諸家雜説，什九寓言，必以無是公、烏有先生揭全篇之宗旨。然則讀者何不徑讀諸家雜説而必讀笨伯之大著乎？此亦多見其不知量也已。

（一九二一年十二月二十一日《時報》）

三十四

幼年讀《兒女英雄傳》一書，幾於愛不釋手。然此書未嘗享赫赫名，至今不過流播評話中，與《落金扇》、《義妖傳》、《珍珠塔》相提并論，至可嘆也。其滑稽處不亞於《儒林外史》，其纏綿處不亞於《紅樓夢》，其刻劃豪俠處又不亞於《水滸》，不過首尾用筆不能相稱，爲全書之憾。然精金美玉得一足以把玩，較之七寶樓臺專以輝煌燦爛博人嘖嘖嘆賞者，不可同年語也。十三妹之憨媚，憨媚已到極處；安龍媒之迂闊，迂闊又到極處，不是寫出來，真是畫出來，文章至此，吾何間然？

（一九二一年十二月二十三日《時報》）

三十五

小説造意含蓄爲貴，淺露次之，開口便盡又次之。古人著書多取以自娱，惟恐人知。今人著書多以娱人，惟恐人不知，此固關乎世道之升降，文運之盛衰與人品之雅俗，非可勉而致也。諸君不信，試取古人之著述與今人之著述一爲比較，覺古人一編問世，皆有百讀不厭之價值。今人之著述未嘗無佳者，然其佳者則又一讀之，覺有意趣，再讀之遂昏昏欲睡矣。鋟板之役，易爲鉛印，有以哉！有以哉！

（一九二一年十二月二十四日《時報》）

三十六

我爲是言，并非藐視今人，遂謂其粗心浮氣，不能領略作者書中之命意也。我以爲潛心玩索，不徒賞識事實之熱鬧，而獨於章法、字句、條理、脈絡不肯輕輕放鬆。看過者固亦不乏其人，然亦有走馬看花，於粗枝大葉間意謂覓得作者一二處破綻，詡詡然自命爲讀書得間，好爲他山之攻錯者，亦所在多有。旅窗無賴，請略舉一事，聊資談助。在我亦猶是與愛我者商榷文字之雅，實非自文其過，好爲舌辯以求勝也。今請先言《商報》所載《介紹〈雛鴛影〉漏洞》一篇而戲駁之。

（一九二一年十二月二十六日《時報》）

三十七

吾方屬稿時，適室外送十二月二十五日《商報》至。偶一檢視，則有署『瀚』某君者，已爲我作辯護士而辯護之。且其所言皆我所欲言，我若再絮絮，未免示人以不廣矣。兹將二君之言摘録於下：

『駁我者曰：「五百兩元寶論重量共計三十一斤四兩，程琢如袖子有多寬，能盛十錠大元寶呢？即使能盛，他又如何帶得動呢？」

爲我辯護者曰：「此乃虚事，非實事，乃琢如口中之語，非著者叙述之句。蓋世間本無撒謊之人於其撒謊之前而預補其漏洞者也。故愈有漏洞，愈顯作者之細到。前後參照，定能明白。」』

旨哉斯言！殆即我所謂宋人揠苗咎孟軻之不經，鄭愚覆樵譏列子之失實，其意亦猶是也。

（一九二一年十二月二十七日《時報》）

三十八

或曰：人之投間抵隙也，得無故故與先生爲難乎？予聞而笑曰：子之爲斯言也，亦淺之乎！測當世之君子矣，予也不才，於世無所表見，徒以筆墨爲生活。生性落落，與世寡合，既少酬酢，更無好惡，何所罪於諸君子？而諸君子必苦相詰責耶？不過披沙而金乃見，剖璞而玉始輝，互相砥礪，互相切磋。聖歎云：『此亦消遣法也。』況盛名之下，其實難副，不知誰惡作劇而加我以『小説王』之頭銜。王言如絲，王言如綸，苟稍紊焉，宜周公來剪桐之規，而楚子有遷鼎之誚也。

（一九二一年十二月二十八日《時報》）

三十九

或笑曰：然則王之於小説遂無漏洞乎？王曰：唯唯否否，孤①不佞，不能以玉帛周旋於壇坫，

① 原刊誤爲『弧』，更正説明在《時報》民國十年十二月第三十一日。

徒尋章摘句，下等於俳優，諸公譽王是狎王也。一日千言，一夕萬言，塗抹既多，紕繆百出，孤猶自知而況人乎？或笑曰：藩籬之鷃不足以量天地之高也，尺沼①之鱗不足測江湖之大也，王之爲斯言得無撝謙乎？小臣不敏，逖聽下風，願得聞其詳焉。

（一九二一年十二月三十日《時報》）

四十

以上云云，我因人加我以『小説王』之頭銜，故戲效王之口吻，不自知其大言不慚也。今則書剪開文，言歸正傳矣。我自著小説以來，其最大之漏洞則爲《廣陵潮》之第七集，伍氏全眷已返揚州而下文又從滬濱叙起。此緣著書時日相隔太遠，執筆時偶不檢點，遂聚九州鐵，鑄此大錯。校對諸公當時亦有見及此，而書局主人堅囑校對者不可妄動鄙人一字一句，此則過於高視鄙人之過也。自是以後，詰問之書多如束笋，甚至有疑鄙人别有命意，故故作此狡猾以娱人之耳目者，此又高視鄙人之過也。無已，惟一笑置之，不能一一作答。且作答亦末由措辭，惟囑再版時加以更正而已。文章千

① 原刊誤爲『沿』，更正説明在《時報》民國十年十二月第三十一日。

古，得失寸心，其有類此而爲鄙人所不及知者，當亦不少。苟得如幻影與商販諸公之熱心，隨時指點則鄙人方且感謝不暇，奚敢靦然自諱其短，拒人於千里之外耶？自欺欺人，余雖不肖，斷不出此。

更正　昨日『我之小説觀』中『孤』誤『弧』，『沼』誤『沿』，合亟更正。

（一九二一年十二月三十一日《時報》）

四十一

即以指摘漏洞而論，亦須搔爬着癢處，使受之者不一讀通，即一讀快。否則挾私嫌以攻訐，鬧意見以詆訾，存心既偏，措辭遂不得當，此非求益於同文之微意也。死者汪破園嘗謂我書讀得多，路走得少。吾時良韙其説，以爲彼真能知我者。蓋我讀書雖不能謂多，然路走得少則無庸諱。且即便吾南走粵，北走燕，涉名山大川，足跡半天下，奈吾生性又落落寡合，不喜與人相酬酢，閉門造車，不知合轍否，扣槃捫燭在所不免。若夫署名『知新』某君譏我《好青年》中『牧童倒騎牛背吃草』一語，而亦謂之漏洞，此則殊可發噱。我苟自諱其短，不難托爲手民誤排，或書人抄謄時顛倒一二字，然我初不必諱也。蓋我雖極不通，亦斷無誤認牧童尚會吃草之理也。類此等處，在理不能指爲漏洞，然稍一不檢，則挑剔遂至，執筆爲小説又豈易言哉？

（一九二二年一月三日《時報》）

四十二

小説中同一命意，有甲寫之便奕奕生動，使人讀而不厭。有乙寫之便平鋪直叙，使人讀而欲睡，何也？然則遣詞尚矣。美人之爲美，雖亦不廢亂頭粗服，然而淡粧濃抹，若再加以粉飾則楚楚風致，愈使人增愉快之感。審美屬於至性愛好，出自天然故也。嘗論作古文則取材愈謹嚴愈有價值，所謂不讀秦漢以下之書是也。作小説則異是。街談巷語，婦孺啼笑皆是我書中之資料，着秦漢諸書一字一句不得，即宋明人語録亦着一字一句不得，謂其難則甚難，謂其易亦正甚易。此中訣竅，特難與寬袍博帶，若我《廣陵潮》中何其甫言耳。

（一九二二年一月四日《時報》）

四十三

凡撰一種小説，其全部登場人物各人有各人的性情，各人有各人的口吻。爲賢、爲愚、爲智、爲蠢、爲君子、爲小人、爲俠、爲盜，下而至於爲奴、爲婢、爲娼優、爲隸卒，雖恃吾妙腕一一寫出來，尤恃吾妙腕一一畫出來。所謂畫出來者，又非粉墨渲染，描頭畫角也。在我要出以不甚經意，彼讀吾書者遂能於無字無句處彷彿親睹其爲人，而與之周旋能使人忽而怒，忽而恨，忽而笑，忽而哭，忽而怒髮衝冠，忽而迴腸盪氣，如此乃可謂爲寫生妙手，在舊文字中謂之寫生，在新文化中便謂之寫實。一而二，二而一者也。雖然，其中有訣竅焉。第一滑不得又滯不得，輕不得又重不得，粗心不得，過泥迹相又不得，淺嘗不得，過於深奧又不得。譬如花，然我化身爲蝴蝶，祇須得其一枝一葉一鬚一蒂一蕊一瓣，究其若何安插，若何布置，爲之盈盈寫照，則自然而然，色香俱活。若先告人以此爲何花，此爲何種，則索然意盡矣。

（一九二二年一月六日《時報》）

四十四

舊時小説多無價值者，以其開首甫寫一人必先由作者將其人品格、身世詳叙一遍，惟恐讀者不識其真面目。試思此種笨筆有何意味？以下順筆寫去，遂無能出此範圍。或竟有出此範圍者，以至前後分成兩橛而不相貫屬。此譬如戲臺上之奸雄，塗粉於鼻之故智，細味其神態，抑何可笑！以《紅樓夢》之佳構，吾猶嫌其於寶玉出場時所填之《西江月》詞二闋爲落此種窠臼，此不必爲前人諱也。

（一九二二年一月七日《時報》）

四十五

前人用筆不及今人之精細，然而粗枝大葉正不失其嫵媚之態。今人過於修飾，有時亦嫌吃力。此中甘苦非過來人不知，亦非過來人不肯説。一部《紅樓夢》固多精神團結處，然其脱略亦間有之。此不獨小説有然，文至司馬，詩至工部可謂神乎其技矣，然苟覽其全集，何嘗篇篇足使人傾倒？此《史記》所以有菁華之録，而唐詩亦有三百首之選也。《水滸》雖云描寫一百單八人，然除武、李、魯、林、花、秦、關、索諸人外，其餘不過爾爾。尤以寫員外玉麒麟爲足使人索然意盡，至其一字一句多重複多拖沓，又不能不爲大醇之小疵。

（一九二二年一月八日《時報》）

四十六

吾嗜讀《水滸》不如嗜讀《蕩寇志》，俞仲華之才雖不及耐庵，然《蕩寇志》之筆墨却突過《水滸》。《水滸》有脱略處而《蕩寇志》則運腕工細，寫書中諸人亦奕奕有致。此則措辭之善，勝於前人故也。安樂村被兵火一節，寫得何等聲勢，陳麗卿從書中直跳出來，揆之情理亦復不爽毫黍。

正不獨忠義堂盧大哥一夢爲翻新易奇，與前書首尾銜接，天衣無縫也。一百單八人，各人有各人死法，下筆極有分寸，非徒取快一時，禽獮而草薙之也。施耐庵費許多力氣將一百八人布置出來，俞仲華亦費許多力氣將一百八人收拾了去，即謂仲華爲耐庵之功臣，不當謂仲華爲耐庵之勁敵。或又謂讀《蕩寇志》坐視英雄授首，使人悒悒不快，此不免爲古人瞞過。九泉有知，耐庵與仲華固當相視而笑者也。

（一九二二年一月九日《時報》）

四十七

舊小説之弊病在多從大處落墨，一篇之中不外寫昏君奸相，義夫節婦，賢父慈母，才子佳人，和尚則半皆淫凶，强盜率近於義俠。遭難者無不有團圓之日，作惡者無不有報應之時，陳陳相因，幾於千篇一律。其有别出心裁者又多憑其理想，飛頭之國，刑天之民，狐亦能言，鬼還有影，似科學而非科學，似哲理而非哲理，雖足以取快於一時，再讀之則使人昏昏欲睡矣。嗟乎！此小説界所以亦不得不出於革命也。

（一九二二年一月十日《時報》）

四十八

古人小説多有想入非非，不可以常理測度者。余生也晚，迄不知當日究竟有無其事，然彼竟有此魔力，哄動一時愚夫愚婦之耳目，致可駴詫也。吾國婚姻制度之不良，原不能自諱。即以指腹爲婚而論，其舉動已大乖人道。尤可怪者，莫如女子抛彩球一事。大旨先擇吉日搭彩棚一所，使女郎高踞其巔，趨而奔走者，其數殆不下萬人。女郎遂以手中彩球信手一擲，擲至誰何，即與誰何結爲夫婦。大抵過於迷信鬼神，以爲女兒終身由天而定，非人力所可勉强，其怪誕已極，可笑尤莫妙於所擲之人其後非中狀元，即位至丞相，從無有失身於匪人者。吾不知其執筆時以何因緣而作此幻想，不惜舉吾國人之醜狀供人指摘。苟有祖龍之火，此等著作燼之不可不速也。

（一九二二年一月十一日《時報》）

四十九

一夫多妻，舊小説中最視爲榮寵。信手鋪張，通人齒冷，不恤也。由《四美圖》而《五美圖》、《六美圖》、《八美圖》、《九美圖》、《十美圖》，争奇鬥勝，若非此不足以使閲者增加興味。又恐僅僅選色於中國，其弊數見不鮮也。於是有所謂番女者出焉，既有番女則必出於戰鬥，既欲戰鬥則必設爲元帥。而其元帥又必勇武且美，槍林箭雨之中番女必擒獲元帥，又必愛慕元帥。一經愛慕則姻事遂成，甚至返戈相向。而所謂元帥者，遂轉敗爲勝，坐享拜相封侯之洪福矣。問有是事實乎？曰無有也。問有是情理乎？曰無有也。傖夫不惜浪費筆墨以成此書，笨伯不惜浪費時日以讀此書，金聖歎謂『咬人屎撅，不是好狗』，此真咬人屎撅之狗也。哀哉！

（一九二二年一月十三日《時報》）

五十

我以上所持諸論并非尋瑕索瘢，故故與古人爲難也。不過毛舉一二事以見古人命意簡單，志在出其筆墨，供人娱樂，對於風化及社會上初無何等之貢獻。除却八個馬蹄分上下，四條膀子定輸赢，别無熱鬧；除却三寸氣在千般用，一旦無常萬事休，别無感慨；除却桃紅柳緑豔陽天，俏佳人移步到庭前，别無繾綣；除却爲人不做虧心事，半夜敲門不吃驚，别無抱負；除却各人自掃門前雪，休管他家瓦上霜，别無胸襟；除却踏破鐵鞋無覓處，得來全不費工夫，别無奇妙。詞固鄙俚，文尤直率，是以一般閨閣各手一編，讀之覺醰醰有味。若與以近人所著之社會小説，恐反覺瑣碎繚繞，茫然尋不出頭緒矣（然吾所指之閨閣，係數十年前人物，若夫近日文化大進，女學士之程度有高出吾輩萬萬者，讀者固不可以詞害意也）。

（一九二二年一月十四日《時報》）

五十一

然古人之作亦未可一概抹煞也。就措詞論，以彈詞小説爲容易見長。憶小時曾讀《梅柳争春》一書，清詞①麗句，層出不窮，不讓《牡丹亭》、《琵琶記》專美於前。此書近少刻本，想湮没久矣。他如《三笑姻緣》、《白蛇傳》、《空箱記》均用蘇白，意思亦不惡劣，插科打諢，尤有風趣。《來生福》、《天雨花》、《筆生花》篇幅既長，結構亦嚴整，當是名手所製。《倭袍》一名《果報録》，雖近猥褻，在遜清時刊，爲禁書，然其才力正不可没，余亦酷愛讀之。若夫《瓦車②篷》、《梁山伯》、《秦雪梅吊孝》祇足供

---

① 原刊時誤爲『句』字，更正在《民報》民國十一年一月十六日。

② 原刊時誤爲『夫』字，更正在《民報》民國十一年一月十六日。

婦孺玩賞，品斯下矣。《孟姜女尋夫》尤支離妄誕，以小姐身分，因一扇墮水，不惜解脱衣褌①欲往拾取，致以清白肌膚爲萬杞良偷覷，吾不知作者具何齷齪心理，竟虧他費如許墨，作如許字，麻木不仁，苟以夏楚痛抶之，彼定不知痛。

（一九二二年一月十五日《時報》）

五十二

作小説第一要心静，心静則思入微妙。凡書中人所處之境，我皆能一一身入其境，湘簾棐几，曲徑幽林，雖不必用筆寫出，而讀之者自儼然有一種月朗風清，水流花放之致，畫中之神品也。連篇累牘叙列程設，一桌一椅詳細布置，非不工細，已等於造屋之匠人。描寫圖樣最是討厭，何謂景中人，何謂人中景，能得此中三昧，方可與言小説。北風何以生凉，旭日何以生熱，能奪天工之巧方，可與言小説。思之思之，鬼神通之，此境良久不易造。漏屋中宛宛灰柱，仄室内幾個金頭蒼蠅，不寫齷齪而齷齪自見；蘭露融融，欲墜爐香，微細可辨，不寫幽净而幽净自見。

① 原刊時誤爲『褌』字，更正在《民報》民國十一年一月十六日。

神妙欲到秋毫，從秋毫上尋神妙，言其僅也。楊柳岸曉風殘月，與離别何涉，然偶聆此語便覺離懷滿把，此事正自索解人不得。

昨日《我之小説觀》清詞麗句「詞」誤作「句」，瓦車篷「車」誤作「夫」，解脱衣褌「褌」誤作「褲」，合亟更正。

（一九二二年一月十六日《時報》）

五十三

作小説第一又要心細，心細則書中之筋節脈絡，首尾照應便能一絲一絲，絲絲入扣。譬如各人有各人的神態，照應不及則頓成兩截；各事有各事的安插，照應不及則不能一氣。嘗有作者，方其興至，執筆未嘗不淋漓痛快，迨至興盡則衰氣乘之，使閲者有索然意盡之感。著書原屬無聊，著書而至稗官則尤無聊中之無聊，原不必妄相苛責。然而有其始必有其終，負其任必盡其職。小説雖小道，此等處亦足覘人之道德，宜未可草率從事也。不才妄肆塗抹逾二十年，指摘我者，皆吾之師也。凡有蹉失必隨時救正，或書既成亦必竄易以求一是。每值空齋寂處，鳥雀不喧，游心窅眇之天，思入幽深之境，泰山崩而不驚，麋鹿過而不瞬，人以爲苦，我以爲樂耳，殆非矯情也。亦曰用志不紛，乃凝於神而已。

（一九二二年一月十八日《時報》）

五十四①

我嘗和友人妄發議論，謂小説雖貴取材淺近，不必高談漢魏，然而亦必學有根柢，凡所吐囑始不鄙俚。至短篇文字尤須風華典贍，人閲之然後覺有餘味。讀破萬卷書，下筆偶爲小説猶恐食古不化，若但從小説中學作小説，必至墜落第二乘，此無庸諱言者也。不謂近時新學與我此論大相背馳，謂舊文字爲浪漫派，新文字爲寫實派，潰决藩籬，别樹一幟，未始非文字之好現象。苟持異説，則學究冬烘頭腦太舊，凡有至醜極鄙之頭銜，不惜舉而一一加諸其人，更無有商榷之餘地。新思潮澎湃大陸，當王者貴，原不當嘵嘵置辨，然而揆諸私衷，竊有不能盡與贊同者，何也？

（一九二二年一月二十日《時報》）

① 原題『五十三』，當爲『五十四』之誤。

五十五

必謂舊小説全憑理想，無絲毫事實，此種議論當然不能成立。不過舊小説之寫實與新小説之寫實却截然不同。新小説之寫實者曰：『吾人衹須向街市中觀察一遍，凡有所聞見，恃此一支筆，按圖寫去則其技已畢。』雖然，寫則寫矣，不知於此一事中可否加以統系，加以布置。苟無統系，無布置，則此篇文字必不能成片段。萬一已經其暗中竄易，則寫實二字仍是欺人語耳。吾則以爲離實事斷不能成小説，此正無分新舊。舊小説能引人入勝者，正緣其於事實上加一倍寫法，而又能不出乎人情之外，斯爲善耳。吾非敢與創作諸文豪斤斤論辯，偶一商榷，亦正欲爲小説界求一進步。諸文豪倘恕其愚，有以進而教之，是余之願也。

（一九二二年一月廿一日《時報》）

五十六

《聊齋》一書，今之新學家所斥爲某翁某生無有價值者也。論其書中所叙之事迹，雖不值通人一笑，然其章法之緊嚴，文字之樸茂，苟非學有根柢，良不足以望其肩背。吾輩雖不必效其體格，却不可不服其才力。必一概抹煞，謂此種著作天地間無其立足之餘地，亦未免矯枉過正。不欲保存國粹則已，如欲保存國粹，則此種著作或尚不在拉雜摧燒之列。

（一九二二年一月廿二日《時報》）

五十七

今之學派例有兩種，偏於新者視典籍若仇讎，偏於舊者又避小説若寇盜，二者皆非也。我則以爲讀《史記》、《國語》若讀小説，則其人必聰明絶頂，著小説而能脱胎於《史記》、《國語》，則其人尤聰明絶頂。寫帝王卿相此一支筆，寫傖夫俗子亦此一支筆，事實雖不必苟同而理法要不能或異。腐儒不察，睨小説而嚄唶嘆曰：『是區區者，胡足溷吾筆墨？』則其所謂筆墨者已可想見。或者學無根柢，妄肆塗抹，謂小説不難作，輒浪費筆墨，率爾成此一章一句，其人皆不足與談小説。

（一九二二年二月八日《時報》）

五十九[1]

或謂古人畢生始成一書，且有傳有不傳。剞劂付之後人，工貲待諸捐助，何其難也！不若今人下筆動輒十萬言，一紙風行，夕稿朝發，豈古今人詎不相及耶？亦時會爲之而已。小説猶舟也，報紙猶水也，『向來枉費推移力，此日中流自在行』，小説家幸福不淺哉！雖然古人之書不幸而不傳，若其能傳則藏之名山，壽之奕世，金石比其堅固，簡册挹其芬芳，九泉有知當亦快慰。今人則不然，其傳也易，其廢也亦易。譬如電光一瞥即逝，論其價值，能裝訂成册者有幾？即裝訂成册矣，能使人一讀再讀而不厭者有幾？方之古人，定多愧色，此諱之無庸諱者也。

（一九二二年二月十日《時報》）

① 原刊闕第五十八篇。

六十

今試舉吾國中各報館有若干處，報館以外書局又有若干處，每種報紙無不有小説。多或三四種，少亦一二種，既不得守殘抱缺可以共擁一經，又不同《兩京》、《三都》可以互相鈔寫。小説家於是應運而生，其多幾類過江之鯽，若鄙人亦其一也。夫珠玉所以寶貴者，以其不常見耳，若其常見則瓦礫視之矣。况估貨給價、按字酬金，雖自命斯文，而已同市儈。其間雖亦有精心結撰之作，然而陳陳相因，千篇一律，魯魚帝虎，怪誕支離，亦不能謂其必無。古人鄙人之文字，謂爲覆瓿燒薪，若以今人小説論，竊恐瓿不勝覆，薪不藉燒，亦幾等於無聊之新聞，過眼雲煙付諸可有可無之列矣。

（一九二二年二月十一日《時報》）

六十一

鄙人竊附諸君子後而亦以小説爲生活，非不欲自諱其短，而乃爲是痛心之論抑又何歟？特以小説雖爲媚世文字，然苟造其極，良足補教育所不及，且進社會於文明，責綦重也。文有文品，作文之人亦須有人品。言爲心聲，一開口而如見其肺肝矣。况小説爲書中人現身説法，形容刻畫雖不嫌淋漓盡致，至於穢褻之筆，閨閣之私，吾人要宜深戒。近見書坊流行説本，大半仍係佳人才子私期密約，觸目皆是。至重勞政府懸以爲禁，舉此一端，豈非吾小説界中人奇恥大辱乎？至於覬覦金錢，借爲敲剥，一得苞苴，又換頭目，此則借筆墨之名，行强盗之實，尤吾所不忍言者矣。

（一九二二年二月十二日《時報》）

六十二

鄙人自從學著小説以來，迄於今日備嘗此中之甘苦。方其少時，偶一落筆輒不能免於哀豔，緣其環境大率與閨閣中人時時接近，意之所慕遂不免形於語言，如《瑶琴夫人》、《雙花記》、《琵琶怨》、《雙鴛血》種種説部皆是。後經嚴師益友苦相勸勉，稍稍恍然綺孽之不可多造，遂力矯前弊，從事寫社會諸黑幕。在我之用意亦非必欲揭社會醜惡，取快於一時也。不過如鏡攝影，使人有所觀感，去其不善而趨其善者，於人心世道或者不無小補。然而無形之開罪，猶不免時時招人嫉怨，歷年來所受之刺激，恨不焚筆棄硯，自誓此生不復以筆墨與世人相見。無如田無負郭，屋少立錐，爲治生計終不得不賣文爲活，殊可嘆也。

（一九二二年二月十三日《時報》）

六十三

吾嘗謂罵人爲娼，彼不爲娼者，見之必不怒也。罵人爲盜，彼不爲盜者，見之亦必不怒也。惟其所爲有類於娼於盜，則書中寫一娼，彼必臆測曰：『是或影射我也。』書中寫一盜，彼亦揣度曰：『是或形容我也。』不自知娼與盜之不可爲而轉怪寫娼寫盜者，逼人太甚焉。甚矣，社會小説在今日誠不易作也。

（一九二二年二月十四日《時報》）

六十四

社會小説不遺纖細，不棄瑣屑，不嫌鄙俚，不屏齷齪，浪啼淫哭皆是至文，袖底裙邊無非寶録。富貴人不能作，以其深居簡出不能悉知民隱也；道學家不能作，以其高視闊步不屑下伍市儈也。惟小人近市，皂隸可引爲知音；纖兒家居，輿儓可呼而痛飲。耳濡目染，所見既夥，取材斯多，以谿刻之筆，畫魑魅之形，能使人笑，能使人罵，能使人流涕長太息。一編既出，引人入勝者在是，遭人嫉忌者亦即在是，請得略而言之。

（一九二二年二月十五日《時報》）

六十五

《廣陵潮》中偶寫一何其甫，我以爲凡爲冬烘先生者，其神態當必如是。乃二三故友見必以是相詰，謂書中之夫己氏者，殆指某某否？抑指某某否？必欲舉其人以實之。凡爲某某者，苟聆斯語則引爲奇耻大辱，遂不能免其詬詈。書生閉户，自謂與世無爭，與物無忤，然而無形之間則已叢爲怨府，吁可畏也。丹翁吾老友，性絶慧，文字尤爲吾所傾佩，猶不慊於《廣陵潮》中之喬家運，謂我故意影射。其實我寫喬家運時，尚遥遥居鄂中，與丹翁且未謀面，何以得此種理想，我抱此冤將安從白耶？一再經我解釋，丹翁始坦然諒我無他。丹翁爲吾所稔，其有爲吾所未稔者，欲解釋且不可得，惟有徒嘆奈何而已。

（一九二二年二月十七日《時報》）

六十六

大抵寫社會上事，愈逼真愈耐人尋味。然而社會上形形色色又不外人所習見，人所習聞。非若《封神榜》之描摹神怪，可以借通天教主、陸壓道人來做我書中之脚色也。是故一書出則書中之主人翁必疑係作者自命，所以至今猶有人疑我在《廣陵潮》中則爲雲麟，在《俠鳳奇緣》中則爲韓素君，此非至可發噱之論調耶！《廣陵潮》已由吾長女琴香（按韓素君之愛女鳳琴，人多疑爲琴香，此亦至可笑之事）編爲一種索隱，吾已許可。擬借此卷，稍釋當世之誤會。計亦良得（此種索隱後當於《小説時報》中披露），惟吾所最感受激刺者，却不在《廣陵潮》而在《魅鏡》。

（一九二二年二月十八日《時報》）

六十七

凡著一書，自有一書之宗旨。既曰《魅鏡》，則鏡中人之奇形怪狀當然雕鐫刻畫，不留餘地，非若歷代名人言行録處處爲人作佳傳矣。況小説能引人入勝者，必不能大悖情理，手寫書中人目光皆若爲書外人寫照，此事至不容掩飾者也。不過我心無他，斷非暗指一人一事，故故毁其名譽。夫己氏不諒，杯弓蛇影，偏欲指書中人以自況，此則我大無可知何者耳。憶某日我爲友人約至某酒館，坐甫定，忽聞隔座有人談笑喧嘩之。頃知爲議論《魅鏡》，薄而窺之，座中無一相識者。其言曰：『《魅鏡》中所叙之某女士即吾鄉辦某某女學校之某女士也。』牽强附會，語頗近理，余聞而大駭，謂余本無心，苟因是而傳入某女士之耳，不且又增一仇敵耶？　嗒焉者久之。然尚幸某女士初無閒言，不若夫己氏之咄咄逼人太甚也。

（一九二二年二月十九日《時報》）

六十八

我著《魅鏡》時在春夏之交，我識夫己氏時已值歲暮，書中之施朗，明明與夫己氏無與也。夫己氏摭拾施朗一二劣迹，意謂與其舉動有相吻合處，遂疑我形容施朗皆係形容夫己氏。言之者無心，而銜之者刺骨矣。始則用匿名信函來相恫喝，繼則於海上揚言我疾革，凡有著作皆爲人所捉刀，冀破壞我之名譽，終則賄賂無賴，欲以手槍置我死地。嗟乎！言論自由之時代而文字之禍乃至於此，可不畏哉！夫世間萬事萬物，良莠原自不齊。苟盡如是尋瑕索瘢，則社會小説尚堪執筆耶？迄今思之，不禁啞然失笑。

（一九二二年二月二十日《時報》）

六十九

在不知鄙人者，偶讀鄙人著述，多半疑鄙人爲一種滑稽家，而又長於諷刺。噫，此冤鄙人也。鄙人訥於語言，昧於世故，差堪自信者，惟執筆學撰小説幾二十年，除例得酬資外，未嘗以片紙隻字獵取意外之黄白。自受夫己氏之激刺，此心益復惴惴，不敢以文字開罪於人，因著《小説觀》，偶一述及往事者，非必與夫己氏較量曲直，亦欲使吾諸同文引鄙人爲前車之鑒，而知小説家固可爲而不可爲也。憶嘗有句自嘲云：『文字媚人同妾婦，酒棋誤我不公侯。』夫亦可想見鄙人之懷抱，而未敢以區區著述自豪已。

（一九二二年二月二十一日《時報》）

七十

余生平嗜讀小説，所閲小説亦最多。近又編輯《小説時報》，投稿者紛至沓來，堆積儼如山阜。余幾寢饋於小説中，眼福真不淺哉！其中佳構固自不少，然亦有足資一噱者。余雅不欲稍致評騭，使吾身爲叢怨之府，但就文論文，覺小説之撰著，殊與人之年齡有極大關係。凡好①寫佳人才子者，其人必爲翩翩顧影之少年。余知是言，良非武斷。譬如我之《雙花記》創始於未冠，成書於中年。今日偶一翻閲，殊慚少作矣。言情小説非不可作，然其中情節要必有可傳處，然後使人讀之乃復可歌可泣。最可笑者，開編寫一男兒無端遇一女子，才屬目成，遂爾心許，中途波折遽爲情死。

① 原刊誤爲『奸』字，更正在《時報》民國十一年二月二十三日。

余我驟讀之，亦欲僞哭惜，無從得這一副眼淚，乃不能不報之以笑。作者多情，讀者乃寡情如此，余真全無心肝哉！

（一九二二年二月二十二日《時報》）

七十一

詩爲心聲，小説亦然。意中懸想一美人與得一女人而不甚美者，例得借此一支筆，化爲五色石補彼缺陷情天。所謂過屠門而大嚼，雖不得肉亦且快意而已。由是以推，自命剛正者則喜撰義俠，心思精細者則喜撰偵探，埋首典籍者則喜撰科學，馳情虚渺者則喜撰神怪，處境愉樂者則喜撰滑稽，命意雖不同，其鈎心鬥角，選詞布局所歷之艱難初無二致。幸而供人玩賞，不過俳優畜之。不幸而實諸字簏，一縷一縷之心血，化殘灰而付流水，不亦冤哉？

昨日《小説觀》『好寫佳人才子』句，『好』誤『奸』，合亟更正。

（一九二二年二月二十三日《時報》）

七十二

小説原不難作，只不可粗心浮氣。粗心浮氣説出來，斷斷搔爬不着癢處。猶記某君於《游戲雜志》上披露我之軼事，謂我於驢子背上籌畫小説之結構，以致觸樹而踣，驢子從胯間馳去，若罔聞知。此雖未免形容太過，然而構思至於精密，往往有此等現象，思之殊復失笑。蓋我不輕易出户，苟出户，於路途間之一事一物必較常人注意，下而至於潑婦罵街，醉漢尋釁，車夫争路，菜傭估價，亦必察其形狀，儲爲學問。他如酬酢之場，衣冠之地，清客取媚，細崽工顰，尤屬絶好材料。

（一九二二年二月二十四日《時報》）

七十三

友朋讌會，凡有鄙人在座，必互相眙愕，謂一舉一動勿使鄙人窺伺。彼將爲吾輩描頭畫角，寫入説部中。言雖近謔，然而小説家之取憎於人，不爲人之所喜，已可想見。其實人之性情容止若平平寫去，依舊未足動人心目，其足以動人心目者，必須加一倍寫法，始得謂之有聲有色。敬告諸君勿懼，爲吾書中人苟非至愚極狡，竊恐欲爲吾書中人而不得也。譬如我欲描摹一清客，若此清客猶未盡喪其羞惡之心，則吾書必不取之。何則？羞惡之心者，爲清客必不許有，有之則平淡無奇矣。其他推至一切人物，莫不如是。

（一九二二年二月二十五日《時報》）

七十四

新文學家輒謂小説貴在寫實，寫實二字吾亦韙之，初不敢妄持異議。然吾欲與新文學家商榷者，譬如寫一苦力車夫，若但就吾輩目中所見之事實立論，則奔馳烈日，黄汗如雨，寥寥數語足以盡之。然則人亦何必嗜讀小説？一躑躅馬路間足矣。吾明知頭腦太舊，不能領略此種優美高尚之文字，蓋此種優美高尚之文字必沈潛其心志，始得悟其神趣。嗟乎！讀小説者，愉快事耳，世安得如許沈潛心志之人？此所以新文學之知己，除我最可愛敬之青年外，殆未易求之於風塵中矣。

（一九二二年二月二十六日《時報》）

七十五

余生平不善翻譯，然偶一效顰往往僞托爲外國小説。一曰《雌蝶影》，其中情節頗覺鈎心鬥角。

此書曾經編爲戲劇，一演於滬上，再演於漢皋。一曰《瑶琴夫人》，語殊滑稽，惟露馬脚則在西婦於火車中摇扇一事，讀者謂於外國情事不甚吻合。一曰《血鴛鴦》，一曰《梨雲劫》，均未印有單行本。一曰《駢香淚》，係繼《雙花記》，而作者托爲東瀛，稿本售與某印書館。煙雲過眼，多半不復記憶，他如短篇之《義盜勃勒雷》及《奇童案》，寥寥數百字，伸縮變幻，自謂尚不惡劣。

（一九二二年二月二十七日《時報》）

七十六

《廣陵潮》之作在《瑶琴夫人》之後，此爲我生平作白話文字之第一篇，緣《瑶琴夫人》亦白話體也。《瑶琴夫人》篇中之語氣尚不免矯揉造作，惟《廣陵潮》純就各人口角描寫，不雜以成見，不加以雕飾，但覺其時心中有無限蓬蓬勃勃情事待我發揮，苟不奮筆直書，則將成幽憂之疾。蓋我讀古人小説近二十年，其間爲優爲劣爲美爲惡，儲於胸中漸欲探喉而出。畜之久者，發之暴若長江大河，一瀉而不可復遏。憶初握管時，尤不能自信。剛成一二頁，質之友人，友人咸以爲可。群慫恿吾成是書，我於是乃有此洋洋灑灑百餘萬字。

（一九二二年二月二十八日《時報》）

七十七

我叙説我著《廣陵潮》之緣起，并非自鳴得意之作，故故貢獻於諸君子之前也。我敢正告愛讀小説諸君子曰：天下事有所爲而爲，固不如無所爲而爲之爲愈也。（小説之良窳賅括此二語中，讀者不可不察）。我初著小説時既非爲名爲利，祇覺社會形形色色可驚可憎可耻可笑，意謂我苟有此一支靈活之筆，當爲之一一寫照。至寫照之似與不似，吾能自誓絲毫不敢自信。我苟非旅居岑寂，百無聊賴（著此書時適寓武昌），亦斷斷不復思及作小説。作矣亦斷斷不復料及諸君不以爲鄙劣，而且有一讀之價值。無所爲而爲，其收效乃至於是。我不敢大言欺人，公然自命爲作者，此當爲諸君所共諒者也。

（一九二二年三月一日《時報》）

七十八

『江湖愈老愈寒心』，此鄙諺也，然而有至理存焉。方其年少氣盛，初學執筆，常若有不可一世之概。設想如何新穎，布局如何精密，選詞如何穠豔，一篇問世以爲不脛而走，不翼而飛，意中事耳。及至所閲既多，所著既夥，備嘗甘苦，但覺人處處勝我，我處處遜人，搦管時幾若千鈞之重。雖絞盡腦汁，幾於不復能成一字。況近來雖屬言論自由時代，終覺稍一不慎，輒指摘隨之。其中出於見愛，出於見嫉，雖不可辨，然而欲求盡如人意，其難則一也。社會小説所陳列者又復與時人切近，出乎事理不可也，過於刻畫又不可也，然則又安有所謂行文之樂哉！

（一九二二年三月二日《時報》）

七十九

小説貴得『蓄』字訣。質言之，即騰挪是也。『山雨欲來風滿樓』善寫雨者，必不先寫雨，先寫一風字，則傾盆之勢已躍然在人耳目。武松打虎與打蔣門神，二者均快活事，然在未打虎與蔣門神之前，耐庵先生必洋洋灑灑先布置許多情景。何也？此即所謂騰挪也。若在笨筆必不能作如許曲折，彼其所謂曲折乃真笨筆也。『將軍欲以巧勝人，盤馬彎弓故不發』，善作小説者當於此等處尋綫索，則思過半矣。

（一九二二年三月三日《時報》）

八十

作小説貴得一『截』字訣。質言之，即藏鋒是也。比如書中發一議論至痛快處，幾幾有烏逸不能止，風利不得泊之勢，可謂行文之樂矣。然果能於時間暫一剪斷，無端襯以他事，在形式上似欠圓滿，在精神上則平添許多風致，且使人作有餘不盡之想。其亟欲窺探下文之心，尤勃發而不可遏。一彎流水遇石則琤琮可聽，百丈峰巒有雲則變幻莫測，否則板板叙去，類抄胥，類演説，不足稱爲良好小説矣。

（一九二二年三月四日《時報》）

八十一

小説有用『逆』字訣者，如《蕩寇志》將寫安樂村之遭兵燹，先寫劉母之一家團聚及妯娌姊妹玩賞七夕是也。小説有用『反』字訣者，如《水滸》將寫宋三郎之不仁不義，堂則名忠義，旗則書替天行道是也。《紅樓夢》之耐讀者，以書中之寶玉不必超群絶倫而人自愛之慕之是也。《野叟曝言》之不耐讀者，以書中之文素臣必寫成天下無雙正士是也。凡著一部書，當其在落筆之先，胸中不可不有成竹，大處不審慎則小處遂無足觀，是亦凡爲小説者所當注意者也。

（一九二二年三月五日《時報》）

八十二

平居好議論古人，古人不我怒者以其既死，無復知覺也。且留一二筆墨爲後人批評地步，古人未嘗不引以爲幸。若在今人則髮衝而眦裂矣。毀固可憎，諛亦獲罪，何則？諛甲則乙嫉，諛乙則甲忌也。我之著小説觀，不過略舉心得與當世同文爲文字之商榷，人或猶有疑我爲自炫者，其實我之筆墨鄙劣，昭然在人耳目，不因小説觀而遂自重其身價。吾特笑世之君子好議論人長短，不樂成人之美，有如是也，然則我又奚言？

（一九二二年三月六日《時報》）

八十三

盈天地間，皆小説資料也。資料雖多，勢不能無辜奔赴我之紙上，則用筆尚已。譬如描寫一春天景物，出海之麗日，栖樹之黄鶯，或而輕雲，或而微雨，小兒之蹴球，美人之調批霞那，當其發現時必賴此一支筆收羅之、布置之。布置既妥，然後始成佳製，勢不得見日則寫日，見雲則寫雲，見雨則寫雨，剛寫美人又寫小兒，此理盡人能道，此筆未必盡人能用。蠶繭未嘗不光彩，織成匹錦其光彩又是匹錦之光彩，而非蠶繭之光彩。如曰有資料即有小說，吾奚敢信？

（一九二二年三月七日《時報》）

八十四

『身後是非誰管得，滿村聽唱蔡中郎』，觀其語氣可知古人事迹一經小説家裝點，其中多有不實不盡處。小説原不能作正史讀也，然人之讀正史多不如愛讀小説者，以小説叙事委婉有致，寫一境能使人如身入其境。窮檐冰雪，生瑟縮心；流水落花，生解脱心；烽火疆場，生雄壯心；幽閨怨語，生憐憫心；兒童天真，生活潑心；娼寮賭窟，生齷齪心；把酒擊劍，生慷慨心；仇家陷害，生戒懼心；探幽縋險，生奇怪心。佛云：『種種心是生種種相。』我則云：『種種相恃此種種筆。』千變萬化，層出不窮，真可以奪神工而施鬼斧，小説之魔力一至於此。

（一九二二年三月八日《時報》）

八十五

小説中之文字，抑重白話乎，抑重文言乎？此未可遽下斷語。余則以爲無論爲文言，爲白話，果其學有根柢，則其造詣均能各擅所長，使人有觀止之嘆。林琴南先生譯筆其所以膾炙人口者，緣其一字一句皆從古文脱化而來，醰醰有味又能自成一家言，不爲古人束縛，此境正未易造。他人學步，鈎輈格磔，風斯下矣。蓋下筆要有斤兩，憶《聊齋·蓮香傳》中有句云：『不然泉下少年郎豈少哉？』粗粗看去，不過爲李通判女以此語抵蓮香而已。然而已罵盡世間少年郎之貪色而死者。一句能作兩句，讀此方是有斤兩，此方得味外味。

（一九二二年三月九日《時報》）

八十六

小説游戲耳。吾輩執一支禿筆東塗西抹，必覥然告人，謂吾文字有功於人心世道，此特英雄欺人語，良不足信。然而無功可也，有過則不可也。何謂過？描寫穢褻，增長青年男女之私欲，此不獨人將干涉，即質之良心亦難排遣。余幼年亦嘗沈湎色香矣，凡所撰著綺思豔迹，摇筆即至。非必以是爲樂，亦言爲心聲，大有箭在弦上，不得不發之勢。今既垂垂老矣，重翻少作，輒復泚然汗下。又覺撰著小説與編輯小説，其觀念稍稍不同。責任所在，良用矜慎。兹憶得一事，敢述之以博同文一笑。

（一九二二年三月十日《時報》）

八十七

曩歲我曾爲某印書館編著文言小説一種。書剛及半，内中寫一卑劣男子引手探入婦人衣裾間，用筆僅僅止此，初無穢褻語也。編輯主者頗有微言，堅以營業性質爲詞，恐不滿意於觀者，致受影響。吾時亦深韙其説，且許此君，苟有著述必清潔高尚，男女媟褻之私，當然不至形諸筆端，詎知事竟有大謬不然者。此君近作一篇，適入吾眼簾，乃所寫之事，有爲社會上所不忍道者，此君乃津津樂道之，且極罄描摹之致。吾故曰撰著小説與編輯小説，其觀念稍稍不同者，職是之故。

（一九二二年三月十一日《時報》）

八十八

小説界之享大名者，未必篇篇錦繡；其不享名者，亦未必字字粃糠。儘有窮檐伏處，會心處不在遠。偶然觸目，隨意抒寫，自成一種局格，使我作天際真人之想。無如人多以耳代目，凡一揭卷，必先審作者姓名，而妍媸亦隨之而定。嗟乎，莽莽風塵中，不知埋没英雄幾許矣。此不獨小説爲然也，舉凡天下事莫不如是，是則可怪也。俞生牖雲年未及冠，知吾主任《小時報》，去年多所貢獻。乃其所作，雅出恒流，吾幾爲之瞠目，第一期之《江南》即其一也。

（一九二二年三月十二日《時報》）

八十九

游心要眇，遐①想八荒，運思之妙也；深入淺出，鈎心鬥角，運筆之妙也。有思而無筆則詞旨晦塞，使讀之者昏然欲睡矣；有筆而無思則堆砌滿紙，使讀之者索然寡味矣。作小説有二得，得時、得地。作小説有三忌，忌枯、忌妄、忌支離附會。偶然欲作，奮筆疾書，稍縱即逝，時也；窗明几净，筆硯精良，座無俗子，地也。文乏色澤，枯也；不近情理，妄②也；强書中人以就我，我不能布置書中

① 『眇』與『遐』兩字被墨迹所蓋，只剩半邊『目』與『辶』，此兩字可能爲『眇』和『遐』。
② 刊印時誤爲『忘』，此予以更正。

人，支離附會也。

（一九二二年三月十三日《時報》）

九十

同是白話小說也，有以神態勝者，有以詞藻勝者。二者相較，與其鋪張詞藻仍不如描寫神態。書中人物不一，其神態亦不一，至其神態須用吾筆畫出來，不當用筆寫出來。譬如一人登場，在不善用筆者每每先叙其性情如何，品格如何，開口便説盡，以後文字味同嚼蠟矣，此最是著小説者之大忌。必也善善惡惡，形形色色，著者未嘗下一斷語，讀之者自能於行間字裏得之。劇場中之丑角，人一望而知其爲丑角者，其一顰一笑皆所以表示丑角之態度。若先鳴於衆曰：吾乃丑角是也，豈獨愚獃矣，亦且狂謬。

（一九二二年三月十四日《時報》）

九十一

小説構思至苦惱時，對於一切事物幾於觸目生厭。苟再有二三友朋來相過訪，又不得不虚與委蛇，此真是説不出的委曲。古人於著書上加『閉户』二字，蓋亦有所見而云然也。然遇佳山水偶一流連，或於酬酢場中得稍稍揣摩傖夫俗子形狀，又未嘗不爲吾書中增許多色彩。若夫湘簾半掩，爐香乍温，坐對素心人談古今瑣碎故事，其啓發心思處亦自受益匪淺。蓋小説情事多半出於身世所閲歷，善用者取所閲而變化之，不善用者非堆跺即飣餖矣。神而明之，亦存乎其人耳。

（一九二二年三月十五日《時報》）

九十二

山之媚也，得雲而益彰；水之秀也，得月而益麗。小説之卓絶一世也，得評語而眉目益清醒。金聖歎不善作小説而善評小説，其聰明處有非常人所可及者。《水滸》、《西廂》固是不朽之作，然一經先生大筆點染，更覺生色不少。人之愛讀《水滸》、《西廂》有不如愛讀先生評語者，於此見評語之魔力不在小説下也。吾嘗惜《紅樓夢》一書爲先生所不及見，否則一經先生之妙筆，當更增許多色採。傖夫不察，詮釋《紅樓夢》至雜以《大學》、《中庸》及《易經》等書，所謂惡札真惡札也。

（一九二二年三月十六日《時報》）

九十三

作小説與作詩賦不同。天下儘有詞旨華瞻、文字茂美而不能作小説者。徒震其虚名，無益也。余生平最恨文人無行，刻劃洛神，唐突西子，私願未遂，藉筆墨以污衊人家閨閣，已足令人聞之髮指。苟其意有所指，動輒托爲小説，指摘個人之私德及其名譽，言之者快心，銜之(者①)刺骨矣。此不獨易招禍患，即質之良心亦覺有所不忍。何則？有其事而爲是言已非忠厚，若無其事而爲是言，其心術尚堪問耶？余近數年誓不作豔情小説者，大率有鑒於此，竊願與諸同文共勉之。

（一九二二年三月十七日《時報》）

九十四

又有所謂哀情小説者，在作者命意以爲寫得恁他沉痛。世有讀者，必將爲我灑一掬同情之淚，

① 此處疑脱一「者」字。

且因此深抱歉忱，謂我一支筆不免枯人雙眼。吾聞是語，不獨墜冠狂笑而且遍體起栗，大如榾柮，兀自忍俊不得，他人弗得知至。我敢發毒誓，雖有痛淚，斷斷不爲此等佳人才子無故揮灑。何也？彼遇女郎不能如願，而彼女郎者必天仙化人，必什九爲情而死，彼自爲汝死，與書外人有何干涉，而乃嗚咽咽學婦人腔調，替古人擔憂已不值得，替今人傷心尤不值得。噫！頻伽併命，妄填蛺蝶之圖；翰墨多情，詭托鴛鴦之劫。天下至奇之事，寧復有逾於此者？

（一九二二年三月十八日《時報》）

九十五

小説雖貴切近事理，然亦有故意露出破綻，使讀者將信將疑，泥着迹相反不免爲古人所笑。昨日聽强先生指摘《紅樓》諸評語，不能謂爲無見，然謂寶玉年幼，在理未必遂解人事。若如此推求，即以黛玉年歲論，其時較寶玉尤小，何以纏綿固結，遂解相思耶？大抵《紅樓》一書開篇即叙出荒幻無稽，又以假語村言爲宗旨。讀是書者，似宜放開眼孔，賞其寫情字有獨到處，不必牽强附會，如史家之考據，斯爲得之。余嗜讀《紅樓》，最厭讀《紅樓》之索隱，以其必指某某爲某某，如此讀去味同嚼蠟矣。

（一九二二年三月二十日《時報》）

九十六

至謂寶玉不得謂爲情人，乃情中之賊，此種論調尤足爲著《紅樓》者所齒冷。何也？大凡一書之中必有一主人翁，賈寶玉可謂《紅樓夢》中之主人翁矣。小説之筆，筆在寫主人翁者無不推崇備至，若世間不可無一，不可有二之人物，意謂可使讀者得一美滿之觀念。噫！此真未可與言著小説也。《紅樓》之佳，佳在寶玉爲情中之賊，使人人爲黛玉雪涕，若果情天可補，木石團圓，百年以後，《紅樓》之膾炙人口斷不如是。

（一九二二年三月念一日《時報》）

九十七

《紅樓夢》刻劃情字固是細膩，其寫寶黛尤極高尚，無穢褻筆墨損其人格，使讀之者但覺其婉孌可憐，與一味淫啼浪哭者截然不同。享大名而傳奕世，正自有故。雖然社會不能有君子而無小人，戲劇不能有生旦而無小醜，榮寧兩府中不能僅有寶黛而無賈璉、薛蟠一輩人物。夏金桂與多姑娘，彼亦出其餘力，形容盡致。若在今日不得謂非有傷風化，徒以其書卓絶千古，與《金瓶梅》、《肉蒲團》

專寫男女穢態者大異，是以人多諒之。吾則以爲不如是則伸紙濡筆，撰名人言行録足矣，小説云乎哉？

（一九二二年三月念二日《時報》）

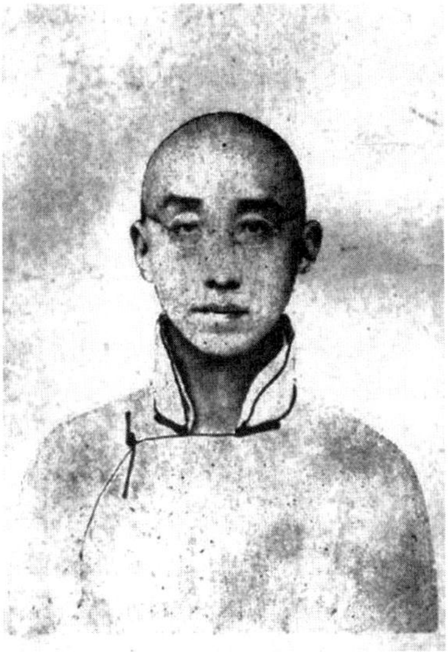

李涵秋

中華民國十年十一月四日

◉我之小説觀（涵秋）

▲隨便談談

作小説難乎，萬事萬物佈滿宇宙，攝形入鏡，俯拾即是，烏覩所謂難也。作小説不難乎，事如散沙，必待穿插，物無定影，重賴刻畫，欲作小説，必先佈局，局既佈矣，又須立意，意已立矣，更貴造詞，如之何其不難也。涵秋學殖荒落，無所建樹，惟浸淫於此道者，逾二十年，得失寸心知，甘苦誰證，旅居無賴，借破岑寂，聊爲無統系之談話，明達之士，或不譏誚，即有志於斯者，亦可藉此作他山之一助，若謂吾自命識途老馬，貢其所知以自炫焉，則吾豈敢，於管……（待續）

聯話

愈愚館聯話

論今後小說之趨勢

黄厚生 撰

連載於《時報》一九二一年十一月二十、二十二、二十三日。《時報》，一九〇四年六月十二日在上海創刊的日報，由康門弟子狄葆賢創辦，任經理，羅普任總主筆，聘陳景韓、包天笑、雷奮任編輯。在時論、新聞等方面的編刊大膽革新，受到讀者的歡迎。曾先後增設實業、婦女、兒童、文藝等周刊。至一九二一年冬出售給他人，至一九三九年停刊。作者黄厚生，見一九二一年《自由談之自由談小說話》提要。本文認爲當時是一個『小說荒蕪之時代』，具體表現爲：『始則貽誤於《聊齋》式之板滯，繼則陷溺於雪月風花、駢四儷六之華藻豔辭，終則摧殘於貌似神非之寫實派黑幕小說。』根據這一并不全面的看法，他認爲要改變這樣的局面，小説家必須從『取材』、『描寫』、『觀察』三方面作努力。就『取材』而言，因小説是『人生之反映』，所以世間的一切都可以作爲小説的材料，但他强調對材料一要加以選擇，『擷取社會間之最精彩的一段加以實寫』，二要出於公心，要注重『爲民衆的，爲被損害人們的呼籲』。至於『描寫』，也就是藝術表現，要注意刻畫『個性』的同時，也要刻畫人的『獸性』，并關注『布局與結構』。所謂『獸性的描寫』，就是要將人的『醜陋』，『皆須和盤寫出』。不過，他指出對此要『謹之慎之』，寫獸性而要使人『覺獸性之野蠻而不感及肉欲』。在這基礎上，作者進一步强調小説家當有批判現實的奮鬥精神，寫出『社會間一切階級的、黑暗的制度』，『以譏刺之筆墨攻擊一切飯桶的官吏與垂死的人們』。他認爲，只有這樣，小説纔有永久的價值。

涵秋注

鄙人所著之《我之小説觀》，係一種不成片段之文字，就所心得，聊資商榷。意則偏而不全，詞多泛而無當。東施捧心，不自知其醜者，亦適成《我之小説觀》而已。昨得黄厚生君寄來《論今後小説之趨勢》一篇，殊足與鄙人所著，互相發明。黄君説部，雖不多見，然窺此篇之命意，殆亦有心人也。亟録出之，以公同好。鄙人之《我之小説觀》，俟此稿刊竣，仍當賡續。

吾讀涵秋先生之《我之小説觀》，不覺技癢，亦欲率爾操觚，東摭西掠，作東施之效颦。貽譏大雅之處，自知不免。然仁者見仁，智者見智，如吾之魯鈍者，亦有魯鈍之管見。兹復雜採東西洋各大文學家之學説，剳凑成篇，不過爲研究小説者一助焉。

張山來曰：『古今小説家言，指不勝僂，大都飣餖人物，補綴欣戚，累綴成篇。非不詳贍，然優孟叔敖，徒得其似，而未傳其真。强笑不歡，强哭不戚，烏足令耽奇攬異之士，心開神釋，色飛眉舞哉！』是則徒得其似，未傳其真之小説，在張山來氏，已視爲不乘之小説。邇者文學益形否塞，海上一般文丐，恒百出奇計，撰爲穢淫誨盗之黑幕小説。名爲揭破社會之黑幕，實則導青年於歆邪之途。姑無論其有新文學真正的文學之價值與否，即較之舊式的某翁某生之小説，與張山來所謂累綴成篇者，亦復瞠乎其後，望塵而莫及，遑論其他。此吾國小説界之所以固步自封，始則貽誤於《聊齋》式之板滯，繼則陷溺於雪月風花、駢四儷六之華藻豔辭，終則摧殘於貌似神非之寫實派黑幕小説。降至今日，捨《儒林外史》、《水滸傳》、《紅樓夢》數種，略備文學之雛形而外，他則皆不具體未成熟之作品也。然則際此小説荒蕪之時代，吾豈能無言，默爾而息乎。

（一九二一年十一月二十日《時報》）

甲、取材論　夫宇宙間森羅萬象，色色形形，無往而非小説之資料。《蠟球》一書，Banle de Snif 亦不過成於講述月夜的故事之中。古云談言微中，實則世界上一颦一笑何往而非小説之好材料也。法國批評家斯脱爾 Stendhol 曰『小説爲沿路走過去的鏡子』。是則小説之表現不啻人生之反映，小説家所處之地位不啻手執晶潔之明鏡，一一將其實現也。又有病其太不經濟者矣，於是不得不加以揀擇，譬諸自然界之碧野蒼天、茂林修竹與夫飛瀑清湍、青山緑水靡不有幽秀遼敻、賞心悦目之趣。然攝影者往往取其紅樓之一角，或某景之一部，其不和盤托出者，正以其一以概其餘也。以其瓌奇特偉，有軼群之美也。故作小説者亦當本此眼光，以擷取社會間之最精彩的一段加以實寫，必不可含有纖些自利自私之心，發爲抑鬱不平之牢騷，或陳述一人一家之事而忘却爲民衆的，爲被損害人們的呼籲。此文起八代之衰之韓昌黎，所以不能高佔文學上之位置者，則墓志銘及行狀之作，品階之厲也。是以世界諸大文學家如托爾斯泰（Tolstoy）、高爾基（Gorky）、陀思妥夫斯基（Dostoevsky）、曹拉（Zola）、莫泊桑（MauPassant）、哈特曼（Hauptmann）、易卜生（Ibson）諸作家成取材於農民之生活（如都介涅夫之《獵人筆記》），或非難戰争之不是（如托氏之《戰争與和平》），或取材於家庭之中（如易氏之《社會柱石》），舉凡乞丐、小賊、官僚、吏民、巫醫、藥師百工之徒，皆産生小説之好資料也，惟在小説家之善爲採取耳。

乙、描寫篇　夫文學者所以反映一國國民性者也。故一國之人民風俗及生活情狀皆可於作品中表現之。意大利美術家潘剛那（Pagano）曰『藝術（包括文學）乃將散在自然間之各種美連合爲一』。柏特（Battenx）曰『藝術在於摹擬自然之美』，而描寫者即藝術之手段也。藝術之手段高則藝術品之價值大，藝術之手段低則所描寫者自不能唯妙唯肖，喚起讀者之同情與讀者以深刻之刺激。然則欲喚起同情、刺激、深刻固在刻畫，尤宜備有下列之各要件。

（一九二一年十一月二十二日《時報》）

（A）個性的描寫。□□□各文學作品，其中所創造之人物莫不各如其分，視林黛玉之情况絶不似薛寶釵之舉動，觀李逵之英武亦不類武松之强悍。而《老殘游記》中之大明湖亦絶不同浙江之西湖。《傀儡之家》中之娜拉亦絶不同夫《海上夫人》。蓋人之言語、行動，各不相侔，各有各之特性。悉格曰『自然决没有兩樣相同的東西，各個體各不相同』。是則人類之中固屬互異，即一鄉一村、一草一木、一山一水、一衣一裳以及萬物萬事，莫不有其特色。此種特色即所謂『個性』也。故小説家之描寫，第欲細爲觀察以得其正確之觀點。把筆描寫庶能寫某物即是某物，記某事即是某事，至作品中之角色尤應各具異彩，舉凡口吻、習性、舉止皆宜各如其分，各有各之面目，篇首如此之描寫，篇末亦當保守其固有之態度，讀之者自能眉飛色舞，較昔日才子佳人，千篇一律之説部有勝多多矣。吾讀《廣陵潮》，覺其中所描寫者頗具地方色彩（Local Color），惜乎所造之角色猶不脱才子佳人之窠臼。

（B）獸性的描寫。當自然主義、寫實主義以前之作家對於肉欲的獸性常置之不寫，實則人之異於禽獸也幾希。人類與萬物確無甚特異之點，故寫實小説家當本其唯物之眼光，以觀察宇宙間之一切現象，無論如何齷齪，如何醜陋，皆須和盤寫出。福禄特爾曰『世界固一醜代之世界也』。况今日道德淪喪、社會墮落，一般青年恒以肉感爲生活上最大之要緊。故小説家自不能不壹意描寫，以針砭是種野蠻的獸性的衝動。而一班無耻文丐竟藉此以明詔大號印行。最不堪之□□小説以蠱惑青年，是針砭之功未見而墮落之弊又生，此吾願吾國小説家當謹之慎之，漫讀曹拉、莫泊桑描寫獸性之短篇小説以爲參考。第欲使讀者讀吾描寫□□□□□後，但覺獸性之野蠻而不感及肉欲也。我國小説家其猛省諸。

（C）布局與結構。吾國古文家每以布局與結構授諸門人，然其弊常流於板滯，不若新小説中之布局新奇，結構筍合，活而不凝也。蓋小説布局常以題材之主旨爲標準，以定布局之□□□□□。結構雖以實事實物爲題材，自應以自然之順序爲結構，然□□時須經作者主觀之默化，使其先後照應，如天衣之無縫，方有永久之價值也。

丙、觀察篇　吾既主張小説今後之趨勢在於致力寫實主義與自然主義，則小説家自不能不從事於觀察。觀察之方法又當本乎取材之方法與描寫之手段有關係者。切實明辨之，此吾所以以觀察論後於取材、描寫者也。昔福禄特爾令其弟子莫泊桑觀察十個車夫，以不滿百字描寫之。而其結果互有各異，是則觀察時必當留心其個性□□，各有面目確切不移也。

取材、描寫、觀察三者皆努力創作之要件也。吾人有志於小説者當竭力於此。吾更進言之曰『今後小説務當挾以奮鬥之精神，寫彼社會間一切階級的、黑暗的制度。當以譏刺之筆墨攻擊一切飯桶的官吏與垂死的人們』。庶小説始爲人生之表現，有□□的永久的價值，而後惡社會或可驚懼怵惕，有轉生之機。吾國文學或有建設之一日，吾諸小説家其勉焉。

（一九二一年十一月二十三日《時報》）

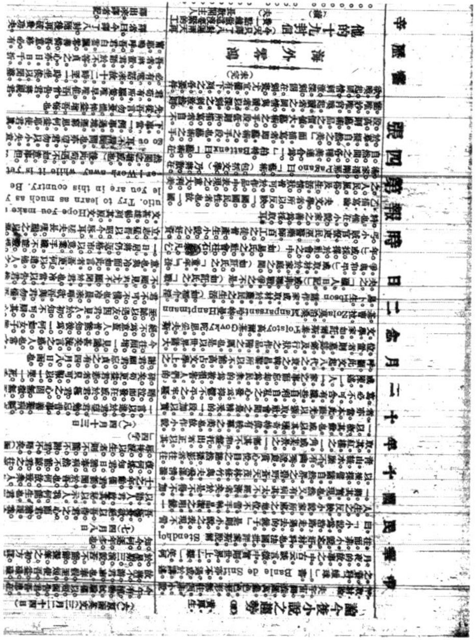
中華民國十年十二月二日
時報第四號
論今後小說之趨勢
海外零墨

《最小》報小説話

胡寄塵　張枕緑等　撰

本文係《最小》報上所刊小説話的彙録。《最小》報由張枕緑主編，於一九二二年十一月十五日在上海出版，良晨友好社刊行。兩日刊。其發刊《宣言》稱：『本報的篇幅最小，所以名稱《最小》報。』都發一些短篇小説與雜記，專設『關於小説之文』專欄，批評與論述有關小説的各種問題。另在『閑文』一欄等處也有零星小説話的文章，今一併歸入《〈最小〉報小説話》之中。胡寄塵，見一九一九年胡季人《小説管見》提要。張枕緑，見一九二二年《小説小説》提要。另署名張凰者，也即張枕緑。其他作者有：徐卓呆（一八八〇——一九六一），名傅霖，號築岩，別署半梅、阿呆、李阿毛、閘北徐公等。江蘇吴縣人。曾留學日本，學習體育，回國後創辦中國體操學校。提倡戲劇改造。先後任《時事新報》、中華書局及《晨報》編輯，主編《新上海》。主要作品有《徐卓呆小説集》、《李阿毛外傳》、《非嫁同盟會》等。樓劍南，即樓適夷（一九〇五—二〇〇一），原名錫春，曾用筆名樓建南、樓劍南等。浙江余姚人。早年參加太陽社，曾留學日本，一九三一年回國，長期在中國共産黨領導下從事文學與文化工作，後任人民文學出版社副社長、副總編輯、顧問。著有短篇小説集《挣扎》、《病與夢》、《她的彷徨》等。趙苕狂（一八九二—一九五三），名澤霖，字雨蒼，號苕狂，别號憶鳳樓主，吴興（今湖州）人。早年肄業於上海南洋公學，先後任職於大東書局、世界書局，編輯過《四民報》、《遊戲世界》、《紅玫瑰》、《金剛鑽》等刊物。著有《玉碎珠沈録》、《劍膽琴心録》、《世外探險記》、《趙苕狂小説集》等。姚賡夔（一九〇五—一九七四），名賡奎，别署蘇鳳。曾主編《辛報》、《世界晨報》等。著有《心塚》等。張碧梧（一八九七—?），江蘇儀徵人。曾任無錫《商務日報》主筆，協辦《樂園日報》，主要作品有《雙雄鬥智記》、《劫後餘生》等。嚴芙孫（約一九〇一—?），原名嚴煇，别署黛紅，浙江桐鄉人。小説家嚴獨鶴之侄。十四歲即發表小説於《禮拜六》，得到主編王鈍根的贊許。十五歲至十七歲，連年創辦《雛報》、《新思潮》、《青聲》，均以資絀告終。一九二二年七月在上海與張枕緑等組織文學社團青社，團結了當時一大批活躍的小説家。接著又先後主編或編輯了《小説日報》（一九二二年十二月）、《月亮》（一九二四年五月）、《薔薇花》（一九二四年七月）等報刊。其創作的短篇有《嚴芙孫説集》等，長篇有《春痕黛影録》、《市隱》、《淞濱殘夢録》等。另有《全國小説名家專集》，爲三十二位『舊派』小説家立傳，具有重要的史料價值。徐碧波（一八九八—？），江蘇吴縣（今蘇州）人，字芝房，號歸燕，别名五常、紅雨、直諒等，一九二三年在蘇州編輯《波光》旬刊，一九二七年與程小青合辦『公園電影院』，後任《電影月報》編輯，一九二九年出版文言短篇小説集《流水》。三十年代後撰寫電影劇本《虞美人》、《殘夢》、《血淚鴛鴦》等。一九四八年將歷年發表的短篇小説編成《燈明後》、《蘇州屋檐下》。朱維基（一九〇四—一九七一），江蘇上海縣（今屬上海市）人，早年就讀於上海滬江大學，一九三八年與蔣錫金編輯出版詩刊《行列》。一九四一年在上海被日本侵略者逮捕，一九四三年出獄，任教於上海藝術大學。一九四五年到蘇北抗日根據地任教，一九五一年回上海先後在華東文化部研究室、新文藝出版社、華東師範大學工作。主要作品有詩集《世紀的孩子》，譯作《唐璜》、《神曲》等。施青萍，即施蟄存（一九〇五—二〇〇三），名德普，筆名施青萍、安華等，浙江杭州人，早年隨父遷居上海松江。一九二一年在杭州與戴望舒、張天翼等組織蘭社，出版《蘭友》旬刊。中學畢業後考入杭州之江大學，一九二六年入上海震旦大學，與戴望舒、劉吶鷗、杜衡等一起創辦《瓔珞》旬刊。一九二八—一九二九年間先後編輯《無軌列車》和《新文藝》，一九三二—九三五年主編《現代》月刊，後與阿英合編《中國文學珍本叢書》。一九三七年後，輾轉於雲南、福建、江蘇、上海的高校任教。小説代表作有《鳩摩羅什》、《將軍的頭》、《梅雨之夕》等。馬鵑魂，早年在杭州中學時參加戴望舒、施蟄存、張天翼等組織的蘭社，後至無錫蕩口鎮公立第一國民小説任教，加入『青年學社』，轉爲社會主義青年團團員，後到廣州黄埔軍校學習。朱智先，曾於一九二四年在鎮江創刊《筆鋒》半月刊，僅見兩期。常爲《申報》、《半月》等撰稿。江紅蕉（？——一九二七年前後在世），原名鑄，字鏡心，筆名江紅蕉，江蘇吴縣人，南社社員，曾主《新申報》筆政，編輯《家庭》雜志，著有《灰色眼睛》、《江南春雨》等。還有作者，如周瘦鵑，見一九一九年《小説雜談》提要；程小青、餘青心，均見一九一九年餘青心《説小説應列入學校國文課程中及其教授方法》提要；何海鳴，見一九一九年《古今小説評林》提要；范煙橋，見一九二六年《小説話》提要；吴靈園，見一九二一年《小説閑談》提要；張舍我，見一九二一年《自由談小説話（張舍我）》提要；畢倚虹，見一九二二年《説苑拾零》提要；黄轉陶，見一九二二年琴樓等《小説雜談》介紹；周浩泉，見一九二二年《〈良晨〉小説話》提要；潘祖賢，見一九二六年《談談幾位小説家》提要；聽潮生見一九二二年《小説日報》小説話提要；鳳雲女士，見一九二二年《〈良晨〉小説話》提要。再有衆多的作者如：錢唐邨、曼郎、韻秋女士、朱秋鏡、江鼎文、王立方、顧哀梅、無虚生、俞千芳等等，待考。總之，隊伍相當龐雜，論述的問題也十分廣泛。視野所及，對於古今中外的作品都有批評，讚美者有之，指摘者也有之。既面對小説的創作，也關注小説的批評。有關作家的責任，題材的選擇，技巧的探討，讀者的接受，編輯的改進，乃至小説的翻譯，小說與教育，新舊的争論等等諸多方面都有所涉及。擇其較爲醒目的如，他們强調了小說要源於生活，但小說不等於『新聞』。新聞是寫『偶然的事理』，小說是寫『普通的事理』，作者必須要『放出藝術手段來，加以變化剪裁』，進行適當的加工，才能真正成爲『一件藝術作品』。他們强調小說要有『趣味』，『讀完而趣味同時消滅的，也難稱爲好小説』。在這裏，樓劍南提出的小說要做到『興味』、『個性』與思想性三點相結合的主張值得注意：『小說不是僅僅叙述有興味的事實，須要參以作者的個性，和對於一切問題的主張，藉灌輸與讀者的腦中，使他們認識，使他們同情。』張枕緑的《讀者的環境》一則，談及了讀者的接受問題，作者自以爲『安置最精密、描寫最深刻的』作品，居然遭到有的人的强烈反對，但也能引起另一些人的共鳴。何海鳴評說『枕緑的作品，與歐風相近』，『是善採擷歐化的精髓，而割棄皮毛』，『能調和中國新舊二派』，也值得我們注意。這對如何客觀的看待所謂『舊派』小說家是有益的。在這些小說話中，當然還可以看到他們對於『禮拜六派』的辯解與自我批評，以及對於新文學家的反批評，這些資料都有助於文學史的研究。

一種特殊的情形　胡寄塵

描寫一種特殊的情形，能描寫得真確，固然是好的，但不是身歷其境的人不能寫，也不是身歷其境的人不能領會。我曾有一首《騎驢子遊虎邱》的詩道：『去住無心盡日遊，但逢佳處便勾留。瘦驢應是馭人慣，自識尋途到虎邱。』這首詩確能寫出蘇州驢子特殊的狀態，然我在上海拿這首詩給人家看，人家都不曾説有甚麼好處，只有范君博説這詩極好，因爲范君博是蘇州人，所以他能領會得到。我想詩是如此，小説也是如此，而於社會小説爲更甚。

（一九二二年第一號）

實事與小説情節　張枕緑

我常聽得許多人説：『這樣動人的一件實事，大可寫作小説。』但是無論怎樣動人的事實，非經作者放出藝術手段來，加以變化剪裁，難望成就一件藝術作品。有取實事作爲小説中的情節，而競競於叙述失實的，那完全是一個笨伯！

試舉一例，當我前年住在鄉間的時候，聽得家人們傳説『此間有一份鄰家，那丈夫最初和妻子的感情還好。曾經生育過二個女兒。有一次，夫妻倆忽然反目，那妻子怒極時，任性舉起一只碗，擲向伊丈夫面部去，正中嘴上，磕掉門牙一個。那丈夫從此憤氣出門，娶了一個小老婆。不多時也生了一個兒子，就另租了一處近邊的房屋，居住成家。十七年來他雖在白天裏常到這邊正妻處來，却很少接談，更不曾留宿一夜，那妻子自然不免後悔，可也莫及。忽然近來那個小老婆生的兒子死了，那丈夫估量小老婆不會再生育了。正在非常悲痛的當兒，他有一個好朋友，趁此機會，自告奮勇，幫助他的正妻，在晚上把他灌醉了，扶他到正妻處來住宿。他爲嗣續起見，也就收拾起多年的烈性，將錯就錯了。』論起這樁實事來，那丈夫在這樣久遠的時期中，不和他天天見面的妻子共宿，固然很足動人聽聞，但他已有了小老婆，那烈性的價值已減去不少了。一個人的意志被强烈的感觸所變更，肯和他遺棄多年的妻子重合，這固也很足動人。但那感觸是屬於無聊的嗣續觀念，便又不足爲此宣布了。我乃加以變化，把十七年來夫妻不共宿的原因，改爲由於丈夫私憑著哲理的感覺；又把十七年中天天相見的實情，改爲沒有相見；又把那重合的原因，改爲由於丈夫被愛情所感動。如此做去，以寓理性不敵愛情之旨。遂成《十七年後的一吻》之篇。（載在我的小説集《十七年後的》中）我想，該篇經過這樣變化了一下，多少足使增加些藝術的價值。

（一九二二年第一號）

別體小説之滄桑　徐卓呆

在筆記體小説盛行的時候，有人説我的小説不像小説，其實我仍是這樣老腔調的做著，也有人因爲見上海房子都有石庫門與天井，便叫那没有石庫門與天井的房子，稱東洋房子。於是把我這非筆記體的小說，也叫做東洋小說。還有一種雜志更滑稽，替我加幾幅插畫在我的小說中，把小說中人，一齊畫成了日本人。小說中人名，明明是中國人名，他强要她入洋籍，不是太可笑麽？還有把我小說另列一欄，叫做别體小說，以示與筆記體小說不同。不過近來筆記體小說逐漸消滅，將來雜志中僅剩了一二篇，只好把這非别體小說，也另開一個别體小說欄。請他進去咧，這可以叫做别體小說之滄桑。

（一九二二年第一號）

别說我要工作了 周瘦鵑

小說這件東西，不比得雜文之煩，越想趕做幾篇，越是一篇也做不出。忽然有一個時期，文興很好，接連做出幾篇，倒篇篇都很有精彩，也說不定。所以小說的作者，應該不把『工作』二字放在心上。

（一九二二年第一號）

蘇腦妙品 程小青

美國全國著名的葛蘭生醫士，也是一個海軍少將，他在歐戰告終以後，曾應某大學的請求，作過幾次醫學上的演講。有一次他講幾句有趣的說話道：『凡煩忙的商人、律師和一般恃腦力生活的人，應當分出每日工作外時間的一部分，讀一篇偵探小說，蘇蘇他們腦經的疲勞。』

（一九二二年第一號）

讀者不知作者苦

周瘦鵑

温讀十年前自己做的好小說，仍舊也感動，就回想到自己著筆時怎樣的煞費經營了。讀人家新做的好小説，當然感動，却想不到人家著筆時怎樣的煞費經營了，就是時常動筆的人，也是如此，這叫做讀者不知作者苦。

（一九二二年第二號）

進步呢退步

徐卓呆

我從偶一爲之的做小説起，到現在將身體浸在小説中，屈指一算，糊糊塗塗的有二十年了。最可笑是偶爾看看自己的舊作，總覺得自己現在做不出，不知是我的進步呢退步？

我的小説題目，從前往往用兩個字，瘦鵑常説：『你的題目，都用兩個字，我一看便曉得是你的著作。』但是我近來不對了，一跳跳到九字十字咧，覺得非如此總不合我的意，這又不知是我的進步呢退步？

（一九二二年第二號）

讀者的環境　張枕緑

我自許所作安置最精密、描寫最深刻的，要算《燈前之酒》一篇了。此篇在《良晨》上發表後，有一個纔賦悼亡的讀者，寫信來批評説，做得於誣衊人情了。言下還帶著些警告的態度。又有三個已經續娶的讀者，却一致很誠摯的説，把他們心理的經歷完全表現出來了。足見小説能不能取人同情，也有一讀者的環境爲轉移的，欲博全部分人的同情，不很難麽？

（一九二二年第二號）

小説文字之劃一　朱智先

我國語言不統一，有心人常常抱著悲觀。小説有潛移默化的能力，大可借他來改革一下子。譬如白話文體的小説中，關於父一方面的稱呼，如爺、老子、父親等等；關於母一方面的稱呼：如媽、娘、母親等等，作者各就一地的方言，拿來當作他紓寫的資料。在一本雜志裏，或是一篇作品裏，盡有如許的稱呼雜現著，使讀者腦筋中，承受著一種繁瑣的印象。即此一端分明表示我國言語不能統一的污點，這種污點，我想大多説的作者下筆時，定都没有審慎顧慮到。大家爲什麽不謀文字上的劃一呢？

（一九二二年第二號）

我説枕緑　何海鳴

枕緑的作品，與歐風相近。然而不嚕嗦，也不神秘，是善採擷歐化的精髓，而割棄皮毛的，他能調和中國新舊二派小説，自己開闢一個園地。

我對枕緑的忠告，是勸他要對於各種社會，下一番透底考察的工夫，以爲小説行文布局的根據。新派小説家，懂得幾件新符號，認得一些ABCD，譯過幾篇神妙莫測直評體的外國小説，便要稱起創作家來。但所創作的，無非是學校中男女學生的愛戀，各人放假回家所見著的鄉村的外觀，無論怎樣總是淺薄得很，這就因爲他們對於各種社會閱歷不多，考察不曾透徹的緣故。（願一般作者，和我共同受教，枕注。）

（一九二二年第二號）

小説雜志的封面　范煙橋

小説雜志的封面，雖是一種裝飾，實在也要和雜志有一些兒關係纔好。我有一個意見，把本期最好小説中間的最好一節，描成一幅簡單的畫，作爲封面，倒也是很有意味的。

（一九二二年第二號）

威爾遜總統的偵探小說癖　程小青

我去年曾爲《婦女雜志》譯過一篇《威爾遜夫人》，內中有一段，記述威爾遜總統的家庭生活。每當威爾遜總統公務完畢之後，夫人總要選一篇情節動人的偵探小說，曼聲念給他丈夫聽。一篇讀罷，不但她丈夫疲勞的政躬，因此蘇復，并且精神勃發，還要和夫人批評書中的情節。有時更彼此商酌，把全部書的結構變動一下，使得他越發生動有趣。威爾遜總統生平的嗜好，除了棒球以外，就要算偵探小說，所以他卸任的時候，夫人檢點白宮中存積的小說，竟多至八千餘種。

（一九二二年第二號）

消遣？　胡寄塵

有人說，作小說不當供人消遣。這句話固然不錯，但是我尚有懷疑。

我以爲專供他人消遣，除消遣之外，毫無他意存乎其間，甚且導人爲惡，固然不可。然所謂消遣，是不是作『安慰』解？以此去安慰他人的苦惱，是不是應該？且有趣味的文字之中，寓著很好的意思，是不是應該？這樣便近於消遣了。倘然完全不要消遣，那末，只做很獃板的文字便是了，何必要做含有興趣的小說？

（一九二二年第三號）

我從事著作前的預備

張枕緑

我没有多大的本領賺錢，只能把所做的小説换幾個錢。當我十九歲前，我把稿費充零用，很是寬裕，每天要吃好多的零食，花生米時常幾角錢一買，當日吃完，自己一個人究竟吃不完，總得教人幫忙。當我十九歲上娶了妻子，自立門户之後，要把賺來的錢補助家庭的開銷了，我逐漸不敢多吃零食了。（苦惱？）而且爲想增多進款，曾經自己整頓工作，規定撰述的時間，預算只要每天寫出幾百個字來，便也很足補濟家庭的經費了。我這樣試做了不滿十天，查計字數，竟有二三萬，不爲不多。可是一究内容，却無非都是敷衍篇幅的文字，没有價值。自覺這樣做去，雖可發財也不值□。内醜起於心頭，立把那二三萬字送進字紙簏去，便把限時撰稿的計畫取消了。我甯使省些費用，不濫做小説。至今却養成了一個著作時的怪癖，當我得到了一個資料，預備著手抒寫時，先要請家人走出我的著作室，自己把門窗關上，以拒絶外界的聲響。再把室中的陳設，一一安排得整齊。更將寫字臺上的書信雜物，一一收拾起來，只剩幾件撰述時所必用的工具，仍舊安置著。然後我坐下來，全神貫注在所要做的小説上。倘然不是這樣，外面的聲響且别講，當我寫到中間，偶爾停筆抽思時，流目及於一件未曾安排整齊的器具上，或是獨見一件無關緊要的小東西在臺面上，心煩門的起了一個不自在，也要思路因此塞絶了，滿想繼續寫下去，總是寫不出，縱是寫出一兩句，也覺百不妥當了，只得暫擱起來，預備在另一時期内續完。在另一時期内，我做那篇小説的感想已經淡薄，續下去的文字，總自嫌没有精彩，不能完美，終於未完拋棄了。（所以我的小説，大多在一個時期内做完的。）有人説我每次從事著作，如果必要作那整理器物的預備，未免太麻煩了，何不留心逐漸改免？不過我但以難得好資料爲恨，我實在不憚煩呢，不知小説作者中有和我同病的麽？

（一九二二年第三號）

留在腦中的時間多少　徐卓呆

小説讀到十分之七八，已經料想得到那結果的，到底不是好小説。讀完而趣味同時消滅的，也難稱爲好小説。小説的真價，在讀後能留在腦海中的時間多少。我們閉目默想，到底有幾篇最想的起來，那一定是好小説，不過掩卷後能够教人猷著半晌的，也已不錯了。

（一九二二年第三號）

小説與新聞之别　吴靈園

小説是描寫普通的事理，不是描寫偶然的事理。描寫偶然的事理，叫做新聞。描寫普通的事理，纔叫做小説。

（一九二二年第三號）

值得的犧牲　樓劍南

小説家費了許多腦汁，好容易做成一篇小説，得到幾塊錢的稿資，去供給讀者做消遣品。天下不值得的事，更有甚於此的嗎？ 但我以爲小説不是僅僅叙述有興味的事實，須要參以作者的個性，和對於一切問題的主張，藉灌輸與讀者的腦中，使他們認識，使他們同情，那麽，作者雖犧牲了一切，也是值得的了。

（一九二二年第三號）

賣文運動　范煙橋

計字論值，最足以阻礙作品的進步，譬如像理想派的最小小説，有三四十字的，豈不是只有一匣香煙的代價麽？ 要是像左都十年作賦，一定要餓死。所以小説家應該舉行一回賣文運動，打破這個老規矩。（枕按，計字論值之弊，我也曾在《良晨》上説起過了，但是賣文運動四個字，嚇得倒資本家麽？）

（一九二二年第三號）

偵探小説的效用

程小青

凡住在蘇州地方的人，大概都知道李伯蓮君的名字，他是首創東吴大學的人，曾經當過二十多年的校監。當他任校監職司的時候，公務的繁忙，實在少見，不論甚麽時候，踏進他的辦公室去，至少總有兩三個人，等候著和他接洽，或請他的示命。他雖然這樣忙，精神却特别的强旺，從没有見過他生過一天病。大家都很詫異，問他可有甚麽養生的秘訣，他回答道：『我的繁忙，不在體力，只在腦力，我却有個養腦方法，所以還能够應付。』又問他有怎樣的養腦方法，他的答語又是很稀奇的，就是他每天公務完畢以後，總要讀幾頁偵探小説的。他曾説道：『人們的腦子，若使偏用在一途，時間多了，就不免覺得要疲乏。那時若把他的腦思引到别一途上，那就是惟一的養腦方法。』他又説：『偵探小説不但可以養腦和活潑精神，并且在辦事上，也可以得到許多經驗智識哩。』

（一九二二年第三號）

畫龍點睛

徐卓呆

小説題目，如畫龍點睛，龍的死活，全在這一雙眼睛上，畫龍的本領不高明本來也畫不出好眼睛。畫龍極有本領的人，也往往有時點睛不能得法□。所以我勸一般雜志編輯者，若非自問能够與原畫全體和合，能够增加原畫價值的，還是不必替他代點，他自己雖點得不好，究竟是他親筆，筆法來得統一些。

（一九二二年第四號）

小説雜志的封面　胡寄塵

本報第二號上，范煙橋君説起小説雜志的封面，他以爲最好用本書中有精彩的事實，繪爲圖畫，以作封面。此説我極表同情，似乎我早曾向《遊戲世界》趙苕狂君説過，但不曾見諸實行，現在范君也有同情，我想這事將來定可實行，希望同志者加以鼓吹。

又用圖案做封面，也極别致，以前《小説海》曾用過，以十二個月的月令中成句支配十二期，譜爲圖案畫，用意極美，但程度太高，一般人不能領會，恐非普及之計。

現有各小説雜志之封面，以《紫蘭花片》一及《半月》繪印皆精，非他家所能及，若以命意而言，却不如《星期》之别致，《星期》封面，實可云自成一派，爲從來所未見。

（一九二二年第四號）

小説文字和女子的衣飾　周瘦鵑

一篇小説的意思很好，却把粗劣的文字寫出來，好比一個美貌女郎，雖然亂頭粗服，還自有惹人憐愛之處，倘然意思平庸，雖濟以極優美的文字，也好比嫫母無鹽，打扮得花團錦簇，叫人見了，反替那一飾可惜呢。話雖如此說，意思和文字畢竟都要講究的，尚有好意思，配以好文字，那就好比美女豔妝，不更令人可愛麼？

（一九二二年第四號）

海上瑣聞　訪員

商務書館的《小説世界》，那第一期的封面是兩裸孩取暖壁爐之圖，插畫有雙獅搏牛圖，均極精美。內容微嫌駁雜，補白文字有用新式圈點者，尤覺礙眼，聽説該周刊將於耶誕日發行。

《紫蘭花片》第六集爲戀愛號，材料增至一百二十八面，封面是丁悚的仕女畫，插圖有林琴南畫的《紫羅蘭庵懷舊圖》，小説有《紅樓別夜》、《一雙水注注的眼睛》等篇。

《武俠世界》將刊女俠號。

何海鳴客串亦舞臺之説已打消，遊杭之説不確。

（一九二二年第四號）

批評小説　張舍我

小説不經過批評，不能見其是否有真價值。雖然小説本身的真價值，不因有没有批評家的評語而增加或減少，但使一般讀者，憑著公正無偏的指導的評語，得知一篇小説之良窳，那自是批評家的責任，應有的本分。

現代的批評家如何？ 可有如我說的小說批評家麼？ 我可以說，中國現代的小說批評家簡直沒有，如今所見的批評家，只是一個什麼文學會或是什麼文學社裏的『作譽頌文者』。 就是專爲一黨一會裏的作品『作注脚者』，專爲其同黨同會裏的分子『作捧場者』。 所以這些名爲批評家眼光，專注在同黨同會裏作品上，他們所有的光陰，也專發廢在拜讀同黨同會裏的作品上，對於形式不同的與異黨的創作，簡直是個故□的盲子。 他們既執著成見，不肯細讀，秉著牢不可破的謬想，閉著眼亂罵。 所以他們的批評文字，并不是公正無偏的指導的評語，乃是他們成見謬想亂罵的結晶。 他們在一方面是作譽頌文者，作注脚者，作捧場者，在一方面又兼作罵街的村婦。

没有主見的青年們啊！ 你們講了他的譽頌文或是謾罵文以後，可曾用你們自己的理解、自己的慧辨、自己的識見，去尋求真知麼？ 可曾平心静氣，閱讀那被譽頌或是謾罵的作品，而下一公正的批評麼？

我懇切地求一般青年，用你『自我』的識見、慧辨和理解，來批評那些不用新式符號的小說。

（一九二二年第五號）

一個做不完的惡習

潘祖賢

我從十三歲的時候，便學著做小說，至今已有二三年了，可是我做的成績品很少，因爲我做小說的時候，有一個惡習慣，把小説做了半篇，或是一段，便再没有心緒做下去，把筆一丢，和小朋友去胡鬧了。所以我的稿子堆裏，没完篇的小説很多。但我可用甚麽法子，來改掉這個惡習慣？諸君肯賜教麽？（編者戲按，也許是潘君玩耍性太重罷。）

（一九二二年第五號）

怎樣救濟不完篇的習慣

張枕緑

喜歡做小説而缺少經驗的人，大都在著作以前没有什麽預備，他們心上覺得這時候要做小説了，便坐下提起筆來寫，究竟胸無把握，寫到中間，諸多棘手，欲不罷而不能了。縱使勉强完篇，也不知不覺的竊取了人家已經描寫過的情節，描寫得極相類似。如從前流行的《某某恨史》，現在流行的《一個可憐的黄包車夫》等作。或者支離割裂，而不成其爲小説。一篇小説在著手動筆之前，至少應有兩種預備：一是選定情節，二是支配格局。（就是布局）情節不論是聽來的，看來的，或是自己想得的，必須從嚴選定一件，預備如何剪裁，使去糟粕而存精華。再言預備怎樣起情節叙述，使增藝術上的價值，然後落筆寫出來，自然文句紛集腕底，有源源不盡之概，到煞尾而始止。倘使常是這樣辦法，除了發生意外情事，大約不致做不完篇了。

（一九二二年第五號）

抵抗輪奸 徐卓呆

小說家是一種描寫人生的藝術家，藝術家都應有貞操，至死不肯移動的。編輯小說雜志的人，應當重視這神聖的貞操，不可强奸她。但是現在的小說雜志，連一對二的在那裏發生，恐怕小說家不獨被人强奸，還要受輪奸而死。所以或者削髮爲尼，或者組成清節堂，那實是目前的急務呢！哈哈！

（一九二二年第五號）

創造自由 張舍我

小說作者若努力於創造作品，將他心中所深信而不疑者抒寫陳述出來，那麽他的作品裏，一定含有個性，個性是作者創造的自由，不但自己應該尊重他，批評家與社會也應當尊重此點。

小說既没新舊，也原無什麽主義。而現在有些不澈底的批評家，徒以形式上的不同，專駡不用新式標點的小說爲惡劣爲下等……没有主義。一方面則竭力批評、頌揚、讚美、恭維，同其形式同其黨内的小說，爲最高尚的小說、有主義的小說。他們專事攻擊異黨的小說，謾駡異黨的作者，明明是藐視作者的個性，和創造的自由了。而自己一黨的小說，被人家攻擊，被人家指出缺點和不通之處時，却又大書特書道：『我相信創造的自由，該得尊重。但我尤其相信要尊重自己的創造自由，先須尊重别人的創造自由。』（見《小說月報》十三卷第九號）我不明白他們爲什麽只知尊重自己（不如說同黨)的創造自由,而不先尊重别人的創造自由呢?

難道説只有他們同黨的創造自由,該得到尊重麽?

(一九二三年第六號)

小説界的前途　程小青

近來小説界的景况,可算得風起雲涌,盛極一時了。回憶民國一二三年間,小説雜志的發達也曾轟動過一時,可惜都只是曇花一現,不久便銷聲匿跡。這一次的中興,經歷了一年多的時間,還呈著蓬蓬勃勃的氣象。有人便以爲小説界的前途,方興未艾,再也不會夭折了。但我却還不敢樂觀,有人問我不敢樂觀的理由。我并不是有先見之明,只是從已往的經驗借鑒罷了。或問我怎樣借鏡?我就回答他道:『當民國二三年間,我曾定閲一種西文小説月刊,唤作 Premer,那時這雜志還是新出,材料非常豐富和精美,今年我重新購閲那種雜志,却已改做了兩星期刊。這就可見他在數年之間,推銷很廣,因而把雜志擴充。至於改組後的内容,依舊名作如林,精神始終不懈。這就是他所以能够成立和持舊的緣因。但回顧我國的雜志,當初出版的幾期,那一種不是轟轟烈烈,精神百倍。及到後來,又有那幾種不犯的所謂虎頭蛇尾的病呢?這不是我的偏見,你但取幾種負過小説盛名的小説雜志,試把他們的作品,前後比較一下,便可證實。雜志的本身既然這樣,讀者不免也也要犯同樣的病。那麽,小説界的前途,能否持久,也就可想而知了。

若使再問我這虎頭蛇尾的弊病，是不是書賈的罪，這是應當歸罪於編者或作者？　那我却不能够答復了。

（一九二三年第六號）

布景與不布景的小説

趙苕狂

現在的戲劇，大概分布景與不布景兩種，小説中，倒亦有麼兩個分類。那以字句豔麗，情節離奇見長的，就好似那派布景的新戲，專拿機關彩景來賣錢的。那不事鋪張修飾，專以意思見長的，就好似那派不布景的舊戲，專賣唱工白口的了。照最近的趨勢説起來，那種布景的小説，已成過去時代之一物。不布景的倒比他來得時髦，恰與戲劇界成了一個反比例。就是照我個人的眼光瞧起來，亦覺得後者比前者來得有意思一點。不知諸位以爲如何？

（一九二三年第六號）

小説感動力之一助

錢唐邨

讀者受過了一種外界的刺激，適讀著描寫這樣情形的一篇小説，似乎格外容易感動，像我讀了枕綠的《一塊肉》之後（刊在《十七年後的》裏），頓起了一個極大的感動。我自信我對這篇小説的感觸，比别人要深些。因爲我從前曾受過鄰家的刺激，所以我一看了這篇小説，立刻把我腦子裏的陳像，重翻了起來，兀自盤旋著，但枕緑用了一百個字，寫得這樣沉重，真不容易！

（一九二三年第六號）

改稿　張碧梧

編輯人對於投來稿的件，倘要動手修改時，有兩個應當注意的要點：（一）原文是否妥當，（二）修好後是否可較好於原文。倘原文并無不妥之處，徒以己好惡，加以無甚出入的修改，那非但不能使原作者信服，適足激起原作者的反感。若修改後，復不能較好於原文，或反類於畫蛇添足，那更是自暴其短，貽笑原作者了。

（一九二三年第六號）

我不大願意　徐卓呆

小説的題目，實在難極了，有了好小説，得不到好題目，便減色不少。我很不喜歡從前那種普通題目。什麽叫普通題目？就是用兩個字的名詞，下麵加一個字的形容詞或名詞，譬如叫《某某怨》、《某某恨》、《某某緣》、《某某淚》等。有人説這是從戲名上脱胎下來，什麽《孤兒恨》、《鄂州血》等，不是一類的題目麽？我記得我有幾篇小説，登在《小説新報》中，那題目也不是我的原題，被編輯先生爲統一讀者眼光起見，也一律改成了怨恨派的題目咧，我至今心中大不願意。

（一九二三年第六號）

先進與後進

姚賡夔

現在小説的興盛，已至於極，讀者多，作者多，出版界也於是大多。但是長此以往，讀者能不見減麽？作者能不愁缺乏材料麽？出版界能積極進行麽？這三個問題，都是小説界中應該注意的。試把逐項論一下。

（一）小説的讀者　對於小説必有一種信仰心，倘使讀者的信仰心不減少，那小説讀者的人數，也必不減少。譬如商務印書館的《小説月報》，前數年何等發達，現在却銷路大滯了。這就是現在的《小説月報》，已失讀者信仰的緣故。所以一編既出，内容如何佳妙，自不患没有讀者。這一項，小説界中倒可不必顧慮，那主要問題，乃在小説的作者如何。

（二）小説的作者　求幸福齋主説：『設撰著小説者，始終仍爲此海上小説家十餘人，而後起中殊少佳構，則此十數人腦力有限，必有時而窮，浸漸不能常以精品饜閲者之目。於是閲者對於小説雜志，亦將不免於交易所之倒閉矣。』這就是小説界的大恐慌，全賴乎後起作者，爲之補救了。我極望今日成名的小説家，盡力誘掖可造就的後進呢。

（三）小説的出版界　這項問題，實在無可研究，小説既有良作者，又有很多數的讀者，那出版界決没有不高興的道理。

所以上面三個問題，最重要的實是第二問題。第二問題能不起恐慌，那其他二個問題，自然無恐慌之可言。我願小説的作者日見其多，常把好小説飽人眼福呢。

（一九二三年第七號）

青社文風大半『伊』　曼郎

小説中用著第三位代名詞處最多。近來一般作者，感得單用一個『他』字，兼代男女性，非常含渾而不便，所以把原有的『他』字代男性，另用一字來代女性。有的用『她』字，有的用『渠』字，有的用『伊』字，各持一理，雜見於各種出版品上，成爲文字改進時代紛亂現象的一種。到得將來，用『伊』字的人估了多數。即以青社人物而論，青社社員二十二人，都是現代中國小説界的優秀份子。據我所知，以十一年底爲止，其中已有十三個人專用『伊』字爲第三位女性代名詞了，試爲列表於後，我將藉此以觀中國文字改進的步驟。

以用『伊』字者：張枕緑、張舍我、徐卓呆（這三人用得最早）、周瘦鵑（用得也早，不過有一時期不用，新近又用了）、胡寄塵、何海明（長篇小説裏也逕用了）、趙苕狂、范煙橋、張碧梧、嚴芙孫、許廑父、畢倚虹、王蓴農。未用『伊』字者：李涵秋、嚴獨鶴、朱瘦菊、王鈍根、程瞻廬、程小青、沈禹鐘、江紅蕉、包天笑。

（一九二三年第七號）

抽象的説明　徐卓呆

題目最忌開門見山，譬如把全篇最要緊的地方，具體的説了出來，讀者不看也明白，要減殺興味不少。倘使全篇中有不能提及的地方，不提又令讀者生疑，那麽在題目中抽象的説明，倒是一種補助法。

（一九二三年第七號）

集錦小説的非議　錢唐邨

集錦小説的辦法，我是素不贊成的，因爲你一段我一段凑攏來，然各有各的思想，各有各的筆法，總免不了上氣不接下氣的毛病，而且還失掉了小説的本旨。

（一九二三年第七號）

一封曾被拒絶發表的信　胡寄塵

一岑先生：

我現在爲著『中國現代的小説』的問題，寫這封寫給你。我是很慎重很平和的説話，請你略費些工夫讀一遍，并把他發表在《學燈》欄内。倘不發表，還請你隨手寄還了我。

近來新小說家對於舊小說家，極端的攻擊。這一層我并不反對，我不過以爲徒攻擊他人，而自己還缺少建設的能力，未免是無用。

現在普通的出版品，固然有大多數是不好的，這一層誰也不能諱飾。但其中確有些有價值的，何以批評者一例抹殺，未免太不公平。

便說不好的應當排斥，固然不錯。然我也有一層意見，以爲不好的自身不能成立，不必攻擊，只努力做出些好的來代替便是了。譬如前幾年所謂舊式的小說，風行了一時。爲甚麽到後來又消滅了。難道是受了新文學的攻擊麽？這一層可證明壞到不能成立的時候，自然要倒。現在攻擊不可算不力。但是對手方面仍舊不受影響。那麽應該考察，是不是比以前略進了步，是不是新小說家還没盡力做出極好的作品來代替。這兩個問題應該解决，不必只管罵他人。我前天寫信給鄭振鐸先生，中間有一段説道：『譬如前清初行郵政的時候，并不曾先將舊有的信局（即民間寄信機關）一例封閉，然後再開設郵政局。只將郵政局辦好了，老式的信局自然而然的減少了，久之終必要消滅。又如上海初行電車，并不曾禁止人力車馬車駛行，然後行電車。只將電車的成績辦好了，人力車馬車自然要減少了，久之終必也要消滅。改革文學，何嘗不是如此呢？』這幾句話先生以爲何？如現在自己缺乏建設的能力，徒攻他人，恐怕没有用處。

我再要問，提倡改革文學的人，是爲著文學前途呢，還是爲著自己的前途？倘是爲著文學前途，那麽只要作品有進步，無論這作品是何人做的，都應該提倡，不必把新舊的界限放在心裏，不必把人我的界限放在心裏。現在攻擊他人的先生們是不是如此？我很希望他們能够如此。不過我對於舊式的小説家，也要進一句忠告的話，就是他要自己努力做好的作品，不可只要躲避了他人的攻擊，便算平安無事。因爲作品不好，便無人攻擊，也是立不住脚的。前數年小説的消减，便是一個殷鑒了。現在外間攻擊我的人很多，我總認爲諍友，是非且讓他人評論。不過我要申明，我决不敢做個新式的小説家。然也不敢做個舊式的小説家，不過本我自己的意思，做我自己的文章罷了。我做了小説固然賣錢，然决不只爲著錢而不顧小説的品格，横竪作品散布在外面，可以供人家平心而論的。

（一九二三年第八號）

仿洋小説的一時代

枕

我在二三年前，有一時期，很喜歡做『仿洋小説』。什麽叫做『仿洋小説』呢？就是小説中所叙的，人物是西洋人物，什麽亨利哩，約翰哩。有時取七八個字作爲人名。不厭其煩，口吻是西洋人的口吻，什麽上帝保佑哩，密斯脱密昔司哩。地名更是倫敦紐約。有的出於杜撰，舉凡一切風俗習慣，莫不竭力仿洋。不用假託原著者姓名和原題名，使人一入眼，便意以爲譯自西文的。那實是我一時的興致。譬如有幾個外國小説家，也常把他們理想中中國的人物和事情，用他們本國的文字，寫成小説的。我并非故意冒牌新文學，圖博介紹西洋文化的美名，大家幸勿誤會。

不過後來我知道得很確實，那譯本小說，原作雖極有價值，尚因原文所描寫，不合中國人的習慣，或因譯文中的專名，過於冗長而離奇，致令多數讀者，感得隔膜。或竟一入眼便廢置不讀。我得到了一個題材，放著那習慣的本地風光不寫，可以迎合讀者的眼光而不去迎合，却偏努力仿洋，以自絕於多數讀者。所謂吃力不討好，又實背了我做小說的本旨，不免失策了。所以近來我不做這類仿洋的小說了。在我的小說集《十七年後的》中，有三四篇本是仿洋式的，爲求統一起見，被我也改爲本國式的了。不過改時很倉卒，有幾處不免留著仿洋的痕跡，等到再版時，預備細修一番哩。

（一九二三年第八號）

言情小說中的『我』

韻秋女士

現在有許多小說作者，拿『我』字代表小說中的人物，描寫得淋漓盡致，使讀者不知不覺間，有時竟認定這個『我』是作者的自稱，這篇小說中的事蹟，便是作者的自道。倘使這篇小說是哀情的，便很決然的說：『原來作者是一個情場失意人呢。』這是常要誤會的事，但是偶或有之。作者的歷史確和這篇小說有關，可以增加這篇小說的精彩，他便寫了進去，也是常事。不過很多無病而呻的人，喜歡把『我』插入小說，表明他自己是多情人，是失意人，故意要人來憐惜他，那太可笑了。不過也有一種人，他自己真是一個傷心人，他的著作，却偏鋪排得綺麗風華，極其美滿。我以爲這作者心中，想是苦極了，不得已苦中做樂，勉强爲歡，那倒還有點可憐的地方呢。

枕綠按，把『我』字代表小説中的人物，那唯一的用意，是要增加小説的力量，使讀者認得更真切些，所以『我』字可以代表一個七八十歲的老人，也可以代表一個没有滿歲的嬰孩，可以代表帝王，也可以代表乞丐。可在言情小説中，也如此例，我們據著藝術而論，只問那所用的『我』，對於小説有多少助力？至於作者的歷史，是否與小説中的『我』相切合，那是可以不問的。

（一九二三年第八號）

小説雜志的插圖

范煙橋

雜志上印名妓的照片，是什麽意思，還是當他風景一般，要人家欣賞呢？還是當他名家一般，要人家崇拜？

印風景照片的，應該把這地方的歷史上地理上的地位，記述些出來，或是連綴幾種名人的文字，使讀者更得愉快。

印名家照片的，應該把這人的生平事略，記述出來。否則也没甚道理。

總之，雜志上的插圖，必須有意思，有精神。至於模糊惡劣的銅版，不如其無。

（一九二三年第八號）

應時小説根本論　張枕緑

一篇小説的内容,和一個時節有些關係,就在那個時節上刊登出來,使人讀了,發生更密切的感動。這是編輯者利用時節的一法。不過現在有許多期的出版品的編輯者(那出版品中倘是容納小説的),每在一個時節上,徵求人家做應時小説的,充作那應時特刊的資料。以爲不如是。不足以顯他編輯手段之高,這却是被時節利用去了。

閒話和遊戲文章,或者可以隨筆應時的,小説却萬萬不可。縱使勉强做成,總少精彩,刊登出來,反使人讀了不快。試看現在那許多同應一個時節的小説,所有造意結構,差不多篇篇和仿佛的,就有一二别出心裁的,也只能附著時節混過去。難得有單獨存在的價值。由是可知應時小説不是定做得好的。

范煙橋稱應時小説爲『禮物小説』,妙! 習俗在時節上互相饋送,是含著『討好』的作用。編輯者把應時小説供給讀者,或也同此用意,然而未必討得著好能!

（一九二三年第九號）

美《最小》報　顧悼秋

天下之物,不以大小而决其美惡,是故一拳之石,而皺瘦透之精神攄焉。推論至於最小之報,甯能以紙幅之廣狹，名稱之大小，而遂限其值哉？ 昔人云：『於一弓地，造五鳳樓。』正此報之謂也。余讀其報，輒爲之爇沉水，浣薔薇，起而咒曰：『《最小》報乎，君其爲明星乎？ 體雖小而光無垠。君其爲名花乎？ 色雖澹而香則清。 君乎君乎，願長罨夫細穀輕波之趣，皺瘦透之精神而庶乎怡我情。』

（一九二三年第九號）

抬高與迎合　卓呆

抬高讀者的思想，是作者向上；迎合讀者的眼光，是作者的墮落。若叫目下的小説家做一部《新杏花天》，一定能够比舊《杏花天》好幾十倍，只是大家不肯做。

（一九二三年第九號）

評《十七年後的一吻》　朱秋鏡

這是枕緑小説集《十七年後的》的第一篇，發揮情的哲學，也是發揮哲學的情。寫景冷静極了。從頭到底，滿含著凄凉寂寞和惆悵。使人讀了，疑是身入這没有一絲生氣的境界。

愛情之爲物，過後的追憶。比了當時的熟悉，更爲有味。所以柏夫人在伊的寂寞生涯中，要是不想起從前的境况，倒也罷了。偶然獨念前塵，不由不心傷無極。書中描寫這種情致，可謂體貼入微。寫伊聞得人家新婚一段，尤爲出色。那哲學家柏德，雖則屏絶浮情，一心著述，一朝聽得露西的談話，唤他爲父親時，始則疑訝。後來他似乎有些記得了，又且問道：『嘎，你是露西小姐麼？』這一節文字。何等的深刻啊！

柏德的哲學著作中，偏没有發現一個情字。在他的觀念中，或者將有情看作無情，無情看作有情了。只看他自己的舉動，别人是爲薄情的，他偏自詡爲是一個有情有理的丈夫。這種哲學思想，真是高人一等。非俗人所能瞭解。實畫一節，描寫伶仃少女，夜行荒郊的情興。真是可怕。歸途馬車中開端的一段談話，不由柏德不感動。就是書外的談話者，也要代爲感動呢？

這篇文字，大有西洋派風味，令人讀了，覺得餘味不盡。

（一九二三年第十號）

小説小説　錢唐邨

現在的小説家，大多數在書賈制力之下，所以作品總有幾篇是含著一種敷衍搪塞的性質。

（一九二三年第十號）

一篇什錦體的小説　江鼎文

碧欄杆畔，丁香簇前，密司脱李和密昔司 May 正在那裏談天。密斯脱李説，青年時代是人人應該愛惜的，但是現在社會上生活程度一天高似一天，像我們的環境，整天忙著麵包問題，尚且不及，那圓滿的結果，恐怕一時很難達到，還請你耐性些罷。渠不等他説完，氣憤憤底破口大罵道：你這豬頭三，漂亮得來，除脱了你末，阿是別人家没有場化去尋，比你好點個哉？不要熱昏，只管推三阻四搭你的臭架子，阿要試試奴的手段看。説罷，霍的站起來，拿了司的克，灑開皮鞋脚步，一路咯吱咯吱，頭也不回的去了。

這篇小説的文體，可算得五花八門，無所不有了。你看第一二句是詞章派，『密斯脱李』和『密昔司 May』是西洋派，密司脱李説的是滿口新名詞，密昔司 May 説的又是强蘇白。『渠不等他説完，氣憤憤底破口大罵道。』這兩句是所謂新文化體。『灑開皮鞋脚步，一路咯吱咯吱。』這兩句又是老小説體了。這樣十鴿亂盤的小説文體，可以流傳普遍和永遠麽？但是現在許多小説作者，每在不知不覺間，犯了這種毛病了。

（一九二三年第十號）

胡適　朱秋鏡

有位極端反對新式圈點的小説家，一天，他家來了一個客人，那客人弄錯了，以爲他是個新學派，開口便一味恭維，說他是新文化的健將。小說家聽了，兀是摇頭皺眉。那客人詫異起來，大聲說道：『如今新文學中的急先鋒，不是老兄更有誰呢？』小說家不覺愠愠道：『胡説。』那客人點頭道：『不錯，胡適確是個急先鋒。』

（一九二三年第十號）

霍桑和包朗的命意

程小青

有幾個老朋友説我創著的《霍桑探案》，情節方面，雖然還合中國社會，但『霍桑』和『包朗』兩個人名字，却帶著幾分西洋色彩。若使把他們改作『王福寶』、『李得勝』等等的名字，那就更加可以合配中國人的心理了。我以爲『王福寶』、『李得勝』等名字，一進人家的耳朵，隨俗固然隨俗得多。但同時腦室中，不能不發生一種挺胸、凸肚、歪戴帽子、銜雪茄煙、翹大拇指等可怕的現狀。若使説這種模樣的人物，乃是守公理，論是非、治科學、講衛生的新偵探家，那就牛頭不對馬嘴，未免要叫人笑歪嘴了。原來我理想中的人物，雖然都子虛烏有，却也希望我國未來的少年，把他們倆當做模範，養成幾個真正的新偵探。在公道上做一層保障，不致叫無産階級的平民，永永踐在大人老爺們的腳下，我本在著這一層微意，纔特地把我書中主角的名字，題得略爲别致一些，不知道大家贊成麼？

（一九二三年第十一號）

兩篇項圈　吴弱思

法國毛柏桑作的一篇《項圈》，内容略述一個愛慕虛榮的少婦，平日因伊丈夫所入不豐，不足供伊裝點美色，引爲憾事。有一次，因赴貴家宴會，有了新衣，還不知足，向伊一個女友，借了一串鑽石項圈應用。等到半夜散會，伊同丈夫興盡回家，却在卸妝時覺察那串項圈遺失了。千方百計，總尋找不到，只得同伊丈夫到市上去問明了那麽一串項圈的價值，盡出家中所有，并借了零星小款，凑成該價之數，去照樣買了一串，賠還給那女友。那女友淡然接受了，還怪伊還來遲了些。伊由悔恨而覺悟，於是大變常度，躬親操勞，竭力撙節，一面因見丈夫陪伊受累，隨時表示歉忱，直過了十年，他們才把債務了清。有一天，伊到一處散步，遇見了伊從前那個女友，便訴説他們在這十年裏怎樣的含辛熬苦，都爲了那串項圈。那女友細詢話因，才知當時伊還來的那一串，是因把原物遺失了，出了重價買來賠償的。那女友不禁老實告訴伊説，原物乃是假貨，只值得一個極微的價目呢。此篇已經譯成數十國的文字，傳頌全球，便在我國也有許多人把他譯過了。

近見《快活》雜志三十五期中，也載着張枕緑作的一篇『項圈』，題下注着『讀了毛柏桑的項圈改作』一行小字。有許多小説家，每在缺乏資料時，竊取外國小説的資料，改頭换面而成篇，惟恐被人看出破綻來。此篇仍用原題，明標改作，在我國可算得是創見。所叙情節，大致與毛柏桑所作相彷彿，但那結局却不同。篇中也述一個愛慕虛榮的少婦，伊丈夫是所入很微的。有一次，伊要赴貴家宴會，有了新衣，還以爲未足，伊丈夫便教伊到他已嫁的姊姊處去借首飾。他預在三天前寫了一封信去，通知他姊姊，伊果然去借得一串鑽石項圈，知道那串價值是四千元。到了宴會的日子，伊把來御在項上，自然榮耀非凡。不覺放量喝醉了，等到同伊丈夫坐了馬車歸家，卸妝時却不見了那串項圈。伊丈夫的神氣，似乎不信那串項圈值價有四千元之鉅，强着同伊到市上去試詢了一番，才表示相信的樣子。他便同伊到他姊姊家去，把遺失的事情説明，他姊姊不免把弟媳埋怨了幾句，自認損失五百元只要他們賠償三千五百元，教他們零期拔還，并且要求立一張欠據。那個愛慕虛榮的少婦，受了這個環境的刺激，便自認先還五百元，使成三千元的整數，寫在紙上，再行零償。夫妻倆回到家中，那丈夫很怪伊不自量力。伊教把丈夫所有之産變賣了，把自己的飾物也完全變賣了，足成五百元去先償，其後熬苦節省，每月省出錢來還債。有時受那姊姊差人來催索的氣，也總竭力忍耐着。過了十二年半，到了付那末一次的定期還疑時，伊才要驕傲了。伊邀伊丈夫同坐馬車，到那姊姊家去。可是那馬車停歇的所在，伊覺得不是姊姊家的門首，乃在一所高大洋房之前。伊有些疑惑，伊丈夫却逕挽了伊的臂走進了。剛入一間精室，那姊姊也入室了。伊便把期款付出來，很驕傲的索還從前立寫的那張據紙。那姊姊答應着，掏出一張紙來給伊。伊接看時，却見是一張信紙，上寫着伊丈夫給那姊姊的一通信，就是當時伊到姊姊家來借項圈的三天前，伊丈夫所發的。信中的話，是約那姊姊幫助着他，儘把珍飾借給伊，待他相機在伊身上偷去了，請那姊姊竭力索償，使伊悔改。伊剛把此信看完，伊丈夫立把一串鑽石項圈，套向伊項上，説是把此贖他欺飾之罪。於是伊對那姊姊又抱歉又感激，對伊丈夫又惱又愛了。

據我看來，毛柏桑所作，重在描寫一個婦人爲虛榮心所累的情形，果然有口皆碑了。張枕綠所改作的一篇，却重在描寫那丈夫克復妻子虛榮心的情形，也自有其價值。至於改作的一篇，在藝術方面看來，能否勝過原作，或較原作減色，這倒應請小説批評家注意一下。

多承過分看得起了。按《快活》雜志所刊，在該篇第三頁上，『唐禮堂』誤刊『唐文華』，『王文華』誤刊『王禮堂』，借此更正。枕綠附贅。

（一九二三年第十三號）

論小説盛衰之理

胡寄塵

真好的作品，無論經甚麽風潮，總不會消滅。現在的小説，可算是衰而復盛了。但是當日在全盛時代，又何以要衰呢？然則今日之盛，便埋伏了危險的根源在裏頭。但衰了仍舊有復活的日子，不過如此一盛一衰，完全是讀者『見久則生厭，重逢又歡迎』的關係，并不是今日的小説有進步。我希望小説家能做成真好的小説，能經得起風潮，那方算有進步了。

（一九二三年第十二號）

歷史可改爲小説體　王立方

歷史是記載人類過去的事實，以便後世人類研究學術的一種參考資料。所以學校中必有一科歷史。然而那些歷史教科書，只有學生適用，不足普及於群衆。至於二十四史，更没有人去請教了。我想，最好請諸位小説家，把歷史上的事實，編爲普通的歷史小説，把歷史上反正的事實，顯明地寫出來。那末，倒很能够引起群衆研究歷史的興味。這也是一種普及教育，藝術家應盡的一件義務啊！（關雲長、趙子龍、諸葛亮和曹操等爲人的賢奸，群衆都能够指出來，這便是《三國演義》的力量。）

（一九二三年第十二號）

咳與唉　顧哀梅

白話小説裏頭，有許多人拿『咳』字作爲歎恨字。但是這個『咳』字，通常作爲咳嗽的咳字。查《説文》，是釋作『小兒笑』。所以我想這咳字，作爲歎恨字，似覺得不妥。并且歎恨字，有一個『唉』字可用。爲什麽要用這咳字？我很不明白，敢請諸小説家商酌一下。

（一九二三年第十二號）

小説小説　錢唐邨

描寫下等社會的一類小説，最不容易做，因爲這類小説，若使做的不好，不但無益於社會，而且還做人墮落的引導。

（一九二三年第十二號）

乙未生函枕緑覆

頃於《快活》雜志三十五期中，得讀大作《項圈》，縱觀全篇，命意既佳，且含勸世之意。此等著作，可於目下社會人心，裨益實非淺鮮。但讀至『玉琴提著小竹籃，擠進小菜場的人叢中，和那班下流商人，斤斤論價』云云，不免稍生疑義。蓋下流商人之下流兩字，用之不免適當。鄙意莫若用小本商人，或小販商人，似較妥合。先生倘贊成我言，希於《快活》不論何期中，刊有大作時，附帶更正。實所盼禱。手上，即頌枕緑先生大安。乙未生上言。

披誦惠教，知足下於拙作説部文字之間，察辨之曾不遺餘力，心以爲疵，走書糾之，殷勤厚愛，感激何如！『下流商人』改爲『小本商人』，自益顯暢無憾。古人有一字之師，吾於足下云然矣。惟拙引『下流』二字，亦有可説。下流猶等也級也，人類流等之别上下，可以其道德高而卑爲準，亦可以其事業巨細爲歸也。道德非一時可顯見者，則視其事業而别之亦可耳。退足下之意，若謂以下流二字，冠諸小菜場之商人，近於誣衊，爲之更正，意良可佩。而質解之，下流二字，非必誣衊之辭也，尊意云何？枕緑敬覆。

（一九二三年第十二號）

什麼叫做『禮拜六派』？　張舍我

一部份自命新文化小説家，每批評不用新式圈點的小説作者爲『禮拜六派』，批評不用新式圈點的小説爲黑幕派的小説。他們以爲『禮拜六』裏發表的小説，足以代表我們十幾人的個性、文風、特點和主張。以爲要看我們十幾個人的作品，或者要觀察我們十幾個人的著作的個性，只要費小洋一角，買一本《禮拜六》，一翻便够了。所以我們費盡了心血，或自信也許有人贊許於文藝上有價值的作品，他們也決不肯一看。等到要作批評小説的文字，便閉著眼睛，瞎説一句：『他是禮拜六派，是一篇卑鄙的黑幕小説。』那些不懂『何爲小説』的少年，也應聲道：『禮拜六派，黑幕小説。』唉！這就叫做『禮拜六派』嗎？

（一九二三年第十三號）

小説題目談　徐卓呆

怨恨派的題目，有人説你們不懂他的好處，他可以活用，這一篇的題目，搬到那一篇上去，也看不出破綻來。這何必呢？難道題目如此缺乏麼？要得好題目固然難，若是平常的題目，無論腦子裏窮得怎樣，總決不致要去移借的。

甲小說的題目，倘使拿來移換到乙小說上去，也可以用得的，那決不是好題目。

（一九二三年第十三號）

小說衰敗的真因

張碧梧

小說既爲通俗教育之一種，理應日益發達。但返觀已往的事實，却剛成一個反比例。當民國二三年間，小說盛行，雜志不下一二十種，只有一年工夫，就漸漸的衰敗。到了去年，又頗有中興氣象。然而現在的氣象，又不佳了。這是甚麼原因呢？據我的推想，小說作者要付大部分的責任。因爲有一般作者，把撰小說當作了職業，不當作事實，只圖撰得快，字數多，好拿去多賣幾個錢。小說的結構和意思，一些也不講究。於是好小說日少，壞小說日多。讀者的信仰心，就因此消失。小說的勢力，自然一天天的衰敗了。但是辦雜志的人，也有應得之咎。收買小說時，不該計字論價，應該拿小說的好壞，當做定價的標準。那末作者下筆時，一定不肯苟且。好小說自然日多，讀者的信仰心，自會日增。小說的勢力，也自然日益發達了。所以欲求小說發達，第一步先當改革那計字論價的惡習慣。

（一九二三年第十三號）

三個世界　胡寄塵

有某新學家説：『我們承認人類有三個世界：一是兒童，二是成人，三是女子。因爲三個世界不同，所以三種的文學也不同，因此最近乃產生兒童文學出來。』記者以爲兒童文學的作品，眼前很多了。女子既然另外是一個世界，也應該有一種女子文學產生。甚麼兒童小説啦，兒童詩歌啦，已不少了。爲甚麼没有女子小説呢？或者這一層和男女平等相衝突，所以不能產生罷。

（一九二三年第十三號）

我對於今年小説界的希望　江紅蕉

自從去年春天，各種小説雜志風沸雲涌以來，只有一年，局勢大變了。《禮拜六》停刊，《星期》停刊，《快活》停刊（出至三十六期），《遊戲世界》也將停刊。雜志界就冷静不少。這是什麼道理？我們平心的一想，做小説的人，更當懺悔懺悔。

是作品太壞麼？也許是的。在去年下半年，各雜志上好作品似乎太少，大都是賣一個做小説人的熟名字，雖是書賈催促出貨，來不及精製，也是一層大原因。但是作者怠於精心刻劃的寫，我們自己總得承認的。

我以爲現在雜志的消沈，不過一時的，也許在夏天，使得中興，而有好作品出現，因爲看小説的人很多。現在未停刊的幾種，還是求過於供，不過以後中興了，書業的資本家，應當覺悟，千萬不要再自作聰明，以機械待著作界。而著作界也當別出心裁，勤懇進行，規勸書賈走正途上去，雙方互助，各收實益。這是我的一種希望。

（一九二三年第十四號）

誰做黑幕小說？　張舍我

一部份新式圈點的小說家，常説『禮拜六』派的小説，是卑鄙齷齪的非人道的黑幕小説。我們原不大去理他們的，因爲我們的小説，是否卑鄙齷齪，是否非人道的，是否是黑幕小説，或者是否有文藝的價值，只要有群衆的觀覽和批評。他們的駡，原是極少有價值的，不料那些以提高小説藝術價值的新文化小説家，（？）竟會專門提倡性欲主義，專門描寫男女間的情事，甚麽提倡獸性主義，描寫男和男的同性戀愛。簡直説一句，描寫『雞奸』，讀者不信，請看《創造》雜志第一二兩册内郁某的小説，和郁某的專集《沉淪》一書。新式圈點的小説，他們不是説小説在文學上佔據很高的地位嗎？然而到底誰是做黑幕小説的？

（一九二三年第十四號）

儲蓄生命的所在　徐卓呆

有生命的小說，到作者死後，他還不死。沒有生命的小說，一出版就死，甚至有一脱稿就死的。生命有限的小說家，還是留些生命在小說中罷。

（一九二三年第十四號）

『禮拜六派』那裏去了　張舍我

《禮拜六》復活的頭上幾期，選材很精，很有幾篇有文藝的價值，可惜二十期後的材料，愈弄愈糟，發行人專想發財，便叫編輯人選些東拉西扯的小說，充塞篇幅，社會上的信用失了，便勉强到一百歲，只好撒手。我們原沒有什麽意見，倒苦了那些專事謾罵的批評家。此後將怎樣罵法呢？《禮拜六》沒有了，『禮拜六派』這句話，從那裏説起呢？作禮拜六派小說的人還在，而且比較没有謾罵以前，似乎反而多了幾個人，他們的作品，又散在各處，如何可以另起一個籠統的名稱去罵他們呢？我們文丐的新罪名，只好待那些新文化老爺的賞賜罷。

（一九二三年第十五號）

霍桑包朗命名的研究

無虚生

程小青先生創著偵探小説，在今日小説界裏，可稱是卓然名家了。不過他裏邊兩個重要角色的名子，霍桑和包朗，讀到嘴裏，總不免帶些西洋色彩。他雖有一篇命意的文字，在十一號《最小》上發表。然而我覺著王福寶、李得勝等名字，固不類守公理、論是非、治科學、講衛生的新偵探人物，要像他所題的旁的配角，如林叔衡、陸子華（見《倭刀記》）一類的名字，又何嘗讀了，就要聊帶想像著挺胸、歪戴帽子等惡相呢？還有最可研究的一層，就是中國的習慣，每一個與姓名之外，除太無知識的不計，大概都有一個『號』。凡屬脱略形跡的知交朋友，大都以彼此稱『號』爲最普通，見面直呼其名的已經僅有，若連姓帶名一齊叫的，在小學或私塾讀書的小孩，彼此乃有此等稱呼。在成人之中，恐怕就是程先生所説的那挺胸凸肚……王福寶、李得勝一類的人，纔也有此現狀。今霍、包二人，固顯然爲有智識階級，謂其於一個單名之外，并無其他『字』、『號』，此在中國社會上，實在有點説不通，而且他們倆即以霍桑、包朗彼此招呼。雖也可説是兩人自幼同學，稱呼已慣，遂不覺久仍沿用，爲之曲解。然在作品中有幾處看來，終覺不大恰當。所以我以爲名字帶西洋色彩與否，尚還没大關係。倒是此種稱呼，頗有一研究的價值。諒必小青先生另有命意所在，我來學一句電報裏的時髦話作結罷，叫做『佇候明教』。

（一九二三年第十五號）

做偵探小説與真做偵探　王立方

做偵探小説，比做偵探容易，偵探小説裏的事情，無論怎樣危險和神秘，總有解決的方法。因爲這些事情，多是作者淘的玄虚，他没有解决的方法，决不肯這樣布局的。做偵探却難了，他所碰著的事情，都是他所不能預料的，非有真實的本領，决不能勝任的。所以好的偵探小説很多，好的偵探却難得。

（一九二三年第十五號）

小説中作者説話　俞千芳

在長篇中，作者用自己口吻，偶發幾句議論，或是趣話，原無不可，然也不可過長，使人厭煩。今竟有二三千字的短篇中，插入若干無關情節的諢科，有時竟佔去全文幾分之幾，往往使讀者疑作者爲舞臺小醜。這恐怕不可爲訓罷。

（一九二三年第十五號）

請罪　嚴芙孫

我近來徇了幾位編輯者的請求，胡亂做了兩篇長篇小説，只是寫到『欲知後事如何，且聽下回分解』的時候，底下的情節是怎麽樣，連我自己也没曉得。像這等寫到那裏是那裏的著作，將來決計没有好結構。這我要向讀我長篇小説的諸君請罪的。不過照我想來，那班長篇小説的作者，恐怕十九都和我犯那同等的毛病罷。

形式的改革　樓一葉

『某生，某處人，有斷袖癖。……』這種濫調的小説，果然被淘汰了，但是千篇一律的『某某是一個……的人』，到底改革了些什麽？作者似乎應當注意一點罷。

（一九二三年第十六號）

三個世界　范煙橋

胡寄塵氏説人類有三個世界，我説上海也有三個世界：小世界好比兒童世界，大世界好比成人世界，顧名思義，也不必多所詮解了。那新世界却好比女子世界，因爲新世界的布置裝飾，比較的美觀些，不對麽？

倡門之粥　何海鳴

近閲倚虹所著長篇説部《人間地獄》，描寫某君在某妓處伴食荷葉粥。别饒興味，然蕩我心魄甚矣。回憶疇曩，亦嘗佯狂强笑，夜入娼家，而尤喜在天雞伊喔斗轉河低之時，此中人歌舞既闌，濃妝初卸，與房侍雛鬟輩，圍桌而食，及見我來，殷勤相讓，狂喜就食，故有此粥，而個儂并曾以荷實相哺，惜在當時，饞猿生涎，以爲常餌，僅草草盡其饜飫之能，而忽忽忘其真率之意。及今日讀倚虹新箸，乃大追悔。嗟乎，此情此景，我故歷之，而不自珍，今日徒艶羡於紙上矣。竊嘆人世間事，各有遭逢，偶以囫圇之誤，長勞咀嚼之思，以致良會不再，遺恨無窮。類於此者，固甚多也。惟我心如止水者久矣，以倚虹數行之文，蕩我心魄，幾欲驅車再出，重訪個中人，懇其以子夜之粥餉我，俾我細細咀嚼，彌補當年囫圇之失。然今何時哉，今何時哉！

（一九二三年第十六號）

枕緑的作品與其夫人　何海鳴

我想枕緑伉儷之間一定是很要好的。我看枕緑有許多作品，簡直是爲夫人而作的。剜心肝似的寫一篇出來給夫人看，夫人説好，才發出去給一般閲者看。你們要知道，即便夫人説好這一項，也就很難辦到。要婦人們對伊丈夫瞎恭維，恐怕不是容易的罷。及至夫人説果然好也，這總算是好定了。

况且他所寫的，又都是些人生伉儷間的事，請自己夫人來當『内簾官』，自然是遇了識者，不惟不會瞎恭維，而且還同經過專門學者審定了的一般，絶不能説是他夫人一人之見。

我寫這幾句話，是在讀了枕綠的『項圈』以後。請問枕綠，我鈎稽得錯不錯？

至於我咧，心裏空空洞洞的，亂抓事物來描寫。如今日趨下流，此時正在燈下寫一篇極無聊的武俠小說。寫成了，連我自己都不願重看一遍，這真使我感嘆不盡啊。

一句公平話　樓一葉

所謂歐化派小說家，他們所看見而稱爲『禮拜六派』的小說，僅僅是一些粗惡的作品；所謂『禮拜六派』的小說家，他們所看見的歐化小說，也僅僅是一種粗惡的東西；所以雙方攻訐起來。其實，如果大家平心静氣，破除了成見，細細搜求一些對方高深優美的作品來看看，便自然知道都誤解了。他們所不同的，只是一點形式，那原質是一樣，也有好也有壞的呀。

關於直譯小説的小談話

翻譯外國小説，必須保存原文風格，故直譯法，未始不佳。但遇只可意會的地方，也不妨參以意譯，不必固執成見。（朱天石）

直譯小説者，至少可以説他是一個傀儡，重些便説他是奴隸。（姚賡夔）

（一九二三年第十七號）

作家的傳記　樓一葉

我們讀了一位作家的作品，感到了信仰和同情之後，便有一種要求，就是想知道作家的歷史，所以介紹作家的作風和人生觀，實是一種很緊要的工作。但是『某先生，某處人，其所作小説，冷雋有味，寓意高深，描寫細膩，真天才也……』，像這種濫調却不是需要的。

描寫倡門的小説　嚴芙孫

我最愛海鳴在《星期》中撰的那篇《倡門送嫁録》。讀了幾遍，總覺迴腸蕩氣，不能自已，以後的幾篇倡門著作，總不及這篇的誠摯動人。我在去年秋天，也婢學夫人，撰了一篇《如此相逢》的倡門小説，其中情節，完全是捏造的。苕狂定説我藏着一幕影事，不然。瑣瑣寫來，決没有如此的懇切。其實這種情節是偶然得之，故而較好，再叫我重撰第二篇，我就不能了。

小説短論　胡寄塵

小説如詩，不可多作，也不可少作。多作要滑，少作要滯。滑和滯，皆非上乘。

神到之筆，無論甚麽體裁都佳。前人所視爲古文者，其中有許多小説，如《桃花源記》一篇，便是一個例。前輩禁子弟讀小説，却不知他天天教子弟所讀的便是小説。這話我已説過好幾次了，這回又說，是要將這層意思，使大家都知道，人家便不輕視小說了。

（一九二三年第十八號）

痛心話　江紅蕉

我們靠做小說吃飯的人，說句痛心話，如今已成爲一種工具了啊，并且是書賈手下的一種工具了啊。

書賈要出什麽小說，就使用工具做。書賈也不明白那一種是規，那一種是矩。他只知道，要方的東西。派規去作工，也派矩去做工，待到要圓東西的時候，也是如此。他毫不明白規只能成方，矩只能成圓。

能做社會小說，不一定能做偵探「小」說；能做偵探小說，不一定能做言情小說。這與規矩方圓，是同一的道理。

但是做小說人，因爲要吃飯，只能聽命於書賈，這是何等的痛心啊。

永久痛心麽？永久聽命於書賈麽？我們應當想一想，我們做小說的趣旨，是不是如此。

小說插畫　嚴芙孫

近來小說的插畫，除掉《小說世界》的短篇偶有插入外，其餘的雜志，只有長篇有插畫，其餘的短篇，一概没有了。小説中加入插畫，很是引起讀者的美感。不過繪圖的人，在落筆以先，最好把那篇小説，先讀一遍，庶幾畫出來的圖，不背篇中的事實，如《紅》雜志第一期《新歇浦潮》，文中明明説是穿西裝，而圖中則畫一寬袍大袖的人物。又如《小説世界》十二期《最後的一瞥》，文中明明説姚辛齋上賭台去摇攤，而圖中則畫四個人打麻雀。其他書中的插畫，和文中的情節背謬的，尚不勝枚舉。據此却可以斷定繪圖的人，决没有把那篇小説先行寓目的了。我在《心聲》上所撰的那篇《淞濱殘夢録》，是請丁悚光宇擔任插畫。我每期必把原稿給他們看，或是把篇中最有精采的一段摘給他們，就是防有文圖背謬的弊病。

（一九二三年第十九號）

好個胡道静

馬鵑魂

讀者早已知道小小説家胡道静先生了。他是寄塵先生的文郎，所謂箕裘克紹的肖子。我現在把『胡道』兩字合在一起，做個名詞，再加上一個動字，讀者必以爲這算什麽呢？聽我道來。中國有一句形容瞎三話四的名詞，就是『胡説』。『説』字和『道』字，原是同一解釋；『静』字和『止』字，意思相彷。静止静止，人家時常合用在一起的。那末『胡道静』，就是『胡説止』了。現在的文壇和論壇上，很有許多胡説的作品，龐雜不堪，最是可惡。我想這位小小説家，現在還是小試牛刀，將來由小變大，聲名大震的時候，那些胡説，定可一掃而空之，正合着『胡説止』的三個字了。我爲文學前途賀，我爲衆生賀。（要知道這『胡説止』，和『胡説之』、『胡適之』是無關的。鵑自注。）

（一九二三年第十九號）

關於小説之文

長篇小説不能發展的原因　胡寄塵

現在小説界的趨勢，漸漸注重短篇，作長篇的人少了，看長篇的大人也少了，章回體的長篇尤甚。大約長篇小説不能發展，有兩個原因：一關於作者，二關於讀者。作者方面，因爲要急急出版，短篇容易結束，故喜作短篇。長篇的雖然可以作一段登一段，時作時輟，又有他項稿件同時并作，則不能精神貫注，未免減色不少。我曾經親歷一事，頗爲有趣，然亦可見作長篇之難。去年廣州有一家日報，約我做一種長篇小説，并不算十分長，不過三五萬字罷了。第一期先做一萬字寄去，那廣州的報，須隔一星期光景才能寄到上海來，所以第二期不得不延擱起來。因爲做到第二期時，又忘記了第一期，要看前文，不得不待一星期。待了一星期，寄來的報中間又缺了一天，寫信去補要，又等了二星期。得到回信。他説剛巧被了火災，現在報館雖已恢復營業，然前報已燒毁無餘，没法補寄，因此我那篇小説也做不成了，只好擱了筆，另做短篇。

這本是一件例外的事，姑且不說。便說在本埠日報上登的長篇小說，一面做，一面登，雖不會出岔子，然多少總要減色。因爲前面做好了，立刻登出來，做到後面時，倘要將前面更改一字，已不能够了，只得從後面想法牽强下去，這裏頭便減色不少了。

在今日的作者，我可相信十無一二是將一部長篇完全作好了然後付印的，大都是第一回已傳播全國了，第二回的稿子還在他肚裏。這樣要一氣貫注，實在是一件難事。

若説到讀者的方面，因爲現在的人，交際多，事務忙，斷不像以前的人有這許多的工夫讀小説，所以喜讀短篇，不喜歡長篇。若是登在雜志上的長篇，往往讀到高興的時候，他又突然中止了，要讀下文，又要等一個月或是一星期，這豈不要急死人麽？所以索性不讀他。

然則辦雜志的人，何必要登長篇呢？我想有下面三個原因：（一）内地仍許多人生活簡單，閑工夫多，還要讀長篇小説。（二）有一部份人暫時不看，等全書登完了再拿來看。（三）辦雜志的人明知讀者少，却也拿他來先在雜志上登一登，登完了再出單行本，一則稿資可以逐期付，二則紙版或者也可借用借用。印成單行本，大概仍是内地銷得多。

娑婆小記　畢倚虹

《禮拜六》已停刊，『《禮拜六》派』小説似不能存在矣。余以目前形勢逗别，可得六派：一『《半月》派』（即『《半月》雜志派』），周瘦鵑諸君屬之；二『《小月》派』（即商務印書作『《小説月報》派』），沈雁冰、鄭振鐸諸君屬之；三『《小日》派』（即『《小説日報》派』），徐枕亞、許廑父諸君屬之；四『紅活派』（即《紅》雜志與《快活林》派），嚴獨鶴、程瞻盧諸君屬之；五『《小新》派』（即『《小説新報》派』），李涵秋、貢少芹諸君屬之；六『《良晨》派』（即《良晨》與《最小》報一派）張桃緑、張舍我諸君屬之。此外，或舊有之派已破裂，或新建之派未鞏固，未可以爲派也。

側面描寫的危險　樓一葉

有一班小説家，他們歡喜描寫惡劣一方面的情形。在他們原來的主旨，固含有警惕之意，但其實只貽誤了讀者，并不曾使讀者得到一點裨益。比方有一班著作家，我知道他們一定是同情於新思潮的，不過他們爲恐人家誤解了，便立意描寫新思想的敗類一方面。不過能看側面文章的人没有幾個，反使許多讀者要懷疑純正的新思潮了。所以我以爲材料的選擇，最好注重於正面，提高讀者的眼光，誘引讀者的信仰。

點將嵌字　嚴芙孫

《新聞報》今春添了一欄『點將小説』，我也在内。其中最容易點的名字，要算『舍我』、『大可』，最難點的名字，却要算我『芙孫』兩字了。這兩個字，倘使專嵌篇中人名號之用，未免太無興趣。前次馬二先生把京伶姚玉芙、孫怡雲二人，嵌成『芙孫』兩字，可算天衣無縫，自然巧合，不知此後還有較此點得更巧否？

枕緑道：雖然嵌得巧，我對於這種所謂點將小説，根本不贊成。

（一九二三年第二十號）

小説世界的特刊號　孟　剛

《小説世界》第二卷第一期起漲價了。昨天我到商務印書館去買該期，因爲該期是特刊號，所以價錢格外飛漲。封面上果然印着挺大的『特刊號』三個字，我想這位《小説世界》的編輯，倒很會教人猜啞謎，須待讀者把内容看過，才知這一期是那一類的特刊號哩。及至我把内容看完了，不覺大失所望，原來該期所載，仍是些各篇性質不同的小説雜作，不知他所稱『特刊號』的『特』字，何所根據？有人説道：『看上去這第二卷第一期的頁數，似乎加多一些，所以稱爲特刊號罷。』嗄，如此説來，那《小説世界》從前有幾期頁數特別減少，也可稱爲特刊號了。頁數加多的特刊號，合諸成本，固應加價，頁數減少的特刊號，想將來總也會改良減價罷。我們且拭着眼睛瞧罷。

讀《家庭》雜志有疑　凰雲女士

《家庭》雜志中紅蕉君的長篇小説《嫁後光陰》中叙張媽進李公館的時候，李家五小姐年方十一歲(見第二頁)。後來五小姐遺失鑽戒，五小姐道：『我今年也十七歲了。』(第十一頁)及至太太查到張媽的地方，就有許多人阻止道：『張媽在這裏，也是十多年的賓東了，再去查他。有關面子的。』(見第十六頁)從五小姐的年齡上看來，張媽自進李公館，連首連尾只有七年。若説是十多年的賓東，似乎不合。我看把『十』字去掉，單説『多年的賓東』，未爲不可。紅蕉君以爲行麽？

不祥的名詞『武俠號』　錢唐邨

《星期》出到第五十期停版了，恰巧這期是武俠號。

《快活》出到第三十六期停版了，恰巧這期也是武俠號。

這武俠號真是不祥的名詞啊，竟斷送二種雜志，奇怪。

近來的小説雜志很歡喜出特號，但是前車既覆，後車當戒，這不祥的武俠號，總要留神些纔好。

時間與情緒　樓一葉

當我把筆做小説的時候，對於在描寫的人物情境，都覺得活現在我眼前，心靈隱隱受着同化，非常的切近似的。及至做好之後，重讀一過，便只當一篇小説，而不覺活現，不覺感動了。及至擱了幾天再讀時，那麽，篇中人都成爲傀儡了。這或者是我藝術手段的關係，但何以他人讀了又覺得感動呢？因此我便知道時間與情緒是很有關係的，所以拉長的未完待續的小説，快要漸漸地淘汰了。

小説在雜志上的地位　蔡肖鴻

我們翻開無論那一種雜志，雖然那些雜志是研究政治哲學或是其他科學的，往往可以見到内戴（載）一二篇小説。因爲人的腦力，倘使專對於一種問題，繼續用得太久了，便要發生疲勞而受損害，所以那些雜志中要插入些小説（有時是别的文藝品，不過小説居多）以調節讀者的腦力。這樣看來，小説在雜志上的地位，自然是很重要的了。

（一九二三年第二十一號）

理想的舍我夫人　徐卓呆

張舍我近來在《新聞報》的點將小説中輪到他出題，他做一篇叫《小説家懼内記》，去年在《快活》雜志中，記得他也有一篇新婚的小説。獨身男子而多作結婚生活的作品，張舍我要老婆的心思，我們好像帶了X光眼鏡了，我很想替這位廿八歲的獨身男子做一個媒。但是他選擇得極苛，第一要身體强壯。芙孫夫人替他做媒，樣樣都行，就在這强壯二字上失敗的。我想，見有相當的女子，先挈來在階沿石上擲伊三下，三天内不貼傷膏藥者，便認爲合格，方始與舍我開談。這樣的做媒人，或者不會失敗了。

娑婆小記　畢倚虹

偶社在《小申報》選舉長人，得三人焉：甲德醫龐京周氏，乙小説家李常覺氏，丙小説家朱瘦菊氏。之三長人於前二月中先後來游西湖，余與江紅蕉君均軀不甚高，追陪游讌。余笑曰：可謂三長兩短。

愛嬌之宴　鄭逸梅

陶南村著元氏掖庭侈政，記元宫中飲宴之名殊雅，如紅梅初放，名澆紅之宴；碧桃盛開，名曰愛嬌之宴。按包君天笑别署愛嬌。然而愛嬌之宴，可謂天笑作東道主請客也。一笑。

（一九二三年第二十一號）

娑婆小記　畢倚虹

近來小説家，每喜以西湖爲背景。盡有此佳山水，緯以適當之人物，描寫易於生色。然亦有用西湖背景而鬧笑話者，如新文化某女士所製短篇，叙一女子自沈於西湖，結語有『伊的屍身流入大海』之語。西湖不通海，狀如一巨池，某女士信筆寫來，似未明西湖地理也。

《好青年》之一疵　國愛葵

李涵秋的《好青年》。第四集中有一段，從第七十頁到七十五頁，其間不知怎麽鬧的，倒三不着兩的竟自相矛盾起來了。觀第七十頁，乃是芳瑜、文鵑、柔雲、琪花等許多人，在儉德會裏談話，也是柔雲才從上海回來，和他們第一次的見面。第七十一頁柔雲訴説他在火車中的遭遇，文鵑接着嘆道……芳瑜又接着笑道…………文鵑又嘆道…………芳瑜又拍掌笑道…………説出了一大篇的議論，一直鬧到第七十四頁的中間，文鵑向芳瑜點了點頭笑道…………接着以後的原文，便是説着便匆匆的向前進走來。剛走至辦事室門前，忽聽見裏面有柔雲談笑的聲音，忙揭起門簾，笑問道：『柔妹妹是幾時來的？怎麽不向裏面去坐？』柔雲笑道：『琪花妹告訴我，芳瑜在裏面和你談心，我却不大願意見他，權在這辦事室暫避一避。……』這不就奇了麽？怎麽剛纔在一兒談話，還在一個屋裏，後來突然就變作在二個屋裏呢？且柔雲又不知道。他父親要把他配給芳瑜這回事，因爲他才由上海回來，還没曾回家，他怎麽又不願意見芳瑜呢？鵑又問柔雲是幾時來的？這更大奇而特奇了。忽而一起談笑，忽文而又不知是幾時來的？真正令人不解。也不知作者怎樣作成的？若能將中間再加上一段，柔雲回到他家中，林氏和他談了一回，就談到他的親事上，説要叫他嫁給芳瑜的事情，到了次日，柔雲又到儉德會裏來，那裏適逢芳瑜在裏面和文鵑談心，這才於情節上没有錯誤呢。

廣陵潮之一疵 生　我

李涵秋的長篇社會小説固還不錯，但有一個大缺點，就是往往叙得事實反常。《廣陵潮》裏面有一段，叙一個男子，因爲别有所戀，竟將褲腰密縫，和他父母逼他成婚的妻子睡覺，表示他對於所戀的愛情之忠實，一連數日，請問那男子怎樣還能去大小便呢？

估計小説的價值 葉寒聲

藝術是生命的表現，宇宙間一切的情愛怨恨，藝術能極精密的刻畫出來。他描出了無一絲遮蔽的真情，他顯露了赤裸裸真情的愛美，人領受了藝術感，能從乾枯到滋潤，能從悲愁到歡悦，能從散濫到有節調，這一點已表示藝術的價值不小。小説是藝術的中堅份子。他擅長於襲取人類覺官的總脈，所以小説的價值，尤其不小。

（一九二三年第二十二號）

精神……………原質 聽潮生

文學有一種精神，任你怎樣顛撲他的精神始終不會更變的。小説是文學的一種，自然也自有小説的精神，任你怎樣翻新變舊，總不會失掉他原有的精神的。拿淺近的説起來，猪肉是食料中最普通的一種，不過因爲烹調法的不同，他的名目就五花八門了，什麽炒肉絲呀，炒猪排呀，清燉呀，紅燒呀，因爲名目不同，所以滋味也就兩樣了。因爲滋味兩樣，所以大家的嗜好也就不能一致了，公好饅頭婆好麵，各有各的胃口罷了。不過烹調法雖是不同，他的原質總脱不掉是猪肉，所以喜歡吃清燉的人説紅燒的不配胃口，是説得過去的。要是説紅燒的不是肉，那便不成話了。喜歡看新式小説的人，説老式的不配個人眼光，是可以的；要是説老式的不是小説，也便不成話了。反而言之，同此一例。

（一九二三年第二十三號）

答鳳雲女士　江紅蕉

《最小》第廿一號，載鳳雲女士致疑於《家庭雜志》中拙著《嫁後光陰》所記李五小姐之年齡，謂張媽初進李公館，五小姐年僅十一齡，後來五小姐遺失鑽戒時已十七歲，而張媽與李公館已十多年的老賓東，似乎不合云云。鳳雲女士殆未細讀拙著來。蓋張媽初進李公館時，李公館在蘇州，尚未遷滬，民國亦未光復。李公館之遷滬，在民國光復時始遷滬（請參觀該篇第六頁第四行），而遺失鑽戒係寓在滬上嵩山路時之事，此中相隔，確已十多年，而張媽之進李公館，在光復前幾年，及遺失鑽戒在民國幾年，書中并未叙明，乃係作者叙述年分之簡筆。民國且已十二年，設以五小姐民國元年生，則已有十二歲，決不止十一歲，此理甚明。鳳雲女士殆未細察歟？此應聲明者也。但如鳳雲女士能讀小說而用心若是，已甚欽佩，以後《家庭雜志》如有誤點，或疑點，仍祈揭出商確，至爲歡迎。

越加懷疑

鳳雲女士

讀了紅蕉君爲我解答的一篇文字，我越加懷疑了。上次我所懷的疑，是張媽進公館時李五小姐有十一歲（明載原文第二頁第十一行，不是我推算出來的），覺察遺失鑽戒之後五小姐親口說：『自己今年十七歲了。』十一歲到十七歲，其間連首尾共歷七年。我依此五小姐的年齡，推算張媽進公館的時間，知道也只經歷七年罷了。什麼太太查到張媽處時，大家阻止着，却說出『張媽在這裏也是十多年的賓東了』的話來呢？五小姐在光復前已有十一歲，自然決不在民國元年產生，此理我尚明瞭，遺失鑽戒在民國幾年，我本也不問。現在我依着紅蕉君所指，去參觀原文第六頁第四行，一想張媽自進蘇州的李公館，經過公館在民國光復時遷滬，到充量可說民國十二年的失鑽戒時代，此中相去，似乎確有十多年了，然則五小姐起碼也要有二十多歲了。什麼五小姐又親口說『今年十七歲』呢？難道五小姐連自己的歲數也記糊塗了麽？究竟是大家阻止查張媽的人嘴裏說錯了呢，還是五小姐自己記錯了幾數？我越加懷疑了。

欠帳　范煙橋

此米油鹽醬醋茶，開門七件事，那一件可以不名一錢？ 要是没有熟情，連欠帳都辦不到。不料有許多蹩脚的書局老班，拿到了小説，只是不捨得摸出錢來，要是不去伸手索討，再也不想起有這筆欠帳了。所以在這個全無市道的交易中間，那裏能够找得出好作品來呢？

小説作者的身分問題　張碧梧

現在有一部分人。談到小説作者，便露出輕視的意思，以爲小説作者是最善於造謊的人，或是將人家的隱事編成小説。其實小説的本旨，本在乎寓言警衆，或搜羅社會上的弱點，做成小説，促社會改良。那末小説作者怎能忍受他們的輕視呢？ 應該想個方法打破他們這謬誤觀念纔好。我願追隨諸小説作者之後，共同來研究一下子。

小説機器　程木公

讀了紅蕉先生的痛心話，不得不爲小説家放聲一哭。他把作者比工具，我不如直截痛快説一句，就唤做『制造小説的機器』罷。唉。可嘆！

像《快活林》的點將小説，據個中人云，今天點着某人，當天四點鐘以前必須交卷。試想每天早晨見了報上點着自己，就此馬上捉筆照着别人想出的題目也這麽做上一篇，匆促間送去，要做得十全十美，恐怕難以辦到罷。從使作者文思在偶然勃發的時候，或者也會做出一段好的來，不過總是機械作用罷了。

小説小話　聽潮生

小説家的筆尖，至少帶有一二縷血絲。

世界上的人類，没有一位不是小説中的主人翁。

言情小説，最易着筆，但要出色，便最難着筆。

我推想起來，言情小説家，都是宋玉、潘安。

秋波一轉，令人魂銷。小説之最足耐人尋味，也在秋波一轉中。

短篇小説病在盡，長篇小説病在散（枕緑道，但好的短篇小説，餘波不盡）。

（一九一九年第二十回號）

小説中的人名　聽潮生

名字是人的一種記號，好像代數學裏的 X，無論他枕紅枕緑，或者是聽雨聽潮，總不失記號的作用罷了。講到小説，是描寫人生的片段，小説裏人物名字的作用，更微乎其微了。説他是甲乙丙丁也可，說他是張三李四也無不可。有幾位作家，喜歡題諧音的名字，像『丁佛好』、『蕭碧山』的一類，巧倒很巧，不過使讀者一見，就要聯想到他的事跡，對於這篇著作，反要減却幾分興趣了。

小說中的人名和社會習慣　張枕緑

我以爲取小說中的人名，如『丁佛好』、『蕭碧山』，諧音的一類，固是近於滑稽，足令讀者對於作品，減少興趣。但命名須以社會習慣爲準，使恰如該人物的身分，這一層倒不可忽略的。譬如該小說中的人物，是一個小說家，却擬以『李阿順』、『張土金』等名字，或是該小說中的人物，是一個糞夫，却擬以『張枕緑』、『聽潮生』等名字，這便所謂擬於不倫了。

名字的原理，是一種特別的記號，這是不錯的。但我見現在有幾種小說，憑此原理，直把 abcd 作爲人物的特別記號，替代名字，令人讀了，總覺得這些人物有似小説作者夾袋中的傀儡。結果，讀者對於該篇小說認爲不真切，淡了興味，像讀了以『蕭碧山』等爲人名的小說一樣，這也因爲把 abcd 一類字，作爲人物的特別記號，不是社會所習慣的緣故。

我們做小說，固不應一味迎合社會心理，只是我們所叙述的，也不應違背社會的習慣啊。

風雲戲按：現在有一班新人物，竟把一兩個英文字母作爲署名，恐怕他們有意取這種名字，預備習用慣了，使得將來選爲小說中的人名，不致令人認爲不真切罷。

小説作者今後的責任　張碧梧

現在《星期》、《游戲世界》、《快活》都已停刊了，小説界上，漸漸顯出衰退的現象來了。中國人讀小説，本當做消散的事，有便讀讀，没有也不妨。但小説作者眼看着這不佳的情形，怎能不想個方法，振發一番呢。據我的愚見，這方法有二：（一）、竭力鼓吹，使社會上曉得小説的重要，增加購讀的興趣。（像現在《申報·自由談》、《新申報》、《小申報》所出的小説周刊，力量很爲不小。）（二）、小説作者多做些好小説，使讀者相信小説真有文學上的價值，不能不讀。這兩層倘都能實力做到，小説定能再興旺起來。

（一九二三年第二十五號）

諸家作品和水果的比喻　周浩泉

包天笑的作品像橄欖。橄欖不是一種很高尚的果品麽，嚼時并不覺甚麽好吃，過後纔覺回味。這很像他的作品，文詞雖淺，而用意却深。

何海鳴的作品像青梅。青梅人人知道是很酸的，但是人人都歡喜吃他。這就像他的作品，明明知道裏面包藏着許多心酸的文章，但讀者總捨不得因爲要酸出眼淚來就不讀他。

胡寄塵的作品像哀梨。哀梨是果中上品，爽潤可口。這就像他的作品，豪放流利，讀之足以開拓胸懷。

徐卓呆的作品像檸檬。檸檬誰不知是能開胃的水果。他的作品，大半如此，讀了便可以使人忘憂解愁。

周瘦鵑的作品像柑子。柑子的味道雖甜，總帶幾分苦氣。這就像他的作品，雖也有些是近樂觀派的，但多半總是贏人眼淚的文字。

畢倚虹的作品像荔子。荔子是果中佳品，甜潤無匹，雖食百顆而不厭。這就像他的作品，暢快順口，并無半點澀氣，雖長惟覺其速完。

張枕緑的作品像新會橙。新會橙是廣桔中最好的一種，組織甚密，質堅而味雋。這就像近來做歐派的作品雖多，而只有他往往以極經濟的筆法，寫出極深刻的文章來，短小精悍，的確有些相像。

李涵秋的作品像甘蔗。甘蔗是人人喜吃的水果，越是老頭越是甜。這就像他的作品，雅俗共賞，惟其爲舊式，所以反而人人都喜歡讀他。

程小青的作品像波羅蜜。波蘿蜜本非中國産，但因其别有風味，所以倒人人歡喜。這就像他的作品，專事偵探，雖然仿自泰西，却自成一格。

張舍我的作品像塘藕。塘藕是蘇州山塘的出産品，冰清玉潔。這就像他的作品，不事鋪張，文樸而意深。

江紅蕉的作品像櫻桃。櫻桃亦果中佳品，有色有味，這很像他的作品，秀麗天然。

張碧梧的作品像水蜜桃。水蜜桃是果中可口之品,但須防其爛壞。這就像他的作品,未嘗不售,但有時微嫌不純。

嚴芙孫的作品像香蕉。香蕉也可潤一時口舌,但不能多食,這就像他的作品,尚不能獨當一面。

以上所述,乃是照我個人的眼光寫來,决不敢説就是大衆的一種公喻,所以好好壞壞,還須望那幾位著作家不要生惱。有人説:『海上的著作家不止這幾位,何以你比了這幾位就完了。』我道:『因爲我常讀的,就是這幾位的作品,所以其餘的,只能留給常讀他們作品的人去比喻了。』浩泉附記。

胡寄塵與數目

謝鄂常

胡寄塵先生的小説,短小精悍,令人味嚼不厭的,但是他對於數目的地方太大意了。例如,《傷心之美術品》一篇,把鞋子與日子的數目弄錯了,後來他聲明過的,但是一聲明更錯了。這過去的不在話下,前天《小説世界》二卷一期《未來之自殺的人》一篇,内中説五個鬼,後來忽講到第六個,也是誤在數目上。這種本來是没有緊要關係,無用求疵,但是我愛讀胡先生的小説,所以敢斗膽説一下。

一字派小説

華白鐵

倚虹先生説,小説界照目前形勢,逗分可得六派。我説,其中《小説日報》派。又可名之曰『一字派』。何以呢？且將該報最近的一百廿四號中一篇小説，介紹給諸君：『一間破壞不堪的草屋裏，裏面放着一只舊床，床上睡着一個七歲光景的小孩，床邊放着一只破檯子，檯上放着一盞半明不滅的豆油燈，一個四十來歲的婦女，在這燈下一針一針的補他兒子一件舊棉襖。……』第二段：『大馬路上一個四十左右的老頭兒，拉着一輛黄包車，車上坐着一個漂亮的男子。……一個漂亮的少年説道……一個漂亮的少年嘰哩咕嚕罵了一頓……一個巡捕趕過來，一看還好。……』全篇不過數百字，却足足用上了二三十個『一』字，稱爲『一字派』小説，誰曰不宜。

（一九二三年第二十六號）

説商業小説之寥落　朱智先

描寫商界裏情形的小説難做麽？或者無資料麽？爲什麽現在關於商界裏的小説很少呢？我可以大膽説，現在做小説的及編輯小説出版物的人，學界出身居多數，他們對於商界裏的情形。不熟悉且不明瞭，縱使有一二投稿者，做了些商業小説投去，他們看了，自然不及言情小説之合味，滑稽小説之有趣，歡迎的程度一低，商業小説作品的價值看似降落了，於是關於商業的小説，無形淘汰了。

商業小説難做麽？我大不相信。商業裏尋不到小説資料足以發揮麽？我更不相信啊。

小説小話　錢唐邨

描寫方外的小説很少，據我所見的，只有沈家驤的《晚禱》一篇。小説家撰稿，似乎以紅墨水爲宜，因爲可以表明這是他的心血。畫家筆底的美人，總不及小説家筆底的美人。好小説決不是足不出户的作者所能做的。小説假使没有寫景，就覺得枯索無味（枕緑道，未可概論）。

（一九二三年第二十七號）

説特刊小説　朱智先

特刊小説，是要表現藝術的真價，聚精會神，專事描寫一種情事，這是何等的重要，編輯者所不可忽視的。然而今之所謂特刊小説，大背此旨了。譬如某雜志出一次偵探小説號，那擅長偵探小説的名家，當然是特請他撰述了。而那有一班作者，對於偵探小説，并未切實下一番藝術的研究工夫，只須是名家，所作略帶偵探色彩，也可算是偵探小説，在偵探小説號中備一格了。這是何等的草率啊！　我拿藝術眼光來批評今之所謂特刊小説，滿我意的，很少很少罷。

（一九二三年第二十八號）

續說商業小說　程木公

小說名家，商界中人很少，因此商業小說没人發起做了。或者實在没有好的商業小說出現過，說出來豈不可嘆！

然而好的商業小說，也曾見過幾篇，像本報一葉的『晚飯之後』一篇（其他雜志甚多），也未嘗不是一篇很好的商業小說，不過不能使讀者歡迎而已。唉！

（一九二三年第二十九號）

讀小說的時間　張枕緑

喜歡讀小說的人，每在一個很長的期間内，繼續不息的讀。全部《水滸傳》，只費一個禮拜讀完，一本《半月》雜志，在半個鐘頭内讀完。像這樣加工快讀的人，很是不少，所讀的内中情節既記不牢，感想也没暇發生，要是時常這樣，腦筋必致疲損。

有許多人，喜歡在便桶上或床上讀小說。那固是一個讀小說的好機會，我却不贊成，因爲容易把書弄損。

一頭吃飯，一頭讀小說，飯量必減。有人說，越讀越吃得下，那是欺人之談。

（一九二九年第三十號）

布景裝錯了　徐卓呆

前天聽天台山農丈談樹橘之法。他說，台州地方没有大雪，而且積不起來，所以最合宜於種橘，因爲橘是極忌雪的。

我一聽此話，便想起去年冬天，不知在什麽地方看見一篇小説（恐怕是在《小説世界》一卷三期裏），是把台州地方來做布景的。我當初讀着，覺得篇中有『紗廠林立』等句，自然立刻就否認了。還有説什麽『冰天雪地』，我不敢盲斷，現在聽了這位真台州人的話，也曉得這篇小説的荒謬咧。

小説世界的犇　程木公

《小説世界》二卷三期第一篇，苕狂的《窗内和窗外》，第三頁上那窗外的乞丐，對他的妻子説道：『我當初也是個好好的工人。……想不到那一天，因爲上一天夜間作工太辛苦了些兒，頭腦中有點昏騰騰的，一不小心，一只右臂，生生的在機器中軋了去，從此就不能再作工了。……』但是看那插圖中的窗外那個乞丐，不是一手撑在頭間，一手擱在膝上麽，難道這乞丐是三隻手的麽？

再有他文中明明説窗内富翁的愛妾，頸中圍了一個大狐狸，觀畫中窗内的女子，却圍着一條絨頭繩圍巾。這一層倒不成問題，他們富家美眷，作興時時更换圍巾的啊。

小説中的插畫，自然要切合事實才有趣，否則還是不用的好，請編輯者注意。

（一九二三年第三十一號）

急就之作　張枕緑

大家都承認，小説作者將一時衝動的感想。走筆疾書，把自己緊張的情緒，一口氣記出，表現在紙上，這篇小説才能感動他人，足稱傑作。但我説，急就之作，於情緒方面固可團結無遺，於文字方面必有疵病，須加修飾，才可成完美的藝術作品。玉不琢，不成器。小説也是如此。慣做小説的同志，也默許此説，而肯和我同勉麽？

莫明其妙　陳悲塵

文學是安慰人生的一種藝術，而小説尤佔文學上重要地位，但中國大校裏，既設有文學系，不過文學系裏又獨缺小説科，那真是令人莫明其妙的一件事啊。

（一九二三年第三十五號）

叙述和描寫　蔡肖鴻

小説中的叙述和描寫的界限，有許多人辨不清楚。有的以爲叙述和描寫，只不過是字面的差异，二者的意義是一般的。有的以爲這兩個名詞，是相對的，叙述和描寫，完全是兩件事。這兩種論調，粗看似乎都有理由，其實却都弄錯了。因爲叙述是一個籠統的名目，描寫是附屬於叙述的，二者的關係，可以用圖畫表示如下：

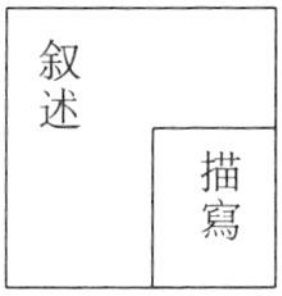

何以見得呢？因爲小説是記事之文，記事文中所用唯一的筆法，便是叙述，所以我們從廣義説來，可以説小説是用叙述的。

這樣看來，叙述既可以包括小説的全體，那麽我們何必再用一個描寫的名詞出來呢？因爲叙述（狹義的）只能把一事一物的外形報告出來，而且只能給我們以一種籠統的概念，而描寫呢，却能將一事一物内在的狀態形容出來，而且能够給我們一種深刻的印象，所以小説内必不可缺乏描寫。（自然叙述也同描寫一般的重要。）近來的小説，使人看完一篇。就把他忘記，甚至於看到下半段，已把上半段忘記了，這全是缺乏描寫的緣故。

但是倘使我們通篇都用了細膩的描寫法，不但手段不經濟，而且近於嚕囌，反要取厭於讀者，所以有的地方，也要叙述法。如此說來，何處須用叙述，何處須用描寫呢？這個問題，很容易回答，就是在一篇小說中，最重要的一部分，所謂集中點（全篇主意所在的地方），要用描寫，其餘不甚重要的部分，便可用叙述了，因爲一篇小說，使人能起深刻印象的地方，就在這個主意所在的集中點。倘使我們不用深刻的描寫，而用平淡的叙述，那麽，全篇的主意，不能使讀者長留在腦筋裏，讀了不久便要忘掉，這篇小說不是要失敗麽？描寫的價值，也就在此。

（一九二三年第三十六號）

這真是勁風了　錢唐邨

一篇小說，描寫是不可缺少的，但是總要合乎情理才好，萬不可用一種不符事實的情節，瞎寫一陣。我昨天看見《小說世界》第二卷第四期裏有一篇小說《日頭處女》，他裏面描寫大風，明明說是雪後的風，但是又說風裏夾着從馬路上括起的散碎石塊，這未免太不近情理了，所以我以爲小說作者在從事描寫的時候，總要審慎一番才好。

（一九二三年第三十七號）

兒女親家　周瘦鵑

我和枕緑要攀兒女親家了。

朋友們聽了我這話，都歡天喜地，準備吃喜酒，説可是你家小鵑要和枕緑的女公子攀親麽？ 我説不是不是，是我的《紫蘭花片》和枕緑的《最小》報攀親。

雜志中最小的，要算是我個人的雜志《紫蘭花片》了，報紙中最小的，便是枕緑的《最小》。讀者對於《紫蘭花片》的評論，總説是嬌小玲瓏，對於《最小》的評論，大半説短小精悍。嬌小玲瓏是形容女性的，短小精悍是形容男性的，所以《紫蘭花片》好算是我的女兒，《最小》好算是枕緑的兒子。

《最小》出世不到一年，却已頭角峥嶸，很有壓倒一切的氣概，前程萬里，正不可限量。於是我就動了心，想和枕緑攀一個兒女親家，把我的愛女《紫蘭花片》配給他的愛子《最小》了。丈人看中女婿，原是常有的事，只不知道枕緑可許我高攀麽？

何諏的怨詩

何海鳴

《碎琴樓》説部著者何諏，近以其《滿天風雨樓怨詩》三十餘首寄我。内有一律云：『惻惻吞聲悄悄呼，背君流涕意何如？ 雲河對影月千里，燈火照人城一隅。寂寞容顔聲哽咽，艱難心事步踟躕。膝行於古雖無例，便擬遮前一攬裾。』。『膝行』句風趣極矣。

（一九二三年第三十七號）

便桶上和床上讀小説　徐一蟬

第三十號本報内登着張枕緑先生一篇《讀小説的時候》。他説：『有許多人，喜歡在便桶上或床上讀小説，那固是一個讀小説的好機會，我却不贊成，因爲容易把書弄損。』我對於這話，却不以爲然。因爲在便桶上讀小説，可以攤在膝上，等到讀好了，便翻合了，仍是一點也没損傷。至於睡在床上讀小説，那愈加好了，不但不會把書弄壞，并且能够把書弄得很端正，因爲睡在床上讀小説，讀的時候，雖然有點把書損傷，但是等到讀好了，便把那書放在枕頭底下，到了第二天早晨，已壓得端端正正，平平直直，無異剛才出版的一般了。所以我説在便桶上和床上讀小説，確是最好的機會，不知枕緑先生，以爲然否？（枕緑道，倒也有理。）

小説我見　吴哀吾

古詞云：來時節三兩句話兒，去時節一篇詩，記在人心窩兒裏直到死。我謂小説亦當能記在人心窩兒裏直到死，方是好小説。

昔人評詩，謂須如冷水澆背，陡的一驚，方是興觀群怨之作。余謂小説亦然。

小説之優劣，比例於記憶。最佳者能詳細記憶，次焉者可一并記憶，最下者直無可記憶。

小説之佳者，全篇有全篇之精神，一段有一段之妙處，乃至逐句逐字，皆可令人咀嚼。若必讀至末了，始有些意味，是欲令人窒息久之，而始嗅之以微香也，人其甘之乎？

（一九二三年第三十八號）

爲抄襲家辯護　周振聲

我先要問一聲諸位，有人將他人的著作，白話的改成文言，文言的改成白話，是否就算抄襲家？我想諸位當然要説，是算抄襲的了。那末，我不得不爲這種抄襲者辯護幾句。

閲者諸君看過譯的小説麽？將原文直譯的，簡直不少啊！這種直譯的小説，依我獃笨的腦筋想來，也可算爲抄襲家，不過英文改成中文而已。

《最短之短篇小説》短引　張枕緑

《最短之短篇小説》，這一集是胡寄塵先生的著作。寄塵的小説，長篇固好，短篇也好，越短越好。這《最短之短篇小説》一集，是他自己選編，去粕存精，自然大有可觀了。

集中如《可憐之同胞》一篇，悲天憫人之慨，溢於言表，即置之托爾斯泰小説集中，也可因此增加托爾斯泰的聲價不少。託氏所作，是純憑宗教觀的，《可憐之同胞》一作，乃純憑哲理觀的，尤顯有上下床之别。這或者是我個人的成見罷。《手表與近視眼》一作，描寫之雋趣，直足奪柴霍甫之席了。

我不暇逐篇加以評語,大家不如購置一册,讀了各就所見加評罷。

（一九二三年第三十九號）

我談《家庭》雜志

無虚生

我自讀了《家庭》的創刊號,就頗想抒點意見,不料因循復因循,我還没動筆。第二期却又經出版了,編排方法,愈見匠心。然而紅蕉先生虚懷若谷,還在那兒歡迎批評。我想我雖够不上説批評二字,似乎管窺之見,也不妨稍微一談,以期就正有道。不知江先生肯賜教麽?

人多贊《家庭》雜志排印精致,别開生面。我説他的特色尚不在此,第一就是每一篇題目下編者的介紹小言,這才是特創一格,不特使人瞭解這一篇的主旨與精神所在,且可表明編者所負的責任。對於一切作品的内容,并不是模模糊糊、聽其自然的。第二是篇首提出使人特加注意的篇目,頗足振起讀者的興趣。第一期題目下尚有幾個介紹的説明,不免少落猷詮。第二期换了？號,不着一字,落落大方,并可表示編者的虚懷,比較着好多了。

題目上的插圖,時時變更,甚好。不過微嫌過少,一期之中,前後即不免重復,顯着畫稿太窮。

每篇之第一字,用大家,另加花邊。此雖源於歐化,用於中國文字,終覺不甚相宜。若使讀者無此種經驗,遽自第二字讀起,豈不莫明其妙。我意不如改用圖案花纹爲引首,或只將每行之第一字加大一號,仍不侵佔他行地位,倒也醒目美觀。

中國舊家庭信任算命，對於婚姻上發生莫大不良的影響。紅蕉先生特闢簡易算命術一門，不知是何用意？提倡呢，還是改善呢？

求幸福齊主的《田園式的家屋》，設計雖然不壞，然而看來頗像一篇計畫説明書，不類小説。因爲他始終都是叙述體，一無穿插興味，友人看了《這個世界裏的游記》一篇，説胡寄塵既不是我們一樣的人類，不知他那故鄉的文字，又是甚麽樣？我説你不知道麽，請你把去年《笑》雜志風凉號翻開一看，大概就可以推知大概了。一笑。

倚虹的小説，我是最愛看的，所以這兩期的長篇短篇，都一字不遺的看了。《無可遺囑》一篇，已有人評過，不必贅説。《苦惱家庭》第二回中，却發見一個疑問，就是何氏賣金字的交易。第六頁第六七行店夥説：大壽字兩個銅板一個，中號金字一個銅元一副。到第七頁第五行以後，説店夥不允再加，何氏没法便依了他的價錢。督飭點清，共四百五十二個大壽字，三百二十三副中號金字。若按他們説定的價錢算，應該是一千二百二十七個銅板，怎麽又接着説每件兩個銅板，共計一千五百五十個呢？這個賬似乎算得不準，不知倚虹先生也另有説法否？

紅蕉自己作的《嫁後光陰》，也刊了兩回了。第一回中因張媽在李公館的年月問題，他曾與鳳雲女士討論過一次。周女士説的本來很對，他却顧左右而言他，反輕輕加了他人一個粗心的考語。周女士雖再質疑，也未見他有何表示，第二回中仍舊認定十年的話（二頁九行），似乎於著作家坦白態度上，稍微差點。不過他口頭上尚宣言歡迎商確，所以我也將他第二回中懷疑的地方。約略説説。

第六頁説：『朱媽和張媽媽等都出來了，張媽媽帶哭帶説道……』，這兩句如此接述，似嫌不大清晰。因爲他們出來是自亭子間出來，李太太等尚在坐憩間，怎能出來就見着説話？（或者傭人住的亭子間，就是坐憩間的後房，不過情節又不對。）又十三頁五行：『春秀道，阿菊……』，下行緊接着又是『春秀與太太怪阿菊道……』，第一個『春秀道』，恐怕也有點不妥（或者是筆誤），我以爲若改爲『朱媽道』，就比較好了。不知對不對？又這回裏説朱媽、張媽等都穿着棉襖，末尾點清時候，却是三月二十九，天時稍嫌冷點，或者用的是陽歷麽？其餘篇中春秀、五小姐、父親、老爺，叙述稱謂，亦不一致。此雖小節，然就口吻上細細品量，終有些不大合適，所以長篇小説也不易作。

長篇小説的插圖，其中布置與電影的背景相仿，不宜一期一樣，因爲同時同地，在情理上，説不過去。文裏的情節，着筆時尤要顧及，務求相合，如有矛盾，不如其無。如《苦惱家庭》裏的奚大定，文中明明説有兩撇時式胡子（一回七頁），圖中却畫成個漂亮少年。第二回中且把他畫在上座，客人反居下首，這都不能説是小疵，《嫁後光陰》第二回插圖，情節也前後倒置，這也是主任應注意一點。

（一九二三年第四十號）

便桶上床上讀小説之李女士觀

葉克鈞

昨日讀《最小》報時，適余友戴君偕其女友李女士來訪。余於是先以《最小》報享之。女士讀竟，笑謂余二人曰：『徐一蟬君之言不確。』余輩詢之，伊乃述伊自己在便桶上和床上讀小説之經驗，當時因急於往觀羅克之獸醫生故，未及細思，今覺確然。筆之如下，寄《最小》報。讀者中有與李女士有同一之經驗者乎？徐一蟬君所説的，恰巧和我的經驗相反。我也是枕緑先生所説中的一個，并且已成習慣。我有一次，在便桶上讀小説時，忽的想把書攤在膝上，看看便不便。那知一攤在膝上，覺得太湊緊，於是把上身挺直，頭低下去看，做足姿勢，總覺得不便。并且我覺得這樣的一副神氣，給人看見，更可發笑了。於是仍舊拿在手中看。拿在手中看，横折竪折，書多少總要弄壞些。至於徐君説的，在床上讀小説，不但不會把書弄壞，并且能够把書弄得很端正，這真騙騙我們了。我有一夜，在床上讀完小説後，曾把書壓在枕下，也想壓得挺些。誰知明晨起身時抽出來一看，大大的失望，并特没有壓挺，反而變成了元寶形，兩端翹起，中間凹進。這不是和徐先生所説的，完全相反麽？并且我已想出此中的奥妙，褥是軟的，枕也是軟的，軟的相叠，决不能十分緊貼，那能把書壓得端端正正平平直直呢？（枕注：倒也有理。）

（一九二三年第四十一號）

床上不當讀小説

聽潮生

本報載有討論便桶上和床上讀小説的文字，我對於便桶上讀小説，没有經驗，不敢瞎嚼舌根，所以只説床上讀小説。

六七年前，我也有床上讀小説的習慣。支着枕兒，一頁又是一頁，一段又是一段，津津有味，不忍釋手，到了讀好，便拋開書本，呼呼入夢。過了幾個月，讀罷小說時，眼眶裏總要流出幾點清淚。起初以爲是偶然的事，倒不放在心上。後來天天如此，我便起了戒心，曉得床上不當讀小説，有傷目力的。還有一層，日間操作勞動，到了夜裏，自然要躺在床上，力求休息，保護身體的康健。要是不得休息，反拿有趣的小説，刺激疲乏的精神，這無异拿嗎啡針來戕賊身體呢。所以我想床上讀小説，容易把書弄壞，還是另一問題，關礙身體康健，倒不可不注意的呢。

小説與口才　朱智先

有人説，善於口才的人，做小説一定好的。因爲口才好，叙述小説中的情節。也多了，好了。這句話有理麽？我姑且不去説他。但我以爲有永久精神的小説，只仗篇幅廣，叙述多，即足以起人仰企，認爲這篇小説的作者，具有小説天才麽！再者，一個人的口辭雖好，但那不正當的形容，不規則的言語，以及那『殺千刀』、『小赤老』等的惡名詞，也可以入得小説麽？倘如此説，難怪目下小説的衰微了。我願一般作者和讀者，應當用神聖的眼光，來作小説和看小説。

（一九二三年第四十二號）

最小之小説　聽潮生

近年來有創小小説者，行文簡潔，命意冷雋，佳構也。雖然，小固小矣，最則未也。若本報張君枕緑，所著《宇宙》一文，以一？號，賅括古今，饒有意味。一字小說，譬爲最小，庶幾名副其實。

（一九二三年第四十三號）

便桶上也不當讀小說

葉克鈞

聽潮生君說：『……所以我想床上讀小說，容易把書弄壞，還是另一問題，關礙身體康健，倒不可不注意的呢。』這幾句話說得對極了，書弄壞事小，關礙身體康健事大。倘然床上讀小說，非常有益於身體康健，那末寧可把書弄壞，不妨做去。倘然有害於身體的健康，那末雖能把書壓的端端正正，平平直直，也不當做去。

我雖没有便桶上讀小說的經驗，但據衛生二字來講，我覺得在便桶上讀小說，也不當了。雖坐在便桶上讀小說，和坐在凳上讀小說一樣，不至於流清淚，但臭氣外溢，吸入鼻裏，未見無礙。假使臭氣中雜有微菌，因而致疾，那是其害大了，豈不也關礙身體的康健麽？臭氣固較香氣好，可以刺激神經，致覺清醒，但多刺激恐也有害罷！

小說體的廣告議

張枕緑

一般商人，利用大衆歡迎小說的心理，取小說的體裁，做他貨的廣告文字。撰述這種廣告文字，原是廣告部職員的分内事，但也有因廣告部職員所作，未能勝任愉快，所以聘求小說專家撰述的。

在小説家方面，得了商人的錢，替他們效一些筆墨之勞，確也是正當交易。

不過在現今中國人對於小説，尚有大多數認爲下流文字的時代，一般著名的小説專家，和商人發生了代撰小説體廣告的關係後，恐不免益爲無職之徒，看低小説的價值罷。我們要使大衆知道，自有真價值的小説，不是隨意做得成，更不是大衆可利用的，以小説專家的莊嚴，似應拒絶代撰。

（一九二三年第四十四號）

再談便桶上和床上讀小説

徐一蟬

我前天讀葉克鈞君的《便桶上床上讀小説之李女士觀》，説李女士的經驗恰巧和我相反。昨天我又讀聽潮生君的《床上不當讀小説》，很以爲然，而且很贊成。我雖然眼眶裏没有流過清淚，但是將來總不免的。所以我現在也將要戒去這個習慣了。但是在便桶上和床上讀小説，我可説一定不會把書弄壞，所以現在不得不再説一遍。李女士説我的話不確，因爲伊在便桶上讀小説，把小説攤在膝上，覺得太凑緊，又把上身挺直，頭低下去看，做足姿勢，總覺不便等語，我讀了這話，却又不以爲然。因爲在便桶上讀小説，身體雖然坐着，但是二只脚依舊踏在地上，所以膝上是平的。那麽，把書攤在膝上，把背曲轉了點，低下了頭便可以看了。那書雖然有些不平直，又没有什麽東西壓他，那裏會弄壞呢？又那裏會不便呢？李女士又何必把身挺直，做足姿勢呢？李女士又説床上讀小說，讀好後把書壓在枕下，那書非特没有壓挺，反而變成了元寶形，兩端翹起，中間凹進等語。哈哈，我想女士的床褥一定是野鴨絨做的了，因爲野鴨絨是很軟的，倘然做了床褥，把書放在上面，壓在枕的下面麽，受了頭的壓力，自然成了元寶形了。至於我說能壓得端正的，是棉花床褥。因爲棉花雖然也是軟的。但是困得日子既久，已是結實了，所以把書放在上面，把枕壓了一點也不會成元寶形，而且很端正。哈哈，看看這些些一回小事，誰不會做，倒也有一個小小的法子呢。因爲把書壓在枕下，不可放在正中，須要放在枕的角邊。倘然把書放在中間，那末，受了頭的壓力，一定要成元寶形了。現在我并且已知道李女士把書壓成元寶形的原因了，因爲女士一定把書放在枕的中間呢。女士說我騙騙你們，哈哈，我那裏來騙你們，這是我老經驗了，并不是瞎三話四的呢。

討論收場

張枕緑

我做了《讀小說的時間》一文，講起便桶上和床上讀小說，容易將書弄損的話，便引起了多人的討論。據聽潮生和葉克鈞二君說來，有礙衛生，便覺兹事體大，非僅書册損壞的問題了。我們權其利害，當以不在桶上和床上讀小說爲是。這個討論，以此爲止罷。

（一九二三年第四十五號）

小説談屑　陳悲塵

小説本是空中樓閣，莫須有事實，但也不可不近人情。

在草稿上的小説，總覺有許多不滿，一待印在潔白的紙上，就覺生色不小。

商店招徠主顧，利用廣告，小説唤起讀者，首恃題目。

小説情節的悲歡哀樂，常隨作者環境的優劣爲轉移。

小説裏的布局，好似建築上的設計，如果設計不佳，建築那有良好的結果，布局不好，小説也那得佳作。

世界不滅，即小説資料不罄，惟在明眼人的物色得當。

（一九二三年第四十七號）

小説小話　一　葉

許多人主張勤作，許多人主張少作，其實創作决不能限止勤少，只要有情緒的時候，一夜做二三篇也好。勉强的，一月做一篇也不好，所以我以爲小説家决不能藉此作一個職業。

（一九二三年第四十八號）

小說零話　一葉

我以爲現在許多小說共同缺點，就是多枯寂無味的叙述，少刻劃精深的描寫。往往有三四千字的短篇，却說了千許字的作旨，或是老老實實的寫。某人是一個何種階級的人，環境怎樣，思想怎樣，并不用事實來供托出來，委實毫無藝術價值可言。至於描寫的浮泛，如寫悲則『流着眼淚』，寫喜則『哈哈大笑』，更是千篇一律，没有深刻的觀察。

詞句的彫鑿，也是一種不可少的工作。每每同樣的一句話，平凡的寫來，覺得粗俗，經過一度彫鑿，就别有美趣。寫下流社會的小説，更其要注意。許多人駡李涵秋只寫下流口吻爲粗劣，其實寫下流口吻不足病，只要在寫的手段上下一番功夫便得了。我讀過許多法國自然派描寫醜惡的作品，而一點也不覺得有不堪的地方。

（一九二三年第四十九號）

評碎杯之聲　陳悲塵

本報第四十六號所載枕緑先生的《碎杯之聲》一篇，以寥寥數百字，將社會上一般趨炎附勢，只問人、不顧情的狀況，寫得入木三分，真不愧爲生花之筆啊。

我先和老伴倩影女士將原文連讀了兩遍，只覺妙不可言，但還不明末幾句『突然另有咳嗽聲，傳入他耳裏，他頓時暗暗領悟了』的意思。問伊也笑而不答。遂再看了一遍，才知道是回聲關係，就益覺全文之妙，以之點破主人的堂叔被誣，不但新穎奇巧之至，并且可説也是一篇科學小説了。

短篇小説的起結比較最難做，而尤佔全篇很重要的地位。試觀本篇起首兩句，將全篇大意總冒一下，寫得何等有力，末幾句也結得耐人尋味極咧。

不過中寫碎杯之回聲，恐在事實上有些不妥。因文中明明説廳上酒席，還在猜拳鬧酒，想當時情形總吵得不亦樂乎，并且酒杯碎聲很小，又加主人已醉，神經或很不清楚，怎能聽出這種回聲呢。以此終點質之枕緑先生，或也可得個責我吹毛求疵的回聲咧。

（一九二三年第五十號）

碎杯之聲中回聲的析解

張枕緑

《碎杯之聲》中寫碎杯的時候，廳上只剩兩席未散（有『兩三席殘席還未收拾』一句，襯得分外顯明），而主人勉支醉眼，賓客裝出興致來，大家貌合神離，已可概見。吵鬧的聲音當也有限了。主人已醉，所以聽那碎杯的回聲，似在遠處。至於主人已醉，而就聽得這般細小的回聲，或正足暗示主人平日吝嗇成性，所以關於自己遭受損失的聲音，其聽覺特别靈敏罷。

《黑暗上海》的小疵　樓一葉

六月四日《小時報》上清波先生的《黑暗上海》，其中説一個花旦行醫的孫玉芙，他既明明姓孫，而不知什麽緣故，那蓮卿忽然叫起他吴先生來。我想也許清波先生胸中有了成見（因爲有所隱射，明眼人都看得出，無須我來説明），便不覺寫得手順了罷，可是未免太大意了。

聽説史德令褒爲了他某篇小説中錯用了一種花名，便將印就的書一概擱置。想見大名家一字不苟的態度，清波先生也須留意一點啊。

小説小説　胡瘦鶴

一篇小説的佳妙，在結構與用意上見工夫，不在文詞和字句上用力量。若結構與用意都臻完善，文詞和字句上雖有些瑕疵，仍不失爲一篇有價值的小説。

描寫小説中人的周圍景物，宜乎簡潔而切當，若是堆砌字句，拖泥帶水，就不好看了。我從前見一篇小説，其中描寫一個閨女坐在房裏，乃將房裏的擺設器具，累累墜墜的説了一大篇，好像是嫁妝店裏開給顧客的一篇帳目，令人看了，真是討厭。要曉得我們看小説，不是注重這周圍的物件的，即使要描寫那房中擺設的華貴，也只要約略説幾句已够了，何必這樣多費筆墨呢。

（一九二三年第五十二號）

莫泊桑之不幸　甄不肖

——《小説世界》中的新發現——

《小説世界》二卷十期中。刊著克文譯莫泊桑的小説一篇，題爲《溺者》。開端第一段中説：『捕魚的人，没有不知道老嫗巴典的故事。』并用『伊』字指代這個巴典，足見巴典是一個婦人了。但從第二段起直到終篇，叙那巴典完全成爲一個男子，并用『他』字指代了，難道莫泊桑叙一個小説中的人物，連男性和女性也分不明白嗎？恐怕是克文君神經不大清楚，所以譯錯罷。唉，縱是克文君的神經錯亂，也是莫泊桑的不幸啊。

著作家的另兼别業問題　馬鵑魂

著作家應否另有别的職業？這個問題，在法國文壇上，起了很大的辯論。有人説，著作家不應有别的職業，以爲在一天的辛勤工作以後，便没有精神再去從事著作了。這個理由，似乎很充足。但是一方面，也要顧到作者的經濟問題，作者是一個富有的，即不必説，當然不應再幹别種職業。但是作者經濟或是困難貧窮的，即就有問題發生了，因爲不去兼職，所入不足瞻着他一生和一家，尤其是在我們稿費輕微的中國，作家得來的報酬，既不敷所出，必定要想多賺些錢，去靡補他的缺陷。但是不兼别職，金錢從何而來呢？當然在著作上設法了，一定要濫做没色彩的作品，去多賣錢，如此反而要損失文學的價值。然而另兼别職，分心總要分心的，但是圖書館員以及教師，那倒不甚妨事。如同法朗士、李師爾，還有其他的作者，都是文名嘖嘖，要曉得他們是兼這兩種職業的。潘芙司還有一句話，説得很不錯，他説：『我想來，另一職業。在一個著作家，或者是必要的，但决非他所甚願。』末了這一句，尤其鞭辟入裏，深知苦衷的。

以上不過我知道有這一個問題後的一點感想，所得甚微，還要請大衆研究，因爲這個問題，是文壇上很佔重要的位置的。

（一九二三年第五十三號）

論廣告小説

胡寄塵

用小説替人家作廣告，當然是輕侮了小説。然退一步説，只要是正當的事情，替他作小説以鼓吹云，亦無不可。或且有必要的時候，如真正的國貨商店及正當的儲蓄機關等，皆有提倡的必要，文人替他作小説鼓吹，有何不可？（國貨的範圍亦很廣，消耗品似無提倡之必要，不能以爲是國貨便一律重視。）不過好事情被壞人利用了的很多。最近最大的事實，像天安門外的國民大會，便是一個例。國民大會的名目何等正大光明，却不料被叫化式的政界中的小人物，借他作騙錢之用，文學界何嘗不是爲此呢？

所以廣告小説的風氣一開，所最危險的事，便是無論甚麼卑鄙的營業，都有兩篇廣告小説登在報紙上，那真糟透了。自愛的文人當然不肯替他們做這樣的廣告小説，不過自有一種略識幾個字的無耻之徒，來做這一類的小説。做得好不好、通不通都不管，總之是一篇廣告小説罷了。唉！

（一九二三年第五十四號）

小説小説　胡瘦鶴

作小説，須要將自己個人對於人類和社會觀察的情感，悲觀的或樂觀的，滿意的或不滿意的，一一隨着我的藝術方法，誠實正確的表現出來，一點没有虚僞空套，那末這篇小説才能使閲者感動，而有真正的價值。

描寫小説中人的思想口吻，宜合乎各人的身分。譬如軍人有軍人的思想口吻，商人有商人的思想口吻，各自不同。若是描寫不合身分，一篇小説就没有精采了。我嘗見一位新文化家，描寫一個農民生活的小説，滿紙都是哲學的思想口吻，這是大不應該。我并不是一定説農民没有哲學的思想，因爲這和農民的生活，毫無關係。作小説的時候，先要認清題旨，這是描寫一個農民，并不是描寫一個哲學家。

（一九二三年第五十五號）

最短的短篇小説　何海鳴

胡寄塵贈我一本《最短的短篇小説集》，説是他小説出品中一種最短的。其實這位先生的出品，本來是短俏的多，以少許勝人多許，我佩服他已非只一日了。

近來步寄塵之塵而後起的，有什麽五分鐘三分鐘一分鐘的小説，甚至於短到一個字或簡直没得字而只有一個符號，可見這最短的小説是很流行的。

從前吾國文學中有一種寓言，本來是很短的，可以説是最短小説的先河，但那些都是没有縝密的小説章法的，而且還覺得於小説組織上不甚完全。自寄塵定出一個組織的派别和方法來，才有這種幾分鐘的最短小説的名詞的成立，寄塵誠可算得是一個别派的創作家了。

（一九二三年第五十六號）

何海鳴的《總統的早餐》　葉克鈞

二卷十二號《小説世界》中載有何海鳴的《總統的早餐》一篇，雖只二頁半長，而其中所含蓄的意思却很多，真是一篇傑作。

我們讀了『可憐的總統，其威權和能力，也僅僅能罷免一個厨子喲……』和結末『……但是總統往後再能够切切實實地罷免了誰，這才有些難咧』等句，就可知道這篇小説的主意，是在表現大總統的威權和能力的薄弱。這不是我們中國現在總統的實情嗎？ 何海鳴先生一定有感於此，而作是篇。於是可見何海鳴先生的作品，不是無病而呻的了。

除此主意之外，還描寫出大多數貴人懼内奉内之情境。人們遷怒之劣性和凑趣媚上的結果，這是世上何等平常的事情。但是自古至今，這種情形没有一時不存在。我們應該想一種法子除掉他，不知到何時才成功，或竟永不能除掉也未可知。

『難得呀……總統竟如此關懷食問題咧。』、『這又奇了……煩悶是什麽東西，侵犯了世界一切人類不算，還侵犯到至尊無上的總統頭上來了嗎。』這些是感嘆得多有力的句子啊！

還有幾句也很感動我的句子，有心也把他寫出來罷：『但這是理想，不是事實。凡記載事實的，又還須仰仗小説家記賬式的文字啊。』不過拿什麽清蒸燕窩湯呀，燉熊掌呀，紅燒魚翅呀，奶湯鯽魚呀，形容大總統吃早餐的菜的豐富，恐有些不妥。因爲我以爲這都是吃飯時的菜，我國的習慣，吃早餐總是用粥或點心，鮮有吃飯的。但也不十分重要，不過形容失當罷了，粗心所致，少一細心，即可免去的。或者現在總統早餐的菜，真是這幾樣的，也説不一定。但是少見如我，不能不發生疑問，總言之，這是一篇傑作了。

（一九二三年第五十八號）

若狂的兩篇賬目小評

張凰

《半月》二卷二十號中，刊着趙若狂的小説《兩篇賬目》，寫一個富家子弟，狎邪游讌，揮金如土，一夕所擲，至數百金。他有一個朋友，替他開成一篇用度的賬目，後來他黃金散盡，只得從事著作，勉支生計。他把一個月售稿所得，偶然也開成一篇賬目，恰巧發現了從前那篇用度的賬單，兩相比較，不勝今昔之感，最終專心藝術，忘情一切。（下期登完）

（一九二三年第五十九號）

小說作者與環境　徐泠波

唉，講到『環境』兩字，幾乎要把人氣死。上海這麼大的一個地方，竟覓不到一處清静的所在。老實説一句話，我們做小説的雖説是要靠天才，却也要知道大半是全靠的人工。做小説時，第一要清静，才不致擾亂思想。然而舉目一看上海地方，人煙稠密，居民繁衆，走到東，走到西，却終没有不聽見喧囂之聲。我是住在静安寺路，這地方比較終算清静的了。（未完）

茗狂的兩篇賬目小評　張　凰

這篇小説以比較觀爲綫索，妙在前篇是支賬，後篇是收賬。前賬是友人開的，後賬是自己開的。見得活潑生動，篇中描寫該富家子在妓院浪費的情形，逢着可以化錢之處便化，以化錢多作爲大少爺的規矩，實是奇談，也足徵寫得深刻，似非過來人不能道。後半篇描寫略覺松懈，但是説那敗落人的賣文生涯不惡，足以自豪。然一個月的收入，尚不及從前一晚上的支出，也極感慨淋漓之致了。

我說，大凡一件事情，爲作家所親歷或是親見的，構成小說，定比虚構的出色。虚構的小説情節，固也多數是選用普遍的情理，而親歷或是親見的事情，作者觀察必益切近精密，寫出來尤易逼真。據我看來，這篇小説中的情節，豈但是茗狂所親見的，恐怕是茗狂所親歷的罷。不然，何以這樣逼真呢？

（一九二三年第六十號）

恕我抄録　甄不肖

一篇關於小説之文

《小説世界》二卷十三期，刊着一段《静軒雜話》，内容大有商量的餘地，照録如下：

吾國小説除幾種下流的描寫外，少有動人之筆。歐美小説則不然，吾讀華盛頓歐文之《妻》，則心目中永遠不能忘去此妻；讀托爾斯泰的《冤獄》，則腦想中永遠留着一受冤者的影像；讀普拉托的《瑣格拉底之死》，則如親睹一位名人快樂的死并感覺當時希臘人的愚惡。人謂有讀《答蘇武書》而雪涕不已者，吾恨不能作古人，多讀當時文字。

我國小説，固非篇篇是動人之筆，歐美小説不動人的却也不少，未可一概抹殺。

所舉幾篇外國小説，確是頭等貨，但我是看得懂本國文字的，讓我也來背幾篇吾國創作小説的題目。胡寄塵的《可憐相愛不相識》（刊《禮拜六》）、張舍我的《最高點的愛》（刊《快活》）、張枕緑的《可憐的劣子》（刊《十七年後的》）、《一隻疑惑的小燕》（即刊《小説世界》）、何海鳴的《老琴師》。（刊《半月》），這樣的小説，似也不弱於歐美人所作罷。儘有許多，豈勝枚舉。

照『吾恨不能作古人，多讀當時文字』兩句看來，必須是該時代的人，才能多讀該時代的文字了。譬如這篇《静軒雜話》是動人之筆，恐怕後世的人，也將學『不作中華民國十二年之人』之歎了。我沿例作一轉語道：『我恨不能作外國人，多讀歐美文字。』，不知《静軒雜話》的作者也表同情麼？

書夢西湖語後

嘯　桐

這篇《夢西湖語》，我讀後滿意極了。蓋作者的心胸之間，純粹是一種真摯情感的衝動，并無矯柔僞飾的態度與那陳爛的舊思想，故能一筆一筆的寫在紙上，只覺其情形活躍，如并剪，如哀梨，不嫌其爲夢語也。

然而天石説：『余游杭數年，歸後記憶現僅只此。』這幾句話，雖然是他聲明自己的意志，却引起我的感慨和煩惱了。我回想浪游東三省且近四載，所見所聞，如社會的惡濁，親友的勢利，旁人的短長，與夫自己的飄泊落魄等事，件件都能使我心絃顫動而落淚，我却爲何不去記述呀？難道我已經入於麻木的境地嗎？

天石與我相交八年多了，兩方面從來未有惡感的發生，此是我有生以來，最堪告慰自己的良心和靈魂一件事情。他這篇《夢西湖語》，的確是可愛，的確是自然，并且還有許多的深意，含而不露，就此就可以見得天石的爲人和著作了。

小説信口談　徐卓呆

讀者不懂作者的意思，却是作者的苦痛。然而讀者未必會個個不懂，能够在千百人中得一二識者，也算是成功了。否則當時無人懂得他，過後有人賞識此作，也未始不是這著作有一種潛努力，不過能够發現他的人很少罷了。所以讀者不懂，還不是作者的真苦痛，倘使編輯小説雜志的人，不明白作者意思所在，將他誤會着，這才是非常的苦痛。

小説作者與環境（續）　徐冷波

可憐我一天忙到晚，半夜裏好容易才有些餘閑，因此便想趁這時候做小説，不提防隔壁人家劈劈拍拍的麻雀聲，鬧得簡直不得安静。兼之我的天資又鈍，小説中已經想好的一切布局，給那殺猪般的呼聲，時來打攪，嚇得躲在腦府裏全不敢出來，結果依舊是一張空紙。没得話説，只得打算明天起來做。那曉得明天一早起來，隔壁人家，麻雀方才歇局，而對過人家小孩的啼哭聲，却又來打攪我

了。唉，這真是我們做小説的説不出的苦處。（終）

（一九二三年第六十一號）

星光掠影談　張枕緑

《星光》是一種小説集，蘇州星社出版。當在編輯中時，煙橋、逸梅一干人，紛紛寫信來索稿，并許報酬。這幾位都是爲《最小》報撰稿十分努力，完全義務的，他們却肯化錢徵購我的稿子，想因憐我范叔般的寒况罷。但我即不看孔方兄的薄面，也應看在同志推重的分上，爲《星光》做一篇。當時我就去信應允，耐我事情實在忙不開交，差不多吃飯睡覺也没工夫，屢次想特爲《星光》構思動筆，卒成虚願。君子重然諾，這一次我竟做了小人，對於星社諸同志，十分抱歉。《星光》今已出版，昨承惠我一部。此書分訂兩册，格式脱胎於《十七年後的》，逐頁四圍的花邊，都用五角星花，雖没有《十七年後的》中所用的那麽精美，却也足見星社的特徵。文字逐行未夾點綫，却逐句加圈，是和《十七年後的》不同之點。逐行夾綫，不過是醒目美觀，逐句加圈，我以爲無甚取意。（關於加圈的意見，曾於本報第三十六號及第五十八號一再申論，不多説了。）封面内用字畫插圖，非出於小説撰述者之手；小説後用詩文補白，這兩件如删掉了，成爲純粹的小説集，似乎更好。

内容小説二十餘篇，作者均一時知名之士。每篇附有作者的照像及小史，爲一般愛讀小説者所喜。至於小説的内容如何，尚未寓目，不敢妄談，大約這裏頭總有幾篇驚人之作罷。

小説雜詁　張學敏

小説宜簡潔。

做小説最好早上。

做小説宜興到筆隨。

小説有好有歹，這全在閲者放出眼光來選擇。

小説不宜深奥，因爲深奥，程度下一點的人，就不能領悟，看了等於没有看，那麽效力没得了。

一個不會看小説雜志的人　紅裳女士

我家中備着不少的小説雜志，有一天，一個同學姊妹到我家裏來玩，隨手取過一本小説雜志閑看。伊原是不甚看小説的，不知伊不愛呢還是没機會去購置，這次伊却看出了神，一篇小説看完却喊我過去問我道：『這篇小説是不是譯出來的，爲什麽所寫是中國的禮俗，而人物以西文字母爲名呢？還要問你，這篇小説完後，畫着一只猿猴，是何用意？算插畫麽？這篇小説裏頭没曾提起過猿猴呀！』我走過去一看，那篇小説是一個名家的創作，篇末猿猴，乃是補白。我一時回答不出甚麽理由，只得笑説道：『你這個不會看小説雜志的人啊！』

（一九二三年第六十二號）

小學宜加小說一科　張半泓

枕綠先生曾說，中學生應當學做小說。但是中學以下的小學生雖是是不能做，我想一定要他們學來看。何以呢？因爲小說與戲劇，早已公認爲佔文學的大部份，不能拿恐防小說侵害學生道德的老調來取締了。我們走在路上，每見有一種小學生，他一手挾了書包，一手拿了一本石印的老小說（大概以《岳傳》、《三國志》、《西遊記》等爲多數），一面行路，還不時的看書。有時在操場上休息時，也要偷閑來看些。做過小學生的，此種滋味總有幾個嘗過了。并且小說比教課書易深印腦中，小說看了一遍，就是隔十天八天，叫他背講，能較教科書流暢呢。

由上所言，我以爲小學校須每星期加添一二小時的小說課。他的利益有二種：

（一）小說是有趣味的文學，使由有趣味的文學慢慢引誘到別種文學，養成研究的態度。

（一）有教師獎勵和指導，提高學生看小說的眼光，不致去看那無爲的壞小說。

當此小說潮流，愈唱愈高，青年們對於小說又是很熱心，這是很好的機會。我望教育家快快計較力行。

天白按議此：我早和枕緑表過同情。因爲一個人讀小説，自比讀别的科學與趣好。而一種不良的文字，還更加容易感觸腦筋。於今童話，便是小説的雅形，不過有的近乎神怪罷了。在未舉行這種提議之先，廢禁不良的文字，確也是一件不可不先斟酌的事呢。

（一九二三年第六十三號）

余當握管屬稿時

程小青

余當握管屬稿時，最怕人之談話聲。與夫一切雜亂之聲響，故每有所作，輒於清晨學校之辦公室中成之。因其地較清静而空曠，又有花木扶疏，爲時既早，亦不慮同事輩大嬲擾，神思乃得專一也。

曩以喜静故，往往於深夜時屬稿，然燈光下最傷目力，爾時自恃壯强，略不置意，今則已漸見其效。每用目過一小時，便覺眩暈不勝。同志中有與余同病者，盡早自爲計，以曉晨代之，庶免後患。

余雖喜静厭聲，顧亦有例外，即唱曉之鳥聲及音樂聲是也。以余校鄰近景海師範，清晨時校生習練鋼琴，琴韻悠揚，鳥語啁啾，透入余室，非特不以爲惡，且是助余之思。惟時或有初學者作初步音級之練習，『定定鏜鏜』，再往復，則又覺聒耳可憎矣。

余於著述之前，必先默坐數分鐘，以凝余思，然後構句口授，倩友人捉筆書之，以余病目，不能久伏案，乃倩一二同事爲助，以節目力。惟成稿後審查修改，必親爲之，故每當全稿完成，審查了事，必須有三數日之休息也。

早餐與早點

何海鳴

承葉克鈞先生的誇獎，説我那篇《總統的早餐》做得還好，并承他指出早餐時的菜太豐富了，不合於中國的習慣，因爲那些燕窩魚翅，都是吃飯時的菜，平常人吃早餐只用粥或點心的。

但以我之意見，葉君所謂用粥或點心的，不過是江浙人的習慣，但也能只可説是早點，如説是餐，似乎仍是堂哉皇哉而吃飯的。上海人起來得遲，十二點鐘以後才吃飯，其實那還是早餐咧。至於內地的人，至今還是一日三餐的爲多，第一頓飯無論如何總是叫早飯的（就是上海人，也每每把十二點鐘以後的午飯叫早飯）。

我小説上的早餐，即指第一頓飯的早餐爲言，所以有這許多菜。

此外據我所聞，民國幾位總統，如姓袁的姓徐的姓黎的，都起來的很早。起床之後，一個人先用些點心，如煮鷄子蒸牛肉燕窩湯之類，及到早上七八點鐘的時候，便擺起桌子來正式吃早飯。以這幾位能吃一二十枚鷄子及一大碗牛肉作早點的人，吃起早飯來，可想見飯菜一定是很豐富而又多用些滋補品的。雖然這個問題無關緊要，原不必如此拘泥，但武斷説中國人早餐鮮有吃飯的，那却不然。湖南湖北的人就不喜吃粥（俗語謂吃粥乃吃不起飯的人所吃），北邊人早晨又有完全吃麵或餃子的咧。我所以必須置答的緣故，實因葉君曾謂我不曾細心，其實我當日下筆的時候，曾仔細思量過，那幾樣有滋補性質的菜，實是那位愛吃燉牛肉的總統所需要的啊。

（一九二三年第六十五號）

敬告有小説迷的青年學子

何海鳴

近來有好幾位青年學子寫信給我，説願犧牲一切來投奔我，打算跟我學做小説，將來也成個小説家。這種一個時候感情衝動所發生的念頭，實是非常錯誤。天下學做小説的，斷不是成年成日把別人許多小説摹仿誦讀，便能成功的。必須循着平常秩序，各人仍是習各人的學業和好好的幹各人的職業，有閑暇的時候，偶爾研究些小説文學，等到閲歷既多，見聞日廣，小説也能做了，旁的學業和職業也不曾荒廢。再進一步説，又不一定要靠當小説家吃飯，那末小説總能够做得好了。若是鎮天在小説紙面上用功夫，連學業和職業都一齊抛棄，將來小説做不好，旁的生計又没有，那是很危險的事。望諸君早些醒悟過來，不要自誤，并望諸君不要羡慕我這流氓式的小説家。一個人若是靠做小説吃飯，不論新的舊的，都有些叫化子氣息啊。

（一九二三年第六十六號）

小説和暑假　范煙橋

暑假的日子很長，用功的温故知新，自然有很適宜的消遣。不過在用腦過多，覺得疲乏的時候，必須看小説。小説是荷蘭水、冰忌廉、西瓜、薄荷緑豆湯。

午睡是夏天極好的衛生方法，催眠必須看小説，這是一種生理作用，使視覺久注書本，神經自然疲倦，并不是説小説沉悶，看了昏昏欲睡啊，至於午睡怎樣有益，可以問精明學理的醫家。

在黄昏時分，枕簟難安，家人招凉庭除，若得清談雅謔，可忘蒸鬱的苦况，而足資談助，微小説其誰與歸？

因此我知道在暑假中，看小説的人。一定加多。那麽小説的作者，應當怎樣滿足他們的眼欲呢？那些富有文思的青年，正好在這時候嘗試做小説。我想這長日如年中間，一定有許多新作者生産出來呢。

不過秋風一到，這些新作者或者要像黄葉般落下。就是看小説的，也説不定要同着紈扇般抛棄。所以暑假以後的小説界，必定另有一番景象。

批評不易　葉克鈞

我讀了何海鳴先生答覆我的話，不覺有感。批評小説，真是不易，非但要識得藝術的真真好壞，并且還要識得各處各地的風俗人情，這樣方可不做井蛙。

湖南湖北和北方的人早餐也吃飯，這個事情，很容易證實，只要一間那幾處的人，便可完全分曉。假如碰着一件不很容易證實的事，作者確曾經驗過，把他寫下在小説裏，但批評者却未曾親歷或聽聞過，於是批評的人在批評裏，就要評爲與事實不符，形容失當了。作者要證實，但又不易。批評者見不能證實，終還懷疑，不免要存心這是作者欺人之談，而作者的這篇作品，不免也要遜色。譬如我們去年夏間納凉時，我們曾見過幾粒緑色的星，假使把他寫在小説裏，用作背景，讀者不要説我形容失當麽？但這確是我們親眼看見的，如要證實，不知那時再得看見，還能證實麽？還能取信於讀者麽？

唉，批評較創作尤難，我今後將格外審慎出之了。

（一九二三年第六十七號）

談談長篇小説　朱孝文

現在的長篇小説，大都有二樁缺點：第一是作者不能一氣做成，或是一回一撰，或是日撰千言，其中漏洞訛誤，就在所不免了。第二是布局松懈，不團結，不精密，往往一個人物只寫了一二回，便再不提及，又寫到别一個人物上去了。

這大概也由于事前没有預備的緣故。還望諸作家留心一些，做些真有藝術價值的長篇小説出來，使長篇小說不致無形消散才是。

有人以爲長篇小說要淘汰了。其實長篇小說果真做的好，那是决不會淘汰；即短篇小說，要是做的不好，也要淘汰。不觀《紅樓夢》、《水滸》等名作，至今看的人，比短篇小說要多幾倍。

雜志裏登載長篇小說，我以爲宜于多登回數，不宜多登篇數，使一篇長篇能于數期或是數個月内登完，然後再登一種，讀者既容易記憶，而又易讀完，作者也可以專心，不致有一時作幾篇的紛擾。一般愛讀雜志的諸君，也和我表同情嗎？

（一九二三年第六十九號）

小說小話　朱孝文

大家謂讀小說者不知作者的意思，是作者的苦處。我謂但使讀者知作者的意思，也不見得有什麽好處。一篇小說不論人家懂不懂意思，總要使讀者得些利益，那才不算徒作。

（一九二三年第七十號）

寫在海鳴《敬告有小說迷的青年學子》的後面　周浩泉

在本報第六十六號上，讀了何海鳴先生的《敬告有小說迷的青年學子》，覺得所語又沉痛又懇摯，又悲憫又感慨，似乎連他下筆時的那種憐惜神情，都活躍紙上。試問就此一段文字，是否現在一輩青年學子所能學得出的麼？　是否没有經過極大刺激、像何先生般的小説家能寫得出的麼？　青年學子啊，你們要做好小説，要成小説家，何不向旁的名家去學，偏偏要向那滿腹牢騷的何先生去投奔呢？　要知何先生以疆場騎客，鋒鏑餘生潦倒京華，醇酒婦人，壯懷莫展，浩氣消沈，不得已，才以悲天憫人之心，運傳神生花之筆，借些儆戒世人，而世人不察，只拿著名家和能手去喻他，不知他這許多動人的著作，都是那坎坷的環境造成的。　青年學子啊，然則要學何先生的小説，請先受他的境遇，你們願意麼？　即願意，是否一定可以得到的麼？　古人説得好，『文以窮而工』。　可是我不敢説何先生怎樣窮，恐怕多少同這『窮』字有些關係呢。　然則你們又願意麼？　所以何先生説：『天下學做小説的，斷不是成年成日把别人許多小説摹仿誦讀，便能成功的。』又説：『不要羡慕我這流氓式的小説家，一個人若是做小説吃飯，不論新的舊的，都有些叫化子氣息啊。』唉！　何先生啊，你的牢騷，果然借此發洩了，多少有小説迷的青年學子，也被你覺悟了，功德不小。　可是這好幾位青年學子中，安知没有幾個天資相合而可造就的將來小説家在裏面？　他們聽了這消極和悔悟的教訓，也許就此絶途小説，那末我國文藝上小説界的前途，不是無形間受了一個大大的挫折麼？　况且披在報上，又安止那幾位投奔的青年學子讀着。　唉！　罪過不小。　雖然，這也是我國現在小説界不良的地位逼他説的，但是有志的青年學子們啊，你們切莫怕這小説界不良的地位而不幹，更不要因爲何先生末段的消極話而灰心，須知他説此話，正在那裏激勵你們呢。　不過要注意，是激勵你們的不棄固有學業和職業，循着平常秩序而進行。

小説小話　朱孝文

未成名之小説家，名重于利；已成名之小説家，利重于名。偶有例外，真是鳳毛麟角了。

（一九二三年第七十一號）

碧波與豆　范菊高

徐君碧波嗜五香豆有奇癖，仿佛余之於西瓜子也。豆爲造屁之原料，碧波嗜之，宜乎名若屁聲焉。一笑。

文人百趣　黄轉陶

碧波是個瘦子，他的食量却超人一等。五香豆是他的性命，西瓜子倒不甚歡喜，便是他自己也甘拜菊高同我的下風。他吃起饅頭來，一個一口，一轉眼便盆裏空了。停一回，他又要吃肉餅咧。

賡夔是喜打彈子的，有時候竟打得廢寢忘食。他打起彈子來，别具一種趣態，他身軀很藐小，打彈的棒兒，比他高有一個頭。

逸梅的鴉字，半狂的蟹字，堪稱雙絶。

碧波在吴苑吃茶，有一隻自辦的美杯，畫的是碧緑的波，題的是『碧影』二字，下面有行小字道

『紅雨樓主自珍』。他吃茶的地方，恰巧在樓上，樓名叫『話雨樓』。一杯一樓，都有一個雨字，無怪吃茶總遇雨呢。

逸梅寫給我的信稱小説家，起初很奇怪，後來知道他不是稱我一個，稱家兄蘧圓叫詞人，稱半狂叫公子，不知稱枕緑寫什麽。（枕緑道：記得是先生罷。）

我之神父小史　胡亞光

亞素愛小説，諸小説家之名知之久矣，時喜與名輩捉膝暢話，一聆談吐，奈山河遠隔，教務羈身，意與願違，殊悵悵也。文友馬鵑魂君嘗謂余有小説癖，且能與諸作家周旋，表同一態度，今世畫界中求之，殊不多覯。余遜謝不遑，惟私心竊竊亦自許也。諸作家遠處蘇滬錫間者爲多，因慕名而投書通詢者有之，愛余畫而先函求索因以相識者亦有之。值兹炎暑，沉李浮瓜之餘，爰一筆之於《最小》，作一最小之談資可也。十二年七月二十六日，胡亞光。

張枕緑爲青年小説家，與余同庚，素所欽佩，所輯《最小》報，杭地本無售，去歲偶自友人處得讀一二，愛不去手。今年夏，長日無聊，思念不止，因急即草函付郵，不日而緑衣人至，剖讀之餘，快甚亦愧甚也。蓋張君竟能拳拳作復，一談如故，以《最小》撰繪見囑，并贈我《十七年後的》、《緑窗潑墨》二傑作，幸何如之，感謝莫名，因書於此。

程小青、范煙橋，均先期來書獎拙畫。有所索，余必應之，魚雁常通，因成神交矣，快何如也。

周瘦鵑爲説林紅客，曾憶《半月》出世時，偶投一箋，并附題字數幀，刊出後蒙來書稱許，并有再索意，余即報之。迄今函札甚密，儼然紙上老友矣。今年春，聞老友畢倚虹言，謂與陳小蝶、朱瘦菊輩偕來西湖，未竟游，怱怱返滬。後去書相詢，云後會有期，以待來年矣。

袁寒雲，歷史有位置之人才也。今年春，得倚虹紹介，囑繪肖像一幀，因事冗迄未報命，心殊憾憾，不期而袁子先以法書名片見贈，益覺愧怍，額汗三升矣，當勉力偷閑爲之，并志歉忱，望袁子有以恕我也幸甚。

徐卓呆，滑稽家也，近主《笑畫》雜志，來函索稿，余即製文畫數則投郵筒，後即不時通函札，得睹曼倩墨跡，亦快事也。近聞無錫有《蘇民報》之出，與江紅蕉合辦，來函謂紅蕉爲《笑畫》，將奔走滬錫間云云。能者多勞，信然。

楊慕蘇、曹血俠主《鴻光》雜志，葉勁風主《小説世界》，均來書索文畫，余因不文，惟塗抹一二付之，聊相塞責，藉結墨緣。徐碧波主《波光》旬刊，始則索畫，繼則閑話，筆談已非一日矣。昨得書，謂有來杭之説，果確者，余將引領以待之。

顧明道舊作《啼的緑》，哀感頑艷，余極愛誦之。聞近有小説《新鈴》之出，亦來索畫，余欣然答之。

施青萍、黄轉陶、范菊高，均神交已久，將來把臂于西湖歇浦，恐亦不遠矣。

屠守拙，射虎老手也。《半月》文虎戲擬數則，翹首待中。屠君竟十中其六，惜時已揭曉，未及列名，然彎弓健兒，竟能不屑下問，爲生平一快事也。

（一九二三年第七十二號）

小説小話　朱孝文

作者總叫讀者要把藝術眼光來看小説，其實真有藝術眼光的能有幾人？那麽小説又怎能算是民衆文學呢？所以只要作者把藝術手腕來做小説，讀者是否有藝術眼光，可以不論。

（一九二三年第七十三號）

翻譯的我見　葉克鈞

現在的翻譯，可以分爲二類：一類是直譯的，一類是意譯的。主張直譯的人，極力排斥意譯；主張意譯的人，極力排斥直譯。各執一見，紛争不已。

在我看來，直譯意譯，各有用處。有的東西，應該用直譯；有的東西，應該用意譯。偏廢不是并存。因爲直譯的，讀的時候雖覺生硬，不易上口，然雄能比較的保存原文的語氣和詞句，由此可以察出那個原作者的作風。意譯雖暢順易讀，便於瞭解，然不免有過於失真之處。我以爲小説等文藝作品，須用直譯；新聞等傳達意思的作品，可用意譯。這樣或可以使讀者滿意些。

但是在直譯的時候，我們仍須竭力想法譯得通順些，因爲讀者總是歡迎通順的譯品的。在意譯的時候，也仍應竭力想法保存原文的字語，因爲同是一字一語，大有輕重巧拙之列，這一點倒也不可不注意的。

（一九二三年第七十四號）

小説小話　唐病愁

小説家之苦，世無其匹；其樂，亦非常人所能及。
小説之背景，猶器物之本質；筆致，則爲磨琢之功。
作小説時，有一美人爲伴，文思當益能涌溢。
小説家之品性處境等，一一表現於其作品中。

（一九二三年第七十七號）

退稿問題　唐病愁

近來各種提倡文藝的出版品，可算得盛極一時了。一般新進投稿者的增加，便也和雜志小報的發達，成了個正比例。那末各編者所收的稿件，勢必致於優劣無雜，閲選的時候，愈覺困難。稿件中有些不好，或者不合用的作品，當然不能胡亂刊出。不過那種已寄來而不能用的作品，怎樣處置呢？一般人因爲省便手續，隨手把他拋在字簍紙裏。這個辦法，我却不敢贊同。要知道各投稿者的心理，總不肯承認自己的作品不好，倘然寄出去了好久，既未見刊出，又沒有回信，那是何等的氣悶啊。所以退搞是一種不可省的手續。

還有一種雜志，他徵稿簡章上明明說叫人附去郵票，不刊就會退還，但是過後仍不寄回人家，用這種虛僞手段的人，真是自喪人格，也是著作界的敗類。

當我們將作品投寄出去的時候，總滿望能刊登出來，倘然不幸竟被退了回來，那時心中必定很不舒服，以爲編輯的没眼，這實在因爲自己作品的好歹，每每不是本人的目光所能觀察得到，所以我想編者在退稿的時候，最好在稿後加以評語，指明此稿什麽地方不好，那末方可使投稿人曉得自己作品的弊病，能够自漸改良，不至於因爲作品之被退，而把研究文藝的意志灰冷，這纔是提倡文藝的本意。

我把以上的話説完了，忽而轉念一想，覺得這些話都是白説的。因爲現在許多編輯者的閲稿，多數是不問作品的好歹，只視作者的名字爲轉移。那些新投稿者的作品，他們看都不去一看，别説要叫退回，還要勞他的尊手，附加評語了。唉！

（一九二三年第七十八號）

中國的毛柏桑　張舍我

美國小説大家歐亨利，世稱爲美國的毛柏桑。因爲歐氏的作品，是摹仿毛柏桑，而很有幾篇在文學上有永久價值的。同時俄國短篇小説家中，有一位稱爲俄國毛柏桑的，是柴霍甫。然而柴氏的作風，滑稽突梯，已與毛柏桑的冷雋，相去甚遠。我説中國現代的短篇小説作者，大都免不了『毛柏桑式』的偉大勢力的應響，故作法結構，往往極像毛柏桑，且有幾篇，的確能如毛氏的在文學界上，有永久的地位和價值，而且有的像美國的毛柏桑，有的像俄國的毛柏桑。分晰言之，很有趣味：

徐卓呆、王鈍根 卓呆、鈍根的作品，滑稽突梯，大都有譏諷之意，所以極似柴霍甫，稱之爲中國之柴霍甫，毫無愧色。程瞻廬的作風，雖似徐王，然而取『調笑』的多，含主義的少，則就是他的缺點了。

胡寄塵 他的作品，得毛柏桑的峭拔，實非他人所能及。如《可憐相愛不相識》（刊《禮拜六》第一百十五期）、《可憐的同胞》、《他的積蓄》（刊《最短之短篇小説集》），置之世界名家小説集中，足爲中國文學略争光榮。

周瘦鵑、張枕緑 瘦鵑的《鏡臺奴痛》（刊《紫蘭花片》），只千餘字，枕緑的《陽春殘》、《華》（刊《十七年後的》），只八九百字，然而我讀後，腦中至今刻着極深的印象，不能磨滅，無異於八年前讀毛柏桑英文本的《項圈》。《補椅婦人》和歐亨利的原文《東方聖人之禮物》、《末葉》幾篇受着的感動。瘦鵑的哀感頑艷，枕緑的深沉清麗，皆得毛柏桑寫情描物之精神。

何海鳴 他的作品，如《老琴師》（刊《半月》）、《倡門送嫁録》（刊《星期》）等幾篇，無異毛柏桑的描寫巴黎上等社會的淫蕩，其悲天憫人，且像俄國的托爾斯泰。

江紅蕉　現代作家中能得毛柏桑的秀麗的，獨有紅蕉一人。這是我們許多同志所共認的。如《蕭郎畫櫻記》（刊《快活》）一篇，實不愧爲現代創作中特出的作品。

其餘大名鼎鼎的作家，如包天笑、嚴獨鶴、畢倚虹、趙苕狂等等，雖有極有價值的作品，然而他們的作風却和毛柏桑不同，所以我不敢强他們在這裏，反而損害了他們原有的價值。此後我若有些功夫，我定要將這幾位大作家的傑作，批評一下。

全世界摹仿短篇小説之王毛柏桑的，不知有幾千百人，但美國只生了一個歐亨利，俄國生了一個柴霍甫，後進的中國小説界呢，依我的目光，確有這麽多毛氏的聖徒，這不是我中國小説文學前途不可限量的一種預示嗎？

施桂改姓了麽　田鳴皋

諸君讀過《霍桑探案》的，總知道有一個役人叫施桂的，可是在《紅》雜志紀念號中《紅圈》一篇内，程小青君却給他改姓史了。史和施是同音的，這還是程君的疏忽呢，還是施桂改姓了。我却不得而知了，請程君有以告我。（我和施桂第一次見面，是在《禮拜六》一百十二期《長春妓》内。）

（一九二三年第八十一號）

答田鳴皋君　程小青

田鳴皋君在《最小》八十一期上做了一篇《施桂改姓了麽》，要我答覆《紅圈》篇中之施桂是否已改姓史。田君對于拙作，如此嗜痂注意，我原是很樂意感激的，但我雖粗忽，究竟還不會把霍桑親信僕人的姓氏弄錯，至於改姓，更没有必要的理由。因爲我的原作，明明寫著『施』字，等到印出來時，却已改變做『史』。這裏面的情由如何，連我自己也莫名其妙哩。（且該篇首句之『七』字，亦應删去。青附白。）

編輯者之罪　張枕緑

一篇著作刊布出來，讀者看出其間的疵病，鮮有不歸罪於作者。有許多固是作者自己弄錯（即使筆誤），咎有應得。但也有許多不在作者責任之中，却發生錯誤，譬如閱稿人妄改原稿，校對人無智識或是眼錯，這一切都應由編輯者負責，不容推諉的。讀者如發現著作上的謬點，應用鑒别責任的眼光以定罪。普通編輯者自己明知責無旁貸，往往諉罪手民，其實手民的工作，是被動的工作，那明明已經暴露編輯者自己溺職之點了。

（一九二三年第八十四號）

説批評小説　答葉君　朱智先

作小説難，批評小説尤難。蓋批評小説之唯一要點，即在抉出一篇作品中，何句是警句，那段最精彩，其主意之有關民衆，尤須加以詳細的剖解，以昭示於一般讀者，使知作品的真價，而明藝術之可貴，如此，方足與言批評。（枕按：『批評』一個名詞，非專爲褒的一方面而設。朱君言之，似猶未盡。）

但我看現在的批評者，大都只聲明某人的某篇，有永久的精神、永久的價值，而不説明其何處有精神，何以有價值，未免使人抱着遺憾。最不滿意的，他們只傾向於名作家的一方面，如本報所載甄不省的《恕我抄録》、張舍我的《中國的毛柏桑》。新進的作家很多，難道竟無一人入選麽？（枕按：據例自以名作家爲足使人易曉。）

葉君，恕我胆大，你那篇《何海鳴的總統的早餐》，也未免如我上述罷。你説『批評不易』，但依我眼光看來，海鳴先生的小説，實是我國近代小説界之第一流作家。他的作品，無怠可擊。（枕按：此言似帶崇拜偶像的色彩了。）我們何不稍轉眼光，去批評次等作家的作品，藉以促進他們藝術進步。所以我便有『越要批評』和『尤其是注意作品之良否……』的話了。（枕按：此説理有未充。）

朱君這一篇，是答本報第八十二號葉君的《讀信口雌黃言》而作。讀之鄙見隨生，難安緘默，連連按語，省得另撰一篇討論之文。或者朱君不以爲然罷？

枕附識

（一九二三年第八十五號）

截止收稿　張碧梧

有許多小説雜志初出版時，都是儘量的收集稿件，甚至再託人四下裏去搜羅。等到後來，十有八九，又登出一段宣言，説本雜志的在存稿怎樣豐富，不得不截止收稿。宣言人的意思，是賣弄存稿豐富，但實在是暴露了一種弱點：因爲小説潮流的趨向，是日有變更的，作者也是日有進步的。今日雖不甚佳妙，明日儘可做出精警的小説來。辦雜志的人既經截止收稿，雜志雖按期出版，繼續不斷，但所登的小説，不過是舊潮流中的小説，决然没有作者的新作品，這雜志尚有價值麽？

因此我以爲只要維持現狀的雜志(但不進則退，事理之常，現狀且難以維持的)，未嘗不可截止收稿，倘想日有進步，造成一種最有價值的雜志，絶對不能用這消極的辦法，至多用精密的眼光，甄别稿件的好歹罷了。

（一九二三年第八十六號）

談莫泊桑的小説　施青萍

張舍我在《最小》上做一篇《中國的莫泊桑》，他說胡寄塵的小說和周瘦鵑的《鏡臺奴痛》一篇，得莫泊桑的氣息。其實，我說胡寄塵的小說，完全没有一篇像莫泊桑的，而周瘦鵑的《鏡臺奴痛》的結構和描寫，也不能說像莫泊桑。我以爲這兩年我所看見的小說中，倒是枕緑的《其妻之死》和海鳴的《老琴師》，還能得莫氏的氣息。莫泊桑曾說：『極不堪的事實，只要加上美的藝術，無有不成好文字的。』所以莫氏全集中所描寫的法國社會的淫蕩黑暗，簡直像黑幕小說，但畢竟他用美麗的字句寫了，使看的人的目光化醜爲美。現在中國所譯出的莫氏作品，如《項圈》、《乞丐》幾篇，其實完全不能代表莫氏的全集。舍我先生不知曾看見過《歌郎》、《冷酷的愛》兩篇麽？如果看見過，不知舍我先生能舉出幾篇中國人的作品來比較比較麽？呵呵！倘使現在有人將莫氏《歌郎》那篇做藍本，也做一篇中國短篇小說出來，我說一定有人要駡個不住呢。

（一九二三年第九十一號）

新舊我無成見　施青萍

我近來的思想，以爲小説是應當講求藝術的，所以《小説月報》和《創造》我也願意看，水心和葉紹鈞的作品，我也願意領略。但對于詩的方面，我以爲白話詩的格調，簡直比彈詞還低，并且現在的新詩，愈做愈低，連意味都找不到了。所以詩的問題，我以爲律詩可廢，而其餘必不可廢。我抱着這樣的主張，想聯合許多同志，恢復詩而創作小説，所以發起了一個『維娜絲文學會』，想徵集幾位同志。不意有時遇到了一個詩好的朋友，我便請他入會。他聽説小説要議《創造季刊》、《小説月報》那樣做，他便説我是新文化人物，不願加入了。有時遇到了一位研究小説的朋友，我又請他入會，他聽我説不做白話詩，他便説我性質太舊，又不願意加入了。至今可憐這個文學會，還只有十多位同志啊。

（一九二三年第九十二號）

評《江干集》　朱智先

《江干集》是施青萍的短篇創作集。承他瞧得起我，送了一册給我。我撥冗急急讀了一遍，如今大膽來批評一下。

小説共二十四篇，篇篇都極描寫之能事，而尤以描摹天性的真摯，爲使人縈繞於腦際，而不能磨滅。《貓頭鷹》一篇，真令我慨嘆不止了。篇中叙貓頭鷹被獲後，第二夜忽又發現貓頭鷹竊物了，但身手不靈捷，舉步不迅速，終於又被獲住，揭開黑布一看，原來正是那貓頭鷹的母親。衆人氣憤之下，竟將伊活活打死。唉，可憐啊！伊爲要洗去兒子的罪名，不惜冒險一爲。我於此推知天下爲父母的心理，無有不愛其子女。不解一班提倡非孝者是何心肝？篇尾一句『至今村中人只當他殉了他做賊的母親」。這一結結得何等有力而耐人尋味啊！

《姊弟》篇的前段，我的朋友張肇成讀了竟至淚下。愛啊愛啊，我們如果除掉母親，怕没有第二人愛我的真摯罷。

屠税局長在賭錢的一幕，活畫出一個賭徒的形狀，但他末了畢竟因贏錢而急於要走，喪生命于石柱之上。世界上的人，爲金錢而犧牲的，豈止一個屠税局長？《手套》、《父與母》、《梵村歌侣》等篇，都使我讀了感慨横生。這一集裏的好小説很多，恕我事冗，不能一一評到。總之，情文俱佳，爲我輩的愛物。此外，每篇篇末，注明撰稿的時日，别具會心，因爲可以看出一時期作品的進步與退步。

不過我有一點意見，覺得不加排圈，於外觀上，不能引起讀者的美感。雖然作品的好壞，不在排圈，但我總以爲對於一般讀者，不如此不足以引起他們的叫好聲。唉，我説這話，我的心好疼啊！

（一九二三年第九十三號）

見其題即知其人　朱智先

我們如掩去一篇作品的作者署名，而欲從這題目上猜出作者是誰的，現在我得着一個小小的經驗，不妨寫將出來。

徐卓呆作品的題目，都含有一種神秘的思路，如《不可思議的戀愛》、《半截美人》、《爛香蕉館主》。

胡寄塵作品的題目，清快流麗，一看他的題目，便已感慨不盡，如《可憐的洋囡囡》、《買花小志》、《傷心的美術品》。

張枕緑作品的題目，和他的作品，一般題得深刻極了，如《衾底良心》、《燈前之酒》、《隔一日》。

王西神作品的題目，一看便知，因爲多少總帶些詞章的色彩，如《春痕秋影》、《陌上花飛》、《雪浪春痕》。

范煙橋作品的題目，有美人小坐花陰，曼聲低唱之慨，如《有幸有不幸》、《愛萌重茁》。

張碧梧作品的題目，直捷痛快，一目了然，如《萬劫不復》、《不翼而飛》、《弄巧成拙》。

看了以上試舉的題目，而欲掩去署名以猜測，只須約略彷彿，總可猜中一二了。

（一九二三年第九十四號）

説林叢話　馬鵑魂

法大小説家囂俄先生，文章冠一代，國内之傾服之者尤衆，故法有一艦，即名囂俄云。

美之歐文及霍桑，均以小説名于世，然其爲文不拘條法，而于字之拼法用法，尤不經意。嘗有一字，照文法中無此辦法，而二氏均别創一字云。

小説小話　半　呆

讀小説者可以不做小説，做小説者却不可不讀小説。

小説作者與讀者，常在無形中發生感情。

小説讀者必羡慕作者之名利雙全。

名家作品與非名家作品，雖無優劣之分，而代價必迥異。

中國文之譯外國小説者甚夥，而外國文之譯中國小説者則鮮甚。

從小説中可以觀察作者之爲人。

惡讀小説者，其人必固執。

小説非智慧，之人不能作。

怠惰之人，不能成小説家。

（一九二三年第九十五號）

批評家的責任　才　皮

在現在一般民衆的文藝鑒賞能力薄弱的時候，批評家的責任是何等地重大啊。本來文藝好像是一座藏着無量寶藏的鑛山，而作家便是開鑛的鑛夫，他用了許多心血和腕力，從山中開出粒粒的寶石。這寶石有大，有小，有好，有壞，有頂上等的金剛石，也有極無用的雲母片，在未經選擇以前，混在一起，我們也看不出他的優劣。文藝批評家，便是剔選寶石的技師了。批評家一面要選出好的作品讓人欣賞，一面又要剔去壞的作品以免混珠，并且不僅是機械式的剔選，還要加上具體的説明，纔能使人了然於該作品的優劣。所以真正的批評家，應當順着時代的潮流，用了真的眼光，立一個選擇的標準。若然持了偏執的心理，暗昧的態度，來欺騙民衆，那麽非特不能增進民衆文藝的鑒賞力，或許反要引起人民對於文藝的輕視。然而現在我國批評界的狀况，真可悲極了。他們的態度極其暗昧，他們的心理極其偏執，他們分起若干黨派，他們對於同黨，不是胡亂恭維，便是隨意瞎吹，對於異派那就兩樣了，不是有意謾罵，便是存心攻訐，真理正義，完全沉淪。在嫩芽方生的中國，批評家應該怎樣努力作一個培苗除莠的良農夫，纔能不負衆人的信託呢？負着重大責任的批評家啊，你們要留心你們自己的言行！

（一九二三年第九十九號）

説海拾錦

金智周

張君枕緑，所作小説清儁可誦，深入淺出，余觀其十七年後的小説，内中頗多警句，刻劃入微，可謂入木三寸矣。公餘之暇，輒擇書中警句，筆之于書，願與閲者諸君賞之。

但是多得了人家幾塊錢，已把母親的慈愛賣去了（《藝術與慈愛》）。却中了這不近人情的遺傳性，也怪可憐見的（《十七年後的一吻》）。願你憐伊是個病重之人，并憐及我這無知之女（《又》）。

（下期登完）

（一九二三年第一百號）

偵探短篇奪標的提議

張碧梧

我們做社會和家庭小説，因資料繁多，一二十萬言也不難做出來。但若只折取某種事實中最有精彩的一段，用緊凑的筆描寫，也能做成很短峭的。武俠、滑稽等等的體裁，那更是可長可短，獨有偵探小説，却大大的不然。

近來我很做了幾篇偵探小説，嘗想做一篇一千字以内的，怎奈做來做去，都未曾完篇，字數早出了一千以外。後來勉强做成功一篇，字數幸而只有八百餘，但通篇讀了一遍，覺後太平淡無奇，簡直不能算做偵探小説了。因此我斷定最短的偵探小説，實在不容易做的。

我想向《最小》報提議一件事，便是訂出一種奪標辦法，徵求最短的偵探小説，不必限定題目，只須字數不出一千（越短越好），請名人閲定取捨，在《最小》報上披露。《最小》報刊登的最短的小説雖是很多，這種最短的偵探小説，大概尚是没有罷。這不是一種很有興趣的徵求麽？

小說中的描寫與動作

張舍我

人物的動作，是小說的要素之一。此項動作，無論爲實現的，隱秘的，或心理的，皆爲使作者達到他預定的目標的。然作者若以其意想的人物的動作，率直寫出，便覺淡薄無味，於文字上無妍麗之致，於讀者無美感的情緒，這樣的一篇小說，自然没有價值可言。所以小說作者必須如畫家的以襯托方法，從事描寫，譬如畫家畫一松樹，决不能單畫松樹，必須連畫松樹下的野草，松樹梢上的風，纔顯出那松樹的美態來。小說的動作，不能離開寫景，正和寫松樹不可不寫風和野草一樣。由此可見描寫與動作，有最密切的關係，兩者不能分開或獨立，但須認定動作爲主，描寫爲副而已。我國從前的作者，因受筆記體文字的應響，小說中多急促的動作，而少紆迴的描寫。現時流行的新體小說，却反乎此，專事熱烈的描寫，而不顧描寫之是否與動作相符合，似乎動作自動作，描寫自描寫，并且反客爲主，重節外生的枝描寫，而輕忽主要的動作。我不說新體的小說都是如此，但敢說這也是他們最大弊病之一。依我所親見的說，犯此病的，確也不少。曾記得《小說月報》改制後的頭上幾期裏，有一篇描寫大連日人横暴和華民自甘卑陋齷齪的情形，那作者在第一段裏描寫在船中觀海觀月的情景，約五六百字（全篇約千四五百字），第二段方及正文，最後一段又描寫沿途的風景，約二三百字，把讀者在中段裏所得的感想和注意，完全消散。試問作者自己的觀海觀月，和他小說的命意（日人横暴華民自棄）有何關係？他這樣的描寫自然風景，難道可以輔助他小說的動作前進或增加力量麽？ 我敢説是完全没有關係，他完全不明白描寫和動作有符合的密切的關係。

小説匠　范煙橋

我説，小説作者的確可以稱勞工，因爲有許多地方和匠人相像，簡直可以稱小説匠。 試舉數例在下：

（一）一篇小説的結構，先要想個大略，方弗建築房屋的先要打樣。 并且小説作者有一句口頭禪話，説什麽『空中樓閣』，那末不是明明自認爲一個建築的匠人麽？

（二）一個個字綴成了句子，一句句綴成了章節，和匠人把木料磚瓦一件件裝置砌搭起來，有什麽分别？

（三）論字計值，更和包工的性質相合。

（四）做成了一篇小説，有的讚稱説一聲好，有的吹毛求疵，批點出壞處來，又好像新屋落成，受一般觀看的批評。

（五）長篇小説好像園林，短篇小説好像普通房屋。

（六）小説作者對於自己的作品，總是狠得意的，但也有貪圖錢多，出品迅速而不求其工的，那些匠人也是這樣。

（七）出版者更和匠頭一般，有的也有刻扣拖欠工資的劣性。 這些話并不是過於自卑，備嘗甘苦的或者表同情罷。

（一九二三年第一百〇一號）

我之寫字檯生活

畢倚虹

我之今年生活，直寫字檯之生活耳。早起，離卧榻後，即與寫字檯爲緣矣。閲報，作書，忽忽至午飯。飯後，又驅車入律師事務所。一至所中，不能片刻離者，亦一寫字檯也。斜陽冉冉去矣，律師室退出後，又急急入報館編輯室。編輯室中，不能須臾離者，亦一寫字檯也。晚間八九時乃畢，友人有招至夜酌者，則寫字檯之生活，必延至夜分十一時，乃告脱離。一宿無語，明日乃又照常。嗟夫人生長，日與寫字檯爲親密之伴侶，生趣可知矣！

同一寫字檯也，而各個之苦惱不同。余家中之寫字檯上，所陳列者，最多者爲各方寄來之書札，有索逋者，有稱貸者，有索稿者，有催稿者，有託推薦職業者，有書來道契闊或仰慕者，有所欲不遂意含諷詈者。家書累累，或述老母抱小病，或述弱妹將斷乳，或述某兒患瘧，或述某女需皮鞋，某女需十字布譜，或述灶下米將罄矣。諸如此類，捨眉皺外，尚有興味乎！

迨至律師室之寫字檯，檯上陳列者，使人腦漲，密於蛛網之法律，高可盈尺，見之恨不能擲諸窗外，然而職業所限，捨此莫可憑依，雖恨恨，仍不能擲而去之也。此外則某案某案之卷宗，卷宗中零零碎碎，一摺、一箋、一廢紙、一爛帖，皆當事人之證據，必敬謹代爲，保存之，鎮以銅尺，惟恐風來吹去。俄而當事人來矣，女則半訴其夫之薄倖，男則求告離之程序，否則甲述乙欠我錢若干，丙述丁霸產不交，語則真僞雜半，事則萬緒千端，彼殷殷來，與我以律費，雖厭其煩瀆，恨其瑣屑，不能拒絶之，但有一一爲彼劃策，一一爲彼具牒，紛呶至莫乃各去。諸如此類，尚有何興味耶！

燈明矣，乃入報館之寫字檯，寫字檯上陳列者，投稿之書數十通，寄贈之書報小卷若干卷。姑置一旁，急急伸紙，爲《申報》草《人間地獄》。稿未半，瘦鵑來電話催稿，亟寫就送去。剪閲此數十通之函，函中有附寄稿件者，有詢他事者，有索還書稿者，有來問我稿何以不登者，更有詢無答復之事件者，一一披閲。甫及半，排字勞工，已立而索稿。亟檢稿發刊，就中有須改及潤色，或代爲句讀者，尤苦。於此時間，甫寫數字，或電話至，或友朋來，必擱筆往接應，更有内地親友，不知此之時光爲要命之時光，絮絮述家鄉風物者，遣之不可，但有唯唯，苦更可知。爾時腹中亦宣告饑荒矣，而友朋之招飲者，亦屢來速駕，遂出外晚餐。餐畢諸友或往娼家，或入戲館，或赴影劇場，余獨不能，匆匆再入報館，伸紙撰黑暗上海，寫成付手民，已十時許矣。於此時也，寫字檯上，但餘殘稿、廢報，捨納字麓，無他術矣。然而殘稿之中，皆投稿家之心血也，留之不能，擲之可憐，諸如此類，有何興味耶！

十一時後，總算與寫字抬脱離關係矣，距離睡眠，尚有幾多閒暇。當此時也，欲閲書，無此記憶力矣；欲再撰説部，無此能力矣；欲散步訪友，已燈火闌珊，萬家入夢矣。興味薄弱，可想而知。

以是因緣，今年之我，不能有一篇較有興味之文字，較有寄託之文字，較有意義之文字，實無此腦力，無此閒暇也。文思日退，微名日替，自然之趨勢，自然之結果。然而各方友朋，日貽書誚讓，以不寄稿與彼爲怏怏，甚有因此積怨挾恨，致成嫌隙者。嗟夫，是真不諒解我之生活也！漫記斯篇，自訟且自傷，且爲責我疏懶者告，或不加以苛責乎！

（一九二三年第一百〇二號）

小説的説　何海鳴

我有一事不明，要在新文化的先生們臺前領教。設若先生們萬一有病的時候，住在病院裏，忽然高興想看最新創作的小説，怎奈自己又打不起精神來看，便去請求那美麗慈愛的看護婦——或竟是你的夫人——口誦出來給你聽。你想想看，這種冗長而又累贅的句子，到她嘴裏怕不成了拗口令麽？萬一把伊拗苦了，每唸一句要喘一回氣，白費許多力，而你又并未聽得明白，你過意得去麽？此外你還有什麽法子能叫伊可以很流利的唸得下去麽？這雖是一句笑話，但我因此而想到小説在中國所以叫小説的，在那『説』字上實是有些道理。考中國小説的起源，原是説書的人編些故事出來説給貴族們聽的。就是到了後來，已完成了一種章回的體裁，也仍是注重在便於講説。所以每一回小説的前面，常常有一首律詩或一闋《西江月》，像説書人所説的開場楔子一樣。又正文的頭一句，定裝上『話説』二字，也仍是説書人的口吻，無非是求其能看能説罷了。如今歐化的創作小説，什麽都好，只可惜不能説。那打從外國小説上直譯出來的，尤其是難説。這似乎須得改善一下吧。

（一九二三年第一百〇八號）

過渡時代　張學敏

我們初做小説時，覺得作品裏的運筆立意，獨出心裁，把名家做的比較一下，實覺有過而無不及。其實呢，謬誤百出，這原不過一己的眼光罷。

再進一步，作品固有進步，但是自己做來，很難下筆，就是寫了一句二句，也很不通，比較從前，艱易殊遠，這可叫過渡時代。很有些人，爲了這個難關，便灰心失意，以爲我是没有文學天才的，這是何等可痛惜呀！

學者，這是自然的階級。只要你努力，自能漸臻化境，有好的作品做來的。

以上這一番話，是我經驗之談。是呢不是，還要大家研究。

（一九二三年第一百〇八號）

作品不能以人論　黄轉陶

有人説，做小説的與人的本性上有關係的，像滑稽的人必做滑稽小説，輕浮的人必做言情小説。其實不然，有許多做小説的，與本性上絶然不同的。像范煙橋是很醜的，他的小説却細膩熨貼。顧明道是個弱不禁可風的，他的小説總帶些武氣虎虎然的。何海鳴是個雄赳的，他的小説却哀感頑艷。即此三人，已可見作品不能以人論了。

説林軼話　馬鵑魂

美文豪古爾史密司（Goldsmith），以《威克斐爾牧師傳》，馳名國内外。其微時，嘗挾一簫，作伍員故事。當時之人，安知却爲一震爍一世之大文豪哉！

丹麥安特生（C. H. Anderson），髫齡失恃，窘急異常，乃以其父語彼之童話，編演如傀儡戲，用以博微利。後得國王之垂憐，送彼入學校，安遂專心著述。其第一部名著，係娱一小女友而作，孰意竟以是成名。

（一九二三年第一百十二號）

讀寄塵《不裝飾的家庭》　蔣春木

前天讀到《家庭小説》第七期，登載着胡寄塵先生《不裝飾的家庭》。讀了之後，不覺代一輩男性的捏一把汗。世間豈少了楊太太等這一流的女性者，無奈這位楊其仁先生，倒并不是一個做獨項生意，并且不能够日日夜夜的避在游戲場裏，聽大鼓書的。唱大鼓書的唱完了，要還去的。聽大鼓書的聽完了，也要還去的。惟有那楊其仁的一流人，却是有家歸不得，半夜三更，還想逃到新世界去。他心中所感到的是什麽樣？没有寄塵先生這管生花妙筆，那能把這一類的家庭，這一種的當家太太，寫得活現紙上呢？

大凡描寫這種情形，有兩個毛病要留心：第一，要防描寫的不透切；第二，透切了，要防不要太過火。寄塵先生這篇東西，很忠實，很有分寸，小説中的上上乘，恐怕也是先生近來一種得意的著作了。但不知這篇小説的背景，有没有實事嗎？否則何以能這樣的中肯呢？

（一九二三年第一百十三號）

文人雜説　文　人

起初做小説的人，多半不免人羡慕享名之樂，待到薄享微名，就有許多煩惱事情發生了。不説别的，單就出版界講，有錢的出版家以金錢爲餌，以羅致得其作品爲榮；没錢的出版家，也輾轉託人，期在必得其片紙隻字，也有專需其小説而指索的。境况好的小説作家，自然隨意將稿給人，没有什麽金錢和人情的歧視；境况稍壞的，自然偏重金錢，而没錢的出版家每每落空，心中大不自然，加以怨懟，竟有行陰險手段，施以名譽上的誣衊了。然而小説作品，豈可隨手濫塗，以爲没本錢的東西，盡可寫成，任人予取予求呢？讀畢倚虹君的《吾之寫字檯生活》一作，直堪爲一般享名的小説作家慟。

（一九二三年第一百十五號）

作品與作者署名　經淞銓

幾位名家的小説，很如他的大號。『枕緑』兩字細膩極了，『瘦鵑』兩字哀淒極了，『倚虹』兩字雄壯極了，『卓呆』兩字別緻極了，『寄塵』兩字透豁極了，『瞻廬』兩字趣高極了，『苕狂』兩字豪放極了。……他們的小說也是這樣。列位試去細細研究一下，才知我不胡說哩。

對於《江干集》中《鄉人》一篇有所懷疑　CCC 寄自香港

《江干集》是施青萍的小說集，内容極豐富而有價值，我很佩服。不過在《鄉人》一篇裏，有幾句叙土匪爲患的說：『他——匪首吴桂法——右手缺一個指頭。凡是他偶然混跡在人叢中時，有人如果不經意地向他手上望望，他總得設法將那人結果了。』我覺得有點小小的意見，就寫在下面：

既是無心望着吴匪指頭的人，當然没有當着新聞般去告訴别人知道，迨吴匪覺得他望着自己指頭要設法結果他時，也當然没有聲明他的罪狀的——事前及適望着他的指頭時也斷未必有警告人們——那麽外人怎得知偶然望望吴匪指頭的人，就會被他設法結果呢？就使遇着個晦氣的人，無意中望着了吴匪的指頭，真個被吴匪覺得，設法將他結果了，也只好做個自己也不知甚樣致死的冤鬼罷了。

照這樣說來，必不致如該鄉人『所以我們走出去，竟不敢向别人手上看，惟恐運氣不好，碰着吴桂法，將性命都了掉，可不是兒戲呵』這麽說法了。不知青萍君將何以教我？謹拭目以待。

（一九二三年第一百廿四號）

小説作法漫談

寒　星

我近來研究新體小説的作法，備了許多參考書，遇着緊要的，就筆記下來，也不分什麽次序，現在將我所筆記的，選擇若干條，刊於本報，亦可供閲者研究的資料。

小説的結構，有人説就是關於一篇小説形式上的問題。如脚色怎樣配置，脈絡怎樣貫串，事象怎樣發展，論理怎樣組成等，都包括在内。這幾個問題在小説裏誠然很重要，但這樣分析，略嫌瑣碎一點，結果恐怕要落了舊式批評小説的老套，如什麽首尾照應，什麽接筆甚妙，什麽補叙前文，什麽寫得突兀，來得聲勢等等，那就未免太支離破碎了。

長篇小説的結構，是自始至終描寫人物的全體或是一生的。以量來説長篇小説的字數，通常總在三四萬以上，所以篇幅是擴張的，題材是叙述面面俱到的人生，容載的人物多而描寫詳細，事實複雜，往往有許多枝枝葉葉。譬如莫柏桑的《一生》、般生的《亞勃沙龍的髪》等，都是描寫薄命羸弱的女子的一生，自誕生至結婚，成母育子，爲人妻的悲慘境遇的路徑，寫到最後爲止，都是長篇的代表作品。

短篇小説，是描寫人生的片斷的小説。假定人之一生，譬如川流，水源是誕生，入海的河口，恰和死相當，我們切取河流的一部分，把來從實的描寫出來，這就是短篇小説的結構。我們再假定人生的全體譬如一棵大樹，幹根葉枝的等，譬如人生事實底全部，我們把樹身截取一横斷片，把來盡力地描寫出來，并且從這橫斷片可以看出樹的全體，這就是短篇小説的結構。

（一九二三年第一百三十一號）

小説作法漫談

寒　星

短篇小説的篇幅，是緊縮的，題材是描寫某事某人或某物最精警的一段，答載的人物少而簡，事實是單純的日常瑣細的生活。

《近代文學十講》第七講裏説，短篇小説的質素有四：（一）捉瞬間的現象，活寫在紙上，即是瞬間描寫的文字；（二）是一種很簡單而又無梗概無脚色的作品；（三）是作者映在自己眼裏當時的印象；（四）是極度地應用印象描寫的最大特色的省筆法。所成的作品，全是一種概略的暗示。

一篇理想上的完全的短篇小説的結構，可以説不外下列數項：（一）一件主要的事情，（二）一個主要的人物，（三）幻想，（四）簡潔，（五）單純的感動人。

（一九二三年第一百三十八號）

小説作法漫談

寒　星

短篇小説與長篇小説比較，短篇小説譬如快照。在照像裏，凹凸鏡的焦點，必要有一定的。在短篇小説裏，這種焦點，便是印象所統一的中心。不論一個人物，一樁事件，全部的印象，都統括在這一點。只要這一點捉住了，其他省略，也能得到全體印象的效力。長篇小説則譬如一卷很長的影戲片，含有連續表現而來的許多焦點，這許多焦點前後間之連絡，便成了一篇長篇小説的梗概。

（一九二三年第一百三十九號）

小説作法漫談

寒　星

寫一件結婚的事，在長篇裏要寫二人間以前的戀愛波瀾或血流等；在短篇裏，這種地方一切省略，只隨作者任意地去想像。這種不同之點，是極顯着的。

長篇與短篇的結構，也各有極應注意的地方。在長篇裏描寫的焦點，雖然有許多，但也必得有一定。在短篇裏雖是切取人生的斷片，但不得無理地切斷。

佛羅貝爾教他的弟子莫泊桑説：『世間没有全同樣的兩粒砂，兩雙手，兩個鼻子。』這就是説世間物件，都各有的個性，决没有兩種完全相同的東西。創作者描寫一篇作品，對於作品裏的事物，也應該把該事物的個性辨别出來，描寫出來。前代的作品，被寫的人物都是埋没個性的，千篇一律的人物，如寫男子，必是才子英雄，寫女子，大抵美人烈婦。那樣獃笨的描寫法，現在是極不宜學的了。

（一九二三年第一百四十號）

小說作法漫談

寒星

要想成功，一個作家對於各派有名作者的作品，須細心地去研究過，更須細心地把各種名作裏的題材結構、描寫詞句、語氣風格等一一領會。或是賞玩到了精微處，多讀，多多研究，多作。這是一個創作家所必須預備的工作。

有許多作者，他們在數年以前，都是很有聲名的著作家，但是到了現在，他們的名字不大聽見，幾乎消失在現代的著作界了。他們的文名，爲什麽消落到如此地步？這都是没有最終的忍受與努力的緣故。這種弊病，是現代一般年輕的著作者所急宜戒避的。

（一九二三年第一百四十三號）

小說作法漫談

寒星

描寫人物，須注意其所處之環境。環境適相當於繪畫裏的背景，一幅畫只畫了幾個人物，似嫌不足，還要有山水草木等供爲裝飾之用。在小說裏，也是一樣，種種的景色和外部的事情，相互陪襯，自然倍加生動。譬如重霧灰暗的天空之下的人物，大都現出不愉快的臉色來，風和日麗的天氣裏的人物的表情，當然又另是一種情調，所以我們描寫時應不忘『環境』二字。

環境描寫之中，最重要的是自然描寫。小說的要素，有情和景兩部分。自然描寫就是景的描寫。如描寫戀愛，必以春宵月下爲背景；描寫作客異鄉者之悲哀，必配以秋樹暮雲。這種描寫，雖落老套，但情景交錯，互相發展，實是小説裏所不可少的方法。

（一九二三年第一百四十七號）

小説作法漫談

寒　星

自然描寫裏，最應注意的是季節的研究。一年四季，各季有各季的特别色彩。春月何以朦朧，秋月何以澄清，夏雲何以奇突，冬雲何以慘淡，這等問題，都是作者平時所應研究的。

一個人底情感，有時喜悦，有時憤思，有時悲哀，有時抑鬱無聊。情感怎樣變遷，説話的樣式，也就隨着而變遷。我仍叙述人物底會話時，要能從這等情感變遷的處所，描出言語的聲調和語勢。那麽人物的個性，才不致失去啦。

兒童説話，因頭腦簡單，所以短句多，描寫時須加注意。如胡適譯的《一件美術品》裏，有一段『那少年很不高興説道：先生這真是我想不到的。你的美術思想，也算怪了。你看是一件美術品，這多好看，工夫何等精緻。……你看這多活動，你看這神氣——這神氣』。又魯迅的《故鄉》裏『月亮底下，你聽啦啦的響了，查在咬瓜了。你便捏了胡義，輕輕走去。……走到了，看見查了，你便刺』。又葉紹鈞的《伊和他》裏『一個……蜻蜓……來……捉他』。這些短句，何等地像兒童口吻呀。

一九二三年第一百四十八號

小説雜談　朱瘦桐

寫景文字至於《紅樓夢》，洵嘆觀止矣。如柳葉渚邊鶯燕，將春光來何等明媚；撕扇之情狀，將夏日寫來何等幽永；風雨詞成，聯吟詩就，將秋夜寫來何等高曠；割腥談羶，白雪約梅，將冬日寫來何等凛冽。着墨不多，而四時風景，躍躍紙上，神來之筆，曹氏何其多能耶！他如《水滸》山神廟前之風，草料場上之火，足與《紅樓》後先相峙。近代作者，雖亦有竭力從事描寫風景者，然婢學夫人，終不免有小家氣息，余不取也。

作小説不難於言情，而難於社會。人非草木，誰真無情？廣平鐵石心腸，尚有詠梅之什。故言情小説易工成且易。若夫社會小説，非親嘗世故，具有如椽之筆者，不能爲也。否則太過不及，詎能免板滯之病耶？降至近代，社會小説僅吴趼人先生之《二十年目睹之怪現狀》一書，可謂社會小説正宗。餘子碌碌，不足數矣。

（一九二四年第一百五十一號）

讀《纏綿》後　徐碧波

枕緑先生惠下《纏綿》一册，中刊言情筆記十有八篇。讀其標題，已覺極摘艷薰香之致，不慧如我，烏敢妄肆月旦，致遺佛頭着糞之誚。然快讀全文，自有不能已於言者，敬抒所見如左：

《洗心記》此作寫情，寓沉摯於淡遠，佳構也。

《繡囊記》筆法深刻，叙述悱惻，讀之令人盪氣迴腸。

《吻瞑記》是篇原係語體小説，名《十七年後的一吻》，今衍爲文言，綴以詞藻，神味益雋永矣。

《遺履記》我嘗謂從音樂中發舒之情感，能浸入於心腦，歷久弗泯，於此作亦云然。

《癡棠記》縷述母子情感，胥中奥曲，非善言情者，不能書此。

《葩萃記》極纏綿幽怨之至。

《代筆記》述棄婦淒慘景狀，歷歷如繪。

《援艷記》此作結果，竟得此書創例。有情者得成眷屬，快也。

《吊波記》此文以側叙法，書逝者之一往情深，亦爲性靈之作。

《心許記》行文既樸茂，叙述尤精警絶倫。

《全孝記》全書皆以情爲主體，猶此作則否，殆亦萬緣業中一點紅之意乎。

一九二四年第一百六十三號

《袖珍記》記中主人與其新婚之妻，於百三十餘日中吻數竟達二萬餘次。讀至此不禁羡其艷福修透。嘗草《偷吻記》（刊《心聲》二卷六號），苟一對照之，則益當使我記中之主人，咽氣死矣。

《帕證記》『相思到死願初償』，當爲此記詠之。

《像異記》世上惟美術家之心思，最空靈而富於情，觀此記之結穴愉快無量。

《恒情記》調侃用情不專之人不少。
《就役記》清麗芊綿，頗具六朝風骨。
《幻豔記》寫來尚恍迷離，香豔欲絶，仿佛唐人作品。
《重諧記》纏綿繾綣，於斯已極。

（一九二四年第一百六十三號）

答香港 CCC 君

施青萍

昨天偶然整理《最小》報，忽然看見 CCC 君對於拙作《江干集》中鄉人一篇有所懷疑，我記得我尚没有答覆，真覺抱歉非常。我仔細檢我原作一看，覺得這一節真有些無以自解。本來《江干集》中缺點很多，而這一點真尤其有可議處，我以爲所以使我有這樣不經心的地方的原因是：

（一）平時聽了朋友們口述的話，便直接寫上，而没有顧到這一層。該篇我作小説，常喜歡描寫心理。

（二）我想竭力的寫鄉民畏懼吴匪的心理，以致這樣弄巧成拙。

（一九二四年第一百六十四號）

有色采之新小説名　鄭逸梅

《黄金祟》。
《白巾人》。
《紅礁畫槳録》。
《青衣記》。
《黑太子南征録》。
《緑波傳》。

四季之新小説名　逸　梅

《春水沉冤記》。
《夏春娘》。
《武林秋》。
《冬青樹》。

（一九二四年第一百六十四號）

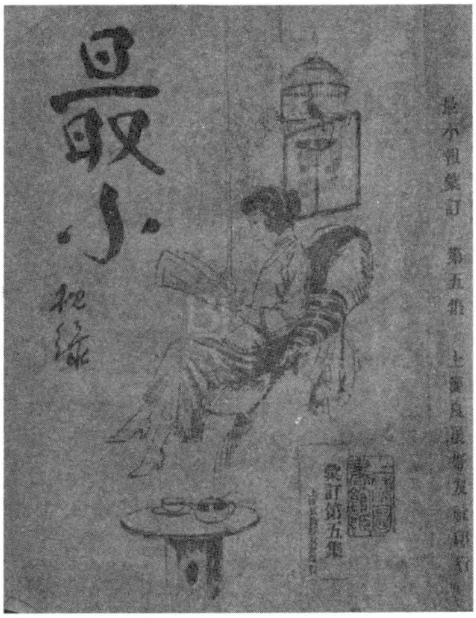

說之理。我的心不發蕩誘著。我自然很耳心的守候著。預備再見這一角紗衫。倘使幸運臨在我此日此地。那隔壁的美女。竟在行經此際時。俯下身子去拔伊的鞋子。或者露一些裙角。使我得一見伊的芳姿。那我將何等滿意啊。可惜可惜。希望落了空。通聲春也不聽得了。

又是明天。我那得隔壁有水壺之聲。急忙從上去對時。哈哈哈哈哈哈。一個赤裸裸的白膏。正對着我。我不覺驚起來道。『美女呀。美女呀。掉轉身來呀。』奈何那美女好似聾子一般。自管經俯做伊洗浴的工作。毫不理我。我躁顧着狂喊。伊洗罷了浴。走近壁闌風來了。我的的得宜。想伊已動嗑戀之念。急要來和我談了。不道伊取一件浴具來。把通洞眼塞沒了。從此我和隔壁那個美女斷絕關係。而我陽始審想思病了。

關於小說之文

▼評碎杯之聲

本報第四十六號。所載枕綠先生的「碎杯之聲」一篇。以寥寥數百字。將社會上一般趨炎附勢。裝闊人。不顧慚的狀況。寫得入木三分。真不愧為生花之筆啊。我先和老作精彩女上。將原文連讀了兩遍。甚覺妙不可言。但還不明末幾句。『突然另有喉嚨聲。傳入他耳裏。使頓時暗暗慨惜了。』的意思。問伊也笑而不答。逐再看了一遍。才知道是同樣關係。就發覺全文之妙。以之點破主人的堂叔發誤。不但新穎奇巧之至。並且可說也是一篇科學小說了。

短篇小說的起結。比較最難做。而尤其是全篇很重要的地位。試觀本篇起首兩句。將全體大堂總冒一下。寫得何等有力。末幾句。也結得耐人尋味極啊。不過中間碎杯之回聲。恐在事實上有些不妥。因文中明明說廳上酒席。還在猜拳鬧酒。想當時情形。總吵得不亦樂乎。并且酒杯碎聲很小。又加主人已醉。神經或很不清楚。怎能聽出這種回聲呢。以此疑點。質之枕綠先生。或也可得一條說我吹毛求疵的回答哪。

▼休息五分鐘（張枕綠）

中國的政治舞臺。好比影戲場。其間光線之黑暗。空氣之混濁。不可言說。現在舞台沒得了。剛強也不見得求認我們有政府了。好好。索性休息五分鐘起來了。不知這五分鐘裡後。又有什麼長篇好戲接着演下去呀。我們且瞧着罷。

▼對於圈點之我見（鄭逸梅）

枕綠編輯人對於來稿之一味密圈。不如一律單圈。較為荷藏。言固有理。然予有一僻性。一見單圈之文字。便覺索然無趣。實則心理作用也。我意一味密圈。與一律單圈。皆非盡善之道。宜分若句為眉圈。若句為密圈。則密圈處。使人操碎。證之更覺精神百倍。與會淋漓矣。惟編輯者手續較繁耳。最小報亦一律單圈者。未知能改行是法否。

見仁見智。各有不同。編輯者讀某句有精彩。加以密圈。使人注意。或者作者先不以為然。更或讀者也未見其可。豈非加圈變為多事。至於一見單圈之文字。便覺興味索然。這雜是一種僻性了。鄙見如此。（枕綠附識）

▼晉伽羅室諸乘（朱吉森）

有骨生以徵綺艱半夏得名。生子抽甚。延師課讀。終不了了。一日。某欲覘子之功課如何。出三秋二字屬對。子鬼急搔背。忽然觸靈心

江紅蕉